[英]刘易斯·卡罗尔 著
[英]亚瑟·拉克汉 绘

爱丽丝漫游奇境

吴钧陶 译

吉林出版集团股份有限公司

图书在版编目（CIP）数据

爱丽丝漫游奇境 /（英）刘易斯·卡罗尔著；吴钧
陶译 . -- 长春 : 吉林出版集团股份有限公司 , 2024.
10. --（拉克汉插图本世界名著）. -- ISBN 978-7-5731-
5665-5

I. I561.88

中国国家版本馆 CIP 数据核字第 202474DJ97 号

译者序

很久以前，在一个遥远的地方，有三个喜欢听故事的小姑娘缠着一个青年，要他讲故事。他边想边说，结果编出了这一部奇妙的《爱丽丝漫游奇境》来。

这里明确交代一下，"很久"是一百多年以前，1862 年 7 月 4 日。"遥远的地方"是在英国牛津大学边的泰晤士河里的一条小船上。那个青年名叫查尔斯·路特维奇·道基森（Charles Lutwidge Dodgson），后来取了个笔名叫刘易斯·卡罗尔（Lewis Carroll）。

卡罗尔像

这是把 Charles Lutwidge 两个字前后互换，再把字母玩点文字游戏，稍加改变而成的。三个小姑娘是立德尔（Liddell）三姐妹，她们是：大姐萝琳娜·夏洛蒂（Lorina Charlotte），二姐爱丽丝·珀莱裳丝（Alice Pleasance）和小妹伊迪丝（Edith）。同去的还有一位青年，名叫鲁滨逊·得克渥斯（Robinson Duckworth）。他们溯流而上，准备到戈德斯通去野餐。

道基森，或者卡罗尔，于 1832 年 1 月 27 日生于英国柴郡达斯伯里的一个偏僻的小山村里。他的母亲早亡，父亲是一位牧师，有子女十一人（七女四男），卡罗尔是长子。以一位牧师的收入，维持十多口人的庞大家庭，生活之艰难可想而知。卡罗尔天资聪颖，勤奋好学，有进取心。他 12 岁便开始写作。先在约克郡的里士满学校（Richmond School）求学；后在拉格比公学（Rugby School）读书，获得数学、作文、古典文学和神学的奖金。1851 年，他考取牛津大学，进入 36 个学院中的基督堂学院（Christ College）攻读数学。1854 年以优异成绩毕业（特别是数学考试得第一名）获学士学位，留学院任教，后来升为数学讲师；1861 年又被委任为英国国教的副主祭，取得在牛津大学终身任教的资格。1881 年退休。他一直过着独身生活；写了许多数学论文之外，还写了不少散文和打油诗。其中《猎捕蛇鲨》（1876）一诗中，他创造的怪物"蛇鲨"（Snark），是用英文 snake（蛇）和 shark（鲨）两个字"合成"的。现在英文字典中已特别收入。1898 年 1 月 14 日，卡罗尔住在萨里的吉尔福德他的一位也是独身未婚的妹妹家中，不幸得了肺炎，不治而逝，终年 65 岁。

由于童年孤寂和艰难的生活环境影响，他生性腼腆，患有口吃病，不善与人交往。但是他十分喜爱儿童，跟孩子们在一起，他便感到自由自在，连说话也不结结巴巴了。

上述三个小姑娘是牛津大学基督堂学院院长的女儿。院长名叫亨利·乔治·立德尔（Henry George Liddell，1811—1898），是著名的《希腊文—英文词典》两位主编之一。卡罗尔和立德尔一家在校园内的住处只有一两百步之遥。三个小姑娘常常跑来和卡罗尔做伴，要他讲故事。

这就回到 1862 年夏季的那一天。30 岁的卡罗尔和他的同事得克沃斯带了三个小姑娘去划船。卡罗尔最喜欢当时大约 10 岁的爱丽丝，就把她的名字编到

小说主人公的原型，作者的灵感源泉——爱丽丝·利特尔

故事里去，作为主角。同时把伊迪丝（Edith）的名字变作"小鹰"（Eaglet）；把萝琳娜（Lorina）的名字变作"吸蜜小鹦鹉"（Lory）；把他的同事得克渥斯（Duckworth）的名字变作"母鸭"（Duck），把自己的名字道基森（Dodgson）变作"渡渡鸟"（Dodo），自嘲因患口吃而念作 Do-do-dodgson，这些都编到故事里去了。他是信口开河，出口成章的，可见他随机应变的本领。卡罗尔后来在日记中说："我把女主人公送到兔子洞里去了……下面该发生什么事，我自己还一点主意都没有。"

他终于讲完了这一篇稀奇古怪的故事。小姑娘们听得出神入迷，非常开心。爱丽丝听了还不满足，要求卡罗尔把故事写下来。两年半以后，1864 年的圣诞节，卡罗尔送给爱丽丝一件礼物，那是一本绿色皮面的笔记簿，开头写着：《爱丽丝地下历险记》，内容共 18 000 字，便是他亲笔写下的那篇故事，附有他亲手画的插图，最后一页还贴了卡罗尔给 7 岁时的爱丽丝摄的一帧照片。

　　这部珍贵的手稿还有一段发生在许多年以后的插曲。1928 年，爱丽丝已经成为哈葛锐夫斯（Hargreaves）夫人并且做了祖母的时候，她把手稿交给了拍卖行，由一位美国收藏家以 15 400 英镑的价钱购得。这位收藏家在半年以后，加上卡罗尔另外一些手稿，转手卖得 15 万美元。1946 年，手稿再度被拍卖。这时，美国国会图书馆的卢瑟·伊万思（Luther Evans）先生得到一些藏书家的资助，并得到手稿收藏者的谅解，以 5 万美元的低价购进，然后在 1948 年乘船去英国，把卡罗尔的《爱丽丝地下历险记》手稿赠送给英国博物馆，作为"酬谢的象征，因为我们（美国）在为（第二次世界）大战做准备的时候，他们（英国）抵挡了希特勒"。

　　再说这部手稿作为礼物送给爱丽丝以后，被好多人传阅，都深感兴趣。小说家亨利·金斯利（Henry Kingsley，1830—1876）读后也大为赞赏，他建议爱丽丝的母亲劝说卡罗尔把故事整理后公开发表。于是卡罗尔把它修改补充为现在这样大约 7 万字的故事，并且改名为《爱丽丝漫游奇境》。1865 年 7 月 4 日（为了纪念 1862 年 7 月 4 日），这本书由麦克米伦公司出版了。在卡罗尔生前，此书共印行了 16 万册，使他收入大增，他甚至请求基督堂学院减少给自己的薪水。由此可见他不是一个为金钱所驱使又以金钱作为奋斗目标的那种人。事实上，他生活很简朴，常以饼干就雪利白葡萄酒作为午餐。

　　卡罗尔后来还为爱丽丝写了此书的续篇《爱丽丝镜中奇遇》，并于 1871 年出版。晚年，他又写了两篇：《幼年"爱丽丝"》（The Nursery "Alice"）和《哲学家之爱丽丝》（The Philosopher's Alice），但是不很成功。

　　《爱丽丝漫游奇境》甚至获得英国女王维多利亚（Victoria，1819—1901）的青睐。事情是这样的。此书一出版，卡罗尔把头一本赠送给爱丽丝；第二本则赠送给比阿特丽丝公主（Princess Beatrice），这位小公主的母亲便是维多利亚女王。小公主和女王对此书都非常欣赏，于是女王请作者把他的其他作品都寄来看看。作者对这一使他不胜荣幸的要求自然乐于遵命。他便找出许多"大作"，包成一个大邮包，寄往白金汉宫，呈请"御览"。女王收到以后，怎么也想不到所见没有一本故事书，而都是些什么《行列式的约缩》（*Condensation of Determinants*）、《平行原理》（*Theory of Parallels*）等数学专著，作者的名字不是"卡罗尔"，而是他的真名实姓。这可说是一桩英国的文坛趣事。

在《爱丽丝漫游奇境》出版以后的三十七年之中，卡罗尔收到和回复信件共计 98 721 封。他几乎每信必复，弄得"几乎分不清哪是我，哪是墨水台"。他给孩子的信，有时别出心裁，写得只有邮票般大小；也有故意把字写反，要对着镜子阅读。这反映他幽默风趣的性格。

卡罗尔去世以后的一百多年，《爱丽丝漫游奇境》和《爱丽丝镜中奇遇》已经传遍了全世界，各国读者读着原本和各种不同的译本。一代代的孩子像喜爱他们的玩具那样爱不释手。一代代的成年人和老年人也从这本书回想起他们的童年时代。用书中的人物、动物和怪物以及其想入非非的情节故事改编成的戏剧、电影、电视剧、芭蕾舞、轻歌剧、哑剧、木偶剧、乐曲和雕塑等同样层出不穷。近年来在英美两国还成立了"刘易斯·卡罗尔协会"，出版季刊。有关卡罗尔的信件、传记、评论等文章和书籍陆续出版。甚至还有人为爱丽丝作传。

据一些卡罗尔研究者认为，卡罗尔后来在爱丽丝长大以后，真的爱上了爱丽丝，并且有意和她结婚。但年龄悬殊，门第不当，此事遭到爱丽丝父母的反对而未果。卡罗尔多才多艺，他还是维多利亚时代摄影家的先驱。他为爱丽丝所摄的照片与为她画的肖像都留存至今。

以上是关于本书作者的一些背景材料，是综合多种资料写成的。在阅读本书时了解一下，想必对阅读正文有所帮助，并增加阅读兴趣。

至于故事本身，似乎不必多加介绍和评论了。作者不过是说了一个梦幻般的故事，其中似不包含说教，也没有多少严肃的讽刺规劝意味。只要读者看了觉得有趣，便是收获。本来，儿童的世界是一片纯真的游戏世界，其中没有成人世界中那么复杂和世俗的争斗和烦恼。因此，只要人们永远保持一颗童心，或者在掸去世俗的灰尘以后，仍然发现自己一颗宝贵的童心，那么《爱丽丝漫游奇境》便会永远是值得爱不释手的珍宝。

有人说，卡罗尔的作品把荒诞文学提到最高水平，对20世纪50年代西方兴起的"荒诞派"文艺产生一定的影响。这样，卡罗尔的贡献就不局限在儿童文学领域里了。

本书最初由著名语言学家赵元任先生（1892—1982）翻译介绍到我国，书名是《阿丽思漫游奇境记》，1922年由商务印书馆出版，1986年重版。这期间，据知还出版了多种其他译者的译本。我不揣谫陋，费了不少时间，拿出我的这本翻译试卷来。虽然这主要是一部儿童文学作品，但是其中有不少幽默诙谐的游戏笔墨，不时穿插双关语、打油诗之类，常常令译者踌躇终日，难以下笔。我尽心竭力像开凿隧道那样一寸寸向前挪，等到终于凿通，感到喜悦的同时，也感到有些惶恐，不知自己的工作究竟做得怎样。请高明的读者，包括少年儿童朋友们，批评指正吧。

感谢远在美国的钱琰文女士为我复印一厚叠有注解的原文托人带来，对于我的翻译和注解有很多帮助。钱女士原是我家几十年的邻居，但是一直没有交往，这次助我一臂之力，特别使我感动。还有其他几位朋友和同事如袁志超、王克澄、梁颖、黄杲炘等各位先生为我查找和提供资料，使我十分感激。上面赵元任先生的生卒年是北京赵武平先生查到后打长途电话告诉我的，可见他的热心。电影或电视剧的片头上都有长长的名单，表示一件作品不只是一个人的成果。一本书，也同样需要好多人的帮助和支持。

吴钧陶

1995年2月27日夜

正是在下午，金光灿烂，
　　我们悠闲自在地荡船。
　　划起双桨，划得不在行，
　　使劲儿挥动小小的臂膀，
小小的手假装识途，却枉然，
　　指点我们漂航的方向。

啊，狠心的你们仨！在此时，
　　如此令人陶醉的天气，
　　竟要求讲一个轻松的故事，
　　轻松得连羽毛都不会动一丝！
　　可叹这贫口薄舌如何能
　　反对三张嘴一同在坚持？

　　专横的小大王立刻颁发
　　她的法令说："现在开始吧。"
　　二大王比较温和地说话，
　　她希望"故事要乱坠天花！"
三大王一分钟里可不止一次
打断这故事，要人家作答。

过不久，忽然显得好安静，
　　她们出神入迷地追随
　　梦中的孩子在一个奇境

穿过怪异和新奇的地方，
同小鸟或野兽友好地谈心——
此人听得几乎信以为真。

每次在故事把想象的源泉
渐渐消耗得不剩一点，
疲惫的讲故事的人软绵绵，
设法把故事搁在一边，
"下回分解吧——""这正是下一回！"
快乐的嗓音嚷成了一片。

奇境的故事就这样发展，
一段接一段就这样慢慢讲。
虚构了种种事，稀奇又古怪——
现在这故事已经说完，
于是全体船员把舵掌，
夕阳下我们愉快地返航。

爱丽丝！请接受这孩童的故事，
并且请用温柔的手把它
放在那里：童年的梦已织进
回忆的不可思议的飘带，
就像朝圣者枯萎的花环，
那些花从遥远的国度采来。

目　录

第一章

掉下兔子洞

大白兔从它的背心口袋里掏出一块表来。

爱丽丝挨着她的姐姐坐在河边，由于无事可干，开始觉得没劲。她刚才对姐姐正在阅读的书本瞧了一两眼，可是书上既没有图画，也没有对话；爱丽丝觉得："一本书既没有图画，又没有对话，那有什么用处呢？"

因此她在自己心里琢磨着（她尽可能这么做，因为这炎热的天气把她弄得昏昏欲睡，呆头呆脑），编一个雏菊花环的乐趣，是不是值得她不怕麻烦，爬起身来，去一朵一朵地采摘雏菊。这时候，突然有一只粉红眼睛的大白兔跑到她跟前来。

这件事并不令人**非常**惊讶；爱丽丝听见大白兔自言自语地说："哦，天哪！哦，天哪！我要迟到啦！"她也不觉得很奇怪。（她事后再想想，才觉得自己对这件事本来应该感到特别，但是当时这一切都似乎非常自然。）不过，大白兔这时候竟然**从它的背心口袋里掏出一块表来**，瞧瞧时间，然后匆匆跑掉；爱丽丝便马上站了起来，因为她心中忽然闪过一个念头：自己过去从来也没有看见过一只兔子有背心口袋，也没有看见过从那口袋里会掏出一块表来，她感到奇怪得不得了，便跟踪追击，跑过田野，正好及时赶到，看见它一下子跳进篱笆下面一个大兔子洞里去。

一转眼工夫，爱丽丝便跟着它跳了进去，却想都没想一下，自己究竟怎样才能够再跑出来。

兔子洞像一条隧道那样笔直向前，走过了一段路以后，却忽然向下倾斜，斜得那么突然，爱丽丝根本来不及想到停住脚步，便发现自己好像正在一口非常深的井里往下掉。

那口井如果不是非常深的话，那就是爱丽丝掉下去的速度非常慢，因为她一面往下掉，一面还有足够的时间东张西望，并且猜想下一分钟会发生什么事。起初，她打算往下看，想弄清楚自己要落在哪儿，但是下面太黑了，什么也看不见。然后，她打量了一下四面井壁，只见四周全都是碗橱和书架；她看到东一处西一处的挂钉上挂着地图或者图画。她身子经过的时候，顺手从一个书架上取下一只瓶子，上面贴着标签："**柑橘酱**"，可是叫她十分失望的是，那是只空瓶。她不想把空瓶扔下去，怕这样会把下面的什么人砸死，因此，在她往下掉又经过一个碗橱的时候，她设法把空瓶放到碗橱里面了。

"好呀！"爱丽丝心里想，"经过这样一次往下掉，以后从楼梯上翻滚下去就能不当一回事了！家里的人全都会觉得我是多么勇敢呀！哼，即使我从屋顶上掉下来，对于这件事我决不说一个字！"（这一点很可能是真的。）

往下，往下，往下掉。会不会掉个**没完没**了呢？"我不知道此时我往下掉了几英里啦？"她大声说道，"我一定正在接近地心的什么地方了。让我想想看：我想可能往下掉了四千英里啦——"（你瞧，这是因为爱丽丝在教室里念书的时候，一知半解地学到了这一类学问，虽然此刻并非显示她的知识的大好时机，因为现在没有人在听她讲，虽然如此，把它说出来依然是很好的实习嘛。）"——不错，大概正是这样一段路程——不过，我却要问问，我已经到达什么经纬度啦？"（爱丽丝一点儿都不懂什么是纬度，也不懂什么是经度，但是她觉得说得出这两个词真了不起。）

过了一会儿，她又说道："我不知道自己是否要跌下去，一直**穿过**地球哇！这样一来，似乎要掉在那些头朝下边行走着的人群当中了，这该多么有趣呀！我想，那些是讨厌家伙[1]——"（她这回很高兴**没人**在听她说话，因为听起来完全用词不当。）"——不过，你明白的，我将不得不向他们打听那个国家叫什么名字。夫人，请问这里是不是新西兰？或者是不是澳大利亚[2]？"（她一面说，一面就打算行个屈膝礼——想想看吧，你是在半空中往下掉的时候行**屈膝礼**呀！你想你办得到吗？）"我这么一问，她会觉得我是一个十分无知的小姑娘

---

[1] 原文为 antipathies（被人憎恶的人们）。照上下文看来，应该是 antipodes（相对极）。这里说明爱丽丝用错了词。

[2] 澳大利亚和新西兰的位置正与英国相对。

了！不，决计不能问，也许我会看见国名在什么地方写明的。"

往下，往下，往下掉。现在没有什么事情可干，因此爱丽丝立刻又说起话来。"我能肯定，今儿夜里戴娜要想死我了！"（戴娜是那只猫儿的名字。）"我但愿他们会记得在吃茶点的时候给她一碟牛奶。戴娜，我的宝贝！我真希望你在这儿跟我一起往下掉！我想这里半空中是没有老鼠的，但是你可能逮住一只蝙蝠，你知道它很像一只老鼠。不过猫儿吃不吃蝙蝠呢？我可不知道。"说到这儿，爱丽丝开始感到困倦了，用一种睡梦昏慵的调子自言自语地继续说着："猫儿吃不吃蝙蝠呢？猫儿吃不吃蝙蝠呢？"有几回却说："蝙蝠吃不吃猫儿呢？"你瞧，由于这两个问题她都答不上来，因此不管她怎么问都没有什么关系。她觉得自己在打瞌睡，开始梦见自己正跟戴娜手拉手儿在散步，正在一本正经地对她说："喂，戴娜，跟我说实话，你究竟吃过蝙蝠没有啊？"忽然就在这时候，扑通！扑通！她掉到一堆枯枝败叶上了，这次下降也就结束了。

爱丽丝一点儿也没有伤着，她马上一蹦就站了起来。她抬头仰望，只见一片漆黑。在她面前的是另外一条长长的通道，她瞧见那只大白兔正沿着那条通道急急跑去。一刻也不能耽搁啊，爱丽丝像一阵风一样离去，正好赶上听见大白兔拐弯时候说的话："哦，我的耳朵和硬须呀[1]，现在多么晚了呀！"爱丽丝拐过弯来那时刻是紧跟着大白兔的，可是此刻大白兔却不见了；她发现自己待在一间长长的、低矮的厅堂里，屋顶上挂着的一排灯正亮堂堂地照着这地方。

这间厅堂四面有许多扇门，不过都是锁着的。爱丽丝从一边一路走过去，又从另一边一路走过来，每一扇门都试开过以后，垂头丧气地走到厅堂中央，不知道自己究竟如何再出去。

她忽然发现有一张三条腿的小桌子，全部用厚实的玻璃做成，上面什么也没有，只放着一把小小的金钥匙。她的第一个想法是，这把钥匙可能是开厅堂里哪一扇门的。可是，天哪！不是门锁太大，就是钥匙太小，不论哪一扇门，她用尽办法都打不开。不过，在她走第二圈的时候，她偶然发现刚才没有注意到的一幅矮矮的幕布，幕布遮掩着一扇大约十五英寸高的小门。她用那把小金

---

[1] 等于说："我的天呀。"

钥匙插进锁孔试试，倒是正好，她真高兴得不得了！

爱丽丝打开那扇门，只见一条小小的通道，小得不比老鼠大多少。她跪了下来，望着通道那一头一个从未见过的最可爱的花园。她多么希望能走出这间黑暗的厅堂，走到那些长着美丽鲜花的花坛中和那些清凉的喷泉边，在那中间走来走去，可是她连把头伸过门口都办不到。"即使我的头真能钻过去，"可怜的爱丽丝想道，"我的肩膀钻不过去，也没有什么用处啊。哦，我多么希望自己能够像一副望远镜那样缩拢[1]！我想，只要我知道如何开始，我就能缩拢。"你瞧，正是因为这一阵子发生了那么多异乎寻常的事情，所以爱丽丝开始觉得，的确很少有什么事情是真正不可能的。

呆等在小门边上看来是没有用的，因此她走回到那张桌子跟前，不怎么有把握地希望能在桌子上找到另外一把钥匙，或者至少找到一本书，里边讲如何把人像望远镜那样缩拢的法则。不过这一次她在桌子上发现了一个小瓶子，（爱丽丝说："刚才桌子上肯定没有这东西。"）瓶颈上缚着一张纸标签，标签上用大字精美地印着这样的话："**喝我呀**"。

说"喝我呀"这话倒是好极了，可是聪明的小爱丽丝却不忙于**照此办理**。"不，我得先瞧瞧，"她说，"看看有没有标明'**毒品**'字样。"这是因为她曾经读过几篇挺不错的小故事，讲的是一些碰到倒霉事情的孩子，他们有的被烧痛，有的被野兽吃了，还有的碰到一些不幸，这全都因为他们把朋友们教他们的简单道理**忘在脑后**。比如说：一根烧得通红的拨火棍，你如果拿得时间太长就要炙痛你的手；如果你用一把刀子割手指割得**太深**，通常就要出血；还有她曾经牢记在心的一点：如果你把标明"毒品"字样的瓶子里的东西喝掉，几乎可以肯定你迟早要遭殃。

不过不管怎么说，这个瓶子**并没有**标明"毒品"，所以爱丽丝斗胆尝了一口，并且发现味道挺不错（事实上，瓶子里的东西舍有一种樱桃馅饼、牛乳蛋糕、菠萝、烤火鸡、太妃糖，以及热奶油烤面包片一起混合起来的风味），于是她咕嘟咕嘟一下子全喝光了。

---

[1] 这里指可以缩拢和拉长的单筒望远镜。

＊　＊　＊　＊　＊　＊　＊

"多么奇怪的感觉啊！"爱丽丝说，"我想必正在像一副望远镜那样缩拢起来了！"

事情真是如此：她现在只有十英寸高了，想到自己此刻身高已经可以钻过那扇小门，走到那座可爱的花园里去，她真是容光焕发。不过，她先得等几分钟，看看自己是不是还在缩下去，她对此感到有点儿不安。"因为，你知道，"爱丽丝自言自语，"我这样彻底小下去，有可能像一支蜡烛那样完结的。我不知道那时候自己会是什么样子。"她于是尽量想象，在蜡烛被吹灭以后，蜡烛火是什么样子的，因为她不记得曾经看见过这样的东西。

过了一会儿，她看出不会再发生什么事情了，便决定立刻走到花园里去。可是，可怜的爱丽丝真糟糕！她走到门口的时候，发觉忘记带那把小金钥匙了，等到她走回到桌子那儿去拿钥匙的时候，又发现自己用手无法够到它了。透过玻璃桌面，她可以很清楚地看见它，便使出浑身解数去攀爬桌子的腿，可是太滑溜了。可怜的小东西爬呀爬的，累得精疲力竭了，只得坐下来号啕大哭。

"别哭啦，哭成这个样子也没有用！"爱丽丝相当尖锐地批评自己。"我劝你马上停住！"她通常自己给自己非常好的忠告（虽然很少实行），而且有时候把自己骂得那么厉害，连眼泪都要淌出来了。她还记得有一次真想打自己的嘴巴子，那一次，她自己跟自己玩槌球游戏[1]的时候骗了自己。这位奇怪的孩子非常喜欢一人扮成两人。"可是现在扮演两个人是没有用的了！"可怜的爱丽丝心中想道。"是啊，我剩下这么一点儿，都不够成为一个受人尊敬的人啦！"

过了一会儿，她的目光落在桌子下面放着的一个玻璃盒子上面。打开来一看，只见里边放着一块一丁点大的蛋糕，上面用无核小葡萄干拼缀出漂亮的字体：**吃我呀**。"好吧，我就把它吃下去，"爱丽丝说，"要是它能使我变大，我就可以够得着那把钥匙；要是它使我变小，我就可以从门缝下面爬过去。所以

---

[1]一种在草地上用木槌击小木球的游戏。击球者从出发柱将球击过一个个小门洞，然后折回。木球先折回，并碰到出发柱者得胜。

不管怎么着我都能到花园里去，所以不管发生哪一种情况我都不放在心上！"

她咬了一小口蛋糕，好生心急地问自己："哪一种情况呢？哪一种情况呢？"同时把手放在头顶上，摸摸它朝哪一种情况变化。叫她很惊讶的是，她发现自己依然那么大小。当然啦，吃蛋糕，一般来说都不会发生什么事情的。但是爱丽丝已经那么习惯于期待发生什么异乎寻常的事情，因此要是日子那么平平常常地过下去，就似乎太枯燥乏味了。

于是她大干起来，不一会儿就把那块蛋糕全部吃光了。

* * * * * * *

第二章

泪水池

泪水池

"越是越奇怪，越是越奇怪了！[1]"爱丽丝嚷嚷着说（她惊讶得了不得，以至于此刻她把如何说好英语忘得一干二净了），"我现在正在像一副世界上最大的望远镜那样伸展开来！再见吧，我的双脚啊！"（因为她朝下望望自己的双脚，双脚似乎看都看不见了，它们变得那么遥远。）"哦，我的可怜的一双小脚啊，亲爱的，我不知道现在谁会来替你们穿上你们的袜子、鞋子呀？我肯定地说，我是不可能办到了！我将会变得极其遥远，远得都不能为你们操心了。你们必须好自为之，尽力而为——不过，我也必须好好对待它们，"爱丽丝转念一想，"否则的话，它们也许就不肯走我要走的道路了！让我想想看吧。我打算在每个圣诞节都送给它们一双新的长筒靴子。"

　　于是她继续在心里筹划如何办理这事。"必须由送货人来办，"她这样想，"不过给自己的一双脚送礼，这似乎多么滑稽啊！收件人的姓名、地址看来又是多么别扭啊！

　　　　爱丽丝的右足先生台收
　　　　　壁炉前地毯，
　　　　　　壁炉围栏附近。
　　　　　　（爱丽丝敬赠）
　　"哦，天哪，我在讲什么瞎话呀！"

---

　　[1] 原文是 curiouser，不合英语语法规范，正确说法是 more curious，故此处用这一译法表明"越来越奇怪"。

她朝下望望自己的双脚，双脚似乎看都看不见了，它们变得那么遥远。

正在这时候，她的头撞到了这间厅堂的屋顶。此刻她实际上已经长到不止九英尺高了，她立刻拿起桌子上的那把小金钥匙，急急忙忙跑到花园门前。

可怜的爱丽丝呀！她现在所能做的只是侧身卧倒，用一只眼睛从门缝里张望那座花园，要想钻过去，可就难上加难，毫无希望了。于是她又坐下来放声大哭。

"你应该为你自己感到可耻，"爱丽丝说，"像你这样一个大女孩子（她倒是说得不错），却这副样子哭呀哭的！立刻停止，我告诉你！"可是她仍然哭个不停，一加仑一加仑的泪水从眼中流出来，直弄得她的四周变成了一个大水池子，约有四英寸深，漫掉了半个厅堂。

一会儿之后，她听见远处传来一阵小小的脚步声，啪嗒啪嗒响，她赶紧擦干眼泪，看看是谁来了。原来是大白兔回来了，穿着好生气派，一只手拿了一副白色的小山羊皮手套，另一只手拿了一把大扇子。它一路非常匆忙，跳跳蹦蹦地跑过来，嘴里还自言自语地咕噜着："哦！公爵夫人啊！公爵夫人啊！哦！要是我让她这么久等，她岂不会大发雷霆吗！"爱丽丝感到身陷绝境，一筹莫展，随时都愿意向任何人求救，所以在大白兔跑近她的时候，她用一种胆怯的声音低声恳求说："先生，对不起——"大白兔给吓了一大跳，连忙丢下它那副小山羊皮手套和那把扇子，哧溜一下，拼命跑到黑暗之中去了。

爱丽丝拾起扇子和手套，她一面说着话，一面不停地用扇子对自己扇风，因为厅堂里太热了。"天哪，天哪！今天每件事情都这么奇怪呀！昨天事情还正像平常那样进行。我不知道自己是否在昨天夜里变了样？让我想想看：今儿早晨我醒来的时候**是不是**老样子呢？我差不多觉得自己能够记得是感到有点儿不一样。不过，如果我已经不是老样子了，那么下一个问题是：'我究竟是谁呢？'啊，**这**可叫人大惑不解了！"于是她开始把她认识的同年龄的孩子全部都想遍，看看自己是否已经变成他们中间的任何一个人。

"我敢肯定我不是艾达，"她说，"因为她的头发卷成那么长的鬈发，我的头发却完全没有卷成鬈发。我也敢肯定我不可能是梅白儿，因为我什么事情都知道，她呢，哦，知道的事情只那么一点点儿！而且，**她**就是她，而**我**就是我，而且——哦，天哪，这一切多么叫人莫名其妙啊！我要试试看，我过去知道的事情现在是不是全都知道。让我算算看：四乘以五是十二，四乘以六是十三，四乘以七是——哦，天哪！照这样算下去，我将怎么也算不到二十呀！不过，乘法表并不重要，让咱们试试地理吧。伦敦是巴黎的首都，巴黎是罗马的首都，罗马——不对，**这全部**乱了套，我断定是这样！我一定已经变成梅白儿了！我来试试背诵《那条小小的——》[1]，"她交叉双手，放在腿上，仿佛正在背书那样，开始背起来。然而她的嗓子听来哑了，陌生了，念出声的字也不像过去常念的那样：

那条小小的鳄鱼怎么样

　　使它发亮的尾巴更发亮，

还把尼罗河的水浇身上，

　　洗得每块鳞片都金光闪！

喜滋滋的样子看来多动人，

　　张牙舞爪的动作多轻灵，

那两颚一开大口笑迎宾，

　　小小的鱼儿请进，都请进！

"我敢肯定原文不是这样子的，"可怜的爱丽丝说，她接着说下去的时候，眼睛里还噙着泪水，"到头来，我一定还是梅白儿，我将不得不住在那座狭小的房屋里，几乎没有玩具玩儿，并且，哦，还一直有那么多的功课要做！不行，对此我已经横下一条心来：如果我是梅白儿，我就要在这地底下待下去！他们要是伸长脖子对着下面喊：'再爬上来吧，乖乖！'也没有用处。我就只是往上面瞧一眼，回答：'那么，我是谁呢？先把这一点跟我说清楚，然后，要是我愿意做那一位，我就会爬上来，否则的话，我就要在这地底下待着，直到我成为另外一个人。'——不过，哦，天哪！"爱丽丝大声叫道，同时泪水一下

---

[1] 这首诗是根据瓦茨（1674—1748）的著名儿歌《不要懒惰和顽皮》改写的。

子流了出来，"我实在希望他们会伸长脖子朝下看呀！我孤孤单单一个人待在这里**真是太**叫人厌倦了呀！"

她一面说，一面看看自己两只手，忽然惊奇地发现自己在说话的时候已经把大白兔的一只白色小山羊皮小手套戴上了。"我怎么竟然**能够**戴上这只手套！"她心里想，"我一定是又在变小了。"她站起来，走到那张桌子边，用桌子来量量自己的身材，结果发现事实几乎跟她猜想的一样，她现在大约两英尺高，并且正在迅速地缩小。她立刻发觉这是由于手上拿着的那把扇子的缘故，于是急忙扔掉了它，正好及时挽救了自己，没有缩到无影无踪。

"这**真是**死里逃生啊！"爱丽丝说，对于这突然的变化惊吓不已，不过由于发现自己仍然存在而十分庆幸。"这会儿该到花园里去啦！"于是她便箭也似的奔回那扇小门前；可是，哎呀！那扇小门又关上了，那把小金钥匙像过去那样躺在那张玻璃桌子上。"事情从来没有这么糟糕，"这个可怜的孩子想道，"因为我过去从来没有像这样矮小，从来没有呀！我声明此事太糟糕，一点都不假！"

就在她说这些话的时候，她的一只脚滑了一下，接着只听见扑通一声，她掉到水里去了，咸咸的水没到了她的下巴颏儿！她首先想到的是自己不知怎么会一下掉到大海里来了，"如果是这样的话，我就能够坐火车回家了。"她这样自言自语。（爱丽丝这辈子只到海滨去过一次，并且总结出一条经验，即你到英国海岸的任何地方去，都能发现海滩上停放着许多更衣车[1]，一些孩子用木铲挖掘海滩上的沙子，再过去是一排出租房舍，房舍后面便是火车站。）不过，她马上弄清楚了，原来自己是掉进了泪水池，这是她九英尺高的时候哭出来的。

"我真希望自己没有哭得那么厉害呀！"爱丽丝说，她游来游去，想找一个出口，"我想，现在我要为此受到惩罚，淹死在我自己的眼泪里了！毫无疑问，这**肯定**是一件稀罕的事儿！不过，今天什么事儿都是稀罕的呢。"

就在这时候，她听见有什么东西在这个小池子里稍远的地方泼啦泼啦地划水，便游近一些去看看到底是什么。她开始认为那必定是一头海象，要不就是

---

　　[1] 是外国一种像一间小屋的老式轮子车，可以拖到浅滩的海水中，让游泳者在里边更衣，然后直接下海。游泳以后，又可以登上车子，在里边换装。这样，可以避免穿泳装出现在人们面前。

一头河马，不过她接着便想起自己现在是多么渺小，于是立刻明白那不过是一只老鼠罢了，那只老鼠像她自己一样，也是失足滑到池子里来的。

"这会儿，要是跟这只老鼠谈谈，"爱丽丝心想，"会不会有什么用处呢？在这下面，一切事情都是如此特里特别的，因此，我应该想到这只老鼠很可能会说话。不管怎么说，试一试总没有害处吧。"于是她开口说："哦，老鼠，你可知道这个池子的出口在哪儿？哦，老鼠啊，我在这里游来游去，已经非常厌倦了！"（爱丽丝觉得这一定是跟老鼠说话的正确途径。她过去从来没有做过这样的事，不过她记得曾经在她哥哥的《拉丁语法》书上看到过："一只老鼠——关于一只老鼠的——属于一只老鼠的——一只老鼠——哦，老鼠！"）那只老鼠带着颇为生疑的目光瞧着她，她觉得那只老鼠似乎还映着一只小眼睛，但是它什么也没有说。

"也许它不懂英语，"爱丽丝这样想，"我敢说它是一只法国老鼠，是跟征服者威廉[1]一起到英国来的。"（因为爱丽丝的历史知识尽管有一些，但是对于一件事情发生在多久以前却没有很清楚的概念。）因此她又开始说道："Où est ma chatte[2]？"这是她的法语教科书中的头一句。那只老鼠冷不丁地一下子从水里跳出来，同时似乎吓得全身抖个不停。"哦，请你原谅！"爱丽丝急忙大声说，唯恐自己伤了这个可怜的动物的感情，"我的确忘了你不喜欢猫儿。"

"不喜欢猫儿！"那只老鼠情绪激动地尖声叫嚷起来，"如果你是我的话，你会喜欢猫儿吗？"

"嗯，也许不会，"爱丽丝用一种抚慰的声调说，"你别为这事发火吧。然而我还是希望能把咱们的猫儿戴娜给你瞧瞧。只要你能瞧她一眼，我想你会喜欢猫儿的。她可是一个非常可爱的不吵不闹的东西，"爱丽丝继续说，半是对她自己说的，她还一面在池子里懒懒地划着水，"她坐在壁炉边，那么美妙地喵喵叫着，还舔着爪子，洗着脸——她是那么一个乖乖的、让人爱抚时感到柔

---

[1] 征服者威廉（约 1027—1087），原是法国诺曼底公爵，1066 年 1 月英国国王爱德华逝世的时候，他借口爱德华曾许诺他继承英国王位，便率兵渡过英吉利海峡，侵入英国，攻占伦敦，并于当年 12 月自立为英王，称威廉一世。史称"征服者"。

[2] 法语："我的猫儿在哪儿？"

软的东西——她又是个顶呱呱的能手，逮起耗子来——哦，请您原谅！"爱丽丝再一次叫起来，因为这次那只老鼠全身的鼠毛都竖了起来，她确确实实地感到它一定是真的恼火了。"如果你不想听，那么咱们以后就决不再谈她了吧。"

"咱们，亏你说的！"那只老鼠叫道，它从头到尾都颤抖着。"仿佛是**我**要谈这样一个题目似的！我们这个家族从来都**恨透**了猫儿们，这些个令人作呕的、低级的、下贱的东西呀！别再叫我听见这个名字！"

"我真的不说了！"爱丽丝说，迫不及待地改变谈话内容。"那么你——你可喜欢——那些——那些狗吗？"那只老鼠不吭声，于是爱丽丝急切地继续说道："在我家附近有一条那么漂亮的小狗，我真愿意让你瞧瞧！跟你说，那是一条眼睛亮亮的小猎犬，哦，它身上棕色的鬃毛是那么长啊！你把东西扔出去，它会衔回来，它还会坐在地上讨饭吃，还会许多许多事情——我连一半都想不起来——跟你说，它的主人是一位农夫，他说它是那么有用，值一百英镑呢！他说它看见老鼠就咬死，而且——哦，天哪！"爱丽丝悲哀地喊道。"我怕自己又冒犯它啦！"因为那只老鼠正在用尽全身力气划水，打她那儿游开去，弄得池子里水花四溅。

于是她低声下气地对它喊道："亲爱的老鼠啊！你再游回来吧，要是你不喜欢猫啊，狗啊，咱们就不谈它们了吧！"

那只老鼠听见这句话以后，就转过身子，慢慢地向她游回来。它脸色苍白（爱丽丝觉得这是气极了的缘故），用颤抖的压低嗓门的声音说道："让咱们游到岸边去，然后我会把我的身世跟你说，你就会明白我为什么憎恨那些猫儿、狗儿。"

现在正是离开的时候，因为已经有许多鸟和兽落到了水池子里，挤挤插插的。有一只母鸭[1]、一只渡渡鸟[2]、一只吸蜜小鹦鹉[3]、一只小鹰，以及其他几种珍奇动物。爱丽丝在前面领路，全班人马跟着她向岸边游去。

---

[1] 母鸭的原文是 Duck，作者暗指他的同事达克沃斯牧师（Duckworth）。

[2] 渡渡鸟，原文是 Dodo，系一种原产于毛里求斯，现已绝种的鸟，又称孤鸽。作者这里暗指他自己。作者原名是查尔斯·路特维奇·道奇生（Charles Lutwidge Dodgson）。他患口吃病，便把自己的原姓读成 Do-Do-Dodgson。

[3] 吸蜜小鹦鹉，原文是 Lory，生活在澳洲的一种飞禽。这里均有所指，参见本书《译者序》。

第三章

竞选指导委员会[1]的竞赛和一个长篇故事

---

[1] 原文是 caucus，这个词在 18 世纪初出现于美国波士顿，指美国政党的一种特殊形式的会议。18 世纪末，英国开始使用，也叫作"政党干部会议"，这种会议的作用是操纵选举和控制选举人。本书作者用在这里，含有讽刺意味。

大家都围着它站住，气喘吁吁地问："不过，谁赢了呢？"

这一大帮子人马聚集在岸上，看上去的确是稀奇古怪——飞禽们身上奋拉着羽毛，走兽们身上的毛变成一绺绺的紧贴着皮，大家都是水淋淋的、气鼓鼓的，好不难受哇。

首要的问题当然是如何恢复干燥。对此，它们做了一番商量。几分钟以后，事情看来是自然而然的，爱丽丝发现自己已经跟它们亲亲热热地谈起了话，仿佛她打生下来就认识它们似的。确实，她跟吸蜜小鹦鹉辩论了相当长的时间，那只鹦鹉到末了变得很不高兴，只想说："我比你年纪大，肯定知道得多。"爱丽丝不知道它究竟多大岁数，不肯承认这一点。由于这只鹦鹉一口拒绝说出它的年龄，这就没有什么好多说的了。

那只老鼠看来在它们之中具有某种权威，它最后喊道："你们大家全都给我坐下来，听我说话！**我**马上能使你们身上变干燥！"于是它们全都坐下来，围成一个大圆圈，把那只老鼠围在中间。爱丽丝的眼睛直愣愣地盯着它瞧，心中焦急不安，因为她感觉到自己要是不非常快地把身上弄干燥的话，她肯定要得重感冒。

"嗯哼！"那只老鼠威风凛凛地哼了一声，"你们都准备好了吗？就我所知，要说干，没有什么比这件事更干巴巴的[1]。全体肃静，劳驾啦！'征服者威廉的目标得到教皇的支持，不久便使英国服从他，英国需要一些领导者，近来又很习惯于篡夺权位和遭到征服这类事。梅尔西亚伯爵艾德温和诺森伯利亚伯爵穆尔卡——'"

"哎唷！"吸蜜小鹦鹉浑身打寒颤，叫起来。

"对不起！"老鼠皱着眉头说，但还是彬彬有礼。"你说话了吗？"

"我没说！"吸蜜小鹦鹉慌慌张张地说。

"我觉得你说过的，"老鼠说，"我接下去谈。'梅尔西亚伯爵艾德温和诺森

---

[1] 英语 dry 作"干燥"解，也作"枯燥乏味"解。这里用了双关含义，翻译时试用"干巴巴的"来表示。

伯利亚伯爵穆尔卡声明拥护他，甚至那位热爱祖国的坎特伯雷大主教斯梯干德也发现那个是适当的——'"

"发现什么呀？"母鸭说。

"发现那个，"老鼠颇为不快地回答，"你当然明白'那个'是什么意思。"

"'那个'是什么意思，我是够清楚的，我要是发现一个什么东西的时候，"母鸭说道，"一般来说，那是一只青蛙，或者一条毛毛虫。现在的问题是，那位大主教究竟发现了什么？"

老鼠没有注意这个问题，而是急急忙忙地讲下去："'——发现那个是适当的，即与埃德加·艾塞林一同去会见威廉，把王冠奉献给他。威廉的举止起初是有分寸的。但是他的诺曼底人的狂妄自大——'亲爱的，你现在觉得怎么样？"老鼠继续讲，在它说话的时候，转过头来问爱丽丝。

"身上跟原来一样湿，"爱丽丝用闷闷不乐的声调说，"这种办法似乎一点也不能使我身上变得干燥。"

"既然是这样，"渡渡鸟站起身来，郑重其事地说，"我提议休会，以便立即采用更为充满活力的补救办法——"

"请说英语！"小鹰说道，"这么长的字句，我连一半的意思都弄不懂，而且，尤有甚者，我不相信你自己能懂！"于是小鹰低下头来，不让人家看见它在笑。可是却能听见其他一些禽鸟在暗暗窃笑。

"我想要说的是，"渡渡鸟用一种快快不乐的声调说，"使我们干燥的最好东西应该是一次竞选指导委员会的竞赛。"

"竞选指导委员会的竞赛**是**什么东西呀？"爱丽丝问道。这并不是因为她很想知道，而是因为渡渡鸟刚才突然停下不说，仿佛它认为应该有**哪一位**来发话，但是却没有人打算发言。

"嗯，"渡渡鸟说道，"解释这个词语的最好办法就是做出来看。"（因为你可能愿意在某一个冬日亲身一试，所以我将告诉你渡渡鸟如何做出来。）

首先，它画出一条跑道，是一种圆圈的形状，（"确切的形状关系不大。"它这样说。）然后，全体成员都被安排在跑道旁，这里一个，那里一个。没有"一，二，三，起步！"的口令，而是它们谁喜欢跑就跑，谁喜欢离开就离开，以至于竞赛什么时候结束，是不容易看出来的。不过，它们跑了大约半个小时，

在它说话的时候，转过头来问爱丽丝。

身上都恢复到相当干燥的时候，渡渡鸟突然喊道："竞赛结束！"于是大家全都围着它站住，气喘吁吁地问道："不过，谁赢了呢？"

这个问题渡渡鸟无法回答，它得先好好儿想一想，因此它用一只手指抵着前额，站立了好久（这一姿势你平常可以在画莎士比亚的画像上看到），此时，别人都静静地等候着。最后，渡渡鸟说道："**大家**都赢了，**每一位**都必须得奖。"

"可是由谁拿出奖品来呢？"差不多是众口一词地问道。

"甭说，当然是她。"渡渡鸟用一根手指头指着爱丽丝说。于是全体动物立刻把她团团围困起来，闹闹嚷嚷地乱叫唤："奖品！奖品！"

爱丽丝不知道如何是好，无法可想之中，她把手伸进自己的衣袋里，掏出一盒糖果来（幸运的是咸水没有渗进盒子里），她把糖果向它们递了一圈，作为奖品。一圈兜下来，正正好好每位各得一块。

"不过，你们知道，她自己也应该得到一个奖品。"老鼠说。

"那当然，"渡渡鸟非常严肃地回答，"你的口袋里还有别的什么东西吗？"它又转过身来冲着爱丽丝问道。

"只有一只顶针箍儿。"爱丽丝伤心地说。

"把它交到这儿来。"渡渡鸟说。

于是它们又一次围着她挤在一起，渡渡鸟则庄重地向她赠送那个顶针箍儿，同时说道："我们请求你笑纳这个雅致的顶针箍儿。"它简短的致辞完毕以后，全体欢呼。

爱丽丝觉得这整个事情真够荒唐，但是看来大家都那么严肃，她便不敢笑出声来，而且由于她想不出任何话来说，便仅仅鞠了一躬，收下了顶针箍儿，尽可能摆出一脸庄重的样子。

接下来的事情是吃糖果。这引起了一些吵闹和混乱：大鸟们抱怨说它们无法品尝糖果的滋味；小鸟们则梗塞在喉咙口，必须在背上拍两下才行。不过，事情终于过去，它们又在地上坐成一圈，请求老鼠再跟它们说些什么。

"你知道，你答应过把你的历史告诉我，"爱丽丝说，"以及你为什么憎恨——喵喵和汪汪[1]。（上文说老鼠对它们又恨又怕，因此这里爱丽丝不明说。）"

---

[1] 原文此处是 C and D，暗指猫（cat）和狗（dog）。

她悄没声儿地加上这一句，有些害怕说明白了又会冒犯它。

"我的故事很惨，说来话长！"老鼠转过头来对爱丽丝说，还叹了一口气。

"当然啦，**尾巴**[1] 很长。"爱丽丝说，惊奇地朝下看着老鼠的尾巴。"可是你为什么说它是很惨的呢？"在老鼠滔滔不绝地讲述的时候，爱丽丝对此一直迷惑不解，因此她对于这段故事的印象有点儿像这个样子：

    一个狗子，名叫虎子，
      来到屋子，遇到
        一个鼠子，
          它说："咱们
            一起上法庭，
              我要控告
                你。——
              来吧，我
            不许你
          顽抗；咱们
          必须
          对簿公堂。
        因为确实
      今儿个
      早上，
    我没事儿
    好干。"
    鼠子
      对野狗
      说道：
        "先生，
          如此
            官司，
              没有
                陪审团
                  和法官，
                  将会是
                白费
              唇舌
            的事。"
          "我会
        当法官
      我会
      当陪
      审团。"
    狡猾
    的
    老
      虎子
        说道。
          "我会审讯
            这整个
              案情，
              并且
              把你
            判处
          死刑。"

———————————

[1] "故事"英文是 tale，"尾巴"英文是 tail，读音相同。这里作者故意造成讹误，译文中"很惨"与"很长"音相近。

"你没有注意听啊！"老鼠严厉地对爱丽丝说，"你在想什么呀？"

"对不起，"爱丽丝非常谦恭地说，"我想你已经拐了五个弯了吧？"

"我**没干**这一切！"老鼠非常生气地尖声喊叫起来。

"你打了一个结[1]！"爱丽丝说，她老是随时准备出把力，所以心急地四处找什么。"哦，让我一定帮你解开这个结！"

"我怎么也不让你干这号事。"老鼠说着站起身来走掉了，"你说如此无聊的话来侮辱我！"

"我并没有这个意思呀！"可怜的爱丽丝辩解着说，"可是，你知道，你太容易多心了呀！"

老鼠不答腔，只是喉咙里咕噜咕噜的。

"请你回来吧，把故事讲完吧！"爱丽丝对着它的后背喊道。其余各位也都参加了大合唱："对啦，请回来讲吧！"然而老鼠只是不耐烦地摇摇头，步子迈得更快了些。

"多么可惜，它不肯待一会儿！"就在它快要从眼前消失的时候，吸蜜小鹦鹉叹口气说。一只老螃蟹趁此机会对自己的女儿说道："啊，我的宝贝！你可以从这个事情里吸取教训，决不要发脾气！""妈，闭嘴！"年轻的螃蟹有点儿心情烦躁地说道，"你真可以挑动一只牡蛎的耐心了[2]！"

"我真希望自己把咱们的戴娜带了来呀！我知道自己真是这样想的呀！"爱丽丝大声嚷嚷着，倒不是专门对哪一位说的。"她会马上把老鼠逮回来的！"

"假如我可以冒昧地提个问题的话，能问问谁是戴娜吗？"吸蜜小鹦鹉说。

爱丽丝迫不及待地做了回答，因为她总是十分高兴谈谈她的宠物："戴娜是咱们的猫咪。她逮起老鼠来真是顶呱呱没得说的，你想都想不到！而且，哦，我真希望你能看到她如何抓鸟儿！哎呀，她一看见一只小鸟就能一口把它吃下去！"

---

[1] 上一句"我没干这一切"的原文是"I had not！""not"与此句中的"knot"（结）发音相同，作者用两个同音字做笔墨游戏。

[2] 英语中"牡蛎"（oyster）常用来形容嘴闭得很紧、沉默寡言的人。这样的人一般较有耐心。

这段演说在全体听众之间引起了一阵不小的骚动。有一些禽鸟立刻匆忙溜掉了。有一只老喜鹊开始非常小心地把它自己包拢起来，说道："我真的必须回家去了，夜间的寒气对我的嗓子不好[1]！"一只金丝雀用颤抖的声音对它的孩子们高喊道："走吧，我的宝贝儿！现在正是你们都该上床的时候啦！"全体人员都以各种各样的借口走开了，爱丽丝立刻陷入孤独的境地。

"我真希望自己没有谈到戴娜才好啊！"爱丽丝用一种忧郁伤感的声调自言自语道，"看来在这一带地方谁都不喜欢她，而我敢肯定她是世界上最好的猫咪！哦，我的亲爱的戴娜呀！我不知道自己是否还会再看到你一眼啊！"说到这里，可怜的爱丽丝又开始哭起来，因为她觉得非常孤单，精疲神乏。不过，隔了一会儿，她又听见轻微的脚步声啪嗒啪嗒地从远处传来，便抬起头，急切地张望着，心中带着希望，但愿那只老鼠已经改变了主意，正在走回来，打算讲完它的故事。

---

[1] 英语中"喜鹊"（magpie）一词有"碎嘴子""爱说话的人"的意思。

第四章

大白兔派来一位小壁儿

"喂，玛丽·安恩，你在这外边干什么呀？"

来者原来是那位大白兔，它摇摇摆摆地慢步走了回来，一面走，一面忧心忡忡地东张西望，仿佛掉了什么东西似的。爱丽丝还听见它自言自语地咕哝着说："那位公爵夫人！那位公爵夫人！哦，我的亲爱的脚爪呀，哦，我的毛皮和胡子呀！她会处决我的，这事儿就像白鼬就是白鼬一样肯定！我真不明白，**我会**在哪儿丢了那些东西呢？"爱丽丝一下子就猜到了，大白兔是在找那把扇子和那副小山羊皮白手套，她便非常和善地到处寻找起来，可是哪儿也找不到——打从她在那池子里游泳以来，好像一切都已经改变了。那座大厅、那张玻璃桌子和那扇小门都消失得无影无踪了。

　　爱丽丝在到处寻找的时候，大白兔很快看见了她，它用气呼呼的腔调大声对她嚷着："喂，玛丽·安恩，你**在**这外边干什么呀？立时立刻就给我跑回家去，把我那副手套和一把扇子拿来！快些，马上！"爱丽丝吓得不得了，立即照着它指的方向奔去，根本不打算解释一下它弄错的事情。

　　"它把我当作它的女仆人了，"她一面跑，一面对自己说，"等到它发现我究竟是谁的时候，它将会如何惊讶啊！不过，我还是把它的扇子和手套拿来为好——这是说，如果我找得到的话。"她——说完这句话，就忽然看见一所精巧的小房子，门口钉着一块锃亮的铜牌，上面镌刻着"大白兔"的名字。她不敲门就走了进去，匆匆登上楼梯，心里怕极了，唯恐碰上真正的玛丽·安恩，那样的话，她还没有找到那把扇子和那副手套，就要被撵出家门了。

　　"看来多么奇怪啊，"爱丽丝自言自语地说，"竟然给一只兔子当差！我猜想下一次戴娜也要使唤我了！"她开始想象会发生的这样的事情："'爱丽丝小姐！立刻到这儿来，你得准备去散步了！''保姆，我一会儿就来！不过，我必须守着这个老鼠洞，直到戴娜回来；我得看着，不让老鼠跑出来。'不过，我觉得，"她往下想，"要是戴娜开始像这样吩咐别人的话，他们不会让她待在屋里的！"

这时候，她已经找到一条路，走进一间小小的整洁的房间，那儿靠窗放着一张桌子，桌子上（正如她曾经希望的那样）有一把扇子、两三副白色小山羊皮做的小手套。她拿了一把扇子、一副手套，正要离开房间的时候，她的视线忽然落在那梳妆镜子旁的一只小玻璃瓶上。这一回，瓶子上可没有印上**"喝我呀"**字样的标签，然而她还是拔开瓶塞，对着嘴巴喝起来。"我一吃或者一喝什么东西的时候，"她对自己说，"我知道，就一定会发生**什么**有趣的**事情**。所以，我就要看看这瓶东西会有什么作用。我真希望它能使我重新长大，因为对于变成这样一个小不点儿，我确实厌倦极啦！"

她期望的倒是真的成了事实，而且比她预期的快得多；她还没有喝掉半瓶，就发现自己的头已经顶着天花板，于是不得不弯下身子，以免把脖子折断了。她急忙放下瓶子，对自己说道："这已经足够了——我希望自己决不要再长了——即使现在这样，我都无法打门口出去——我真希望自己刚才没有喝掉那么多！"

可惜呀！希望如此已经太晚啦！她继续生长，生长，她不久便必须跪在地板上。只过了一会儿，连这样跪着都跪不下了，于是她躺了下来，用一只胳臂肘儿抵住门，另一只手臂抱着头，看看效果如何。可是她仍然继续生长，作为最后一招，她只得把一只手臂伸到窗户外面去，把一只脚搁到烟囱上，同时对自己说："不管再发生什么情况，现在我是已经无计可施啦。我**究竟会**变成什么样子呢？"

爱丽丝很幸运，那只小小的魔术瓶这会儿药效已经发挥完了，她因而不再生长。不过，她还是很不舒服，并且看来她一点儿也没有机会再走出这个房间，难怪她感到不开心，这也是怪不得她的。

"待在家里，我可是愉快得多，"可怜的爱丽丝想道，"那时候，咱们并不老是一会儿长大，一会儿缩小，也并不被老鼠和兔子差来差去的。我几乎希望自己没有掉进那个兔子洞才好——可是呀——可是呀——你知道，这种样子的生活倒是相当少见的呀！我真不明白，究竟有什么事情会发生在我身上！我过去经常阅读童话故事的时候，我猜想这类事情从来没有发生过，可是此时此地，我却处在一个童话中间！应该有一本写我的书，是应该有一本！等到我长大了，我要写一本——不过我现在已经长大了呀，"她用一种悲伤的调子加上一句，"至少在**这里**已经没有一点地方再容我长大了呀。"

"不过，话得说回来，"爱丽丝心里想，"我**永远也不**会比现在更长大一点吗？一方面，这倒是个安慰——永远也不会成为一个老太婆了——不过，话得说回来——却一直要学习功课呢！哦，我怎么也不喜欢**这种事**！"

"哦，你这个愚蠢的爱丽丝呀！"她回答自己的想法说，"你怎么能在这里学习功课呢？瞧，这里简直没有地方容纳你了，更没有一点儿地方容纳任何课本！"

她就这样往下想，先是从这一面想，然后从另一面想，而且把这件事可说是整个儿编成了一场对话。不过，几分钟之后，她听见外面有声音，便不再往下想，静静地听着。

"玛丽·安恩！玛丽·安恩！"这是那声音。"立刻把我的手套拿来！"接着传来脚在楼梯上行走的轻微的啪嗒啪嗒声。爱丽丝明白这是大白兔跑来找她了，她吓得浑身颤抖，弄得屋子都摇晃起来，差不多忘记自己现在已经比大白兔大了一千倍，根本没有理由怕它。

大白兔转眼就跑到了门口，试着开门；但是，门是朝里开的，爱丽丝的胳臂肘儿紧紧地抵在那儿，大白兔的努力结果是徒劳无功。爱丽丝听见它自言自语地说："那么我要兜过去，从窗户里跳进去。"

"你可办不到**这个**！"爱丽丝心里想，她等待着，在猜想自己听见大白兔来到窗户的正下方之后，便突然伸开了五指，乱抓一气。她什么也没有抓到，但是听见一声细小的尖叫，一阵摔跌，以及哐啷一下玻璃被打碎的声音，爱丽丝从这声音推断大白兔很可能掉进一个黄瓜棚或者这一类东西里面去了。

接着传来愤怒的喊声——是大白兔在喊——"佩特！佩特！你在哪儿呀？"接着响起爱丽丝从来没有听见过的嗓音："我当然是在这儿嘛！正在挖掘苹果哪，大人！"

"正在挖掘苹果，你倒好！"大白兔怒气冲冲地说，"到这儿来！帮我从**这东西**中脱身！"（传来更多的碎玻璃声。）

"眼下跟我说，佩特，窗户上究竟是什么东西？"

"没错，大人，那是一只胳臂肘儿！"（它读作"加巴子儿"。）

"一只胳臂肘儿，你这个笨鹅！谁瞧见过这样大尺寸的胳臂肘儿？嘿，它把整个窗户都塞满啦！"

"没错，是那样的，大人；不过，虽然如此，它还是一只胳臂肘儿。"

"好吧，不管怎么着，它都没有理由塞在那儿。你去把它挪开！"

这句话说完以后，接着是一段长时间的沉默。爱丽丝只能时不时地听到几声悄悄话，例如："没错，大人，我不喜欢那个东西，根本不喜欢，根本不喜欢！""照我吩咐的去做，你这个胆小鬼！"她终于又伸开五指，再空抓了一回。这一次，响起了**两声**细小的尖叫，更多的玻璃破碎声。"那儿一定有很多黄瓜棚！"爱丽丝心里想，"我不知道它们下一步要干什么！至于把我挖到窗外去，我是巴不得它们**办得到**！我肯定**我**本人决不要在这里多待一会儿！"

她等待了一会儿，却听不见再有什么动静。最后，响起一辆小手推车的车轮滚动声，同时传来七嘴八舌叽叽喳喳的谈话声。她听出了这些话："另外一架梯子在哪儿？——嗨，我刚才只能搬一架来。壁儿拿了另一架——壁儿！把它拿到这儿来，老弟！——拿到这儿来，在这个旮旯里竖起来——不对，先得把两架接起来绑好——它们还不够高，一半都不够——哦，这就够了。不要那么挑剔——喂，壁儿！抓住这根绳子——屋顶承受得了吗？——小心那一块松动的石板瓦——哦，它掉下来啦！下面的头都躲开！"（哐当一声巨响）——"嗨，这是谁干的事儿？——是壁儿吧，我猜——谁从烟囱里爬下去呢？——不，**我**才不干呢！要干就**你**干！——那么，我也不干**那种事**！——这非壁儿下去不可——喂，壁儿！主人说一定要你爬到烟囱里去！"

"哦，那么壁儿一定得从这烟囱里爬下来啦，是不是呀？"爱丽丝自言自语，"怎么着，它们似乎把什么事情都推到壁儿身上！给我多少好处我也不愿处在壁儿的地位。没错儿，这个壁炉很狭窄，不过我觉得我能够稍稍踢那么一下子！"

她把一只脚放下来，尽可能搁在烟囱那儿，然后等待，直到听见一只小动物（她猜不出那是什么动物）在抓着，爬着，就在她上面的烟囱里。于是，她一面对自己说"这是壁儿，"一面狠狠地踢了一脚，等着瞧接着会发生什么事情。

她听见的第一件事情是一阵异口同声的欢呼："壁儿上天哪！"接着是大白兔自个儿的声音——"你们待在篱笆旁边的，接住它！"然后是一阵沉默，跟着是又一阵乱七八糟的嚷嚷声——"把它的头抬高——快些拿白兰地酒——别呛着它——那是怎么回事啊，老弟？你碰到了什么啦？把一切都讲给我们听呀！"

最后传来一阵微弱的叽叽吱吱的声音。（爱丽丝想："那是壁儿。"）"嗯，我简直闹不清——不喝了，谢谢你。我这会儿好些了——不过，我现在心里乱得慌，没法跟你们讲——我仅仅知道，有个什么东西碰着我，像是一个弹簧玩偶[1]那样，我便像一个冲天焰火似的飞上来了！"

"是这样，老弟！"其他的伙伴一同说。

"我们必须把这所房屋烧掉！"说这话的是大白兔的声音。于是爱丽丝拼命高声喊道："你要是这样干，我就叫戴娜来咬你！"

一下子变得鸦雀无声了，爱丽丝自己在心里琢磨："我不知道它们下一步**将**会干什么！如果它们有一点儿头脑的话，它们会把屋顶掀掉的。"过了一两分钟，它们又开始走来走去了，爱丽丝听见大白兔说："起先，两辆手推车装一车就行了。"

"一车**什么**呀？"爱丽丝心想。然而她无须疑惑多长时间，因为跟着而来的是一阵雨点般的小卵石打了过来，噼噼啪啪地打在窗户上，有几块打中了她的脸。"我可要制止这种事。"她对自己说，然后大声嚷着："你们还是别再干这种事为好！"这一声导致了又一阵鸦雀无声。

爱丽丝不无惊讶地察觉到，那些小卵石掉到地板上的时候，全都变成了小饼饼，她的头脑里便闪过一个聪明的想法。"我要是吃了一个这种饼饼，"她心

---

[1] 一种揭开小匣盖就有玩偶弹跳起来的玩具。

里想，"肯定会使我的身材发生**某种**变化。由于不可能使我变得更大了，那么必然会使我变得小一些，我猜想。"

于是她吞下了一个饼饼，然后高兴地发现自己立刻开始缩小。缩呀缩的，直到缩小到可以跨出门框框，她撒腿就跑，跑出了这所屋子，迎面看见一大群小野兽和禽鸟等候在外面。那只可怜的小蜥蜴壁儿躺在中间，由两只豚鼠托着头，正在拿一只瓶子里的什么药水喂它喝。爱丽丝一出现在它们面前，它们便都猛攻过来，但是她拼命奔逃，一直逃到一座密林里，发现后面没有追兵了。

"我必须做的第一件事，"爱丽丝对自己说，这时她在树林子里漫无目标地乱走，"就是重新长到我本来的高矮胖瘦。第二件呢，就是找到走进那座可爱的花园里去的路。我觉得这将是最好的计划。"

毫无疑问，这个计划听起来是再好不过的，安排得干净利落，简单明了。不过唯一的困难是，如何着手去实行，她却一点儿想法都没有。而且，就在她在树林子里焦虑不安地东张西望的时候，只听得头顶上方响起又低又尖的犬吠声，她急忙抬头看。

一只非常巨大的幼犬睁大圆圆的眼睛朝下对她瞧着，同时温和地伸出一只脚爪，打算碰碰她。"可怜的小东西啊！"爱丽丝用哄孩子的声调说，她费劲地想对它吹一声口哨，可是这时候她吓得不得了，因为她猜想这只幼犬也许正饿着肚子，这样的话，就很可能一口把她吃掉，不管她怎么哄它也不行。

爱丽丝不知道自己怎么一来，就拾起了一根小树枝，对着那只幼犬伸过去。于是，幼犬立即四脚腾空，跳了起来，同时开心地叫着，扑向那根树枝，假装要乱咬的样子。爱丽丝连忙闪避到一棵高大的大蓟[1]后面躲起来，以免被幼犬压在身上。她刚从大蓟的另一边探出头来的时候，幼犬又向那根树枝猛冲，在急急忙忙要咬住它的时候，却翻了一个大跟头。爱丽丝觉得这太像跟一匹拉车的高头大马做游戏了，每时每刻都有可能被它踩在铁蹄下面，于是，她又绕着大蓟转圈子。这只幼犬便开始了一系列对于树枝的短暂攻击。它每一次向前奔跑很短的一段路，却后退长长的一段路，并且一刻不停地、声音沙哑地吠叫，

---

[1] 一种多年生草本植物，也叫蓟。

直到最后，它在相当一段距离外坐了下来，气喘吁吁，舌头耷拉到嘴巴外面，眼睛则半开半闭着。

在爱丽丝看来，这可是一个极好的逃跑时机，她便立刻撒腿跑开了，跑得她精疲力竭，跑得她上气不接下气，直到那只幼犬的吠声在远处响得很轻微。

"然而那只小幼犬多么可爱呀！"爱丽丝说道，这时她靠着一株毛茛属植物喘息，并且拿着一片叶子对自己扇风。"我本来应该很喜欢教它玩些把戏的，要是——要是我恢复了原来的身材来教它的话！哦，天哪！我几乎忘记了自己必须再长大！让我想想看——怎么办才好呢？我想我应该吃点或者喝点什么东西。不过最大的问题是'什么东西'？"

最大的问题当然是"什么东西"。爱丽丝环顾四周，看了看花儿呀、青草叶片儿呀什么的，但是在目前情况之下，她看不出有什么东西看上去正是她应该吃或者喝的。有一只巨大的蘑菇就长在她的身旁，差不多跟她本人一样高。不过，她在蘑菇下面瞧看，在它两边瞧看，在它后面瞧看，这时候，她忽然想起自己或许也该瞧一眼在蘑菇顶上有什么东西。

她踮起脚尖，伸长脖子，从蘑菇边上窥视过去，她的眼睛立刻瞧见了一条那种青色的大毛毛虫，它正坐在顶上，双臂抱在胸前，不声不响地抽着一个很长的水烟筒，根本不注意爱丽丝或者任何其他的东西，一点儿都不。

第五章

毛毛虫的忠告

毛毛虫的忠告

毛虫和爱丽丝彼此大眼对小眼地望着，默不作声。后来毛毛虫终于从嘴巴上取下了水烟筒，用一种懒洋洋的、瞌睡虫似的声音同她寒暄。

"你是谁呀？"毛毛虫问道。

这可不是让人高兴开腔对话的开始语。爱丽丝相当存戒心地回答："我——先生，我不大清楚，就目前来说——至少我明白今儿早晨我起床的时候我**是**谁，然而，打那以后，我觉得自己一定已经被改变了好几次啦。"

"你这是什么话？"毛毛虫严厉地说，"你自己解释一下吧！"

"先生，我怕**我自己**无法解释，"爱丽丝说，"因为你瞧，我不是我自己。"

"我可瞧不出来。"毛毛虫说。

"我怕我无法把这事讲得更清楚了，"爱丽丝彬彬有礼地回答，"首先，因为我自己也搞不懂；而且，一天之内变了那么多大小不同的身材，这是叫人非常困惑不解的事。"

"并非如此。"毛毛虫说。

"嗯，也许你到现在为止还没有感觉到这一点，"爱丽丝说，"等你不得不变成一条蝴蝶的蛹虫的时候——你心里明白，有一天你会变的——然后，你变成了一只蝴蝶。我想你会觉得这事儿有点儿怪，是不是呢？"

"一点儿也不会。"毛毛虫说。

"嗯，也许你的感觉可能不同一些，"爱丽丝说，"我所知道的只不过是：这事对于**我**，会感到非常怪。"

"对于你！"毛毛虫用不屑一顾的口气说，"**你**是什么人？"

这句话把他们重新带回到这场谈话的开头。爱丽丝对于毛毛虫老是作**如此**

简短的评语，感到有点儿恼火，于是她挺直身子，非常严肃地说道："我觉得首先你应该告诉我，**你**是谁。"

"为什么？"毛毛虫说。

这里是另外一个令人困惑的问题。由于爱丽丝想不出任何美妙的理由来，而且看样子毛毛虫心里不愉快得**很**，她便转身走开了。

"回来！"毛毛虫在她的背后大喊，"我有要紧的话跟你说！"

的的确确，这句话听起来是有商量的。爱丽丝便转过身来，再走回去。

"不要发火。"毛毛虫说。

"就是这句话吗？"爱丽丝说，她尽了最大的努力把怒气咽下去。

"不是。"毛毛虫说。

爱丽丝觉得自己既然没有别的办法，她还是等待的好，也许它终究会对她讲一些值得一听的事情。有好几分钟，它一言不发，只顾吞云吐雾。但是到末了，它交叉着手臂，把水烟筒又从嘴巴上取下来，说道："那么你觉得自己被别人改变了，是吗？"

"先生，我怕自己是这样想，"爱丽丝说，"我想不起来我过去经常记住的东西——同时我无法把同样的身材保持十分钟！"

"你想不起**什么**事情呢？"毛毛虫说。

"嗯，我曾经想背诵《**那只忙碌的小蜜蜂怎么样了**》，但是背出来全都走样了！"爱丽丝用非常悲伤的声音回答。

"背背《**你老了，威廉爸爸**》。"毛毛虫说。

爱丽丝把两只手叠在一起，背了起来：

> 那个青年说："你老了，威廉爸爸；
>
> 很白很白呀，你的头发。
>
> 可是你一刻不停地竖蜻蜓[1]，好起劲——

---

[1] 用手支撑着倒立，我国北方方言叫作"拿大顶"。

你这把年纪，这么玩儿行不行？"

威廉爸爸回答他的儿子说：
　　"年轻时，只怕脑子会伤着；
可现在我完全肯定自己没脑子，
　　所以我一玩再玩也没事。"

那个青年说："我刚才说过，你老了，
　　而且胖得天下都难找；
可是在门口，你一个后滚翻，进了屋里——
　　请说说，这么做竟是何道理？"

这胖胖长者摇摇他雪白的头发，
　　说道："年轻时，我的四肢柔又滑，
就因为用了这油膏——一盒售一先令——
　　可允许我来卖给你两盒？"
那个青年说："你老了，牙齿不顶用，
　　比板油硬点的，你就嚼不动；
然而你却把鹅连骨带喙都吃光——
　　请说说，你究竟如何往肚里装？"

爸爸说："年轻时，我学的是法律，
　　老婆跟我辩论一件案例；
因此体力强，肌肉健，下颚坚，
　　这叫我享用一直到晚年。"

那个青年说："你老了，
　　难以设想你的目光会像从前一样强；

然而你把鳗鱼用鼻尖直着顶——

　　什么使你如此惊人地机灵？"

爸爸说："我已经回答了三个问题，

　　你不要盛气凌人没个底！

　　你以为我能够整天听你这样胡诌？

　　去吧，否则我要把你踢下楼！"

"你背得不对。"毛毛虫说。

"不**十分**对，我怕是，"爱丽丝怯生生地说，"有些字已经改动过了[1]。"

"从头到尾都错了。"毛毛虫不容置疑地说。接着有几分钟的沉默。

还是毛毛虫先开腔说话。

"你要的是什么样的身材呢？"它问道。

"哦，对于身材嘛，我并不挑剔，"爱丽丝慌忙回答说，"只不过不喜欢这样常常变样子，你知道的。"

"我**不**知道。"毛毛虫说。

爱丽丝不说话了。她这一辈子从来没有被人如此驳斥过，因而她觉得自己快要忍不住发脾气了。

"你现在满意吗？"毛毛虫问。

"嗯，我但愿再**大一点儿**，先生，假如你不在意的话，"爱丽丝说，"三英寸是如此可怜的高度啊。"

"这确实是非常好的高度啊！"毛毛虫一边怒气冲冲地说，一边把自己的身子直竖起来。（正好三英寸高，不多不少。）

"可是我不习惯这么点高呀！"可怜的爱丽丝伤心地用恳求的声音说。然后她心里在想："我希望这些生物不那么容易不高兴！"

"你迟早会习惯这个身高的。"毛毛虫说，它把水烟筒放到嘴巴里，重新抽

---

[1] 这首诗是戏仿英国诗人骚塞（1774—1843）的诗《老人之乐，乐从何来》，除第一句与原诗相同以外，都做了改动。

起烟来。

这一次，爱丽丝耐心地等待着，直到毛毛虫重新打算说话。过了一两分钟，毛毛虫取下嘴上的水烟筒，打呵欠打了一两次，抖了抖自己的身子。然后，它从那只大蘑菇上爬下来，缓缓地爬到草丛里，爬走的时候，仅仅丢了一句话："这一边会使你长得高些；另一边会使你变得矮些。"

"**什么**的这一边呢？**什么**的另一边呢？"爱丽丝自己心里琢磨着。

"这只蘑菇的两边。"毛毛虫说，就像是爱丽丝出声问过它似的。一转眼工夫，毛毛虫便不见了影踪。

爱丽丝待在那儿，对那只蘑菇左思右想地打量了一会儿，要想弄清楚它的两边在哪儿。可是，它怎么看都是滴溜儿圆的，因此她发现这是个非常困难的问题。不过，她终于把两条手臂尽量伸长，抱住这只大蘑菇，左右两只手各扯下一小块蘑菇的边皮。

"那么现在哪一块是哪一边的呢？"她自言自语，并且把右手上的一小块咬了一小口，想看看结果如何。只一下子工夫，她就觉得自己的下巴颏儿底下猛烈地挨了一击：原来下巴颏儿撞着了自己的脚啦！

对于这一非常突然的变化，她真是吓得不轻；但是她觉得没有时间多想，因为自己正在飞速地缩小。于是她立刻动手把另外一小块吃一口。她的下巴颏儿如此紧密地挨着她的脚，以致她很难张开口。但是她终于做到了这一点，并且设法吞咽了一口左手上的那一小块。

* * * * * * * *

"得，我的头终于自由啦！"爱丽丝用欣喜的声调说，接下来这声调却变成了惊慌失措的叫喊，因为她发现自己的肩膀找不到了。她往下看的时候，只见一根长得不得了的脖子，就好像是从很低很低的下面的一大片绿叶里竖起的一根花茎。

"那一大片绿色的东西**会**是什么呢？"爱丽丝说，"我的肩膀又落到哪儿去啦？哦，我的可怜的双手啊，我怎么看不见你们呢？"她说话的时候，把自己的双手动来动去，然而似乎没有什么作用，只不过远远的绿树叶丛里边有一点

原来下巴颏儿撞着了自己的脚啦！

儿摆动。

看来她没有希望把双手放到自己的头上了，因此她打算把头低下来迁就双手，这时她高兴地发现自己的脖子就像一条大蛇似的，能够轻而易举地朝任何方向弯下来。她刚刚成功地弯下脖子，形成一个优美的 Z 字形，并且正要插入那片绿叶丛，她发现那片绿叶不是别的，而是她曾经在那下面行走的树林的树冠。就在这时候，一声尖锐的嘘声使她慌慌张张地缩回脖子。一只巨大的鸽子飞到她的脸上来，用翅膀猛烈地扑打着她。

"大蛇！"鸽子尖声叫道。

"我**不是**一条大蛇！"爱丽丝恼怒地说，"不要碰我！"

"我再说一遍：大蛇！"鸽子重复说，但是用一种比较温和的声调，接着又带着抽泣的声音继续说，"我想尽了种种办法，可是看来没有什么东西能适合它们！"

"你在说什么呀，我连一丁点儿都听不懂。"爱丽丝说。

"我曾经试过树根，我曾经试过河岸，我曾经试过篱笆，"鸽子不理睬她的话，只顾自己说下去，"可是那些大蛇呀！没有什么能讨好它们！"

爱丽丝越来越弄不懂了，但是她觉得在鸽子把话说完以前，她不管说什么也没有用处。

"就好像孵蛋的事还不够麻烦似的，"鸽子说，"可是我还必须日日夜夜提防着大蛇！咳，整整三个星期我都没合一下眼皮！"

"刚才惊扰了你，我非常抱歉。"爱丽丝说，她已经开始明白它话中的意思了。

"我在树林子里刚刚住到这株最高的树上的时候，"鸽子把声音提得又高又尖，继续往下说，"就在我刚刚觉得自己终于摆脱了它们的时候，它们却一定要从天上歪歪扭扭地扭下来！哎唷，大蛇！"

"不过我跟你说，我**不是**一条大蛇！"爱丽丝说，"我是一个——我是一个——"

"好哇！那么你是**什么**东西呢？"鸽子说，"我看得出，你在打算编造些什么话！"

一只巨大的鸽子飞到她的脸上来，用翅膀猛烈地扑打着她。

"我——我是一个小姑娘。"爱丽丝说，说得疑疑惑惑的，因为她记起这一天自己所经历的许多次变化。

"倒是真像有那么回事！"鸽子用最鄙夷不屑的声调说，"在我的一生中曾经见到过好多好多小姑娘，可是从来没有一个长着像你这样的脖子！不对，不对！你是一条大蛇，要不承认也没有用。我猜想，你下一句打算跟我说，你从来也没有尝过蛋的味道了吧！"

"我**当然尝过**蛋的味道啦。"爱丽丝说。她是一个非常诚实的孩子，"不过，你知道，小姑娘吃蛋往往就跟大蛇吃蛋一个样。"

"我才不信呢，"鸽子说，"不过，如果她们真是那样，那么她们就是一种大蛇。我只能这么说。"

这种想法对爱丽丝来说真是闻所未闻，这使她不言不语足足有一两分钟，而这就给了鸽子说下去的机会："你是来找蛋的，**对此**我一清二楚。至于你究竟是一个小姑娘还是一条大蛇，这点跟我有什么关系？"

"这点跟**我**的关系可大着呢，"爱丽丝急忙说道，"然而我偏偏不是来找蛋的。而且，如果我来找蛋，我也决不要**你的蛋**。我可不喜欢吃生蛋。"

"好吧，那么你走吧！"鸽子一面用一种闷闷不乐的声调说，一面又在它的窝巢里安顿下来。爱丽丝在树丛中间尽量设法蹲下来，因为她的脖子老是在枝杈中间给缠住，时不时地，她得停下不动，转动脖子避开那些树枝。过了一会儿，她记起自己手上仍然拿着蘑菇的碎片，于是她非常小心地开始工作，先咬一口这只手上的，然后咬一口那只手上的，一下子长得高一些，一下子又缩得矮一些，直到她成功地使自己降低到原来的高度。

经过那么漫长的时间，她才成为接近正确身材的某种东西，开头，她对它觉得相当陌生。但是几分钟之后，她却对它习惯了，并且像平常那样对自己说话："好啦，现在我的计划完成一半啦！这些变化叫人多么迷惑不解！我怎么也不能肯定自己从这一分钟到下一分钟将变成什么样子！不过，我总算已经回到自己原来的身材了。下一步呢，是到那座美丽的花园里——我不知道，如何**办到**这件事。"她正在如此这般说着的时候，忽然就到了一个空旷的地方，那儿有一幢小房屋，大约四英尺高。"不管是谁住在那儿，"爱丽丝心里想，"以我**这样**的身材碰见他们是万万不行的。咳，我一定会把他们吓得惊慌失措的！"
因此，她再咬一小口右手上的蘑菇碎片，直到她把自己降到九英寸高的时候，
才敢走近那幢房屋。

第六章

猪娃和胡椒

一个异乎寻常的大蒸煮锅飞临那个婴儿的鼻子近端，几乎要把它削掉。

她站在那儿对那幢房屋瞧了一两分钟，不知道下一步该怎么办，这时候，一位穿着号衣的男仆从树林子里奔了出来（她猜想他是位男仆，因为他穿着号衣。否则的话，单单从他的脸来推测，她可能会把他唤作鱼），他用手指关节响亮地敲门。门由另外一位穿号衣的男仆打开了，他的脸圆圆的，眼睛大大的，像青蛙一样。爱丽丝注意到这两位男仆都在满头鬈发上撒了香粉[1]。她感到自己好奇心很大，想知道这是怎么回事，便从树林子里悄悄走出来一点，侧耳静听。

那位鱼脸男仆首先从胳肢窝下面拿出一个很大的信封，几乎跟他本人一样大，他把信封递交给了另外一位，用一种一本正经的声调说道："致公爵夫人。王后邀请参加槌球游戏的请柬。"那位蛙脸男仆用同样一本正经的声调重复他的话，只不过稍稍改动了词句的先后次序："王后来函。邀请公爵夫人参加槌球游戏的请柬。"

于是他们两人相对鞠躬，以致两人的鬈发纠缠到一块儿去了。

对此，爱丽丝笑得那么厉害，以致她不得不跑回树林里去，以免被他们听见。在她再一次探出身子瞅瞅的时候，那位鱼脸男仆已经走了，另外那位正坐在门旁的地上，傻头傻脑地眼望青天。

爱丽丝胆战心惊地走到门口，举手敲门。

"敲门是没有什么用处的事情，"那位男仆说，"有两个理由。第一，因为我跟你同样是在门的外边；第二，因为他们在里边吵得闹哄哄的，声音太大，没有谁能够听见你敲门。"果然不错，里边是有一阵极不平常的闹声在响着——

---

[1] 欧洲中古时期男人有戴假发，并在头发上撒香粉的习俗。

一阵继续不断的吼叫声和打喷嚏的声音，时不时地夹杂着砰的一下碎裂声，仿佛一只碟子或者水壶被人摔得粉碎。

"那么，请教，"爱丽丝说，"我怎么样才能进去呢？"

"要是我们两个之间隔着那扇门的话，你笃笃敲门可能有些道理。"那位男仆对她不加理睬，只顾继续说下去。"比方说，如果你**在门里边**，你也许笃笃敲门，你知道，我就能让你走出来。"他说话的整个时候都眼望青天，爱丽丝觉得这是明白无误的缺乏教养。"不过，也许他是身不由己，"她自言自语地说，"他的眼睛长得这个样，**太**接近他的头顶心了。不过，无论如何，他应该回答问题呀。——我怎么样才能进去呢？"她提高声音，重复这句话。

"我要一直坐在这儿，"那位男仆说，"坐到明天——"

这时候，这幢房屋的门打开了，有一只大盘子平飘着飞了出来，笔直地向那位男仆的头上飞去，刚刚好擦过他的鼻子，撞到他身子后边的一棵树上，撞得粉碎。

"——或者，也许再下一天。"那位男仆用原来的声调继续说下去，完完全全像是什么事情也没有发生过。

"我怎么样才能进去呢？"爱丽丝把声音提得更高，又问他。

"你**究竟是不是**要进去呢？"那位男仆问道，"你知道，这是首要的问题。"

毫无疑问，是这样的。只不过爱丽丝不喜欢人家对她这样说话。"这些动物跟人争辩全都是这个样，"她喃喃自语地说，"真正可怕，足以把人给逼疯了！"

那位男仆似乎觉得这是个好机会，能变着法儿重复自己的话。"我要坐在这里，"他说，"时不时地坐在这里，一天又一天，一天又一天。"

"可是让**我**干什么呢？"爱丽丝问道。

"你喜欢干什么就干什么。"那位男仆说完就开始吹起口哨来。

"哦，跟他谈话等于白搭，"爱丽丝说，觉得绝望了，"他是一个十足的傻瓜！"于是她打开那扇门径自走了进去。

一进门就看见一间大厨房，里面从这头到那头满是烟雾。那位公爵夫人坐在厨房中央一只三条腿的凳子上，怀里抱了个婴儿。那个厨师正在火炉旁，俯

"那么，请教，"爱丽丝说，"我怎么样才能进去呢？"

身搅拌一只大铁锅里的东西，那看来是满满一锅子汤。

"那锅汤里肯定搁了太多的胡椒！"爱丽丝阿嚏阿嚏地连连打着喷嚏，同时又对自己说。

确实，空气里的胡椒味太浓了。即使那位公爵夫人也有时来一个喷嚏。至于那个婴儿呢，又是喷嚏，又是号哭，两者轮流发作，一刻也不停。厨房里只有两个家伙不打喷嚏，就是那位厨师和一只大花猫，它正躺在炉灶旁，嘴巴咧开，从这边耳朵咧到那边耳朵，笑着。

"可以请你告诉我吗？"爱丽丝有点儿心虚胆怯地问，因为她不大能肯定，自己先开口是不是有礼貌，"为什么你的猫这样龇牙咧嘴地笑呢？"

"这是一只柴郡猫[1]，"公爵夫人说，"这就是为什么它这个样子笑。猪娃！"

她这后面一声喊是那么突然，那么声色俱厉，爱丽丝吓得跳起来。不过她马上发现那是冲着那个婴儿喊的，不是冲着她，于是她鼓起勇气，再说下去：

"我不知道柴郡猫总是露齿而笑的；事实上，我不知道猫儿们**会**露齿而笑。"

"它们全都会，"公爵夫人说，"它们大多露齿而笑。"

"我可不知道有哪一只猫会笑。"爱丽丝非常有礼貌地说，觉得已经开展对话，很是高兴。

"你并不知道多少事儿，"公爵夫人说，"这是一个事实。"

爱丽丝一点儿也不喜欢对方说这句话的腔调，她觉得还是换个什么别的话题来谈为好。就在她打算决定一个话题的时候，那位厨师把那一大锅汤从火上端了起来，立刻便着手把凡是她够得到的东西大扔特扔，扔向那位公爵夫人和那个婴儿——首先是火钳、铁铲、拨火棒之类的东西飞了过来；然后又下了一阵蒸煮锅、炖锅、盘子、盆子、碟子的雨。那位公爵夫人竟然毫不在意，即使那些东西打中了她也一样。那个婴儿呢，因为一直号哭得那么厉害，所以不大可能说明白究竟那些东西是不是伤了它。

---

[1] 柴郡是英国西部一郡，以产干酪闻名。"柴郡猫"的来源，一说过去柴郡的客栈招牌上常常画有露齿而笑的狮子；又一说柴郡干酪早期制成露齿而笑的猫的形状。自从作者这部《爱丽丝漫游奇境》成为名著以后，grin like a Cheshire cat（露齿而笑，像只柴郡猫）就成为英语中的一句成语。

"喂，**请**你注意自己在干些什么！"爱丽丝高声嚷着，她惊恐万状地上蹿下跳。"哦，它的**珍贵的**鼻子可要完了！"这时候，一个异乎寻常的大蒸煮锅飞临那个婴儿的鼻子近端，几乎就要把它削掉。

"要是人人都不管别人的闲事，"公爵夫人用一种沙哑的怒吼声说道，"这个地球就会比它现在转动得快得多。"

"这可**不会**有什么好处呀。"爱丽丝说，她能得到机会炫耀自己的一点儿知识，心里非常高兴，"只要想一想，这将使得白天和黑夜变得怎么样啊！你瞧，地球二十四小时绕着它的轴自转弗止——"

"提起了斧子[1]，"公爵夫人说道，"把她的脑袋砍掉！"

爱丽丝相当惶恐不安地瞟了那位厨师一眼，看看她是否打算实施这一暗示；但是那位厨师正在忙于搅拌大锅汤，不像是在听什么，因此她再继续说下去："我**想**是二十四小时；否则，是不是十二小时呢？我——"

"哦，不要叫**我**心烦！"那位公爵夫人说，"我一点儿都受不了数目字！"说着，她重新开始哄她的婴儿，一面哄一面对婴儿唱一种催眠曲，在每一句的最后一个音，把婴儿冷不丁地摇撼一下：

> 对你的小孩儿说话要粗暴，
>
> > 要是他打喷嚏就打他别轻饶。
>
> 他打喷嚏只为了使人恼，
>
> > 因为戏弄人的事儿他知道。

合唱

（厨师和婴儿加入其中）：

> 喔呜！喔呜！喔呜！

那位公爵夫人唱这首歌曲的第二段歌词的时候，也一直把那个婴儿猛烈地往上抛往下甩，那个可怜的小东西号哭得那么厉害，以至于爱丽丝难以听清楚

---

[1]英文中，轴（axis）与斧（axes，复数）同音。为了表达作者此处文字上的妙处，译者用"弗止"二字，来和"斧子"谐音。

歌词：

> 对孩子说话我没有好腔调，
>
>   他打喷嚏我打他很公道；
>
> 因为只要他喜欢闻胡椒，
>
>   就能够随心所欲闻个饱！

合唱

喔呜！喔呜！喔呜！

"喂！要是你愿意的话，你可以抱抱它！"那位公爵夫人对爱丽丝说，一面说一面就把那个婴儿抛给了她。"我必须走了，要准备去跟王后玩槌球游戏了。"于是她就匆匆忙忙地走出厨房。那位厨师把一只煎锅扔过去追赶她，但是只差一点儿，没打中。

爱丽丝好不容易才接住了那个婴儿，因为它是一个形状特异的小怪物，它的四肢都直直地伸开，"就像一只海星[1]。"爱丽丝心中这样想。在她接住那个可怜的小东西的时候，它正在像蒸汽机那样呼哧呼哧地喷鼻息，同时不停地一会儿把身子弓起来，一会儿又把身子挺得直直的，凡此种种，使她在头一两分钟的时候，尽了最大的能耐才抱住了它。

她终于弄明白抱这个婴儿的正确方法（那就是把它拧成一个像是绳结那样的东西，然后牢牢地抓住它的右耳朵和左脚，以免它自己恢复原状），这时候，她把它抱到露天里来。"假如我不把这个孩子带走的话，"爱丽丝心里想，"一两天之内，他们肯定会把它杀死的。把它扔在那里不管，不就等于是谋杀吗？"后面这句话她是高声说出来的，那个小东西则嘴巴里咕噜咕噜响着作为回答（这一次它已经停止打喷嚏了）。"不要咕噜咕噜叫，"爱丽丝说，"这完全不是表达你自己的想法的正确方法。"

那个婴儿却又咕噜咕噜叫了，爱丽丝非常焦急地盯着它的脸蛋瞧，要弄明

---

[1] 一种棘皮动物，生活在海洋中，体扁平，多呈星形。

那个婴儿却又咕噜咕噜叫了，爱丽丝非常焦急地盯着它的脸蛋瞧，要弄明白它究竟是怎么搞的。

白它究竟是怎么搞的。毫无疑问，它长着一个**非常**上翘的鼻子，很像一个猪鼻子，不大像一个人的鼻子。它的眼睛对于一个婴儿说来也是过分小了。整体看来，爱丽丝一点儿也不喜欢这个家伙的长相。"不过，或许它只不过是在嘤嘤啜泣吧。"她心里想，并且再一次盯着它的眼睛瞧，想知道它的眼睛里是否有泪水。

没有，不见泪水呀。"我亲爱的，假如你正在变成一头猪娃的话，"爱丽丝严肃地说，"我就跟你再也没有什么关系了。你可得小心点儿！"那个可怜的小东西又啜泣起来（或者说咕噜咕噜叫，你不可能分清到底是哪一样），接着他们有一段时间大家不声不响。

爱丽丝心里想："眼下我要是把这个小生物带回家去，该怎么办哪！"就在这时候，那个婴儿又咕噜咕噜直叫了，叫得那么厉害，使得她有点儿惊慌失措，眼睛朝下直盯着它的脸瞧。这一次，**不可能**有任何错误了：不多不少，它正好是一只猪娃，因此她觉得自己要是再抱着它走下去就未免太滑稽了。

于是，她把这个小生物放下来，眼看它安安静静地迈着小快步走到树林子去，觉得松了一口气。"如果它长大，"她自言自语地说，"它会变成一个丑八怪的小孩子。不过，我觉得它已经成为一个相当漂亮的猪娃了。"接着她开始思量她认识的其他孩子们，要是成为一些猪娃的话，谁可能有很不错的样子。就在她对自己说："如果谁真的知道把他们变一变的正确方法的话——"这时候，她忽然瞧见离她几码远的一根粗树枝上蹲着那只柴郡猫，不免有点儿吃惊。

那只猫看见爱丽丝的时候，只是露齿而笑。她觉得它看来脾气不坏。然而猫爪子**非常**长，又有许多许多牙齿，所以她觉得要恭恭敬敬地对待它才是。

"柴郡咪咪。"她战战兢兢地开口说，因为她完全不知道它是不是喜欢这个名字。然而，它只是露齿而笑，嘴巴咧得更阔些。"好哇，它听了那么高兴。"爱丽丝心想，于是她继续说："能不能请你告诉我，打这儿走，我该走哪条路？"

"这在很多方面取决于你想到哪儿去。"那只猫说。

"我不大在意到哪儿去——"爱丽丝说。

"那么，你走哪条路就没有什么关系了。"那只猫说。

"——只要我能走到**某个地方**就行。"爱丽丝补上这句话作为一种解释。

那只猫看见爱丽丝的时候，只是露齿而笑。

"哦，只要你走得够远的，"那只猫说，"你肯定会达到这个目的。"

爱丽丝觉得这一点无可否认，因此她试着问另一个问题："这一带都住着哪一号人啊？"

"在**那**一边，"那只猫把它的右脚爪舞了一圈，"住着一位制帽匠。而在**那**一边，"它舞着另一只脚爪，"住着一位三月里的野兔。随便你喜欢访问哪一位吧，他们两个都疯了[1]。"

"但是我可不要走到疯子堆里去。"爱丽丝说道。

"哦，这你就无可奈何了，"那只猫说，"这里，我们大家全都疯了。我疯了；你也疯了。"

"你怎么知道我疯了呢？"爱丽丝问道。

"你一定是疯了，"那只猫说，"否则你就不会到这儿来。"

爱丽丝全然不认为这件事能够作为证明；不过，她继续问道："你又怎么知道你自己疯了呢？"

"首先，"那只猫说，"一只狗没有疯，你承认这一点吗？"

"我想可以。"爱丽丝说道。

"好，那么，"那只猫继续说，"你晓得的，一只狗发怒的时候汪汪吠叫；高兴的时候则大摇尾巴。而我呢，**我**高兴的时候却呜呜吼叫；发怒的时候则大摇尾巴。因此，我已经疯了。"

"不过，**我**不称之为吼叫，我称之为喵呜喵呜叫。"爱丽丝说道。

"随便你怎么称之为吧，"那只猫说，"今天你跟那位王后玩槌球游戏吗？"

"我非常愿意跟她玩，"爱丽丝说道，"但是我到现在还没有得到邀请。"

"你将会在那儿见到我的。"那只猫说完就无影无踪了。

对此，爱丽丝并不觉得很惊讶，因为她对于接连发生的许多怪事已经渐渐

---

[1] 英语中有 as mad as a hatter（疯得像个制帽匠）过去欧洲制帽匠用水银加工处理毛毡原料，水银中毒会引发精神错乱的行为，所以产生了这一成语。英语中又有 as mad as a March hare（疯得像三月里的野兔）这一成语。英国民间认为雄野兔的发情期是在三月份，此时动作狂乱。不过近年科学家经过观察，发现野兔雄性追求雌性一年有八个月，而三月份与其他几个月情况并无不同。有人认为，原来此词语为 as mad as a marsh hare（疯得像一只沼泽地里的野兔），后来 marsh（沼泽地）被讹为 March（三月）。

习以为常。就在她依然对着那只猫消失的地方凝望的时候，它忽然又出现了。

"顺便问问，那个婴儿的情况怎么样？"那只猫问道，"我几乎忘记问了。"

"它变成了一只猪娃。"爱丽丝非常平静地回答，仿佛这只猫重新出现是很自然的事。

"我料想它会这样的。"那只猫说，说完又不见了。

爱丽丝等了一会儿，有点儿希望再看见它，然而它不再出现。又过了一两分钟，她朝着人家说是三月里的野兔住处的方向走过去。"我以前看见过一些制帽匠，"她自言自语，"三月里的野兔则会是最最有趣的，由于现在是五月，也许它不会疯得无法无天——至少不会像它在三月里那样疯。"她说这句话的时候，眼睛朝上一望，只见那只猫又在那儿，坐在一根粗树枝上。

"你刚才说的是'猪娃'还是'无花果'[1]？"那只猫问道。

"我是说'猪娃'，"爱丽丝回答，"我希望你不要老是那么突然地一下子出现，一下子消失。你弄得我头昏脑涨啦！"

"行啊。"那只猫说，这一次它相当缓慢地消失，先从尾巴的末端开始，到露齿而笑结束，那张咧开的嘴在其余部分都无影无踪以后还停留了一会儿。

"很好！我过去常常看见没有露齿而笑的猫，"爱丽丝心里想，"但是，没有猫的露齿而笑哇！我这一辈子还从来没有见过如此奇怪的事情！"

她没有走多远就看见了那只三月里的野兔的房子。她认为那所房屋准错不了，因为那两个烟囱的样子像两只耳朵，屋顶上则是用毛皮盖的。那所房屋很大，她不愿意走近些，后来，她又咬了一些左手上的蘑菇碎片，使自己长高到两英尺左右。即使如此，她还是胆战心惊地向房子走去，一面对自己说："如果到头来它竟然疯得无法无天呢！我差不多希望自己没有来这儿，而是去看了那位制帽匠才好！"

---

[1] "猪娃"原文是 pig，"无花果"原文是 fig，读音相近。

这一次它相当缓慢地消失，先从尾巴的末端开始，到露齿而笑结束。

第七章

疯狂的午茶会

疯狂的午茶会

那所房屋前面有一棵树，树下放着一张摆好茶点的桌子，那只三月里的野兔和那位制帽匠正在那儿用午茶，他们两个之间则坐着一只榛睡鼠[1]，睡得正酣，那两位就把它当作一个靠垫使用，各把一只胳臂肘儿搁在它身上，越过它的头顶彼此交谈。"这对于那只榛睡鼠来说一定非常不舒服，"爱丽丝想，"只不过它睡着，我猜想它就不在意了。"

那是一张大桌子，但是那三位却挤坐在一角。"没有地方了！没有地方了！"他们看见爱丽丝走来的时候，嚷嚷着说。"地方**有的是**！"爱丽丝恼怒地说，然后在桌子一端的一张大扶手椅上坐下来。

"喝点儿酒吧。"三月里的野兔用一种鼓励的声调说。

爱丽丝对桌子打量了一圈，发现桌子上除了茶以外，什么也没有。"我可没瞧见有什么酒哇。"她说。

"是没有什么酒。"三月里的野兔说。

"那么你劝我喝酒可不是很有礼貌的事。"爱丽丝生气地说。

"你没有受到邀请便坐下来，可不是很有礼貌的事。"三月里的野兔回敬了她一句。

"我并不知道这是**你们的**桌子，"爱丽丝说，"桌子上摆的东西远远超过供你们三位用的。"

"你的头发该剪了。"那位制帽匠说。他怀着极大的好奇心望着爱丽丝，望

---

[1] 一种与松鼠相似的啮齿目鼠科小动物。生活在树上、灌木丛中，或岩壁上，夜出活动；嗜睡；冬季大部分时间睡眠，可从9、10月一直睡到第二年4月。在维多利亚时代，榛睡鼠是英国一些家庭中的儿童的宠物。

了好久，才第一次开口说话。

"你应该知道不要干涉人家私人的事情，"爱丽丝带点儿严厉的神态说，"这是非常无礼的。"

那位制帽匠听了这句话，把眼睛睁得大大的，然而他却只**说了一句**："为什么渡鸦[1]像一张书桌呀？"

"好哇，我们现在要做些游戏了！"爱丽丝心里想。"我很高兴它们已经开始叫人猜谜语啦——我相信我猜得出来。"她接着说出这句话来。

"你难道认为自己能够猜出这个谜语吗？"三月里的野兔问道。

"完全正确。"爱丽丝说。

"那么你应该说出你想说的话。"三月里的野兔继续说。

"我是这样的，"爱丽丝急忙回答，"至少——我所说的就是我想说的——这是一码事，你知道的。"

"一点儿也不是一码事！"制帽匠说，"这样一来，你也就可以说：'我看见我所吃的'跟'我吃我所看见的'是一码事了！"

"你也就可以说，"三月里的野兔添上一句，"'我喜欢我所得到的东西'跟'我得到我所喜欢的东西'是一码事了！"

"你也就可以说，"那只榛睡鼠加了一句，它似乎在它的睡梦中谈话，"'我睡觉的时候呼吸'跟'我呼吸的时候睡觉'是一码事了！"

"这对于你**正是**一码事。"那位制帽匠说，到这里，对话中止了，大伙儿静静地坐了一分钟，这时，爱丽丝把自己记得起来的关于那些大渡鸦和书桌的一切都想了一遍，却想不出很多。

那位制帽匠首先打破了沉默。"今天是这个月的几号呀？"他问道，转过头来对着爱丽丝。他已经从口袋里掏出了一只表，这时他正局促不安地看表，时不时地摇两下，又放在耳朵边听听。

爱丽丝推算了一会儿，然后说道："四号。"

"错了两天啦！"那位制帽匠叹着气说。"我跟你说过，牛油是不适合涂钟

---

[1] 一种鸦科留鸟，黑色，体形比普通乌鸦大得多。这里说渡鸦像书桌的谜语，看来是作者信笔写出的，并无特别含义。

表机件的！"他怒气冲冲地瞅着三月里的野兔，加上这句话。

"那可是**最上等**的牛油啊。"三月里的野兔低声下气地回答。

"不错，可是一些面包屑肯定也掺进去啦，"那位制帽匠瓮声瓮气地抱怨说、"你真不该用切面包的刀去给表加油。"

三月里的野兔把表拿过来，闷闷不乐地对它瞅着，然后把表放在一杯茶里浸一下，再对它瞅着。可是它想不出比它刚才说过的更好的话来，只是说："那可是**最上等**的牛油啊，你知道的。"

爱丽丝已经带点好奇心地从它的肩头望了一眼。"多么滑稽的表呀！"她说，"只表明一个月的几号，却不表明现在是几点钟！"

"为什么要表明这个呢？"那位制帽匠咕噜着说，"**你的**表是不是告诉你今年是哪一年呢？"

"当然不啦，"爱丽丝脱口而出地回答，"不过那是因为同一年要连续那么长久的时间呀。"

"这也正是**我的**表的情况。"那位制帽匠说。

爱丽丝觉得迷惑得不得了。那位制帽匠的话在她听来简直一点意义也没有，然而那确实是英语。"我听不大懂你的话。"她尽可能有礼貌地说。

"那只榛睡鼠又睡着了。"那位制帽匠说，接着把一点儿热茶倒在它的鼻子上。

那只榛睡鼠不耐烦地摇摇头，眼睛也不睁，说道："当然啦，当然啦，我自己正是打算这么说。"

"你猜出那个谜语了吗？"那位制帽匠又转过头来对爱丽丝说。

"没有，我不想猜啦，"爱丽丝回答，"谜底是什么呢？"

"我真正一点儿都不知道。"那位制帽匠说。

"我也不知道。"三月里的野兔说。

爱丽丝有气无力地叹了一声。"我觉得你可以把时间用在更好的事情上，"她说，"而不要把它浪费在问一些没有谜底的谜语上。"

"如果你像我一样对时间很熟的话，"那位制帽匠说，"你就不会说什么把**它**浪费了。该说**他**才是。"

"我不知道你这是什么意思。"爱丽丝说。

"你当然不知道啦！"那位制帽匠说着轻蔑地把头一甩，"我敢说你甚至从来都不曾跟时间谈过话！"

"也许是吧，"爱丽丝小心翼翼地说，"但是我知道我学音乐的时候不得不打拍子[1]。"

"啊，原来如此！"那位制帽匠说，"他不会忍受拍打的。瞧，你只要跟他保持良好的关系，他就会在时钟上做几乎你所喜欢的任何事情。比如说，假定现在是上午九点钟，正是要开始上课的时间；那你只要对时间悄声暗示一下，只一眨眼工夫，时针就会转动！转到一点半，午饭的时间到啦！"

（"我就是希望如此呀。"三月里的野兔压低声音对自己说。）

"当然啦，那是棒极了，"爱丽丝若有所思地说，"不过，这样的话——你知道，我肚子却不饿，不想吃午饭呢。"

"开头，也许如此，"那位制帽匠说，"不过，你可以把时间停留在一点半，你喜欢停多久便停多久。"

"你自己就是采用这个办法的吗？"爱丽丝问道。

那位制帽匠悲哀地摇摇头。"我可没有！"他回答，"你知道，就在他发疯之前（他用茶匙指指三月里的野兔），在今年三月里．我们吵了一场——那是在红心皇后举办的盛大音乐会上，我不得不演唱那首歌的时候，我唱：

　　　　闪烁，闪烁，小小的蝙蝠，

　　　　　　我不知道，你忙些什么！

"或许，你知道这首歌吧？"

"我曾经听到过像这样的歌。"爱丽丝说。

"接下去，你知道，"那位制帽匠继续说，"这首歌是这样唱的：

---

[1]"打拍子"原文是 beat time，照两个词的字面意思，可以说是"打时间"。作者在此处巧妙地做了文字游戏。

在世界之上你飞呀飞，

像天空里一只茶盘打来回。

闪烁，闪烁——"

这时候，那只榛睡鼠摇动着身子，开始在睡梦里唱道："**闪烁，闪烁，闪烁，闪烁——**"唱了很久，以至于他们非得拧它一把使声音停止不可。

"嗯，我刚刚唱完第一段歌词，"那位制帽匠说，"那位皇后就大喊大叫地说，'他在糟蹋时间啦！把他的头砍下来！'"

"多么残酷野蛮呀！"爱丽丝惊叫着说。

"打那次以后，"那位制帽匠用一种悲哀的语调继续说道，"我所要求的事情，他就一件都不做！现在就一直是六点钟。"

爱丽丝恍然大悟起来。"是否这就是为什么如此之多的茶具摆放在这里，是吧？"她问道。

"是的，正是这样，"那位制帽匠叹了一口气，说道，"现在始终是喝午茶的时间，我们都没有两次之间的时间来洗洗东西了。"

"所以你们一直兜圈子挪动座位，是不是？"爱丽丝说。

"完全正确，"那位制帽匠说，"在东西用过了的时候。"

"不过，你们又挪到开头的地方该怎么办呢？"爱丽丝不怕冒犯地问道。

"我们换个话题谈谈怎么样，"三月里的野兔打着呵欠，插进来说，"我对此已经厌倦了。我提议请这位姑娘讲个故事给我们听。"

"我怕自己一个故事都没有。"爱丽丝说，她对这个提议相当紧张。

"那么请榛睡鼠讲吧！"那两位喊道，"该醒啦，榛睡鼠！"那两位同时在两边拧它。

榛睡鼠慢慢地睁开眼睛。"我没有睡着，"它用一种沙哑的细声细气的嗓子说，"我听得见你们这帮家伙刚才说的每一个字。"

"讲个故事给我们听！"三月里的野兔说。

"对啦，请你讲吧！"爱丽丝恳求说。

"而且要快些讲，"那位制帽匠加上一句，"否则你还没有讲完就要睡着了。"

"从前，有三个小姑娘，她们是亲姐妹，"榛睡鼠迫不及待地连声起个头，"她们的名字是艾尔西、莱西和蒂莉；她们住在一口井的里边——"

"她们靠吃什么过日子呢？"爱丽丝问道，她对于吃喝问题一直怀有极大的兴趣。

"她们靠吃糖浆过日子。"那只榛睡鼠想了一两分钟以后说。

"你知道，她们不能那么办，"爱丽丝温和地指出，"那样她们要生病的。"

"她们是病了，"榛睡鼠说，"病得**厉害**着呢。"

爱丽丝做了一点努力，让自己想象一下，这种不同寻常的生活方式会是什么样子的，但是怎么也想象不出，因此爱丽丝接着问道："但是，她们为什么住在井底呢？"

"再多喝点儿茶吧。"三月里的野兔非常庄重地对爱丽丝说。

"我到现在什么都没有喝过，"爱丽丝用生气的口吻回答，"所以我就不能再多喝点儿。"

"你是说不能再**少**喝点儿，"那位制帽匠说，"比起什么都没有喝过，**再多**是非常容易的啦。"

"没有人征求过**你的**意见。"爱丽丝说。

"现在是谁在评论起个人啦？"那位制帽匠扬扬得意地问道。

爱丽丝对这个问题不大清楚该说些什么好；于是她喝了点儿茶，吃了点儿涂牛油的面包，然后转向那只榛睡鼠，重复她的问话："她们为什么要住在井底啊？"

那只榛睡鼠又想了一两分钟，然后说道："那是一口糖浆井呀。"

"没有这种东西！"爱丽丝开始非常愤怒了，但是那位制帽匠和三月里的野兔"唏！唏！"地发出声音，同时那只榛睡鼠则不高兴地绷着脸说道："假如你不能彬彬有礼的话，你最好还是自己编完这个故事吧。"

"不行，请你讲下去！"爱丽丝非常谦恭地说，"我将不再打断你啦。我敢说可能是有那么**一口井**。"

"是啊，有一口啊！"那只榛睡鼠怒气冲冲地说。不过，它答应讲下去。"于是，这小小的三姐妹——你知道，她们正在学着汲取——"

"她们汲取什么呀？"爱丽丝完全忘记了自己的诺言，问道。

"糖浆呀。"那只榛睡鼠说，这次一点儿都不假思索。

"我需要一只清洁的杯子，"那位制帽匠插进来说，"让我们大伙儿都往前挪一挪。"

他一面说一面就挪了个座位，那只榛睡鼠跟着挪。三月里的野兔挪到那只榛睡鼠的座位，爱丽丝相当不情愿地坐在三月里的野兔的位子上。唯独制帽匠一个，从这次挪动中得到好处；爱丽丝则比先前糟糕得多，因为三月里的野兔刚才把牛奶罐打翻在他自己的盘子里了。

爱丽丝不想再冒犯那只榛睡鼠，因此她非常小心地开口问道："但是我不懂。她们打哪儿汲取糖浆呢？"

"你能够从水井里汲取清水，"那位制帽匠说，"因此，我想你就可以从一口糖浆井里汲取糖浆吧——哎，笨不笨？"

"然而她们是待**在井里边**啊。"爱丽丝对榛睡鼠说，并不打算去注意刚才最后那句话。

"她们当然如此啦，"榛睡鼠说，"紧里边[1]。"

这个回答使得可怜的爱丽丝简直莫名其妙，她只好让那只榛睡鼠继续说一阵子，不去打断它。

"她们正在学着汲取。"那只榛睡鼠一面往下说，一面打着呵欠，揉着眼睛，因为它正在变得非常困倦了。"她们汲取了各式各样的东西——每一样东西都是 M 打头的——"

"为什么是 M 打头的呢？"爱丽丝问道。

"为什么不是呢？"三月里的野兔说。

爱丽丝不说话了。

这时候，那只榛睡鼠已经闭上了眼睛，正在迷迷糊糊地进入瞌睡状态。不过，它被那位制帽匠拧了一把，不禁轻轻尖叫了一声，便又醒来，继续讲下去：

---

[1] 上句"井里边"原文为 in the well，此处"紧里边"原文为 well in。作者巧用 well 这个词，这里译文用谐音词表达。

"——都是 M 打头的，比如捕鼠夹啦、月亮啦，还有记性啦，还有大量啦[1]。你知道，你说这些东西都是'半斤八两'[2]，你到底看见过有哪一件汲取来的东西是大量的？"

"的确不错，现在你既然问我，"爱丽丝说，她感到非常困惑，"我觉得是没有——"

"那么你就免开尊口。"那位制帽匠说。

这一句鲁莽的话，爱丽丝承受不了，因此她极为厌恶地站起身来，拔脚就走开了。那只榛睡鼠马上进入了梦乡，另外两个谁都不注意她走开，一点儿都不，虽然她回头望了一两次，有点儿希望他们叫住自己。她最后瞧瞧他们的时候，只见他们正在设法把那只榛睡鼠塞到那只茶壶里去。

"无论如何我都决不愿意再到**那儿**去了！"爱丽丝说，这时，她正择路穿过那片树林子。"我这一辈子，从来也没有参加过如此愚蠢无聊的午茶会！"

就在她说这句话的时候，她看见有一根树干上开着一扇门，通到树身里。"多么奇怪的事情啊！"她心里想，"不过今天每一件事情都奇怪。我想我还是立刻走进去为好。"于是她走了进去。

她又一次发现自己待在那间长长的厅堂里，靠近那张小小的玻璃桌子。"嗯，这一次我可要干得好一些儿了。"她自言自语地说，便着手拿起那把小小的花园门钥匙，打开那扇通往花园的门。然后，开始工作，把那片蘑菇（她曾经把一小块蘑菇藏在口袋里）放在嘴巴里咬，直到自己身高缩到一英尺左右。然后，她沿着那条小小的过道走去。**然后**——她发现自己终于走到一座美丽的花园里，四周是五彩缤纷的花坛和清凉沁人的喷水池。

---

[1]"捕鼠夹、月亮、记性、大量"的英文是 mouse-trap, moon, memory, muc-hness，首字母都是 m。

[2]"半斤八两"的原文是 much of a muchness，其中两个词的首字母也是 m。

第八章

王后的槌球场

王后怒气冲天地转身离开国王，对杰克下命令说："把他们翻过来！"

近花园的入口处长着一棵高大的玫瑰树，树上长着白色的玫瑰花，但是却有三个园丁正在那儿忙着把花涂成红色。爱丽丝觉得这是一件非常奇怪的事情，便走近一些打量他们，就在她走到他们旁边时，她听见其中一个说："喂，小心点儿，黑桃五！不要像这样子把颜料溅到我身上来！"

"我没有法子呀，"黑桃五用不高兴的声调说，"黑桃七碰了我的胳臂肘儿啦。"

对此，黑桃七抬起头来望了望说道："好呀，黑桃五！老是把坏事推在别人身上！"

"**你呀**还是别说话的好！"黑桃五说，"我就在昨天听见王后说，该把你的头砍掉。"

"为什么？"头一个开口说话的那个说。

"黑桃二，这不关**你的**事！"黑桃七说。

"不错，这**是**他的事！"黑桃五说，"我来告诉他吧——这是因为他把郁金香的球根给了厨师，而不是把洋葱给了他。"

黑桃七扔下手中的颜料刷，刚开始说："嗯，天下所有不公正的事情之中——"这时候，他的眼光偶然落在爱丽丝身上，爱丽丝则站在那儿盯着他们瞧，他便突然住口不说下去了。另外两个也回过头来看，于是他们全都低低地弯下身子。

"能不能请你们告诉我，"爱丽丝有点儿胆怯地问道，"你们为什么要涂那些玫瑰呢？"

黑桃五和黑桃七不说话，只是看着黑桃二。黑桃二压低嗓音开始说：

"嗯，小姐，你瞧，事实是，这地方本该种一棵红的玫瑰树，可是我们弄错了，把一棵白玫瑰栽了进去。这样，你知道，要是王后发现这件事，我们全都要人头落地。所以，小姐，你瞧，在她大驾光临之前，我们正在竭尽全力，把——"就在此刻，一直在焦急不安地注视花园那一头的黑桃五大声喊叫："王后来啦！王后来啦！"于是这三个园丁立刻脸面朝下，直挺挺地趴在地上。这时响起了许多脚步的声音，爱丽丝环顾四周，急于见见那位王后。

最先来到的是十个扛着棍棒的士兵，他们的样子全都跟那三位园丁相像：扁平的长方形，双手和双脚长在四只角上。其次是十个侍臣，他们全身上下都用钻石装饰起来，像那十个士兵一样两个两个地并肩行走。跟着来到的则是王室的孩子们，共有十个，小宝贝们一对一对，手拉着手，跳跳蹦蹦、欢欢喜喜地走来，他们全都用红心作为装饰。接着来的是宾客，大多数是国王们和王后们，爱丽丝在其中认出了那位大白兔，它正在说着话，一副急急忙忙、紧张兴奋的样子，对人家讲的每件事都报以微笑，走过去的时候并没有注意到爱丽丝。跟在后面的是那位红心杰克，手里托着搁在一块深红色丝绒垫子上的一顶王冠。在这浩浩荡荡的行列走完之后，出现的是：**红心国王和红心王后**。

爱丽丝相当犹疑不决，不知自己该不该像那三个园丁一样，脸面朝下趴在地上，不过她想不起来有哪一次曾听到过对于行列有这种规矩。"而且，"她想，"如果人们全都必须脸面朝下躺倒，因此而看不见行列的话，这个行列又有什么用处呢？"所以，她就站立在原地不动，等候在那儿。

行列来到爱丽丝的对面的时候，他们全体立定，对她瞧着，那位王后声色俱厉地问道："这个人是谁？"她是冲着红心杰克发问的，红心杰克一个劲地鞠躬和微笑，以此作为回答。

"白痴！"

王后一面斥责说，一面不耐烦地把头一甩，然后转身冲着爱丽丝说道："小孩子，你叫什么名字？"

"敬向陛下回话，我的名字是爱丽丝。"爱丽丝非常有礼貌地说。不过她在心里暗暗加上说："怎么啦，他们说到底只不过是一副扑克牌罢了。我用不着害怕他们！"

"**这几个**又是什么人啊？"王后指着趴在玫瑰树周围的三个园丁问道。因为，你瞧，他们三个都脸面朝下卧倒，他们背上的花样跟一副牌的其他各张一模一样，王后便认不出他们到底是园丁呢，还是士兵呢，还是侍臣或是她自己的三个孩子。

"**我**怎么知道哇？"爱丽丝说，对于自己的勇气不禁感到惊讶，"这可不是**我的**事情呀。"

那位王后愤怒得脸涨得通红，睁大眼睛瞪着她看了一会儿，像一头野兽似的，然后，尖声大叫起来："把她的头砍掉！砍掉——"

"胡说八道！"爱丽丝非常坚定地大声一喊，那位王后便默不作声了。

那位国王把手按在她的手臂上，小心翼翼地说："亲爱的，三思而行，她只不过是个孩子呀！"

王后怒气冲天地转身离开国王，对杰克下命令说："把他们翻过来！"
杰克用一只脚非常小心地照办了。

"站起来！"王后用又尖又响的嗓音叫道。那三个园丁便立刻蹦起来，并且对国王、王后、王室的孩子们以及其他每一个人鞠躬。

"别来这一套啦！"王后用刺耳的尖叫声说，"你们使我头昏脑涨啦！"然后，她又转向那棵玫瑰树，继续说道："你们**刚才**在这儿干什么呀？"

"但愿陛下不要见怪，"黑桃二单腿下跪，用非常谦卑的声调说道，"我们刚才正打算——"

"**我**弄清楚啦！"王后说，她此时已经查看过玫瑰花。"把他们的头砍下来！"行列便向前移动，其中三个士兵留在后面来处死这三个园丁，三个园丁奔向爱丽丝寻求保护。

"你们决不会被砍头的！"爱丽丝说着把他们插进旁边一只大花盆里边。那三个士兵徘徊了一两分钟，对他们瞧瞧，然后悄没声儿地跟在行列后面开步走了。

"他们的头都砍掉了吗？"王后高声嚷道。

"愿陛下满意，他们的头都没了！"三个士兵喊着回答。

"很好！"王后也喊道，"你会玩槌球吗？"

三个士兵不作声，眼睛对爱丽丝看着，因为这个问题显然是问她的。

"会的！"爱丽丝喊道。

"那么，来吧！"那位王后吼着说，爱丽丝便加入了行列，心里好生疑惑，下一步不知道会发生什么事。

"今天——今天天气真正好！"爱丽丝身边响起怯生生的声音。她是跟那位大白兔并排行走，大白兔正在焦虑不安地望着她的脸。

"真正好，"爱丽丝说，"那位公爵夫人在哪儿呀？"

"嘘！别声张！"大白兔说话的声音又低又急。他一面说，一面回头惶惶不安地打量，然后踮起足尖，嘴巴凑近她的耳朵，低声细语地说："她被判处了死刑。"

"什么罪名？"爱丽丝问道。

"你刚才是说'多么遗憾！'吗？"大白兔问道。

"不，我没有这样说，"爱丽丝说，"我不认为这事情有什么遗憾之处。我说的是：'什么罪名？'"

"她打了王后的嘴巴子——"大白兔开了个头。爱丽丝却尖声笑了一下。"哦，嘘！"大白兔胆战心惊地压低声音说，"王后要听见你的笑声了！你瞧，她来得稍晚，那位王后说过——"

"各就各位！"王后大声吆喝，响得如雷鸣一般，所有的人便开始奔向四面八方，彼此互相碰撞，乱成一团。不过，过了一两分钟，他们就都平静下来，槌球游戏就此开始。

爱丽丝觉得自己这辈子从来也没有看见过如此奇怪的槌球场。场地到处都是沟沟坎坎的，活的刺猬作槌球，活的火烈鸟作球棍，那些士兵们则必须弯下身子，手脚着地，作为一个个球门。

最初，爱丽丝发现主要的困难在于控制好她的火烈鸟。她成功地用她的把它的身体服服帖帖地夹起来，让它的两条腿垂下来，但是，就在她让它的脖颈像模像样地伸直，打算用它的头照准刺猬击去的时候，它**通常**总要把自己扭转过来，仰望她的脸，带着如此迷惑不解的表情，使她情不自禁地放声大笑。这时，她要是把它的头摁下去，打算重新来一遍的话，就会非常烦恼地发现那只刺猬已经把蜷起来的身体伸直，正在一步一步地爬走。除了这一切以外，不论她要把刺猬送到哪儿去，一般总有一条坎儿或者一道沟儿阻碍着。同时，由于那些弯身站着的士兵们老是要直起腰来，走到槌球场的另外的地方去，爱丽丝不久便得出结论，认定这的确是一种非常不容易玩的球戏。

参加玩槌球的人们都一起玩起来，完全不管轮到没轮到，而且一刻不停地争吵，打架，为那些刺猬你抢我夺。在非常短的时间里，王后便勃然大怒了，她走来走去，跺脚吼叫"砍掉那个男的头！"或者"砍掉那个女的头！"大概一分钟叫一次。

爱丽丝开始感到很不好受，当然，直到目前为止，她还没跟这位王后有过任何争论，不过，她心里明白这种事情随时都可能发生，"而那个时候，"她想，"我将会怎么样呢？这地方，他们骇人听闻地喜欢砍掉别人的头，奇怪的事情莫过于还让人活着！"

她东张西望，想找条能逃走的路，同时又疑惑自己是否能够开溜而不被人发觉，就在这时候，她看见空中出现一个奇怪的形象。一开始，这叫她非常迷惑，但是在盯着它瞧了一两分钟之后，她弄明白这原来是个龇牙咧嘴的笑容，于是她对自己说："那是柴郡猫呀，现在我可以有个朋友谈谈话了。"

"你过得怎么样啊？"那只猫儿在现出了足够用来说话的嘴的时候这样问道。

爱丽丝等到它的眼睛出现时点了点头。"对它说话没有用，"她想，"除非它的耳朵出来了，或者至少有了一只耳朵。"她刚这样想，那边整个的头就出现了，于是爱丽丝把她抱着的火烈鸟放下来，开始报告这场槌球游戏，心中觉得非常高兴，终于有个朋友听她说话了。那只猫仿佛认为自己此刻让人看到的形象已经足够了，于是没有更多的部分显现出来。

"我觉得他们玩球完全不公平，"爱丽丝用相当抱怨的声调开始说，"他们大家都那么凶狠地争吵，一个人根本听不见自己说些什么——而且他们似乎没有什么特定的游戏规则。至少是，如果有的话，没有谁遵守规则——而且由于所有的用具都是活的，你不知道那有多么混乱哪。比方说吧，我要把球打过去

它通常总要把自己扭转过来，仰望她的脸。

那边整个的头就出现了。

的下一个球门，它却在球场的另外一头走来走去——还有，我本该在这时槌打那位王后的刺猬的，可是它一看见我的刺猬来了，它就逃走了！"

"你喜欢那位王后吗？"那只猫儿压低嗓子问道。

"一点儿不喜欢，"爱丽丝说，"她是那么极其——"就在此时，她看见那位王后走近她的身后偷听，于是她改口说下去，"——有可能会赢，因而简直没有必要打完这场槌球戏了。"

那位王后微微一笑，从她身边走了过去。

"你是在跟谁说话呀？"国王走来问爱丽丝，同时瞧着那只猫头，奇怪得不得了。

"它是我的一个朋友——一只柴郡猫，"爱丽丝说，"请允许我把它介绍给你。"

"我一点儿也不喜欢它那副模样，"国王说道，"不过，它可以吻我的手，要是它想这么做的话。"

"我宁愿不这么做。"那只猫儿发表意见说。

"休得无礼，"国王说道，"也不得如此这般对我瞧着！"他一面说一面站到爱丽丝背后去。

"一只猫是可以瞧着一位国王的，"爱丽丝说，"我曾经在一本书上读到过这句话，不过我记不起来是在哪一本上读到的。"

"嗯，一定要把那只猫儿弄掉。"国王非常坚决地说道，同时叫唤此时正走过去的王后说："亲爱的！我希望你能把那只猫儿弄掉！"

那位王后解决所有困难问题时，不论问题大小，办法只有一个。"砍掉它的头！"她连看都不回头看，便如此吩咐。

"我亲自去把刽子手找来。"国王很起劲地说，便急急忙忙地走开了。

爱丽丝觉得不妨也走回去看看槌球游戏进行得怎样了，因为她听见王后在远处暴跳如雷地尖声叫喊。她已经听见她判处了三个玩槌球的人死刑，因为他们在轮到打球的时候不上阵，而且她彻底讨厌这种种情况，因为这场球戏竟然如此混乱，她完全闹不清楚是不是轮到自己了。于是她走开，去寻找自己的那只刺猬。

那只刺猬正在忙于跟另外一只刺猬打架，看来对于爱丽丝这是一次极好的机会，可以用其中一只刺猬去撞击另外一只。唯一的困难是，她的火烈鸟已经跑到花园的那一头去了，爱丽丝能看见它正在用一种徒劳无益的方法，想要飞到一棵树上去。

在她逮住了她的火烈鸟，把它抱回来的时候，可惜打架已经结束，那两只刺猬已经无影无踪了。"不过这没有多大关系，"爱丽丝心里想，"因为所有的球门都已经从球场的这一边走掉了。"于是她把她的火烈鸟夹在手臂下面，这样它便不会再逃跑了。她往回走去，要跟她那位朋友再谈一会儿。

等到她回到那只柴郡猫那儿的时候，她吃惊不小，只见有好大一帮子人聚集在它四周。那个刽子手，以及国王和王后之间正在展开一场争论，三方面同时开腔，其余的人一言不发，静得很，却显出非常不自在的样子。

爱丽丝一来到现场，那三方面就都请求她来解决这个问题，他们对她重复自己的论点，然而，因为他们同时各说各的，爱丽丝发现很难弄清楚他们究竟说些什么。

刽子手的论点是，除非那个头有一个身体，否则你就无法把它从什么地方砍下来，他过去从来也没有非得干这样的事情不可，在他一生的如此时刻，他也不打算开始干。

那位国王的论点是，凡是有一颗头的任何东西都可以砍头，你休得胡说八道。

那位王后的论点是，如果不立时立刻办好那件事，她就要砍掉每一个人的头，一个不留。（就是这最后一句话使得整个人群显得那么神情严肃和惶惶不安。）

爱丽丝想不出别的话来说，只是说："那只猫是公爵夫人的，你们最好还是问问**她**该怎么办吧。"

"她在牢房里，"那位王后对那个刽子手说，"把她带到这儿来。"刽子手便箭一般地跑掉了。

就在他跑得不见人影的当儿，那只猫的头影开始淡下去了，而在他把公爵夫人带回来的时候，猫头已经完完全全消失不见了。于是那位国王和那个刽子手发疯似的奔来奔去地搜寻它，而此时，其余的人都回去继续玩槌球游戏了。

除非那个头有一个身体，否则你就无法把它从什么地方砍下来。

第九章

假海龟的故事

王后始终没有放弃跟其他的球员们吵闹，并且大声嚷嚷"砍掉他的脑袋！"或者"砍掉她的脑袋！"

"你这个亲爱的老伙伴啊，你不知道我重新看见你有多么高兴啊！"公爵夫人一面说，一面亲亲热热地挽着爱丽丝的手臂，一同走开。

　　爱丽丝非常高兴地看到她心情如此愉快，不免暗自猜想，她们那次在厨房里相见的时候，也许仅仅是胡椒使她变得那么野蛮。

　　"等到**我是**一个公爵夫人的时候，"爱丽丝对自己说（不过语调并不非常乐观），"我就**全然**不会让我的厨房里有一点儿胡椒。汤做得非常好，而不放——也许从来都是胡椒使得人们脾气暴躁，"她继续自言自语，非常高兴自己发现了一种新的规则，"而酸醋使得人们酸溜溜的——而黄春菊[1]使得人们满腹牢骚——而——而大麦棒糖[2]以及诸如此类的东西则使得孩子们又乖又甜。我真正希望人们明白**这一点**，那么他们就不至于在给孩子吃糖方面那么小气了，你知道——"

　　这时候，她已经把公爵夫人忘得一干二净了，一听见公爵夫人的声音近在耳边，她不禁有点儿惊吓。"亲爱的，你在想什么心事，这使得你忘记谈话啦。眼下我还不能告诉你这件事的教训到底是什么，不过，我一会儿工夫就会想起来的。"

　　"也许其中并没有什么教训吧。"爱丽丝斗胆发表意见。

　　"嘘，嘘，孩子！"公爵夫人斥责说，"任何事情里都包含教训，只要你能够发现它。"她说话的时候，把身子向爱丽丝更挨近一些。

　　爱丽丝可不怎么喜欢她如此近地靠拢自己，首先是因为这位公爵夫人模样

---

　　[1] 一种草本植物，花及叶可作药用，黄春菊花茶则是一种饮料。
　　[2] 一种透明硬糖，制作时加入麦精，故名。

非常丑；其次，因为她的个子不高不矮正好把她的下巴颏儿搁在爱丽丝的肩膀上，而那个下巴颏儿尖得叫人不舒服。不过，爱丽丝不愿意待人粗暴，因此她尽可能地忍受着她的下巴颏儿。

"那场槌球游戏现在进行得比较顺利了。"她说，用意在于把谈话稍稍维持一下。

"果然如此，"公爵夫人说，"而其中的教训是——'哦，是爱，是爱，使这个世界运行不衰[1]！'"

"有人却说，"爱丽丝喃喃低语说，"那是每个人干好自己的事才能这样的！"

"啊，不错！意思几乎是一样的。"公爵夫人说，同时把她的小小的尖下巴颏儿戳进爱丽丝的肩膀，加上一句说：**"这里**的教训是：'意义小心照顾，声音不费工夫'。[2]"

"她多么喜欢在事情里面找出教训来啊！"爱丽丝心中暗想。

"我敢说，你正在奇怪我为什么不把手臂搂着你的腰，"在停顿片刻之后，公爵夫人说，"其原因是，我吃不准你的火烈鸟的脾气。我来试验一下好不好？"

"它会咬人的。"爱丽丝谨小慎微地说，她一点也不感到要急于做这个试验。

"非常对，"公爵夫人说，"火烈鸟和芥末两者都会咬人的。其中的教训是——'羽毛一样儿，鸟聚一块儿'[3]。"

"只不过芥末可不是鸟儿啊。"爱丽丝评论说。

"跟刚才一样，你说得不错，"公爵夫人说，"你分辨事情是多么清楚明白！"

"我觉得，芥末是一种矿物质。"爱丽丝说。

"当然是的啦。"公爵夫人说，她似乎随时准备同意爱丽丝所说的每一件事情。"这附近有一个很大的芥末矿。其中的教训是——'我的东西越多，你的

---

[1] 当时法国流行歌曲中有这样的句子。英国古老歌曲《爱的黎明》中也有类似的句子。英国作家狄更斯（1812—1870）的《我们共同的朋友》第四卷第四章中也有。

[2] 这句话的原文是："Take care of the sense, and the sounds will take care of myselves."作者故意将英国谚语"Take care of the pence, and the pounds will take care of themselves"改动了两个字（pence 改为 sense；pounds 改为 sounds）。谚语的意思是"便士小心照顾，金镑不费工夫"，即"节省小钱，可得大钱"。

[3] 这是一句英国谚语，原文是"Birds of a feather flock together"，意即"物以类聚"。

东西越少'[1]。"

"哦，我明白啦！"爱丽丝高声喊道，她并没有留心在意地听那最后的一段话。"它是一种蔬菜。它不像蔬菜，然而是蔬菜。"

"我十分同意你的说法，"公爵夫人说道，"其中的教训则是'就成为你看上去的那个样子'，或者，你喜欢把它说得简单一些，那就是'决不要想象自己不是别人可能觉得的样子，那就是你过去不是，或者可能曾经不是那种你曾经可能被别人感觉到的样子'[2]。"

"要是你曾经把这一句写下来的话，"爱丽丝非常有礼貌地说，"我想我一定会理解得好一些。可是你嘴巴上说，我就很难跟得上了。"

"对于我说话的能耐来说，要是我想说，这句话可算不了什么。"公爵夫人用扬扬得意的声调作答。

"求你不要不怕麻烦再说比这更长的话吧。"爱丽丝说。

"哦，不要说什么麻烦不麻烦！"公爵夫人说，"到现在为止，我说过的每一句话都是我给你的一件礼物。"

"一种廉价的礼物罢了！"爱丽丝心里想，"我很高兴人们可不像这样送生日礼物！"不过她没有大胆到说出声来。

"又在想什么吗？"公爵夫人用她的尖下巴颏儿再戳了一下，问道。

"我有想的权利。"爱丽丝不客气地说，因为她已经开始感到有点儿不耐烦了。

"就像猪有权利飞那样[3]，"公爵夫人说，"其教——"

可是说到这儿，叫爱丽丝大为惊奇的是，那位公爵夫人的嗓音忽然消失了，即使这时她刚把她最喜爱的字眼"教训"只说了一半，而她挽住爱丽丝的手臂的那只手开始颤抖起来。爱丽丝抬头一看，原来是王后站在她们跟前，她抱着

---

[1] 这一句看来是作者自己编造的"谚语"，可以看作暗指一种赌赛的原理：赢者所得即输者所失。又，句中"我的"原文为 mine，这个词还可解释为"矿"，因此又有双关之义。

[2] 这一句原文是很长的绕口令似的句子，曲折有趣，可是难以翻译和表达，语法家曾作为研究的例句。原文是：Never imagine yourself not to be otherwise than what it might appear to others that what you were or might have been was not othewise than what you had been would have appeared to them to be otherwise.

[3] 有一条苏格兰古谚语说："猪也许会飞，可是却不太可能。"

双臂，像雷雨欲来那样紧皱双眉。

"王后陛下！天气很好。"公爵夫人用一种微弱的低声开口说。

"听着，我毫不含糊地警告你，"王后一面用脚跺地，一面大声嚷道，"要么是你、要么是你的头离开，而且立时立刻实行！你选择吧！"

公爵夫人做了选择，她马上就走了。

"让我们继续进行球赛。"王后对爱丽丝说。爱丽丝却吓得一句话也说不出来，但还是慢慢地跟随她回到槌球场去了。

其他的客人利用王后离开一会儿的机会，正在树荫下休息。不过，他们一看见王后，便急急忙忙赶回去打球；王后只是说了一句，谁耽误一下子就要谁的命。

他们玩球的整个时候，王后始终没有放弃跟其他的球员们吵闹，并且大声嚷嚷"砍掉他的脑袋！"或者"砍掉她的脑袋！"被她判决的那些人都由士兵们看管起来，士兵们当然只得不再当拱门而去做这件事，因此，大约一个半小时以后，就没有拱门再剩下来，除了国王、王后和爱丽丝以外，所有的球员都被看管，并且被判了极刑。

这时，王后离场了，累得气喘吁吁，对爱丽丝说："你可曾看见过假海龟呀？"

"没有，"爱丽丝说，"我甚至连什么是假海龟也不知道。"

"假海龟就是用来做假海龟汤的东西呀。"王后说。

"我从来没有看见过，也从没有听说过。"爱丽丝说。

"那么，来吧，"王后说，"它会把它的生平告诉你。"

她们一起走开的时候，爱丽丝听见国王用低低的声音对所有的随从人员说："你们全都被赦免了。""好哇，**这可是**件好事情！"她对自己说道，因为她对王后命令把那么多的人判处死刑感到很不开心。

他们不一会儿便遇见一个格里芬[1]，它正躺在阳光里酣睡（如果你不知道

---

[1] 希腊神话中的狮身鹰首兽。是狮身、鹰头、鹰翼的怪物。因具备兽王和鸟王两种特性而被视为最强者。为欧洲古代锡西厄（Scythia）秘密宝藏的守卫。徽章上用此图像象征勇气。英国威尔士用红色格里芬作为象征。英国牛津大学三一学院也用以作为标记，大门上有此图像。作者曾就读并任教于牛津大学，对此很熟悉。

格里芬是什么，请看图）[1]。"起来，懒家伙！"王后喊道，"把这位小姐带去看看假海龟，听听它讲自己的经历。我必须赶回去照看我命令执行死刑的一些情况。"她走开了，把爱丽丝独个儿留着跟格里芬在一起。爱丽丝不大喜欢这个怪兽的样子，不过，她觉得，跟它待在一起，比跟随那个野蛮的王后走，大体上来说安全程度差不多是一样的，因此她就等待着。

那个格里芬坐了起来，揉揉眼睛，然后望着走去的王后，直到望不见为止，然后咻咻地笑。"多么有趣啊！"格里芬说，一半是对自己，一半是对爱丽丝。

"什么东西**有**趣呀？"爱丽丝问。

"嗯，**她呀**，"格里芬说，"那完全是她的幻想罢了。你知道，他们从来也不杀死一个人的。来吧！"

"这里大家都说'来吧'，"爱丽丝慢吞吞地跟随它走的时候，心里想，"我从来也没有这样被人家牵着鼻子走，这一辈子也没有哇！"

他们没有走多远便看见了那个假海龟，它在远处，孤孤单单，伤心地坐在一块小礁石上，他们走得更近的时候，爱丽丝能听见它唉声叹气，仿佛心要碎了。她深深地可怜它。"它为什么悲伤呀？"她问那个格里芬，格里芬的回答几乎跟刚才说的话一样："你知道，那完全是它的幻想罢了。它根本没有什么悲伤。来吧！"

于是他们来到那个假海龟跟前，假海龟用眼泪汪汪的大眼望着他们，却一声不吭。

"这里的这位小姐，"格里芬说，"她想要知道你的经历，她确实这样想。"

"我可以告诉她，"那个假海龟用低沉的嗡嗡声说道，"坐下来，两位都坐下来，我把话说完之前，你们可不要插一个字啊。"

他们便坐了下来，有好几分钟谁也没说话。爱丽丝心里想："要是它不开口说话，那么它**究竟**怎么能说完呢。"不过她还是耐心地等待着。

"从前，"假海龟深深叹了一口气，终于说开了，"我是一个真海龟。"

这句话的后面是一阵很长时间的沉默，只是被那个格里芬偶然发出的"嘿

---

[1] 图见后页。——编注

他们不一会儿便遇见一个格里芬，它正躺在阳光里酣睡。

喀儿！"的叫喊声，以及那个假海龟一刻不停的重重的抽咽声所打破。爱丽丝真想立刻站起身来，说一句："先生，谢谢你说了有趣的故事。"不过她还是禁不住**想必定有**更多的话会听到，所以她静静地坐在那儿，一言不发。

"我们幼小的时候，"假海龟终于继续说下去，它比较冷静些了，虽然时不时地还是有点儿抽抽搭搭，"我们到海里的学校上学。老师是一位老海龟——我们却老是叫它陆龟——"

"假如它不是一个陆龟，你们为什么叫它陆龟呢？"爱丽丝问道。

"因为它教我们校规，所以我们叫它陆龟，[1]"假海龟气呼呼地说，"你真是太不聪明了！"

"你竟然问出如此简单的问题，真该为自己感到害臊！"格里芬加上一句。于是他们两个静静地坐在那儿，瞧着那个可怜的爱丽丝，她立刻感到甘愿钻到地底下去。最后，格里芬对假海龟说道："接下去说，老伙计！不要一整天尽说这个！"于是它继续说了下面这些话：

"对啦，我们到海里的学校去上学，尽管你可能不相信这事——"

"我从来没有说过不相信啊！"爱丽丝打断他的话。

"你说过。"假海龟说。

"不要多嘴多舌的！"格里芬在爱丽丝还没有再说话之前，插上这一句。假海龟便继续往下说。

"我们受到过最好的教育——事实上，我们每天都去上学——"

"**我也曾经**在私立走读学校读书，"爱丽丝说，"你大可不必骄傲得这副样子。"

"有额外的东西吗？"假海龟有点儿焦急地问道。

"有，"爱丽丝说，"我们还学法语和音乐。"

"还有洗衣服吗？"假海龟问道。

"当然没有啦！"爱丽丝不高兴地说。

---

[1] 原文是："we called him Tortoise because he taught us."其中 Toroise（陆龟）和 taught us（教我们）读音相近，是双关语。又，上文"海龟"原文是 Turtle，与 tutor（导师）读音相近，作者有意把龟和教师等联系起来。

"啊！那么你们的学校可不是一所真正的好学校，"假海龟用一种大大松了一口气的腔调说，"瞧，在**我们的学校**里，在账单的最后面，他们写着：'法语，音乐，**以及洗衣服**——额外收费[1]。'"

"你们不可能十分需要洗衣服，"爱丽丝说，"你们生活在海底下呀。"

"我可负担不起学这种事，"假海龟叹了一口气，说道，"我只选修正规的课程。"

"什么是正规的课程呢？"爱丽丝问道。

"当然啦，一开头学的是打转转和扭来扭去，"假海龟回答，"然后是各个不同门类的算术——比如雄心啊，消遣啊，丑化啊，嘲笑啊[2]。"

"我从来也没有听见过'丑化'这个词，"爱丽丝冒昧地说，"那是什么意思？"

格里芬惊讶地举起它的两只脚爪。"从来也没有听说过丑化呀！"它大声嚷道，"我想，你总该知道什么叫作美化吧？"

"不错，"爱丽丝疑疑惑惑地说，"它的意思是——把——任何东西——弄得——漂亮一些。"

"那么，好，"格里芬继续说，"假如你不知道什么是丑化的话，你就是一个傻瓜。"

爱丽丝感到人家并不欢迎她再问关于这一类的问题，因此她转而对假海龟问道："那么，你们还得学什么别的东西呢？"

"嗯，还有神秘事，"假海龟回答，同时用它的阔鳍拍打着，逐项数出课目来——"神秘事，古代的跟现代的，以及海学。还有嘛，拖话——拖话老师是一位老康吉鳗，经常是每星期来一次，**他**教我们拖话、伸展肢体，以及昏厥成

---

[1] 英文原文 extra 既有"额外的好处"，又有"额外的费用"的意思。作者在此处可能用双关含义讽刺学校收费过多。

[2] "打转转"原文是 reeling，与 reading（阅读）谐音。"扭来扭去"原文是 writhing，与 writing（写作）谐音。"雄心"原文是 ambition，与 addition（加法）谐音。"消遣"原文是 distraction，与 subtraction（减法）谐音。"丑化"原文是 uglification，与 multiplication（乘法）谐音。"嘲笑"原文是 derision，与 division（除法）谐音。这一段，作者运用英文中的谐音文字做有趣的文字游戏。

圈圈[1]。"

"**那是**什么样子的啊？"爱丽丝问。

"嗯，我本人无法表演给你看，"假海龟说，"我太僵硬了。而格里芬从来也没有学过。"

"我可没有时间学，"格里芬说，"不过，我常常到古典文学老师那儿去上课。他是一位老螃蟹，**他**正是这样一位。"

"我可从来不上他的课，"假海龟叹了一口气说，"他们老是说他教的是哈哈笑和伤心事[2]。"

"是这么回事，是这么回事。"格里芬说，这回轮到它叹气了。这两个生物于是都用爪子捂着脸。

"你们一天有多少小时的功课呢？"爱丽丝问道，她心中急于转换那个话题。

"第一天是十个小时，"假海龟说，"第二天是九个小时，依此类推。"

"多么奇怪的方案啊！"爱丽丝喊道。

"这就是为什么它们称之为'功课'[3]呀，"格里芬发表意见说，"因为它们一天比一天克扣下去。"

对于爱丽丝说来，这个说法好新鲜，她对此想了一会儿，然后再开口问："这么说来，第十一天一定是放假的日子啦？"

"当然是放假的日子。"假海龟说。

"那么到第十二天你们干什么呢？"爱丽丝急切地继续追问。

"关于功课嘛，这就足够啦，"格里芬用一种非常决断的声调插进来说，"现在跟她说说比赛的事情吧。"

---

[1]"神秘事"原文是mystery，与history（历史）谐音。"海学"原文是seaography，中文和英文都没有这个词儿，是杜撰的，与geography（地理学）谐音。"拖话"原文是drawling，拖长声调慢吞吞说话的意思，与drawing（图画）谐音。"伸展肢体"原文是stretching，与sketching（素描）谐音。"昏厥成圈圈"原文是fainting in coils，与painting in oils（画油画）谐音。这些也是作者的游戏笔墨。又，康吉鳗是一种大海鳗。

[2]"哈哈笑"原文是laughing，与Latin（拉丁文）谐音。"伤心事"原文是grief，与Greek（希腊文）谐音。

[3]"功课"原文是lesson；"克扣"原文是lessen，意为"减少"。作者在上下文中运用这两个读音完全相同，但只差一个字母的词做文字游戏。

第十章

龙虾四对方阵舞

假海龟长长地倒抽一口冷气，说道："这可是非常奇怪呀！"

假海龟深深地叹了一口气，举起一只阔鳍，用鳍背抹抹自己的两只眼睛。它看看爱丽丝，欲言又止，抽抽搭搭一两分钟，说不出话来。"就像有一根骨头卡了喉咙似的。"格里芬说，同时开始起劲地摇晃它，捏起拳头猛敲它的背。假海龟终于恢复过来，能说话了，它满脸泪水涟涟，继续说道：

　　"你也许不大住在海底下，"（"我没有在那儿住过。"爱丽丝说。）"也许你从来也没有让人介绍给一位龙虾吧——"（爱丽丝刚开口说"我有一次尝过——"自己就连忙打住了，改口说："没有，从来也没有。"）"——那么你就无法想象龙虾四对方阵舞是一件多么开心的事情啦！"

　　"是的，的确如此，"爱丽丝说，"这是一种什么样的舞蹈呢？"

　　"是这么着，"格里芬说，"你们先沿着海滩排成一行一行——"

　　"排成两行！"假海龟喊道，"海豹哇，海龟哇，大马哈鱼哇，以及其他等。然后，你们就把所有的海蜇都清除掉——"

　　"**这件事嘛**，一般都需要些时间。"格里芬插话说。

　　"——你们往前进两次——"

　　"每一次有一个龙虾做舞伴！"格里芬喊道。

　　"当然啦，"假海龟说，"往前进两次，然后与舞伴相对而舞——"

　　"——交换龙虾，再按照同样顺序后退。"格里芬继续说。

　　"然后，你们知道，"假海龟接着说，"你甩开那些——"

　　"那些龙虾！"格里芬大声嚷嚷，同时蹦到半空中。

　　"——甩到海里去，越远越好——"

　　"游过去追赶它们！"格里芬尖声叫喊起来。

假海龟终于恢复过来，能说话了，它满脸泪水涟涟。

"在大海里边翻一个筋斗！"假海龟喊着说，它欢蹦乱跳，兴奋得不得了。

"再一次交换龙虾！"格里芬声嘶力竭地狂叫。

"再回到陆地上来，而——这就是第一节的全部花式了。"假海龟突然之间放低声音说。那两个生物刚才还像发疯的家伙一样，一下不停地满场子蹦蹦跳跳，这时却非常悲伤地重新静静地坐下来，望着爱丽丝。

"那一定是非常好看的舞蹈吧。"爱丽丝怯生生地说。

"你想看一会儿吗？"假海龟问道。

"真的非常想看。"爱丽丝说。

"来吧，咱们跳第一节花式看看！"假海龟对格里芬说，"没有龙虾我们也能跳的，你知道。谁来唱呢？"

"哦，**你**唱呀，"格里芬说，"我已经忘记歌词了。"

它们便开始一本正经地跳起舞来，绕着爱丽丝一圈一圈地转，在离她太近的时候，时不时地踩着她的脚趾头；在假海龟用非常迟缓和悲伤的声音唱下面一首歌的时候，它们俩舞动着前爪打拍子。

　　牙鳕对蜗牛这样说："你能走得快些吗？"

　　有一只海豚紧随在后，踩着了我的尾巴，

　　那些龙虾和海龟齐往前，瞧有多急啊！

　　它们等候在海滨沙石上——舞蹈你可愿来参加？

　　舞蹈你愿、不愿、你愿、不愿啊来参加？

　　舞蹈你愿、不愿、你愿、不愿啊来参加？

　　你真的无法知晓这究竟有多么美妙：

　　当它们把我们同龙虾一起向大海抛！

　　那蜗牛却答道："太远了，太远了！"眼睛一瞟——

　　它说由衷地感谢牙鳕，但不愿参加这舞蹈。

　　它不愿、不能、不愿、不能啊参加这舞蹈。

　　它不愿、不能、不愿、不能啊参加这舞蹈。

"抛得多少远有何妨？"有鳞的朋友回答它。

离英国越是远，离法国就越是近些啦。
你知道，另有个海滩在那边的蓝天下。
亲爱的蜗牛啊，不要脸发白，来参加舞蹈吧。
舞蹈你愿、不愿、你愿、不愿啊来参加？
舞蹈你愿、不愿、你愿、不愿啊来参加？

"谢谢你，看这种舞蹈是非常有趣的事。"爱丽丝说，这时舞终于跳完了，她心中为此感到非常欣慰。"而且我真的很喜欢听这首关于牙鳕的奇怪的歌曲！"

"哦，至于牙鳕嘛，"假海龟说，"它们——当然，你从前看见过它们吧？"

"不错，"爱丽丝说，"我从前常常看见它们在饭——"她急忙把话缩了回去。

"我不知道饭可能在哪儿，"假海龟说，"不过，假如你从前经常看见它们的话，你当然知道它们是什么样子啦？"

"我相信是这样的，"爱丽丝一面想一面回答，"它们的嘴巴里长着尾巴——而且它们全身都裹着面包粉。"

"关于面包粉你可说错了，"假海龟说，"面包粉在海里都会给冲洗掉的。不过它们的尾巴**是**长在嘴巴里，其原因是——"假海龟说到这里不禁打了个呵欠，闭上了眼睛。"把原因等等都原原本本地告诉她吧。"它对格里芬说。

"原因是，"格里芬说，"它们**要**和龙虾一起去参加舞蹈。所以它们给抛到海里去了。所以它们必须跌得很远。所以它们的尾巴牢牢地长在嘴巴里。所以它们就无法再把它们拔出来。如此而已。"

"谢谢你，"爱丽丝说，"这事情非常有趣。关于牙鳕，我过去从来也没知道得这么多。"

"要是你高兴听的话，我还能说得更多呢，"格里芬说，"你可知道它为什么被叫作牙鳕[1]吗？"

"我从来也没有想到这一点，"爱丽丝说，"究竟为什么呢？"

"它可以用来擦长筒靴和皮鞋。"格里芬非常严肃地回答。

爱丽丝给完全搞糊涂了。"用来擦长筒靴和皮鞋！"她用一种弄不明白的口吻重复那句话。

"怎么啦，**你的**皮鞋是用什么东西擦的呢？"格里芬说，"我的意思是，什么东西使你的皮鞋这样光亮呢？"

爱丽丝低头望望皮鞋，考虑了一下，然后做出回答。"我相信，那是用黑鞋油[2]擦的。"

"在海底下，长筒靴和皮鞋，"格里芬用一种低沉的嗓音继续说道，"是用牙鳕来擦的。现在你知道了吧。"

"长筒靴和皮鞋是用什么东西做成的呢？"爱丽丝用一种极其好奇的声调问道。

"当然啦，是用鲳鱼和鳗鱼[3]做成的啦，"格里芬很不耐烦地回答，"不管哪一只小虾都能跟你说明白的。"

"假如我曾经是牙鳕的话，"爱丽丝说，她的脑子依然在想着那支歌，"我就会对那个海豚说：'喂，远着点儿！我们可不要**你**跟我们在一起！'"

"它们却非要它跟它们在一起不可哇，"假海龟说，"没有一种聪明的鱼到什么地方去的时候不带着一个海豚。"

"都带着？是真的吗？"爱丽丝用惊讶得不得了的声调问。

"当然啦，"假海龟说，"怎么着，假如一条鱼向**我**游来，跟我说它打算去旅行，我就准会问：'带什么海豚呀？'"

"你的意思是'目的'[4]吧？"爱丽丝问道。

"我所说的就是我的意思。"假海龟用生气的声调回答。于是格里芬添加一

---

[1] 牙鳕是一种鱼，原文是 whiting，这个词又有粉刷或擦白某种物品的意思。

[2] "黑鞋油"的原文是 blacking，与上面的 whiting 形成对照。

[3] "鲳鱼"的原文是 sole，这个词又可作"脚底"解。"鳗鱼"的原文是 eel，这个词和 heel（鞋跟）读音相近。

[4] "海豚"的原文是 porpoise，"目的"的原文是 purpose，读音相近。

句说："得啦，让咱们听听**你的**一些冒险故事吧。"

"我可以把我的冒险故事讲给你们听——打从今儿早晨的事说起，"爱丽丝有点儿胆怯地说，"不过，回头说到昨天的事儿就没有益处了，因为我那时是跟现在不同的人。"

"把这一切都解释清楚！"假海龟说。

"不，不！先讲讲冒险故事，"格里芬用一种忍耐不住的声调说，"解释清楚需要一长段讨厌的时间。"

因此，爱丽丝开始对他们讲她的冒险故事，从她第一次看见那只大白兔讲起。她刚开始讲的时候，看到那两个生物挨得那么近，两双眼睛和两只嘴巴张得**那么**大，她不免有点儿紧张；但是她继续讲下去便产生了勇气。她的听众鸦雀无声地听着，直到她讲到她对那只毛毛虫背诵**《你老了，威廉爸爸》**那一段字句全部背错了的时候，假海龟长长地倒抽一口冷气，说道："这可是非常奇怪呀！"

"全篇都奇怪到极点！"格里芬说。

"全篇都背错了呀！"假海龟若有所思地重复着说，"我倒是很想让她现在试试看，听听她好背诵些什么。叫她开始吧。"它瞧着格里芬，仿佛觉得它对于爱丽丝具有某种权威似的。

"站起来，背诵'**这是懒人的声音**'[1]。"格里芬说道。

"这两个生物多么会支配人家，还叫人家背诵功课呢！"爱丽丝想着，"我倒不如立刻回到学校里去的好。"虽然如此，她还是站了起来，开始背诵，不过她满脑子里都是那龙虾四对方阵舞，以致她简直不知道自己在背些什么，而她背的字句也确实是非常稀奇古怪的：

> 这是龙虾的声音，我听见它发话：
> "你把我烤得太焦啦，我的发须得用糖洒。"
> 就像鸭子用眼睑，它却用鼻子

---

[1] 英国以写赞美诗著名的瓦茨，出版过一本在英国广为流传的《儿童圣歌》，这里是其中一首名为《懒人》的第一句。

整裤带和钮子，把脚翻成外八字。

沙滩完全晒干时，它像云雀乐陶陶，

谈起鲨鱼来，它用鄙夷不屑的腔调。

可是，浪潮起，鲨鱼遍处出现的时候，

它的声音战战兢兢，颤颤抖抖。

"这跟**我**还是个孩子的时候常常背诵的那首不一样啊，"格里芬说。

"嗯，**我**以前也从来没有听见过这首诗，"假海龟说。"不过它听来不是一般的莫名其妙。"

爱丽丝闭口不言语，她已经坐了下来，双手捂着脸，心里琢磨着，**不知道一切事情究竟会不会再正常起来。**

"我很愿意这事情能解释一下。"假海龟说。

"她无法解释，"格里芬连忙说，"继续背下一首诗吧。"

"不过关于它的脚趾头怎么啦？"假海龟钉着问，"它怎么**能够**用它的鼻子把脚弄成外八字，你说说看？"

"那是舞蹈里的第一个足部基本位置[1]。"爱丽丝说。不过她已经被这整个事情弄得晕头转向，狼狈不堪了，她渴望换个题目谈谈。

"继续背下一首诗吧，"格里芬重复说道，"开头一句是：'**我经过他的花园**。'"

爱丽丝不敢不服从，虽然她觉得自己一定会全部都背错的，因此她用颤抖的声音继续背诵：

我经过他的花园，用我的一只眼睛

瞥见猫头鹰和豹子在分享一只馅饼。

豹子吞下了馅饼，连皮带卤汁和肉馅儿，

猫头鹰只得到空盘子，作为它那一份儿。

----

[1] 芭蕾舞的足部基本位置有五种，第一种是双脚脚跟并拢，趾尖朝外。

馅饼全都吃完了，猫头鹰才得到允许

将调羹揣在口袋里，作为恩赐的奖品。

这时候，豹子大吼一声，拿了刀和叉子，

这顿宴会就这样终止——

"假如你背下去的时候不加解释，你背这一大堆乱七八糟的东西有什么用处呢？"假海龟打断她，说道，"显然，在我听到过的东西中，以此为最最叫人莫名其妙的了！"

"不错，我觉得你还是别再背了吧。"格里芬说，而爱丽丝对此真是求之不得。

"咱们试试龙虾四对方阵舞的另一种花式怎么样？"格里芬继续说道，"或者，你可喜欢听听假海龟给你再唱一支歌呢？"

"哦，一支歌呀，请吧，要是假海龟能好心唱一支。"爱丽丝回答，她说得那么急切，以致格里芬用相当不快的音调说道："哼！萝卜青菜，各人各爱[1]！给她唱那首'**海龟汤**'吧，怎么样，老伙计？"

假海龟深深地叹了一口气，开始用一种抽抽搭搭、断断续续的声音这样唱道：

可口的汤啊，味浓有营养，颜色绿汪汪，

待在大汤盖碗里，热气腾腾等人尝！

见到如此美味谁能不弯腰赞叹？

今晚的汤啊，可口的汤啊！

今晚的汤啊，可口的汤啊！

　　可——哦哦口的特——肮肮汤啊！

　　可——哦哦口的特——肮肮汤啊！

特——肮肮汤啊，今——嗯——嗯今晚的，

---

[1] 原文 Noaccounring for tastes 是一句谚语，意思是："人的好恶是无法解释的。"

可口的、可口的汤啊!

可口的汤啊!谁还稀罕什么鱼啊、
野味啊,或者任何别的菜?
谁还会不尽其所有来买这两个
便士的,只要这点钱的可口的汤啊?
便士,只要这点钱的可口的汤啊?
可——哦哦口的特——肮肮汤啊!
可——哦哦口的特——肮肮汤啊!
特——肮肮汤啊,今——嗯——嗯今晚的,
可口的、可——哦哦口的汤啊!

"合唱部分再来一遍!"格里芬喊道。假海龟刚刚开口重复那部分,不料只听远处传来一声高喊:"审判开始!"

"赶快!"格里芬大喊一声,一把抓住爱丽丝的手,慌慌张张地跑走,也不等那支歌唱完。

"那是什么审判呀?"爱丽丝边跑边喘着气说。但是格里芬只回答:"赶快!"而且跑得更快了。这时候,微风跟在后面传送越来越微弱的闷闷不乐的歌词:

特——肮肮汤啊,今——嗯——嗯今晚的,
可口的、可口的汤啊!

第十一章

谁偷了水果馅饼

谁偷了水果馅饼

格里芬和爱丽丝到达的时候，红心国王和红心王后正双双坐在宝座上，四周簇拥着一大群动物——各种小鸟和野兽，以及一副完整的扑克牌。杰克站在他们面前，身上绑着铁链，两旁各有一个兵士押着。靠近国王的是那位大白兔，一只手上拿着一个喇叭，另一只手上拿着一卷羊皮纸。法庭的正中央放着一张桌子，桌子上放着用一只大盘子盛的许多水果馅饼，水果馅饼是那么逗人喜爱，爱丽丝看到它们就感到饥肠辘辘——"我真希望他们审判结束，"她心想，"把这些点心分派给大家！"可是看来这事没有希望，因此，她开始对周围的一切事物东瞅瞅西瞧瞧，以此来消磨时间。

　　爱丽丝过去从来也没有上过法庭，不过她曾经在书本上读到过法庭的事，她很高兴地发现自己说得出法庭里几乎所有的东西的名称。"那是法官，"她自言自语地说，"因为他戴着他的大假发。"

　　却说那位法官正是国王本人，由于他把王冠戴在假发的上面，他看来一点也不像舒服潇洒的样子，而且那样子当然是不相称的。

　　"那是陪审团[1]席，"爱丽丝心想，"那十二位生物，"（你瞧，她不得不说"生物"，因为它们有些是走兽，有些是飞禽。）"我猜想它们就是陪审员了。"她把"陪审员"这几个字在心里反复说了两三遍，觉得很自豪。因为她想——而且也想得不错——像她这样的年龄的小姑娘很少有几个懂得"陪审员"究竟是什

---

　　[1] 英美等国的司法制度，在审讯被告时，由在市民中选出的12名陪审员组成陪审团。在听取原告和被告陈述案情以后，由陪审团决定被告是否有罪。裁决需全体一致，有时也以多数票决定。陪审团将有罪的裁决书送交法庭，审判长才可以决定刑罚。反之，则将被告无罪释放。

么意思。不过，把它们叫作"陪审人"[1]也是同样可以的。

那十二位陪审员都非常忙碌地在各自的石板上写字。"他们在做什么呀？"爱丽丝悄悄地问格里芬，"在审判开始以前，他们还不能写下任何事情的呀。"

"他们正在写下自己的名字，"格里芬也悄悄地回答，"为的是害怕在审判结束以前就会忘记自己的名字。"

"都是些蠢货！"爱丽丝用恼火的声音提高嗓门说。不过她急忙刹住了，因为那位大白兔喊道："法庭里保持肃静！"同时国王也戴上了眼镜，惶惶不安地东张西望，要弄清楚是谁在讲话。

爱丽丝仿佛站在它们身后，从它们的肩头望过去似的，能够看见这些陪审员全都在他们的石板上写下了："都是些蠢货！"她甚至还能够看出他们之中的一个不知道怎么写"蠢"字，不得不请邻座教教它。"在审判完结之前，他们的石板上一定会弄得乱七八糟！"爱丽丝心里想。

其中一位陪审员的笔发出叽叽的声音。爱丽丝当然**受不了**啦，她便在法庭里绕着走过去，走到他身后，马上就找到一个机会把笔抽掉。她下手那么迅速，那位可怜的小小陪审员（它是蜥蜴壁儿）完全闹不清楚这是怎么回事，因此，他在到处找笔找了一阵之后，便不得不在这天余下的时间里用一只手指头写字。可这一点用处都没有，因为石板上什么印迹也没留下。

"传令官！宣读罪状！"国王下令。

大白兔一听命令便拿起喇叭吹了三阵号声，然后展开羊皮纸卷，宣读如下：

> 红心王后，她做了水果馅饼，
>
> 正是在夏季里的一天。
>
> 红心杰克，他偷了水果馅饼，
>
> 带了那些馅饼一溜烟！

"你们考虑怎么判决？"国王问陪审团说。

---

[1] 这个字的原文是 jurymen，与 jurors 相同，都是"陪审员"之意。为了在文中有所区别，因此这里把 jurymen 译"陪审人"。

"现在还不行，现在还不行！"大白兔急忙插嘴说，"在判决之前还有大量工作要做！"

"传唤第一个证人。"国王说。大白兔便吹了三声喇叭，然后大声喊道："第一个证人！"

第一个证人是那位制帽匠。他一手拿着一杯茶，一手拿着一块抹上牛油的面包。"陛下，敬请原谅，"他开口说，"我把这些东西带了来。不过，人家来传唤我的时候，我还没有全部用完茶点。"

"你应该早就用完了的，"国王说道，"你是什么时候开始的呢？"

制帽匠眼睛瞧着三月里的野兔，它是跟随制帽匠，同榛睡鼠手臂挽着手臂，一起进来的。"**我想**那是三月十四号吧。"制帽匠说。

"十五号！"三月里的野兔说道。

"十六号！"榛睡鼠说。

"把日期记下来。"国王对陪审团说，陪审员们便在各自的石板上急急地把这三个日期全都记下来，然后把三个数字加起来，再把答数换算成先令和便士。

"脱掉你的帽子！"国王对制帽匠说。

"这顶帽子不是我的。"制帽匠说。

"是偷来的！"国王高声叫道，同时转过头来对着陪审员们，它们立刻把这一事实记录在案。

"我藏着帽子是卖的，"那个制帽匠接着做了解释，"我自己一顶也没有。我是一个制帽匠呀。"

这时，王后戴上她的眼镜，开始目不转睛地打量那个制帽匠，他变得面无血色，惶惶不安。

"说说你的证词，"国王说，"不要紧张，否则我要把你就地正法。"

这句话看来一点也没有起到鼓励这个证人的作用，他不停地把身子的重心一会儿放在这只脚上站站，一会儿又换另一只脚站站，紧张地瞧着王后，慌乱中把他的茶杯咬掉一大块，而不是去咬那块抹上牛油的面包。

就在此刻，爱丽丝忽然感到身上发生了一阵奇怪的变化，这使她很是迷惑不解，直到后来才弄明白这是怎么搞的。原来她又在开始长大啦，于是她先是想自己还是立起身来，离开这个法庭为好；但是转而一想，她决定留在原地，只要那儿容得下她就得了。

"我希望你不要这样挤过来，"榛睡鼠说，它正紧挨在她的身边坐着，"我简直透不过气来啦。"

"我毫无办法，"爱丽丝非常温顺地说道，"我正在长大。"

"你可没有权利**在这儿**长大。"榛睡鼠说道。

"不要胡说八道，"爱丽丝比较大胆地说，"你自己知道你也在长大呀。"

"不错，然而**我**是以合情合理的速度长大的，"榛睡鼠说，"可不是你那种荒谬可笑的方式。"它非常不高兴地站起身来，走到法庭的另外一边去。

在这整个时间里，王后的眼睛一直没有离开过那个制帽匠，而就在榛睡鼠穿过法庭走去的时候，王后对一个法庭官员说："把上一次音乐会里的歌手名单给我拿上来！"那个可怜的制帽匠一听到这句话，浑身颤抖得那么厉害，以致把脚上的两只皮鞋都抖落了。

"说说你的证词，"国王愤怒地重复说，"否则我就要你的命，不管你紧张不紧张。"

"陛下，我是一个可怜的人，"制帽匠开始说，声音发抖，"那天我还没有开始用茶——顶多不超过一个星期左右——一则因为那块抹牛油的面包弄得太薄了——二则因为那个闪烁的茶^[1]——"

"闪烁的**什么东西**？"国王问道。

"那是从茶**开始**的。"制帽匠回答。

"闪烁当然是从一个 T **开始**的啦^[2]！"国王厉声说道，"你是不是把我当作傻瓜蛋？说下去！"

"我是一个可怜的人，"制帽匠往下说道，"在那件事情以后，大多数的东西都闪烁——只不过三月里的野兔说过——"

---

    [1] 据一本英文原著注解，此处表示话被打断，如果说下去，应是"茶盘"（tea tray）。本书第七章《疯狂的午茶会》中歌词里曾唱"像天空里一只茶盘打来回。闪烁，闪烁——"。

    [2] "闪烁"的原文是 Twinkling，开始的字母是"T"字。"茶"的原文是 Tea，读音与"T"相同。上句"那是从茶开始的"，从原文听来也可作"那是从 T 开始的"。

"我没有说过！"三月里的野兔迫不及待地接口说。

"你说过！"制帽匠说道。

"我否认！"三月里的野兔说。

"它既然否认，"国王说道，"这一部分略去不记。"

"嗯，无论如何，那个榛睡鼠说过——"制帽匠继续说，焦急地回过头来望，看看他是否也会否认。然而榛睡鼠什么都不否认，因为他已经睡着了。

"在那件事情以后，"制帽匠接着说下去，"我又切下几片抹牛油的面包——"

"不过那个榛睡鼠说过些什么呢？"陪审团中的一员问道。

"这事情我可记不起来了。"制帽匠说道。

"你**必须**记起来！"国王指出，"否则我就要你的命。"

这个不幸的制帽匠手中的茶杯和抹牛油的面包都掉了下来，他单腿下跪。"我是一个可怜的人，陛下。"他开始说道。

"你是一个**非常**可怜的**笨口拙舌**的人。"国王说道。

这时候，一些豚鼠中有一只欢呼喝彩，立刻就被法院执达官们镇压了下去。（由于这个词儿相当严重，我因而要对你们解释解释镇压如何实行。他们准备了一只大帆布口袋，袋口用绳子扎起来。他们把那只豚鼠头朝下硬塞进去，然后坐在那上面。）

"我很高兴自己亲眼看见了这一幕，"爱丽丝心里想，"我从报纸上读到的可多啦，在审判结束的时候，'有些人企图拍手叫好，立刻便招致法院执达官们的镇压'，而我却从来也没有搞清楚这是什么意思，到现在才懂啦。"

"如果关于此事你只知道这么些，那你可以站下去了。"国王继续说道。

"我无法站到更低的地方去呀[1]，"制帽匠说，"按照实际情况来说，我已经站在地板上啦。"

"那么，你可以**坐**下去了。"国王回答。

这时，另外一只豚鼠喝起彩来，也被镇压了下去。

———————————

[1] 上一句中"站下去"原文是 stand down，意为"退席"。照字面可理解为"往下站"，因而此处说，已经站在地板上便无法更往下站。下一句便引出"坐下去"（sit down）的话。

"得，这一下豚鼠都完蛋啦！"爱丽丝心里想，"这会儿咱们的情况会好起来啦。"

"我宁愿用完我的茶点——"制帽匠说，同时焦急不安地望着正在审阅歌唱者名单的王后。

"你可以走啦。"国王一说了这句话，制帽匠便来不及地离开了法庭，连稍等一下把鞋子穿上都没有做。

"——就在外面砍掉他的脑袋，"王后接口对一个法庭执达官说；但是在执达官还没有跑到门口的时候，制帽匠已经不见了踪影。

"传唤下一个证人！"国王命令。

下一个证人是那位公爵夫人的厨师。她手里拿着那只胡椒瓶，靠近门外的一些人在她经过的时候都同时打起喷嚏来，所以在她甚至还没有走进法庭时，爱丽丝便猜到此人是谁。

"说说你的证词。"国王命令。

"没门儿。"那个厨师说。

国王焦急地望着那个大白兔，它低声说道："陛下必须盘问**这个**证人。"

"嗯，如果我必须做，我就一定做。"国王心情沉闷地说，他双臂抱拢，双眉紧锁，双眼眯得几乎闭起来，直对着那个厨师，声调低沉地说："水果馅饼是用什么东西做成的？"

"胡椒，多半是胡椒。"那个厨师说。

"糖浆。"在厨师身后发出了一个睡意蒙眬的声音。

"揪出那只榛睡鼠！"王后尖声叫起来，"砍掉那只榛睡鼠的头！把那只榛睡鼠押出法庭！镇压它！掐它！拔掉它的胡须！"

把那只榛睡鼠押出去的时候，整个法庭有好几分钟一阵混乱，在他们重新安顿下来的时候，厨师已经无影无踪了。

"别在意！"国王说，带着一副大大松了一口气的样子，"传唤下一个证人！"他接着压低声音对王后说道，"亲爱的，说真的，必须由**你**来盘问下一个证人了。这事儿弄得我很头痛！"

大白兔在名单上查找的时候，爱丽丝盯着它瞧，感到非常好奇，想看看下

下一个证人是那位公爵夫人的厨师。她手里拿着那只胡椒瓶。

一个证人会是什么样子，"——因为他们**到现在还**没有得到很多证据。"她自言自语。试想她是如何惊讶吧，那个大白兔用他那细小尖锐的嗓音喊到最高音，叫出来的名字是："爱丽丝！"

第十二章

爱丽丝的证词

此话一出，整副扑克牌便腾空而起，再纷纷飘落到她身上来。

"在！"爱丽丝大声说道，在这个慌慌张张的片刻间，她完全忘记了在那最后的几分钟时间里她已经长得多么大了，因此，她那么匆忙地一跃而起，以至于裙子的下摆把陪审团席带倒了，把全体陪审员都打翻到下面旁边群众的头上去了。它们趴在那儿，到处都是，使她想起非常像自己在一星期前不小心打翻的那只球形玻璃金鱼缸。

"哦，**对不起**！"她用极为惊恐的声调叫道，并且动手把它们尽可能快地重新拾起来，因为那次金鱼事件老是在她头脑里转悠，使她产生一种模模糊糊的想法，觉得必须立刻把它们收拢来，放回陪审团席，否则它们就会死的。

"审判无法进行下去了，"国王用非常严肃的声音说道，"除非所有的陪审员回到他们应该在的位子上——**所有的**！"他狠狠地加重语气重复这几个字，一面说，一面直愣愣地瞪视着爱丽丝。

爱丽丝看着陪审团席，看见自己竟然在忙乱中把那只蜥蜴的头朝下倒放着，那只可怜的小东西由于丝毫动不了，正在把尾巴甩来甩去，处境悲惨。爱丽丝立刻把它重新提了出来，把它摆正。"并非这样做有多少重要性，"她自言自语，"我倒是觉得，不论它哪一头朝上，在审判里面它的作用**都完全一样**。"

一等到陪审员们稍稍从翻倒的惊恐中恢复过来，石板和石笔都找到了，送回到它们手里以后，他们就非常勤奋地开始工作，写出这一偶然事件的历史。他们都在写，只有那只蜥蜴例外，它似乎完全垮了下来，什么都做不了，只有张大嘴巴坐在那儿，张大眼睛呆望着法庭的屋顶。

"关于本案你知道些什么？"国王问爱丽丝。

"不知道。"爱丽丝说。

"**不论什么**都不知道吗？"国王逼着问。

"不论什么都不知道。"爱丽丝说。

"这一点非常重要。"国王转身对陪审团说道。就在陪审员们在石板上把这句写下来的时候，大白兔却插进来，"当然，陛下的意思是**不重要**。"他用非常尊敬的口气说，但是一面说，一面对国王挤眉弄眼做怪脸。

"当然，我的意思是**不重要**。"国王急忙说，然后又压低着声音自言自语地继续说，"重要——不重要——不重要——重要——"仿佛是在掂量掂量哪一个词儿好听。

有几位陪审员写下："重要"，有几位写下："不重要"。爱丽丝看得见他们写的，因为她站在能看见他们石板的近处。"可是这一点儿用处也没有。"她心里想。

国王已经在他的笔记簿上匆匆写了一阵子，这时候，他大声叫道："安静！"于是照着他的笔记簿大声念起来："第四十二条法规。**所有高于一英里的人都要离开法庭**。"

一个个都朝爱丽丝望着。

"**我没有**一英里高哇。"爱丽丝说。

"你有。"国王说。

"差不多两英里高啦。"王后加一句。

"哼，不管怎么样，我就是不走，"爱丽丝说，"而且，那不是一种正规的法规[1]，你刚刚才炮制出来的。"

"那可是书里边的最最古老的法规。"国王说。

"这样说来，那应该是第一条啦。"爱丽丝说。

国王脸色变得苍白，一下子合上笔记簿。"考虑你们的裁定。"他对着陪审团用一种低沉的、发抖的声音说。

"启禀陛下，还有证据尚待听取，"大白兔急急忙忙跳起来说，"这张纸是刚刚拾到的。"

---

[1] 此处原文是 role，有"法规"和"尺"两种含义，是双关语。

"上面写些什么？"王后问道。

"我还没有打开来，"大白兔说，"不过看上去像是一封信，一个囚犯写给——写给什么人的。"

"必定如此，"国王说道，"除非并不写给什么人，你知道，一般可不这样。"

"那是写给谁的呢？"陪审团中的一位问道。

"完全没有谁的姓名地址，"大白兔说，"事实上，**外壳上**什么也没有写。"他边说边打开那张纸，然后又说："这根本不是一封信。这是一组诗歌呢。"

"都是用囚犯的字体写的吗？"另一位陪审员问道。

"不，不是这样，"大白兔说道，"关于此事，这一点是最最奇怪的事了。"（陪审员们全部露出迷惑不解的样子。）

"他必定模仿了别的什么人的笔迹。"国王说道。（陪审员们全都重新精神焕发。）

"启禀陛下，"杰克说，"不是我写的，它们无法证明我写过，末尾没有签名。"

"假如你没有签过名的话，"国王说道，"这就只会把事情弄得更糟。你**必定**是存心要弄个什么恶作剧，不然的话，你是会像个正人君子那样签上你的大名的。"

此话一出，响起了一片掌声。这句话是这一天国王所说的真正聪明的话了。

"当然啦，此事**证明**了他的罪行，"王后说道，"因此，砍掉——"

"此事对这类事什么也**证明**不了！"爱丽丝说道，"怎么啦，你们连那些诗歌讲些什么都不知道呢！"

"念出来。"国王说。

大白兔便戴上眼镜。"启禀陛下，打哪儿开始念呢？"他问道。

"打开始的地方开始，"国王非常严肃地说，"再一口气念到结束为止，然后停下来。"

法庭里顿时鸦雀无声，只听见大白兔大声念出下面这些诗歌：

　　他们告诉我，你曾经去找她，
　　　　并且对他提起我这人。

她对我的评语很不差，
　　可是说我游泳却不行。

他带信给他们说我没有走，
　　（此话是真我们都知道）
倘若她竟把事情细追究，
　　那么你将如何办是好？

我给了她一块，他们给了他两块，
　　你给我们三块或更多。
他们把给他的全给你还来，
　　虽然先前它们都属于我。

倘若我或者她碰得不巧，
　　卷入这个事件里头，
他便委托你把他们都放掉，
　　就像我们过去一个样。

过去我的看法是你一度
　　（她这次大发雷霆之前）
曾经是一个跑来的障碍物，
　　横在他和我们和它之间。

不要让他知道她最爱他们，
　　因为这情况永远是秘密，
其他任何人都不得耳闻，
　　只有你和我二人知底细。

"这是迄今为止我们所听到的最最重要的证词，"国王搓着双手说道，"所以现在让陪审团——"

"假如他们当中有任何一个能够解释这篇诗歌的话，"爱丽丝说道（她在最近几分钟已经长得如此之大，以至于一点儿都不害怕打断国王的话语了），"我就给他六便士。**我**才不相信这里边有一丁点儿意思呢。"

陪审员们全部在石板上写下来："**她**才不相信这里边有一丁点儿意思呢"，但是他们谁也不打算解释这白纸黑字。

"假如这里边毫无意思，"国王说，"你知道，那么就省掉许多许多的困难啦，因为如此我们便不必动脑筋找意思啦。"他继续说着，同时把那篇诗歌在膝盖上摊开来，用一只眼睛瞄着。"我好像终于在这里边看出什么意思来啦。'**——说我游泳却不行——**'你是不会游泳的，是吗？"国王转过头来冲着杰克加上这句话。

杰克伤心地摇摇头。"我像会游泳的样子吗？"他问道。（他当然**不像会**游泳的样子，他完完全全是薄纸板做的呀。）

"到目前为止，很好。"国王说道，接着他继续嘟嘟哝哝地对自己念着那些诗句："'**此话是真我们都知道**'——当然，这说的是陪审团——'**倘若她竟把事情细追究**'——这一定是说王后了——'**那么你将如何办是好？**'——什么话，的确不错！——'**我给了她一块，他们给了他两块**'——怎么啦，你知道的，这一定是指他分配那些水果馅饼的事啊——"

"可是诗句接着说的是'**他们把给他的全给你还来**'呀。"爱丽丝说道。

"可不是嘛，水果馅饼是在这儿呀！"国王指着桌上那些水果馅饼，扬扬得意地说，"再也没有什么比**这个**更清楚的啦。再下面是——'**她这次大发雷霆之前**'——亲爱的，我觉得，你从来也没有过**大发雷霆**吧？"国王对王后说。

"从来也没有哇！"王后说，她气得不得了，一边说一边把一个墨水台对准那只蜥蜴砸去。（那个不幸的小壁儿已经不再用一只手指头在它面前的石板上写字，因为他发觉手指头写不出字迹。不过他现在急急忙忙地重新开始写了，用的是墨水，这墨水滴滴答答地从他的脸上滴下来，墨水滴多久，它就写多久。）

"那么这些话并不**适合**你啦。"国王说，他微笑着环顾法庭一圈。法庭里还是鸦雀无声。

"这是一个双关诙谐语[1]！"国王用怒气冲天的口吻接着说道，在场的每一位竟然都大笑起来。"叫陪审员们考虑做出他们的裁定。"国王说道，这大概是他今天说的第二十遍。

"不行，不行！"王后说，"先判决——后裁定[2]。"

"多么无聊的废话！"爱丽丝大声说道，"竟然想得出什么先判决！"

"闭上你的嘴！"王后喊道，她脸色发紫了。

"我不闭！"爱丽丝说。

"砍掉她的脑袋！"王后把嗓子提到最高点，大声嚷道。可是没有一个人移动脚步。

"谁把**你们**放在心上啊？"爱丽丝说道，（这时候，她已经长到她原来那般高了。）"你们什么也不是，不过是一副扑克牌罢了！"

此话一出，整副扑克牌便腾空而起，再纷纷飘落到她身上来。她发出短短一声尖叫，半是惊恐，半是愤怒，同时试图把那些扑克牌赶开，却发现自己正睡在河岸边，头正枕在她姐姐的腿上，她的姐姐正在把从树上纷纷飘落的一些枯叶轻轻掸开。

"醒醒呀，亲爱的爱丽丝！"她的姐姐说道，"哎呀，你睡了多么长的时间啦！"

"哦，我做了一场多么稀奇古怪的梦呀！"爱丽丝说。于是她尽自己记忆所及，把她那些奇妙的经历全部都讲给她的姐姐听，那些经历你刚才已经读到了。等到她讲完了，她的姐姐便吻了她，说道："亲爱的，**那确实**是一场奇怪的梦。不过，现在该跑进屋里去吃茶点啦，时候已经不早啦。"因此爱丽丝便站起身来跑开，一面跑，一面尽力想，刚才那场梦是多么美妙的梦呀。

不过，爱丽丝离开以后，她的姐姐却静静地坐在那儿，一只手托着头，凝望着西沉的太阳，想着小爱丽丝，以及她全部奇妙的经历，直到她自己也开始

---

[1]"适合"和"大发雷霆"原文都是同一个词：fit。

[2]按照欧美一些国家的法律程序，应该先由十二名陪审员做出被告是否有罪的裁定，如果裁定有罪，才可由法官审讯并且判决。这里故意颠倒过来。

恍恍惚惚地做起梦来，而她的梦是这样的：

首先，她梦见了小爱丽丝本人，那双小手又一次紧抱着一只膝盖，那双明亮的渴望的眼睛正仰望着她的眼睛——她能够听见完全是她的嗓音的声调，也能够看见她的头那么独特地轻轻一甩，以便把那绺**老是**会拂进她眼睛里去的头发甩回去——还有，在她倾听着，或者似乎倾听着的时候，她四周的地方整个儿都变得活跃起来：她的小妹妹的梦中的那些奇怪的生物都动起来了。

那只大白兔在她身旁蹿过去的时候，高高的野草在她的脚边沙沙作响——那只心惊胆战的老鼠正穿过附近的水池，一路溅起水花跑过去——她能够听见三月里的野兔跟它的朋友们分享那顿永远结束不了的茶点的时候，茶杯碰得咯嗒咯嗒响，以及那个王后尖叫着勒令把她的不幸的客人们拖出去砍头的声音——还有那只猪娃在公爵夫人的膝盖上再一次打喷嚏，同时那些盘子和碟子在它周围摔得粉碎——那个格里芬再一次发出的怪叫声，那只蜥蜴的石笔吱吱的响声，以及那只被镇压的豚鼠的哽咽声，混杂着远处那只悲惨的假海龟的抽泣声，一切都充塞在空中。

她闭着眼睛，仍然坐在那儿，差不多相信自己是身处在奇境中，虽然她明白自己只能不得不再睁开眼睛来，而一切都会变成乏味的现实——野草只会是在风中沙沙作响，摇曳的芦苇使水池泛起阵阵涟漪——那些相碰的茶杯会变成丁零丁零的羊颈下的铃铛，那个王后的尖叫声会变成牧童的呼唤——那个婴儿的喷嚏，那个格里芬的怪叫，以及所有其他特别的吵吵闹闹的声音，都会变成（她明白）那个忙碌的农场上的嘈杂的喧闹声——同时远处牛群的哞哞声会替代那只假海龟的重浊的抽泣声。

最后，她为自己描摹着一幅图画：她的这位小妹妹，在以后的岁月里，自己会如何变成一个妇女；在她整个成年时期里，她会如何保持她这颗童年时代的单纯的爱心；她又会如何把她的小孩子们聚拢在身边，用许多奇妙的故事，也许甚至用好久以前的奇境中的梦来讲给他们听，使**他们的**眼睛发亮并着急；以及由于回忆起她自己的童年的生活，以及快乐的夏天的日子，她会如何同样感受小孩子们所有的天真的忧愁，并且在他们所有的天真的快乐之中找到乐趣。

ALICE'S·ADVENTURES
IN·WONDERLAND
BY·LEWIS·CARROLL
ILLUSTRATED·BY
ARTHUR·RACKHAM

WITH A PROEM BY AUSTIN DOBSON

A STUDIO BOOK
THE VIKING PRESS • NEW YORK

由 The Viking Press, New York, 1975 年出版的、英国诗人奥斯汀·多布森作序的 *Alice's Adventures in Wonderland* 的扉页。

'Tis two score years since Carroll's art
  With topsy-turvy magic
Sent Alice wondering through a part
  Half-comic and half-tragic

Enchanting Alice! Black-and-white
  Has made your deeds perennial;
And naught save "Chaos and old Night"
  Can part you now from Tenniel;

But still you are a Type, and based
  In Truth, like Lear and Hamlet;
And Types may be re-draped to taste
  In cloth-of-gold or camlet.

Here comes a fresh Costumier, then;
  That Taste may gain a wrinkle
From him who drew with such deft pen
  The rags of Rip Van Winkle![1]

—*AUSTIN DOBSON*

---

[1] 奥斯汀·多布森所作序诗原文。

圣诞颂歌

[英] 查尔斯·狄更斯 著

[英] 亚瑟·拉克汉 绘

吴钧陶 译

吉林出版集团股份有限公司

图书在版编目（CIP）数据

圣诞颂歌 /（英）查尔斯·狄更斯著；吴钧陶译 .
长春 : 吉林出版集团股份有限公司 , 2024. 10. -- (拉
克汉插图本世界名著). -- ISBN 978-7-5731-5665-5

I. I561.44

中国国家版本馆 CIP 数据核字第 20247N1B41 号

译本序

　　1842 年，狄更斯看到一份《调查采矿业和制造业中儿童雇用和劳动条件委员会报告》，对于英国童工处境的恶劣和悲惨深为震怒，他决定亲往工业地区康沃尔作一番实地考察。这时他 30 岁，已经出版《博兹特写集》《匹克威克外传》《奥立弗·退斯特》《尼克拉斯·尼克尔贝》《老古玩店》《巴纳比·鲁吉》和《游美札记》等作品，同时长篇小说《马丁·瞿述伟》正在以"连载"的形式陆续发表。由于他是一位声名远播、影响很大的作家，委员会的成员之一斯密斯博士恳请他写文章为改善童工的处境登高一呼。狄更斯考虑之后，答应写一篇文章，题目是《为穷人的孩子的权益给英国人民的呼吁书》。

　　第二年的 10 月初，狄更斯又应邀到曼彻斯特，去为穷人的教育问题发表演说。他的演说深深打动了听众的心，而听众热烈的掌声和激动的神色又反过来深深打动了狄更斯，使他心中产生一种欲望，想更多地做些什么事，来唤起一般人民更大的热情。一天晚上，他走在曼彻斯特大街上，心中翻腾着"无知"和"贫困"的问题，思绪万千。突然之间，灵感的火花一闪，他想出一个故事，并且觉得用自己擅长的文学形式来表达自己的思想，要比用论文的形式生动和有力得多。于是，他放弃了写《呼吁书》的计划。

　　回到伦敦，他立刻把自己关在家里，奋笔疾书。他哭了又笑，笑了又哭，笔尖上流出的是这种不能自已的激情。夜幕中，他独自在伦敦这座酣睡的大城市里穿街走巷，漫步 15 至 20 英里，寻找灵感的"鬼魂"，以便进一步构思和完善他的创作。这样过了整整六个星期，他终于能够打下那个最后的惊叹号，停下笔来。

　　这就是这部不朽的中篇小说《圣诞颂歌》诞生的经过。

　　作品中有一段写到了矿工和矿工的孩子们，但只是不重要的一小段。另外，关于社会下层人民物质生活的困顿和教育机会的欠缺也没有正面的和详尽的描写。这说明狄更斯并没有简单地以小说代替政论。当时英国正值"饥饿的40年代"，阶级矛盾尖锐，社会问题纷繁，宪章运动方兴未艾。马克思和恩格斯密切注意那时处于领先地位的资本主义国家英国的工人阶级状况，恩格斯在1845年写成《英国工人阶级状况》一书。资产阶级的有识之士也纷纷提出自己的看法。从社会底层脱颖而出的狄更斯眼见并且切身体会到种种丑恶的现实和贫富悬殊的不合理现象也必然会产生很多感想。作品中，对于穷苦人民的生活和思想的生动描写，他倾注了无限的同情；另一方面，他对于英国议会搞出的那一套《贫民法》和"联合贫民习艺所"之类的辛辣的讽刺，对于马尔萨斯的学说的无情的抨击，这些，都鲜明地表达了狄更斯的立场和观点。

然而，正像许多作者一样，狄更斯也止于同情穷苦不幸的人民和不满黑暗不平的现实这条线上。至于解救之道，狄更斯则寄厚望于基督教精神和人道主义原则。

《圣诞颂歌》的主角是一个吝啬、自私、待人刻薄的商号主私刻撸挤。圣诞节前夕，他的已故的合伙人马莱的鬼魂出现，告诉他自己生前同样自私自利，死后是如何追悔莫及。为了免得老友重蹈覆辙，将有过去、现在和将来三个圣诞节鬼魂相继来访，对他进行教育。鬼魂们带领私刻撸挤亲眼看见了自己天真纯朴、尚有一颗赤子之心的童年。又带领他参观他的穷苦办事员的家如何充满欢乐的节日气氛。最后再让他看看他死后是怎样一幅凄凉情景。私刻撸挤终于泪流满面，心情激动，彻悟了人生真谛和处世之道。他在一夜之间变成了一个宽厚仁慈、乐于行善的人。他慷慨地捐赠一笔钱给他曾经拒绝捐助的慈善事业。他又赶紧买了一只特大的火鸡给办事员鲍伯·克拉契，并且亲自参加外甥的圣诞节家宴。他还决定给办事员增加薪水。

在这部小说里，狄更斯借助可爱的鬼魂来宣传他的思想，一再强调仁爱、宽恕、慈善、怜悯这些品德的重要，呼吁人们不要丧失"基督教的灵魂"，要求大家心中想到那些比自己低微的人们，他们是"一同向坟墓走去的旅伴"。可见狄更斯在这部小说里寓有他的人生哲学和世界观，寓有他的处世之道和济世之方。美国传记作家艾德加·约翰逊也说过，这部小说"是一部拯救社会的半带严肃半带滑稽的寓言"。

这种"圣诞节精神"，或者说"基督教精神"，早在1836年狄更斯的第一部作品《博兹特写集》的《圣诞晚餐》那一章之中便有所表现。1837年出版的《匹克威克外传》里和后来发表的其他圣诞故事里都有所显露。可以说，基督教精神和人道主义是狄更斯"一以贯之"的思想，而在《圣诞颂歌》这部小说之中表现最为集中，最为完整，最为具体和生动。

《圣诞颂歌》出版一百多年来深受读者欢迎，不但在基督教国家里广为流传，而且译成了许多种文字。它已经成为人类文学宝库中不朽的瑰宝之一。

狄更斯自己也很喜欢他的《圣诞颂歌》，在他到各地旅行，朗读自己的作品的时候，常常挑选其中的片段，有声有色地当众表演，赢得热烈的掌声。后来英语国家的千千万万个家庭也把在圣诞节前夜朗读这部小说作为欢度节日的一项活动。这本书和这个在许多国家普天同庆的重要节日就从此紧密地联系起来。狄更斯甚至还被看作"圣诞老人"的同义语，也是因为这本书如此深入人心，以至圣诞节的节日气氛比过去更为热烈，圣诞节的精神也比过去更为发扬光大。

吴钧陶

原　序

在这本活见鬼的小书中，我竭力招来表达一种思想的鬼魂，这鬼魂绝不会使我的读者们感到不快，不论是对于他们自己，是对于我们彼此之间，是对于这节令，或是对于我。但愿它到他们的住宅中去讨人喜欢地作祟，而没有一个人想要被除它吧。

他们的忠诚的朋友和仆人
查尔斯·狄更斯
1843 年 12 月

目 录

第一节[1]

马莱的鬼魂

---

[1] 节，原文为 Stave，是诗或歌曲的一节的意思。作者故意用这个词代替 Chapter（章），以表明这是一本"用散文写的圣诞颂歌"。

首先要说的是，马莱死掉了。他的死是毫无疑问的。在登记册上，他的丧葬是由牧师、办事员、殡仪员，以及主要送葬者签名的。那是私刻撸挤[1]签的。私刻撸挤的名声在交易所[2]里很响，凡是他愿意插手的事情，全都没有问题。老马莱是像钉死的门钉一样死了[3]。

　　注意！我并不是说，就我的知识范围，我知道一根门钉有什么特别的死。我自己倒可能认为棺材钉才是五金行业中钉得最死的东西。不过在这一比喻中有着我们祖先的智慧；我的亵渎神明的双手决不能随便改动，否则国家就完了。因此，你一定会允许我强调地重复一遍说：马莱是像钉死的门钉一样死了。

　　私刻撸挤知道他死了吗？当然知道。他怎么会不知道呢？私刻撸挤和马莱是合伙人，我说不上这有多少年了。私刻撸挤是他唯一的指定的遗嘱执行人，是他唯一的遗产管理人，是他唯一的财产受让人，是他唯一的剩余遗产的继承人，是他唯一的朋友和唯一的送葬者。可是即使这位私刻撸挤，对于这桩伤心事，也并不那么难受得了不得，而就在举行葬礼那天，他还是一个出色的生意人，用道道地地的生意经举行了那次葬礼。

　　提到马莱的葬礼，把我带回到我刚才开头的地方来。马莱死掉了，这是毫无疑问的。这一点必须清楚地了解，否则我正要讲述的故事中，就不可能发生什么奇妙的事情了。要是我们不完完全全地相信，哈姆莱特的父亲是在那出戏

----

　　[1] 私刻撸挤的原文 Scrooge，在英语通俗口语中原是"挤榨"的意思。作者选用这个词作为人物姓名，带有讽刺的意味。后来英语中即作"吝啬鬼"解。

　　[2] 指"伦敦交易所"，是英国的金融中心。

　　[3] 原文 as dead as a door- nail，出于英国古代民谣。莎士比亚在他的历史剧《亨利四世》和《亨利六世》中也有这种比喻。

剧开幕以前就死掉了，那么，他在东风吹拂的夜晚，在他自己的城堡的壁垒上蹀躞[1]，比起随便哪一位中年绅士在天黑之后，猝然出现在一个凉风瑟瑟的地方——譬如说圣保罗教堂墓地[2]——径直去吓唬他的儿子的脆弱的心灵，就不会有什么更引人注意之处了。

私刻撸挤一直没有把老马莱的名字涂掉，好多年以后，在货栈的门上还是这样写着："私刻撸挤和马莱"。这家商号就称作"私刻撸挤和马莱"。有时候，不熟识这行生意的人称私刻撸挤为私刻撸挤，有时候，却又称他为马莱，不过他两个名字都答应：对他说来，这完全是一回事。

哦！他可是一个要从石头里榨出油来的人[3]，这个私刻撸挤！他真是一个善于压榨、拧绞、掠取、搜刮、抓住不放，而又贪得无厌的老恶棍哪！又硬又锐利，好像一块打火石似的，可是钢棒从来没有在那上面打出慷慨的火花来。而且隐秘自守，默不作声，孤单乖僻，好像一只牡蛎。他内心的冷酷使他苍老的面貌蒙上了一层严霜，冻坏了他的尖鼻子，冻皱了他的面颊，冻得他脚步直僵僵的，冻得他眼睛发红，薄嘴唇发紫，冻得他用叽叽嘎嘎的声音说尖酸刻薄的话。他的头上是一层皑皑的白霜，两撇眉毛和坚硬的下巴也是这样。他也走到哪里，就把自己身上的低温度带到哪里：在大热天[4]里，他把他的事务所弄得冷冰冰，到了圣诞节这天，他也不上升一度去使那儿解冻。

外界的热和冷影响不了私刻撸挤。没有温暖能够使他温暖起来，也没有寒冷的天气能够使他觉得寒冷。没有哪一阵风刮得像他那样冰凉刺骨，没有哪一场雪下得像他那样锲而不舍，刻意求成，也没有哪一次倾盆大雨落得像他那样从来不听从恳求。恶劣的天气不知道怎样才能打败他。最大的雨、雪、冰雹和雨夹雪，也只有在某一点上可以夸口说胜过他。那就是它们常常很大方地"布

---

[1]哈姆莱特，莎士比亚著名悲剧《哈姆莱特》中的主角名。他是丹麦王子，其父被其叔父毒死。剧中第一幕第一场就是故王鬼魂出现在城堡上。

[2]圣保罗教堂，英国著名教堂，在伦敦中区，卢盖山顶，教堂高达365英尺，始建于1675年。墓地早已拆除，并已形成一条围绕这一教堂的不规则的街道。

[3]原文为 a tight-fisted hand at the grindstone（在磨石上握得紧紧的手）。tight-fisted 又有"吝啬的"之意。

[4]大热天，原文为 dog-days，指从7月3日至8月11日，一般来说是英国每年最热的时候。此时天狼星与太阳同起同落。

施"，而私刻撸挤却从来也不干。

从来也没有谁在街上和颜悦色地叫住他，说一声："我亲爱的私刻撸挤，你好吗？你什么时候来看我呀？"也没有叫花子来求他赏一个小钱，也没有小孩子来问他现在是几点钟了，在私刻撸挤的一生之中，也没有男人或妇女曾经问过他一次到某处某处去的路怎么走。即使瞎子们的狗都似乎认识他，一看见他来了，就把主人拖进大门，拖进院子，然后摇着尾巴，好像在说："黑暗中的主人啊，完全看不见比生有一双凶眼[1]来得好！"

可是私刻撸挤才不在乎什么呢！这正是他所乐意的事情呢，在熙熙攘攘的人生道路上，侧着身子悄悄走着，警告一切有同情心的人远着点儿，对私刻撸挤来说就是知道内情的人所谓的"好运气"。

从前，有一天——就在一年之中好日子里最好的一天，即圣诞节前夜——老私刻撸挤坐在他的账房里，忙碌着，那天天气昏沉阴暗，寒冷彻骨，而且大雾弥漫，他能够听见外面院子里人们鼻息咻咻地踱来踱去，双手拍打着前胸，双脚在铺道石板上蹭着，好叫身上暖和。市中心的时钟刚刚敲过三点，但是天已经很暗了。这一整天都没有明亮过，烛光在附近一些事务所的窗户里闪烁，好像是那可以捉摸得到的褐色雾气里的斑斑红晕。雾气正从每一条缝隙和钥匙孔里流进来，屋外的雾很浓，虽然院子再狭小不过，对面的房屋看去都只不过是幢幢黑影了。看着那形云低罩下来，把一切东西都弄得朦朦胧胧的，人们会觉得大自然近在咫尺，正在大规模地呼风唤雨。

私刻撸挤的账房门开着，这样他就可以监视他的办事员，那人待在外面那间阴暗的、像是一种木桶的小房间里，正在抄写信件。私刻撸挤生着非常小的炉火，但是办事员的炉火还要小得多，看来好像只烧了一块煤炭。然而他不能添加燃料，因为私刻撸挤把煤箱放在自己的房间里，这样一来，要是这个办事员拿着煤铲走进来，老板肯定要预告说，他们两人有必要从此分手。因而，办事员只得围上他的白羊毛围巾，试着靠蜡烛火取暖。但由于他不是一个想象力丰富的人，想这样取暖可没取成。

---

[1] 原文为 evil eye，按照外国迷信的说法，有一种人，比如女巫，生有一种超自然的凶眼，凶眼一瞧就能带来巨大的灾害。

"圣诞节快乐，舅舅！上帝保佑你！"一个兴高采烈的声音传来。这是私刻撸挤的外甥的声音，他来得太快，以至这声喊叫成了私刻撸挤得知他的到来的最初的通知。

"呸！"私刻撸挤说，"胡闹！"

私刻撸挤的这个外甥在大雾和严寒中急速赶路，把自己弄得热起来，整个儿热气腾腾的。他的脸又红润又漂亮，他的眼睛闪着光，他的呼吸中又冒着热气。

"圣诞节是胡闹吗，舅舅！"私刻撸挤的外甥说，"我确信，您并不是这个意思。"

"我就是这个意思，"私刻撸挤说，"什么圣诞节快乐！你有什么权利快乐？你有什么理由快乐？你是够穷的啦。"

"好啊，那么，"外甥兴奋地回答说，"您有什么权利不乐意？您有什么理由不开心？你是够富的啦。"

私刻撸挤当时找不出更好的答话，只得又说了一声"呸！"跟着加上一声："胡闹！"

"不要生气呀，舅舅。"外甥说。

"不生气怎么行？"舅舅反问，"我生活在这样一个充满像这样的呆子的世界上！什么圣诞节快乐！滚它的圣诞节快乐！圣诞节对你有什么好处！这不过是这样的时候：你得付欠账却没有钱；你发现自己长大了一岁，却不是更能多活一个小时；你得结清各项账目，可是整整一打的月份里的每一项都表明你无利可图。要是我能够照我的心意办，"私刻撸挤愤慨地说，"每一个嘴上挂着'圣诞节快乐'到处乱跑的白痴，我一定要把他和他自己的布丁一起煮，然后拿一枝冬青刺穿他的心脏，把他埋葬。[1]一定要这么办！"

"舅舅！"外甥求情说。

"外甥！"舅舅严厉地回答，"你去过你的圣诞节吧，让我过我的。"

"过圣诞节！"私刻撸挤的外甥重复他的话，"可是您不肯过呀！"

"那么，让我不过好啦，"私刻撸挤说，"但愿它会给你许多好处！它一向

---

[1] 欧洲中世纪风俗，把杀人犯埋葬在十字路口以后，用一根棍子刺穿其心脏，插在那儿。冬青在圣诞节常作为室内装饰，并在进餐时插在葡萄干布丁上。

给过你许多好处了吧！"

"也许，有许多事情，虽然我没有从它们那儿得到过进款，可是我也许已经从它们那儿得到了好处，"外甥回答说，"圣诞节就是这类事情中的一种。可是我肯定，每当圣诞节来临的时候，我一直认为这是一个好时候。即使撇开对于它神圣的名称和来源所引起的崇敬之心——如果任何属于它的东西可以撇开的话——这也是一个好时候。一个仁爱、宽恕、慈善、快乐的节日。在长长一年的光阴里，据我所知，唯有这个时候男男女女似乎不约而同地把他们紧闭的心扉无拘无束地打开，并且想到比他们低微的人们，就好像那些人的确是一同向坟墓走去的旅伴，而不是在另外的行程上的另外一种生物。因此，舅舅啊，虽然圣诞节从来没有把一小块金子或银子放在我的口袋里，我还是相信它**给过**我好处，而且**还要**给我好处。所以我要说，上帝祝福它！"

待在"木桶"里的办事员情不自禁地喝彩起来，但是马上觉得这样做不合适，便拨弄着火，把最后的微弱的火星永远熄灭掉。

"**你**再喊一声试试看，"私刻撸挤说，"那你就另谋高就去过你的圣诞节吧！你倒真是一个了不起的演说家，"他又转向他的外甥，添上一句，"我不明白你怎么不进国会。"

"不要生气，舅舅。来吧！明天到我们家里来吃饭。"

私刻撸挤说，他宁愿看见他——[1] 不错，他的确看见了。他把这句话完全说了出来，说宁愿看见他那副死样子，他也不去。

"那为什么呢？"私刻撸挤的外甥嚷道，"为什么呢？"

"你为什么结婚？"私刻撸挤问。

"因为我恋爱。"

"因为你恋爱！"私刻撸挤吼着说，好像天底下比圣诞节快乐更荒谬可笑的事唯有这一桩，"再见！"

"别这样，舅舅，可是您在这桩事情之前就从来没有来看过我。为什么却作为现在不来的理由呢？"

---

[1] "他宁愿看见他"，原文为 he would see him。破折号是"damned（被诅咒）first"或"dead（死掉）first"的省略。这句意思是宁愿别人死，他也不去。

"再见。"私刻撸挤说。

"我什么也不要您的,我什么也不求您。为什么我们不能友好呢?"

"再见。"私刻撸挤说。

"看到您态度这样坚决,我真的感到遗憾。我们之间从来没有过以我作为一方的争吵。不过我曾经做过努力要对圣诞节表示敬意,因此我要把我过圣诞的好心情维持到底。所以,祝您圣诞节快乐,舅舅!"

"再见!"私刻撸挤说。

"祝您新年快乐!"

"再见!"私刻撸挤说。

虽然如此,他的外甥还是毫无怨言地离开了那个房间,他在外边那扇门口站住,向办事员致以节日的问候。办事员尽管身上很冷,也比私刻撸挤来得温暖,因为他热诚地回答了祝贺。

"竟然又有一个家伙,"私刻撸挤听见了他的话,咕噜着说,"我的办事员,一星期只挣十五个先令,还有老婆、孩子,也高谈什么圣诞节快乐。我真要隐退到白德兰[1]去了。"

这个疯子一边让私刻撸挤的外甥出去,一边请进了另外两个人来。这是两位魁梧肥胖的绅士,看上去和蔼可亲。他们走进私刻撸挤的账房里,脱下了帽子。他们手中拿着簿子和纸张,对他鞠躬。

"我想,这儿是'私刻撸挤和马莱'商号吧。"其中一位绅士查着名单说,"我可以荣幸地称呼您私刻撸挤先生或者马莱先生吗?"

"马莱先生死去整整七年了,"私刻撸挤回答说,"他正是在七年前的今儿个晚上死的。"

"我们毫不怀疑他的慷慨之心是由他的健在的合伙人很好地代表着。"一位绅士拿出他的身份证明书来,说道。

果然不错,因为这两个人的性格很相似。私刻撸挤一听到那个不祥的字眼——"慷慨之心"就皱眉,摇头,把那份证明书递回去。

---

[1] 白德兰(Bedlam)是伯利恒(Bethlehem)的讹误。指英国伦敦的伯利恒圣马利亚医院,是一所精神病医院。

"私刻撸挤先生，值此一年之中最为欢乐的圣诞节期，"那位绅士拿起一支笔，说道，"比平常就更为需要我们准备一点东西，去周济贫穷困苦的人们，他们此刻正在遭受巨大的痛苦。先生，成千上万的人缺少生活必需品，还有上千万的人缺少生活上的安慰。"

"难道没有监狱吗？"私刻撸挤问。

"监狱多得很。"绅士又放下那支笔，说道。

"还有联合贫民习艺所[1]呢？"私刻撸挤追问，"那些地方还开工吗？"

"还开工。不过，"绅士回答说，"我倒是希望我能说没有开工。"

"那么，踏车[2]和《贫民法》[3]都在充分发挥效力吧？"私刻撸挤说。

"都忙着发挥效力，先生。"

"哦！听到你一开头讲的话，我倒是害怕发生了什么事情，使它们有用的工作停顿了，"私刻撸挤说，"我很高兴听到你那样说。"

"我们几个人，有鉴于它们差不多没有向群众提供符合基督教义的身心上的愉快，"绅士回答说，"因此致力于募集一笔款项，来为贫民购买一些肉、酒和御寒的东西。我们所以选择这样一个时候，是因为和其他一切时候比较起来，现在更是穷人迫切需要，而富人寻欢作乐的时候。我该替您写下多少？"

"别写！"私刻撸挤回答。

"您希望匿名吗？"

"我希望不被人打扰，"私刻撸挤说，"绅士们，既然你们问我希望什么，这就是我的回答。我不打算在圣诞节找快乐，我也没有钱去让懒惰的人们快乐。我帮着支持我刚才提到的那些机构，它们要的钱够多了，那些穷光蛋必须到那儿去。"

"许多人进不去。还有许多人死也不愿去。"

---

[1] 英国根据 1834 年的《贫民法》所设立的救济贫民的场所。由两个以上的教区联合设恤贫局，办理救济贫民等事务。贫民习艺是其工作的一部分。习艺所中工作及生活条件都很艰苦，贫民多不愿进入。

[2] 形同于汲水的水车。英国于 1817 年起在监狱中设置，令囚犯踩踏，作为刑罚。后来废止了。

[3] 英国议会中通过的所谓救济贫民的法案。初次实行于 1601 年，嗣后迭经修正。

他们走进私刻撸挤的账房里，脱下了帽子。他们手中拿着簿子和纸张，对他鞠躬。

"要是他们情愿死，"私刻撸挤说，"那么还是去死，也好减少过剩的人口。此外——请原谅——我不懂这一套。"

"可是您也许懂得。"绅士说。

"这不是我的事，"私刻撸挤回答，"一个人懂得他自己的事，不去干涉得别人的事，就很够了。我的事务叫我忙个不停。再见，绅士们！"

两位绅士清楚地看到再顶下去也没用，便告辞了。私刻撸挤继续手头的工作，心里扬扬自得，比起平常来，情绪轻松愉快得多。

这时，迷雾更浓了，天色更暗了，只见引路人手执熊熊燃烧的火炬跑来跑去，招揽生意 [1]，他们走在马车前面，给马匹带路。一座教堂的古老的塔楼已经看不见了：塔楼里有一只粗声粗气的老钟，总是透过墙上哥特式 [2] 窗孔往下瞧，痴呆地窥视着私刻撸挤；过会儿它在云雾里每时每刻地敲响着，敲过之后，拖着颤抖的余音，好像它的牙齿正在冻得冰冷的头顶下面打着寒战。寒冷来得更厉害了。在大街上那所法院的转角处，一些工人正在修理煤气管，他们在一只火盆里生了旺盛的火，衣衫褴褛的成年男人和孩子们团团围绕在那儿，兴高采烈地烘着手，对着火焰眨眼睛。消防龙头因为被人们遗弃在孤独之中，它溢出来的水闷闷不乐地凝结起来，变成愤世嫉俗的冰块。冬青的树枝和小红果在商店橱窗的炙热的灯火中哔剥作响，店铺子的一片明亮把过路人苍白的脸照得绯红。家禽店和食品杂货店的生意已经变成了一种精彩的笑话：那是场面盛大的展览，简直不能叫人相信论价和出售这类没意思的原则和它有什么关系。那位市长大人待在雄伟的市长官邸里，命令他的五十名厨师和男仆，要使得圣诞节过得像市长家中应该过的样子。即使那位小裁缝，他在上星期一还因为在街上喝醉酒和凶殴而被市长罚款五先令，这时也在他的阁楼里搅拌着明天的布丁，他的瘦骨嶙峋的老婆则带着他们的婴孩出去买牛肉了。

迷雾更浓了，天气更冷了！冷得刺脸，切肤，彻骨。如果高明的圣邓斯

---

[1] 过去，在夜雾笼罩伦敦时，街上常有手执火炬的引路人为车辆引路。火炬用粗麻蘸沥青或柏油制成。

[2] 一种建筑式样的名称，始创于法国北部，以尖拱形结构为其特征。

坦[1]是用了一点这种天气，而不是用他熟悉的武器，去钳魔鬼的鼻子的话，那么魔鬼确实会有强烈的理由大声吼叫。这时，一个几乎不怎么年轻的鼻子的所有者，他被饥饿的严寒咬噬着，咀嚼着，好像肉骨头被饿狗咬噬着一样：他弯下身子对着私刻撸挤的钥匙孔，奉献一曲圣诞颂歌。可是刚唱了两句——

上帝祝福你这位快乐的绅士！
愿你无忧无虑，赏心乐事！

私刻撸挤就气势汹汹地抓起一把尺子，吓得那位歌手马上逃走，把钥匙孔让给了迷雾，以及和私刻撸挤性格相同的寒气。

终于到了账房该打烊的时候。私刻撸挤不乐意地从凳子上下来，对待在"木桶"里指望下班的办事员默认这一事实。办事员立刻灭掉烛火，戴上帽子。

"我想，你明天要用一整天吧？"私刻撸挤说。

"是的，先生，如果对您方便的话。"

"不方便，"私刻撸挤说，"也不公道。要是我因此扣掉你半个克朗[2]，我敢肯定，你会觉得吃亏了吧？"

办事员苦笑着。

"然而，"私刻撸挤说，"一天不做事，**我**白给工钱，你却不认为我吃亏。"

办事员说这不过是一年一次的事情。

"每年 12 月 25 日扒人家口袋的无聊借口而已！"私刻撸挤一面说，一面扣着大衣纽扣，直扣到下巴底下，"不过我想你是非要一整天不可的啰。后天早上可要来得更早一些！"

办事员答应照办，私刻撸挤便咕噜一声，走了出去。一眨眼工夫这事务所便关了门，办事员围着他长长的、两头挂到腰下的白羊毛围巾（因为他没有大衣可以炫耀），跟在一长串孩子的后面，沿着康赫尔大街一路往下滑了二十次，

---

[1]圣邓斯坦（924—988），英国修道士，也是宝石匠、铁匠、画家和政治家，曾担任国王埃莱德和埃德加的首席顾问。后者曾任命他为坎特伯雷大主教。

[2]英国货币，值五先令，现已不用。

用以庆祝这圣诞节的前夜，然后用最快的速度冲刺，跑到在开姆顿镇的家中，玩捉迷藏游戏去了。

私刻撸挤在他经常去的阴沉沉的酒菜馆里，吃着他阴沉沉的晚饭。他看完了所有的报纸，然后欣赏了一下他的银行存折，以消磨余下的夜晚，就回家去睡觉了。他住在原来属于死去的合伙人的屋子里。那是建造在一个院子上端的一幢愁眉苦脸的房屋里的一套阴暗的房间，那幢房屋竖在那儿真不像样，使人不能不猜想，它一定在还是幢年轻的房屋的时候，和别的房屋玩躲猫儿游戏，跑到这里来以后，就忘了再跑出去的路。它现在真够老的，真够寒碜的，除了私刻撸挤，谁也不愿去住。其他的房间则都已出租为事务所。这时，院子里暗得很，即使是知道这儿每一块石头的私刻撸挤，也不得不双手摸索着前进。迷雾和寒气弥漫在漆黑的、破旧的房屋正门口，看来好像掌管天气的神灵正坐在门槛上哀伤地沉思。

这会儿，那个门环实实在在没有一点特殊的地方，它只不过大得很。自从私刻撸挤住到这地方以来，他每天早晚都看到门环，这也是实实在在的事。还有一个事实：私刻撸挤缺少那种叫作想象力的东西，正像伦敦城里[1]的任何人一样，甚至包括——这是一句斗胆的话——市政当局、高级市政官和同业公会会员。这一点也要让大家记住，就是私刻撸挤自从那天下午提到他的死了七年的合伙人以后，他再也没有想到过马莱。好，现在请随便哪一位，要是他能够的话，给我解释一下，那是怎么发生的：私刻撸挤把钥匙插进了门锁以后，看到那个门环，没有经过任何中间的变化过程，却已经不是门环，而是马莱的脸。

马莱的脸。它不像院子里其他的东西那样是看不透的阴影，却有一圈暗淡的光晕萦绕着，好像黑暗的地窖里一只坏掉的龙虾。它并不怒气冲冲，或狰狞凶恶，而是用像马莱经常看私刻撸挤的样子看着他：那副鬼样子眼镜推到鬼样子的额头上。它的头发奇怪地飘动，好像被微风或热气吹着似的。那双眼睛虽然睁得大大的，可是一眨也不眨。这副神情，加上它青灰的脸色，叫人害怕。不过这种可怕似乎是这张脸做不了主，也控制不住的，不像是它自己的表情的

---

[1]指旧伦敦市区，面积约一平方英里。伦敦交易所、市长官邸、康赫尔大街，以及圣保罗教堂均在这一区域内。

办事员跟在一长串孩子的后面，沿着康赫尔大街一路往下滑了二十次。

一部分。

正当私刻撸挤盯着这个幻影看的时候，它又变成了一个门环。

要是说他没有吓了一跳，或者说他的血脉里没有感觉到从婴儿时代起他从未感到过的一种恐怖的刺激，那是不真实的。然而他还是把刚才缩回去的手伸到钥匙上，坚定不移地一旋，并且走进去，点亮了蜡烛。

在关上屋门之前，他**的确**犹豫不决地站立了片刻，**的确**小心翼翼地先对门背后打量了一番，好像他有些料到自己要心惊胆战地看见马莱的辫子[1]翘着伸进穿堂里来。然而，门背后除了钉住那只门环的螺丝钉和螺丝帽以外，什么也没有。因此他嘴里嚷着"呸，呸！"同时把门"砰"的一声关上。

这声音像打雷一样在整幢房屋里回响。楼上的每间屋子，以及楼下酒商的地窖里的每一只酒桶，都似乎各有它们自己的一阵回声。私刻撸挤可不是会被回声吓住的那号人。他把门闩上，经过穿堂，走上楼梯，也还是慢慢地走，一边走一边修剪烛芯。

你尽管不着边际地闲扯什么把一辆六匹马拉的大马车赶上一道相当陈旧的楼梯，或者穿过一道新制定的糟糕的国会法案吧[2]；可是我打算说，你可以弄一辆柩车驶上那道楼梯，并且横着上去，车前横木朝着墙壁，车后的门朝着楼梯栏杆，你做起来毫不费事。有足够的宽度，绰绰有余；也许这就是为什么私刻撸挤觉得他看见一辆机动柩车于冥冥之中在他面前往前开。外面街上五六盏煤气灯不可能把这条过道照得很亮，因此你可想而知，单靠私刻撸挤的一支残烛，那儿是相当黑暗的。

私刻撸挤往楼上走，对此毫不介意，黑暗很便宜，私刻撸挤喜欢它。不过他在关上自己的厚重的房门之前，还是先巡视了各个房间，看看是否一切都安然无恙。那张脸给他的印象足够促使他这样做了。

起居室，卧室，堆房，一如既往。没有人躲在桌子底下，也没有人躲在沙

---

[1] 19世纪初叶西欧国家的男子还有扎单根短辫子的习俗。

[2] 由于英国国会法案中常有措辞不严密之处，有许多空子好钻，当时的爱尔兰民族主义者、政治家丹尼尔·奥康纳尔（1775—1847）曾经宣称，他能够赶着一辆六匹马拉的马车穿过任何此种法律。此处，狄更斯借用了这句话。

发底下；壁炉里生着文火；汤匙和餐盆搁得好好的，一小锅燕麦粥（私刻撸挤在淌清鼻涕）也放在炉旁铁架上。没有人躲在床底下，没有人躲在厕所里，也没有人躲在那件挂在墙上、形迹可疑的晨衣里。堆房依然如故。旧的火炉栏，旧的鞋子，两只鱼筐，一个三脚脸盆架，还有一根拨火棒。

　　他心满意足，便关上房门，把自己锁在里边——用两把锁锁在里边，他往常可不是这样做的。如此采取安全措施以防不测之后，他终于解下了围巾，穿上了晨衣和拖鞋，戴上了睡帽，在炉火前坐下来吃燕麦粥。炉火的确非常小，在如此寒夜里等于没有生。他不得不挨近炉火坐着，身子弯在那上面，这样才能从如此一小把燃料上取得一丝暖意。这个壁炉很古旧，是很久以前某个荷兰商人造的，壁炉周围铺着别出心裁的荷兰花砖，拼成《圣经》故事的图案。有该隐和亚伯[1]、法老的几个女儿[2]、示巴女王[3]、驾着羽毛褥垫般的云朵从空中下降的小天使、亚伯拉罕[4]、伯沙撒[5]、乘着船形奶油碟起航出海的使徒们[6]，千姿百态，牵引着他的思想活动。然而，死了七年的马莱的那张脸，却像那位古代先知的法杖一样，跑来把这一切都吞没了[7]。如果每一块光滑的砖块本来都是空白的，而有一种力量能够把他思想中不相连贯的意识在砖块的表面上印成某种图样，那么每一块砖上保管都是一幅老马莱的头像。

---

[1] 该隐和亚伯是亚当和夏娃所生的两个儿子。该隐嫉妒其弟亚伯得到上帝宠爱，杀死了亚伯。见《圣经·旧约·创世记》第四章。

[2] "法老"是古埃及国王的称谓，原意为"大厦"。有一个法老的女儿曾在尼罗河边收养了一个被抛弃的希伯来婴儿，取名摩西。见《圣经·旧约·出埃及记》第二章。

[3] 示巴为古代住在阿拉伯西南的也门国内的一个民族。示巴女王曾经因为听说以色列王所罗门聪敏过人，专门前去拜访他。见《圣经·旧约·历代志下》第九章。

[4] 犹太民族的祖先之一。他曾经受到上帝的考验，而愿意把亲生子以撒作为牺牲，献给上帝。见《圣经·旧约·创世记》第二十二章。

[5] 古巴比伦的末代国王。有一天，他宴请一千个大臣时，忽见墙上出现神秘的手指，写着预言巴比伦国覆灭的字。当夜巴比伦即被玛代人大利乌征服。见《圣经·旧约·但以理书》第五章。

[6] 指耶稣的十二个门徒：彼得、约翰、雅各、安德烈、腓力、多马、巴多罗买、马太、雅各（亚勒腓之子）、西门、犹大和马提亚。后来一些信奉耶稣、传扬福音的人，亦称信徒，比如保罗、提摩太等。他们曾航海到小亚细亚各地传道。此处"奶油碟"是形容花砖上拼出的船只之小。

[7] 据《圣经》记载，摩西和亚伦二人遵奉耶和华喻往见法老行奇事以显神迹。亚伦将杖掷地变成了蛇。法老召了术士们来，也都将杖掷地变成了蛇。然而，亚伦的杖把术士们的杖全部吞了下去。见《圣经·旧约·出埃及记》第七章。

没有人躲在床底下，没有人躲在厕所里，也没有人躲在那件挂在墙上、形迹可疑的晨衣里。

"胡闹！"私刻撸挤一面说，一面往房间那一头走去。

私刻撸挤走了几个来回以后，才又坐下来。他把头往后仰靠在椅背上，这时候，他的视线忽然接触到一只铃铛，一只已经不用的铃铛。过去这只铃铛挂在屋子里，是为了现在已经忘掉的什么目的和这屋子最高一层楼上的一个房间取得联系。他感到大吃一惊，感到一种奇怪的、不可名状的恐怖。他瞧着那只铃铛的时候，铃铛晃荡起来。开头还是荡得很轻微，简直没有一点声音，可是不久就响亮地敲起来，使得整幢屋子里所有的铃铛都这样敲起来。

铃声可能响了半分钟，也可能一分钟，然而恰似一小时之久。铃铛又像刚才响起来那样，一同静了下来。接着，从深深的底下传来"当啷当啷"的噪声，好像有谁在酒商的地窖里把一根沉重的链条在那些酒桶上拖过去。私刻撸挤于是想起听人说过鬼屋里的鬼怪是拖着链条的。

地窖的门被"砰"的一声撞开来了，于是他听见楼底下的声音更响了；爬上楼梯来了，径直朝他的房门这里来了。

"依然是胡闹！"私刻撸挤说，"我才不相信呢。"

可是他的脸色却变了，这时候，毫不停留，那东西一直穿过厚重的房门，走进屋子里来，到了他眼睛前面。它一走进屋子，那奄奄一息的火苗就蹿了上来，好像在喊着说："我认识他！马莱的鬼魂啊！"接着就萎了下去。

还是那张脸，一模一样。马莱还是扎着辫子，穿着经常穿的背心、紧身衣裤和皮靴。皮靴上的流苏像他的辫子、他的上衣的下摆和他的头发那样，是翘起来的。他拖着的链条缠绕着他的腰部，很长，像一条尾巴盘绕在身上：构成那条链条的东西（因为私刻撸挤看得很仔细）是银箱、钥匙、挂锁、账簿、契据，以及沉重的钢制钱袋。他的躯体是透明的，因此，私刻撸挤打量着他，看穿他的背心的时候，能够看到他的上衣后面的两颗纽扣。

私刻撸挤过去常常听见人家说马莱没有内脏，然而直到现在他才相信这句话。

不对，即使现在他也不相信。虽然他把那个幻象看得透了又透，看见它正站在眼面前；虽然他感觉到它的死人的冰冷的眼睛寒光飕飕，并且注意到那条从头包到下巴的折拢来的方头巾的质地。他先前可没有看到这块包布，虽然如此，他还是不相信，并且和自己的知觉做斗争。

"喂，怎么啦！"私刻撸挤说，声调像往常一样刻薄和冷酷，"你找我干吗？"

"许多事！"——是马莱的声音，毫无疑问。

"你**是**谁？"

"该问我**过去是**谁？"

"那么你过去是谁？"私刻撸挤提高了嗓音问，"你真爱挑字眼儿——**就**一个阴魂而论。"他本来打算说"从某种程度来说"[1]，但是为了更为确切起见，他用了那句话来代替。

"我在生前是你的合伙人雅各·马莱。"

"你能——你能坐下来吗？"私刻撸挤问，同时怀疑地看着它。

"我能。"

"那么，坐吧。"

私刻撸挤所以问这个问题，是因为他不知道一位这样透明的鬼魂到底能不能使自己在椅子上坐下来，并且因为觉得假使结果是不可能的话，那就有必要作一番尴尬的解释。然而这位鬼魂竟然坐在壁炉旁的对面的椅子上了，好像它习以为常似的。

"你不相信我。"鬼魂判断说。

"我不相信。"私刻撸挤说。

"除了凭你的知觉以外，你还要凭什么才能相信我的真实性呢？"

"我不知道。"私刻撸挤说。

"你为什么怀疑你的知觉呢？"

"因为，"私刻撸挤说，"有一点点事情就会影响我的知觉。胃里稍微有些不舒服，我的知觉就会靠不住了。你可能就是一小口没有消化掉的牛肉，一抹芥末酱，一小片干乳酪，或者一小片半生不熟的土豆。不管你是什么东西吧，

---

[1] 原文 for a shade（就一个阴魂而论）和 to a shade（从某种程度来说）只一字之差。

"喂，怎么啦！"私刻撸挤说，声调像往常一样刻薄和冷酷，"你找我干吗？"

你是油荤的成分总比游魂的成分多！"

私刻撸挤并没有多少讲笑话的习惯，这种时候，他心里也实在没有一丝一毫打趣逗乐的感觉。事实上，他是故意说得漂亮，作为一种方法来分散自己的注意力，并且镇住自己的恐怖感；因为这位精怪的声音已经搅得他骨髓里都惶惶不安了。

像这样坐着，不声不响地对那一双直愣愣的玻璃球似的眼睛注视片刻，私刻撸挤觉得真是糟糕透了。而且，这位精怪身上产生出一种地狱般阴森的气氛，也是非常可怕的。私刻撸挤本人感觉不到这一点，然而这是很显然的事，因为，虽然鬼魂纹丝不动地坐在那儿，它的头发、下摆和流苏却依然在飘拂，好像被炉灶上的热气吹着似的。

"你看得见这根牙签吗？"私刻撸挤说，由于刚才指出的理由，他迅速重新转入攻势。同时也为了把这个幻象的木然无情的凝视从自己身上移开，哪怕移开一秒钟也好。

"我看得见。"鬼魂回答。

"你并没有朝它看。"私刻撸挤说。

"可是我看得见，"鬼魂说，"尽管没有朝它看。"

"好吧！"私刻撸挤回答，"只消把这个吞到肚子里去，我这后半辈子，就会受到自己制造的一大群妖魔鬼怪的困扰。胡闹，我跟你说吧——胡闹！"

鬼魂一听到这句话，便发出一声可怕的喊叫，同时摇动它的链条，声响是那样阴森恐怖，直叫私刻撸挤紧紧地抓住坐椅，以免晕厥倒地。然而还有叫他更害怕的事情哪，只见这个幽灵解下绕在它头上的绷带，似乎在室内绑着太热——它的下巴颏儿便垂到胸前来了！

私刻撸挤双膝下跪，十指交叉地紧握在脸前。

"天哪！"他说，"可怕的幽灵啊，你为什么和我过不去？"

"世俗之见的人！"鬼魂回答说，"你倒是相信不相信我？"

"我相信，"私刻撸挤说，"非相信不可。不过为什么精灵们到世上来走动，它们又为什么来找我？"

"对于每一个人来说，"鬼魂回答，"他躯体里的灵魂都必须出去在他的同类之间到处行走，要游遍四面八方；要是生前他的灵魂没有走动，那么死后就要罚他这样做。他的灵魂注定要浪迹天下——哦，我真不幸啊！——并且要眼睁睁地瞧着那些分享不到的事物，那些事物本来可以在世上分享，而且成为幸福！"

这个精怪又发出一声叫喊，摇动着链条，搓着黑影朦胧的双手。

"你上着脚镣手铐，"私刻撸挤颤抖着说，"告诉我，这是为什么？"

"我戴上生前自己锻造的链条，"鬼魂回答说，"我一环又一环、一码又一码地锻造了它，我心甘情愿地把它缠绕在身上，心甘情愿地戴着它。这式样难道你感到陌生吗？"

私刻撸挤颤抖得更厉害了。

"你是否愿意知道，"鬼魂追问说，"你自己身上缠绕着的那根东西有多重和多长吗？七个圣诞节前的时候，它就足足有我这根这样重、这样长了。打那时候起，你又在那上面花了不少精力。现在它是一根极其沉重的链条了！"

私刻撸挤看看他周围的地板，想要发现自己是否被五六十英寻[1]长的铁索围绕着，但是他什么也没有看到。

"雅各，"他哀求着说，"老雅各·马莱，再跟我说些什么吧。说些安慰我的话吧，雅各。"

"我没有这种话好讲，"鬼魂回答，"爱本利者[2]·私刻撸挤，安慰要从另外一个世界，由另外一些使者，传送给另外一类人们。我也不能把我想告诉你的话都告诉你。允许我说的，只剩下很少的了。我不能休息，我不能耽搁，我也不能在任何地方逗留。过去，我的灵魂从来没有走出我们的账房之外——注意我的话！——生前，我的灵魂从来没有越过我们那银钱兑换窗口的狭窄的范围而外出游荡；现在，那令人厌倦的行程展示在我的面前！"

---

[1] 长度单位，合 6 英尺或 1.829 米。
[2] "爱本利者"是私刻撸挤的名字 Ebenezer 的音译。

私刻撸挤有一个习惯，每当他考虑问题的时候，总要把双手插在裤子口袋里。这会儿他又这样做，思索着鬼魂刚才说的话，不过没有抬起眼睛，也还是跪着没有站起来。

"你的行程一定很慢，雅各。"私刻撸挤指出，他带着一种一本正经的神情，虽然也带着谦卑和恭敬的样子。

"慢！"鬼魂重复他的话。

"死了七年，"私刻撸挤忖度着，"又是整个时间在旅行？"

"全部时间，"鬼魂说，"没有休息，没有安宁。受到永无休止的悔恨的折磨。"

"你走得快吗？"私刻撸挤问。

"驾着风的翅膀。"鬼魂回答说。

"七年之中，你大概已经走过很多地方了。"私刻撸挤说。

鬼魂听到这句话，又发出一声叫喊，同时把它的链条在这黑夜的死一般的静寂之中弄得"当啷"作响，骇人听闻，监护人[1]可以有理由控告它扰乱安宁。

"哦！给拴着，绑着，上着双重脚镣手铐，"这个幻象说，"不懂得那些不朽的人物千百年来为这个世界所做的无休止的劳动，在其可以感觉到的好处完全发扬光大以前，就必定会消失到永恒之中；不懂得任何一个基督教的灵魂善良地工作在它的小小的范围内，不管那是什么范围，都会发现它的有限的生命太短，不够发挥它的巨大的有益的作用；不懂得一生中的机会错过以后，就没有余地能够让后悔来弥补损失！然而我过去就是那样！哦！就是那样！"

"不过你过去一直是一位很好的生意人啊，雅各。"私刻撸挤结结巴巴地说，他现在开始把这句话应用到他自己身上来。

"生意！"鬼魂叫喊着，又搓起双手来，"人类才是我的生意。公众福利才是我的生意，慈善、怜悯、宽厚和仁爱这一切才是我的生意。我在行业中的交易在我的生意的汪洋大海中只不过是一滴水而已！"

---

[1] 伦敦曾划分为 26 个区域，选派监护人担任区域内的保卫工作。1812 年建立警察制度以后，保卫工作由警察担任。

它伸直手臂，举起链条，好像这就是它的一切徒劳无益的悲伤的根源；然后又把链条重重地扔在地上。

　　"在流逝的一年的这个时候，"这个幽灵说，"我受苦最深。为什么我从前要把眼睛朝下看着走过我面前的同胞们，却从来不抬起头来看看引导那几位博士到卑微的处所去的神圣的星呢[1]？ 难道那星光不也会引导**我**到穷人的家里去吗？"

　　私刻撸挤听见幽灵照这样子往下说，感到不胜惶恐，不由得剧烈地战栗起来。

　　"听我说！"鬼魂喊道，"我的时间快要完了。"

　　"我听着哪，"私刻撸挤说，"不过不要对我太严厉！不要说得花里胡哨的，雅各！我求求你！"

　　"我怎么会用一种你看得见的形象出现在你面前，我不打算告诉你。我曾经无影无踪地坐在你的身旁许多许多天。"

　　这可不是叫人好受的花样。私刻撸挤打着寒噤，抹去额头上的汗珠。

　　"在我的赎罪苦行中，那不是一个轻松的部分，"鬼魂接着说，"我今天晚上到这儿来是警告你，你还有机会和希望来避免我的命运。是我设法给你带来的机会和希望，爱本利者。"

　　"你一直是我的好朋友嘛，"私刻撸挤说，"谢谢你啦！"

　　"你将要被鬼缠着，"鬼魂继续说，"被三位精灵。"

　　私刻撸挤拉长着脸，拉得像鬼魂刚才拉的那样长。

　　"难道这就是你说的机会和希望吗，雅各？"他用结结巴巴的声音追问。

　　"是的。"

　　"我——我想我宁可不要。"私刻撸挤说。

　　"要是没有它们来访问，"鬼魂说，"你就不能希望避免我正在走的道路。明天钟声敲一点钟的时候，你等着头一位来访问吧。"

---

　　[1]据《圣经·新约·马太福音》第二章记载，耶稣降生以后，有几个东方的博士依照一颗星的指引，找到耶稣降生的贫穷的家庭。"神圣的星"亦称"伯利恒之星"。

"我不能让它们一起马上来，让这事情就此了结吗，雅各？"

"后天夜晚同一个钟点等着第二位。大后天夜晚十二点的最后一响停止震荡的时候，是第三位。别想再看见我。为了你自己的缘故，你要记住我们之间的这段交往！"

幽灵说完了这段话，就从桌子上拿起它的包布，像原来那样裹起头。私刻撸挤知道这一点，是因为听到它的上下颚给扎在一起的时候，牙齿发出刺耳的响声。他鼓起勇气再抬起眼睛来，只见他的超自然的客人直挺挺地站在他面前，把链条一圈圈地绕到一只手臂上。

幽灵从他面前往后退走，它每退一步，窗子就自动升起一点，因此，等这幽灵退到窗口，窗子已经大开。幽灵招呼私刻撸挤走过去，他听从了。走到彼此相隔不到两步的时候，马莱的鬼魂举起手来，指示他不要再靠近。私刻撸挤站住了。

这与其说是服从，还不如说是因为惊讶和恐惧，因为在那只手举起来的时候，他听到了天空中嘈杂的喧闹声。那是断断续续的哀悼和悔恨的声音，那是无法形容的悲伤和自怨自艾的哭泣。幽灵静听了一会儿之后，也加入了这阕悲悼的挽歌，并且飘到窗外那凄凉而又黑暗的夜空之中。

私刻撸挤跟到窗口。好奇心使他不顾一切。他向外望去。

空中布满了幻象，惶惶不安，匆匆忙忙地飘来荡去，一面走，一面呻吟。每一个幻象都像马莱的鬼魂那样缠着链条，有几个（可能是犯了罪的官吏）被锁在一起。没有一个是自由的。有不少在世时是私刻撸挤认识的。他和一个老鬼魂相当熟悉，它穿着一件白背心，脚踝上缚着一个巨大的铁保险箱，由于看见下边一个门前台阶上坐着一个怀抱婴儿的女人，它无法帮助她，因而伤心地哭泣着。很明显，它们一致的痛苦在于全都想善意地干涉人间的事务，可是已经永远丧失了这种能力。

究竟是这些东西渐渐消逝在迷雾之中了，还是迷雾吞没了它们，他闹不清。然而它们连同它们灵魂的声音一起消失了。黑夜变得和他刚才回家的时候一样。

空中布满了幻象，惶惶不安，匆匆忙忙地飘来荡去，一面走，一面呻吟。

幽灵静听了一会儿之后，也加入了这阕悲悼的挽歌，并且飘到窗外那凄凉而又黑暗的夜空之中。

然而它们连同它们灵魂的声音一起消失了。黑夜变得和他刚才回家的时候一样。

私刻撸挤关上窗子，然后察看鬼魂打那儿进来的门。门还是像他亲手锁上的那样是两把锁锁的，门闩也都没有动过。他正想说一声"胡闹！"，可是刚说了头一个字就顿住了。由于他刚才情绪激动，或者由于白天的疲劳，或者由于他瞥见了那个冥冥的世界，或者由于和那个鬼魂的乏味的谈话，或者由于时间太晚，他现在十分需要休息。他便径直走到床边，衣服也没有脱掉，一倒下去便睡着了。

第二节

三个精灵中的第一个

私刻撸挤醒来的时候，天色还是很黑，他从床上望出去，简直难以分辨哪儿是透光的窗户，哪儿是他的房间的四堵不透光的墙。他竭力用他的雪貂[1]似的眼睛在黑暗中刺探，这时，附近一座教堂里的钟声正敲四刻钟。他便侧耳倾听这是几点了。

使他不胜惊讶的是，那只沉重的钟不停地从六点[2]敲到七点，从七点敲到八点，这样有条不紊地一直敲到十二点，这就停住了。十二点！他睡到床上去的时候已经两点多钟嘛。那只钟不对头了。一定有根冰锥子搞到机器里边去了。十二点！

他摁下打簧表[3]的弹簧，来核对一下这只再荒谬也没有的钟。可是打簧表的急速的小脉搏打了十二下，就停住了。

"怎么啦，这是不可能的，"私刻撸挤说，"我不可能已经睡过了一整天，而又睡到了第二天深夜。要是说太阳出了什么毛病，现在是中午十二点，这也是不可能的！"

他想到这里，不禁毛骨悚然。他手忙脚乱地爬下床来，摸索着走到窗口。他不得不先用晨衣的袖子把窗子上的冰霜揩去才能看得见什么，可是这样也只能看见一点点。他能分辨得出的是外面仍然大雾迷漫，天气酷寒，没有人声鼎沸、往来奔跑的巨大骚动，要是黑夜果真赶走了白昼，占领了世界，肯定会发生这种情况。这样一来倒叫人不胜宽慰，因为要是没有日子可以计算的话，那

---

[1] 雪貂，鼬鼠类动物，生有一双敏锐的眼睛。英国农村利用雪貂驱逐地洞中的野兔和田鼠。

[2] 过去伦敦居民一般在早晨六点钟起床。

[3] 打簧表，约在 1676 年发明的一种钟表，摁动弹簧可敲响时刻。

么"见此第一联汇票三日后祈付爱本利者·私刻撸挤先生或来人",以及诸如此类的东西,就会变成不过是一张美国债券[1]了。

私刻撸挤再回到床上去,一遍,一遍,又一遍,想着,想着,又想着这桩事情,然而想不出什么道理来。他越想越糊涂;他越是竭力不要想,却越是想下去。

马莱的鬼魂使他烦恼透顶。每当他作了深思熟虑,心中断定那完全是一场梦的时候,他的思想却又像一根放开来的强劲的弹簧那样,弹回到原来的地方,把同样的问题提出来,从头到尾想一遍:"到底是不是一场梦呢?"

私刻撸挤在这种情况下躺着,直到钟声又敲过三个一刻钟,他忽然记起来,那个鬼魂警告过他,在钟敲一点的时候,有客来访。他决定睁着眼睛躺着,直到那个时刻过去,而且,有鉴于他正像不能进入天堂那样不能进入睡乡,这或许是他能力范围内最聪明的决定了。

这一刻钟好长啊,他不止一次地以为自己一定已经不知不觉地陷入瞌睡之中,错过了钟点。终于钟声传到他静听的耳中来了。

"叮,当!"

"过去四分之一了。"私刻撸挤计着数,说。

"叮,当!"

"过去一半了!"私刻撸挤说。

"叮,当!"

"还剩四分之一了。"私刻撸挤说。

"叮,当!"

"时间到了,"私刻撸挤得意扬扬地说,"却什么也没有发生!"

这句话他是在报时那一下敲响之前说的,眼下它用一种低沉的、郁闷的、空洞的、凄凉的声音敲了一点钟。刹那间,这屋子里亮光一闪,他床上的帐子被拉了开来。

---

[1] 19世纪30年代,美国一些州在没有联邦政府担保的情况下,向外国,特别是英国资本家大量借款,投资于公共工程。1837年美国发生经济危机,许多州拒付债款,因而信誉下降。

他床上的帐子，我能肯定地说，是被一只手拉到一边的。不是他脚那边的帐子，也不是他背后的帐子，而是他的脸朝着的那面的帐子。他床上的帐子被拉到一边去了。私刻撸挤吓得撑起半个身子来，却发现自己面对面地看着那位拉开帐子的世外来客：他跟它那么近，就像我现在跟你那么近，而我在精神上现在正站在你的胳臂肘子旁呢。

它是一个奇怪的形象——好像一个孩子：然而，与其说它像个孩子，倒又不如说它像个老人，因为透过一种不可思议的媒介来看，这种媒介使它现出一种从眼前退缩回去的外貌，并且缩小到孩子般大小。它的头发披散在脑后，一直拖到背上，仿佛因为上了年纪而变白了；可是那张脸却没有一丝皱纹，皮肤也泛出最最娇嫩的红晕。它的两臂很长，而且肌肉发达；双手也如此，好像它紧握起来有异乎寻常的力气。它的双腿和双脚的外形是再纤巧也没有了，像上面那双胳臂一样也是赤裸着。它穿着一件极其洁白的束腰外衣[1]，腰间束着一根闪闪发光的带子，光彩夺目。它手中拿着一根新摘下来的绿色冬青树枝，然而，同这一冬天的标记极端矛盾的是，它的衣服却用夏天的花朵装饰着。不过，最最奇怪的事情是，它的头顶上竟然发射出一道清晰明亮的光，把这一切照得能看见。毫无疑问，这道光也就是它为什么在其较为幽暗的时候要用一个巨大的熄灯器[2]作为帽子，这东西现在正夹在它的胳肢窝下。

然而，在私刻撸挤越来越凝神地看着它的时候，就看出这还**不是**它最奇怪的地方。因为它的腰带一会儿这一部分闪闪发光，一会儿另一部分闪闪发光，在这一刹那间亮一下的，在另一刹那间又暗下去；那个形象本身便在它的闪现中变幻着，一会儿是个只有一只的东西，一会儿是个只有一条腿的东西，一会儿又长着二十条腿，一会儿有一双腿却没有头，一会儿有头没有身子，那些消失的部分，融入漆黑的幽暗中，连一点轮廓也看不出来。然而在这怪事发生的时候，它却又会变成原来的样子，像原来一样清清楚楚。

---

[1] 原指古代罗马人穿的一种外衣。通常是短袖，束腰。男式长及膝部，女式长及脚背。

[2] 熄灯器，一种圆锥形器具，用以熄灭灯烛。

"你就是那位精灵吧，先生，我事先知道要来的那位？"私刻撸挤问。

"正是！"

那声音柔和而又亲切。说得特别低，好像不是近在他身旁，而是离得远远的。

"你是谁，是干什么的？"私刻撸挤接着问。

"我是过去的圣诞节鬼魂。"

"很久的过去吗？"私刻撸挤寻根究底，打量着它矮矮的身材。

"不，是你的过去。"

假如有人能问私刻撸挤，也许他不能告诉那人什么理由，可是他有一种奇特的欲望，要看看这位精灵戴上帽子，他便请求它罩上去。

"什么话！"鬼魂嚷起来，"难道你这么快就要用世俗的双手把我发出的光明熄灭掉吗？人们用情欲制成了这顶帽子，强迫我在一长串的岁月里，一年到头把它压低到我的眉毛上戴着，你就是这些人中间的一个，难道这还不够吗？"

私刻撸挤恭恭敬敬地否认了在自己一生中的任何时期里有一丝冒犯的意图，或者有意识地要叫这位精灵"以帽遮目"，然后他鼓起勇气问它到这儿来有何贵干。

"为了你的幸福！"鬼魂说。

私刻撸挤嘴上说他非常感谢，但是心中却不禁想着，要是让他能不被打扰地休息一夜，那会更有助于达到这个目的。这位精灵一定已经听见了他的想法，因为它立刻就说：

"那么，就为了你的改过自新吧。留神哪！"

它一面说，一面伸出它强壮的手，轻轻地抓住他的。

"站起来！跟我走！"

要是私刻撸挤求情，说这个天气和时间都不适于作一次步行；说床上很暖和，而温度表上已经降到零下好多度；说他穿得很少，只穿了拖鞋、晨衣和睡帽；说这时候他正患着感冒哪——这都是没有用的。那只手虽然柔软得像是女人的手，但是给它抓住就别想挣得了。他只好站起来，但是他发现精灵朝着窗口走去，便一把抓住它的长袍，恳求它。

"我是一个凡人，"私刻撸挤提出异议，"要掉下去的。"

"只要让我的手在**这里**碰一下，"精灵说着把手搁在他的心口那儿，"你就不止会得到这一种支持！"

刚说了这句话，他们就穿过了墙壁，站在一条开阔的乡村道路上，两边都是田野。城市完全消失了，连一点影子都看不见了。黑暗和迷雾也跟着消失不见，因为面前是一个晴朗、寒冷的冬日，白雪覆盖着大地。

"天啊！"私刻撸挤说，他十指交叉握在一起，向四面看看，"我就是在这个地方长大的。我是个孩子的时候就待在这儿！"

精灵温和地盯着他瞧。刚才它的温柔的接触，虽然又轻又短促，似乎仍然保存在这个老头儿的感觉之中。他觉得有千百种气息飘浮在空中，每一种气息又牵连着千百种已经淡忘了很久很久的思虑、希望、快乐和忧愁！

"你的嘴唇在颤抖着啊，"鬼魂说，"你的腮帮子上又是些什么？"

私刻撸挤带着一种异常的哽咽的音调，含含糊糊地说，那是一粒粉刺。他请求鬼魂带他到他想去的场所。

"你记得这条路吗？"精灵问。

"记得吗？"私刻撸挤热烈地高声说——"我蒙着眼睛都能走！"

"奇怪的是你竟然把它遗忘了这么许多年！"鬼魂说，"咱们往前走吧。"

他们顺着那条路走去，私刻撸挤认出了每一扇门，每一根柱子，每一棵树。后来，远处出现了一座小集镇，那儿有桥，有教堂，还有一条弯弯曲曲的河流。他们看见孩子们骑着几匹鬃毛蓬松的小马朝他们奔驰而来，孩子们招呼着坐在农夫们赶着的轻便马车和运货马车上的其他的孩子们。这些孩子全都兴高采烈，彼此嚷来嚷去，嚷得这广阔的田野里充满了欢快的音乐，甚至于清新的空气都听得笑了起来。

"这些都不过是过去的事物的影子，"鬼魂说，"他们不会感觉到我们在这儿。"

这欢蹦乱跳的一群旅客来了。他们来到跟前的时候，私刻撸挤认出了他们，并且喊出每一个人的名字。为什么他看见了他们，是那样无限地喜欢呢？为什么他们跑过去的时候，他那双冷酷的眼睛发着光，他的心"怦怦"地跳呢？为什么他们在十字路口和偏僻小路上分手，各自回家去的时候，他听见他们彼此祝贺圣诞快乐，他心中是那么充满着欢喜呢？对私刻撸挤来说，什么叫作圣诞快乐？去它的圣诞快乐！这东西对他有过什么好处？

"那所学校里的人还没有全部走掉，"鬼魂说，"有一个孤单的孩子还待在那儿，他的朋友们都不睬他。"

私刻撸挤说他知道他。他呜咽地哭起来。

他们离开了那条大路，踅入一条很熟悉的小道，不久就来到一幢大厦跟前，暗红色的砖墙，屋顶上有一个钟形小阁，上面装着一个风标，里面吊着一口钟。这是一幢很大的房子，但却是破落倒败的样子；因为一间间宽敞的下层很少被使用，墙壁上很潮湿，生着青苔，窗户都坏了，房门都烂了。家禽在马厩里"咯咯"地叫唤，大摇大摆地走着，马车房和木棚里都长满了杂草。即使屋子里边也并不更多地保持昔日的状态。因为他们一走进那间凄惨的门厅，从那许多房间的打开的门望进去，就发现房间里布置简陋，阴冷，空旷。空气里散布着一种泥土的气息，这地方透露出一种阴寒的荒凉，不知怎么，它使人联想起太多次点着蜡烛起床而又没有太多的东西充饥。

鬼魂和私刻撸挤穿过门厅，走到屋后的一扇门前。门在他们面前开了，展露出一间长而空的阴森森的屋子，几排未经油漆的松木长板凳和书桌，使得屋子更见空无所有。在一张书桌前，一个孤零零的男孩正凑近微弱的炉火在念书。私刻撸挤在一张长板凳上坐下来，泪眼昏花地望着那已经被遗忘的可怜的他自己——他过去就是这个样子。

这所房间里潜藏着的回声，墙壁镶板后面老鼠的尖叫声和吵架声，杂乱的后院里半冻的落水管的滴水声，一株无精打采的白杨树落尽叶子的枝丫间发出的叹息声，一间空堆房的门单调的轧轧声，还有，壁炉里炉火的哔剥声，没有哪一种声音不落在私刻撸挤的心里，使他的心软化，使他的眼泪有一个比较流畅的通道。

精灵碰碰他的，指着他小时候专心读书的样子。蓦然间，出现一个穿着外国衣服的人，形象十分逼真而又清晰地站在窗外，腰带里插着一把斧子，手执缰绳，牵着一匹驮负木柴的驴子。

"啊呀，那是阿里巴巴！"私刻撸挤兴奋地叫嚷起来，"那是亲爱的、诚实的老阿里巴巴！不错，不错，我认识！有一年的圣诞节，那边那个孤独的孩子，只剩下他一个人给撂在这儿的时候，阿里巴巴**曾经**头一次来，就像这回一样。可怜的孩子啊！还有瓦朗蒂纳，"私刻撸挤说，"跟他的那个粗野的弟弟奥孙[1]。他们走过去了！还有那个人叫什么名字，他穿着衬裤，睡着了，让人放在大马士革的城门外。你看见他没有！还有那个苏丹的马夫，妖怪使他倒立，他正头朝下挂在那儿哪！活该。我真高兴。**他**有什么权利和公主结婚！[2]"

要是伦敦城里私刻撸挤的商业界的朋友们，听见他用这种再特别不过的啼笑皆非的声音，在这类事情上，倾注了他天性中全部的真诚，并且看见他涨得红红的兴奋的脸，他们的确会大吃一惊。

"看那只鹦鹉！"私刻撸挤叫起来，"绿身体，黄尾巴，头顶上长出好像莴苣一样的东西，它就在那儿！鲁滨逊·克鲁索[3]环绕海岛航行一周以后，又回到家中的时候，鹦鹉叫他可怜的鲁滨逊·克鲁索。'可怜的鲁滨逊·克鲁索，你到哪儿去了，鲁滨逊·克鲁索？'那人以为自己在做梦，可是他不是做梦。那是鹦鹉在叫他，你知道的。星期五跑来了，他在朝小河这边逃命！哈啰啊！呼噗！哈啰！"

这时，他一反平时的习性，迅速转变过来，怜悯从前的自己，说道："可怜的孩子啊！"便又哭了起来。

"我希望……"私刻撸挤用袖口揩揩眼睛，把手插到衣袋里，四面看看，

---

[1] 是法国中世纪传奇小说《瓦利昂特两兄弟瓦朗蒂纳和奥孙的历史》（1495）中的人物名。他们是君士坦丁堡的皇帝的双生子，诞生在森林中，奥孙被一只熊带走，成为一个野人。瓦朗蒂纳则在其叔父国王丕平的教养下长大，成为法国宫廷中的骑士。

[2] 见《一千零一夜》中的一篇故事《开罗的诺莱定·阿里和他的儿子白莱定·哈桑》。埃及苏丹欲娶某大臣之女，大臣以女业已许人，不允。苏丹怒，命其将女嫁给驼背马夫。结婚之夜，妖怪将马夫倒立门外；将新娘的情人白莱定·哈桑送来完婚。黎明前，妖怪又把睡梦中的白莱定·哈桑送往叙利亚首都大马士革的城门外。

[3] 鲁滨逊·克鲁索是英国作家丹尼尔·笛福（1660—1731）所作小说《鲁滨逊漂流记》中的主角。他漂流到荒岛上，饲养了一只鹦鹉，取名"波儿"。他还收留了一个土人。土人是在被别的土人欲加杀害的时候，逃向他的住处。那天正是星期五，他就为土人取名"星期五"。

吞吞吐吐地说道，"可是现在太晚了。"

"怎么啦？"精灵问道。

"没有什么，"私刻撸挤说，"没有什么。昨天晚上有一个孩子在我的门口唱一首圣诞颂歌。我很想那时候给了他一点什么东西。就是这么回事。"

鬼魂若有所思地微笑着，一面挥手，一面说："让我们看看另一个圣诞节吧！"

鬼魂刚说了这句话，私刻撸挤的过去的自我就变得大起来，这间屋子就变得更暗一些，更脏一些。墙壁镶板在缩小，窗户在裂开；灰泥一片一片地从天花板上掉下来，露出了里面一根一根的板条。但是这一切是怎么搞的，私刻撸挤并不比你知道得多。他只知道这一点也不错：这一切都是过去发生过的，他又是孤零零的一个人待在那儿，这时其他的孩子们都已经回家去过快乐的节日去了。

他现在不看书了，而是绝望地踱来踱去。私刻撸挤瞧着鬼魂，伤感地摇摇头，焦急地朝门口望着。

门开了，一个小女孩，比那男孩子小得多，飞快地跑进来，双臂抱着他的头颈，一再吻他，称他是她的"亲而又亲的哥哥"。

"我是来接你回家的，亲爱的哥哥！"那孩子拍着小手，弯腰欢笑着说，"接你回家，回家，回家！"

"回家吗，小芳？"男孩子回问。

"对啦！"那孩子满心欢喜地说，"回家，一去不再来了。回家，永远永远不离开了。爸爸比他从前慈爱得多，因此家里像天堂一样了！在一个可爱的晚上，我要上床去睡觉的时候，他是那样温和地对我说话，因此我不害怕再一次问他，是不是可以让你回家，他就说是的，你当然要回家，就叫我乘一辆公共马车来接你。而且你就要长大成人了！"这个孩子睁大眼睛说，"你再也不用回到这儿来啦。但是首先，我们要在一起度过整个圣诞节假期[1] 了，要过一个

---

[1] 在狄更斯当时，英国圣诞节假期历时 12 天，从 12 月 25 日到第二年的 1 月 5 日。

全世界最最快乐的时日。"

"小芳啊,你真是长大成人了!"那个男孩子喊着说。

女孩拍手笑着,想要摸摸他的头,但是个儿太小,便又笑起来,踮起脚尖来拥抱他。然后,她带着稚气的性急的神情拉着他朝门口走去,而他呢,一点也没有不愿意的样子,跟着她走了。

一阵可怕的喊声在门厅里响了起来:"喂,把私刻撸挤少爷的箱子搬下来!"同时在这门厅里出现了校长本人,他以一种凶狠的屈尊降贵的架势瞪视着私刻撸挤少爷,和他握手,把他弄得胆战心惊。于是,他把私刻撸挤和妹妹运送到像最古老的井一样令人寒战不已的、从未见过的最好的客厅里来。那儿墙壁上挂的地图、窗台上搁的天球仪和地球仪都冻得像蜡一样苍白。他在那儿拿出一个盛着淡得出奇的酒的细颈瓶、一大块重得出奇的糕饼,把这佳酿美点的份额分派给两个孩子[1]。与此同时,他又吩咐一个瘦骨棱棱的仆人把一杯"那个东西"送给马车夫,那人回答说,他谢谢这位老爷,不过,要是这东西跟他先前尝过的饮料是一样的话,他宁愿不喝了。私刻撸挤少爷的皮箱这时候已经给捆在马车顶上,两个孩子很高兴地向这个校长道别,钻进了车子,他们就沿着校园的曲径欢欢喜喜地驱车而去,飞转的车轮擦过冬青树的黑黝黝的树叶,把树叶上的白霜和积雪打落下来,像浪花一样四溅。

"她永远是一个娇嫩的人儿,一口气就可以把她吹得凋谢,"鬼魂说,"然而她却有一颗伟大的心啊!"

"她的确是这样,"私刻撸挤大声说,"你说得不错。我绝不能反驳这句话,精灵啊。上帝不容!"

"她死的时候是个妇人,"鬼魂说,"而且,据我所知,生了孩子。"

"生了一个。"私刻撸挤回答说。

"不错,"鬼魂说,"那就是你的外甥!"

---

[1] 按当时英国寄宿学校中的习惯,学生离别时,师长要用酒和糕饼款待他们。

他在那儿拿出一个盛着淡得出奇的酒的细颈瓶、一大块重得出奇的糕饼，把这佳酿美点的份额分派给两个孩子。

私刻撸挤看样子心中很是不安，他简单地回答说："是的。"

虽然他们不过刚刚离开那所学校，这会儿却已经身在城市里热闹的大街上了，那儿有许多影影绰绰的行人来来往往，那儿有许多影影绰绰的货车和客车争途夺路，凡是一个真正的城市所有的你争我夺、杂乱纷繁的景象，这儿都有。从各家商店的布置看来，够清楚的是，这儿也是又到了圣诞节期了，不过现在是黄昏时分，街道上都亮着灯。

鬼魂在某一家货栈门口站住，问私刻撸挤可认识这个地方。

"认识吗！"私刻撸挤说，"我不是在这儿做过学徒的吗？"

他们走了进去。一个老绅士头戴一顶"威尔士假发"[1]，坐在一张高高的写字台后面，坐得那么高，要是他再高两英寸的话，他的头一定要碰到天花板了。私刻撸挤一看见他，就万分激动地喊起来：

"啊呀，原来是老费兹威格！上帝保佑他：费兹威格又活起来了！"

老费兹威格放下手中的笔，抬头看看时钟，时钟指着七点[2]。他搓搓手，理一理他的宽大的背心，从他的鞋子直到他的管仁慈的部位[3]，全身上下都在笑，并且用他那舒畅的、滑润的、丰满的、肥厚的、快活的声音高声喊道：

"哟呵，喂！爱本利者！狄克！"

私刻撸挤过去的自己，这时候已经成长为一个青年人，敏捷地走进来，由他的师兄弟陪同着。

"错不了，是狄克·威尔金斯！"私刻撸挤对鬼魂说，"天哪，不错，就是他。是狄克，他过去跟我非常好。可怜的狄克！亲爱的，亲爱的！"

"哟呵，我的孩子们！"费兹威格说，"今儿晚上不干活了。圣诞节前夕快乐，狄克。圣诞节快乐，爱本利者！让我们把窗板上起来，"老费兹威格喊着，

---

[1] 一种羊毛或者绒线织成的帽子，原来主要生产于英国威尔士的蒙哥马利城。

[2] 当时英国一般商号在晚上九点钟打烊。这里表明费兹威格打算提前下班。

[3] 19世纪欧洲曾经流行一种"颅相学"，认为人的道理和智慧是由头颅的大约四十个不同部分分别决定的。"管仁慈的部位"都认为在前额的上面。

双手拍了一下，拍得很响，"说干就干，杰克·鲁滨孙都来不及喊！[1]"

你一定不会相信那两个伙计怎么干这活儿的！他们扛起窗板就冲到街上——一，二，三——就把它们上在适当的地方了——四，五，六——就上好了闩杆，扣上了——七，八，九——在你还来不及喊到十二的时候，就跑了回来，气喘吁吁，像参加比赛的马。

"嘿哩——呵！"老费兹威格喊着，从高高的写字台那儿灵敏异常地跳下来，"把东西搬开，孩子们，让我腾出一大块地方来！嘿哩——呵，狄克！喷，喷，喷，爱本利者！"

把东西搬开嘛！在老费兹威格的监视之下，没有什么东西他们不肯搬开，或者不能搬开。一分钟之内都做好了。每一件搬得了的东西都捆扎搁置起来，好像要从社会生活中永远被开除出去一样。地板扫干净了，洒了水，灯芯都修剪了，燃料堆在炉火上了。于是，这家货栈变成了一所又舒服、又暖和、又干燥、又明亮的跳舞厅，正像在一个冬天的夜晚你很想亲眼看到的一样。

进来了一位小提琴手，夹着一本乐谱，登上那张高高的写字台，把它变成一个演奏台。他调着音，好像发了五十阵胃痛病。费兹威格太太进来了，她是一个庞大结实的笑面人。三位费兹威格小姐进来了，笑逐颜开，煞是可爱。为她们心碎的六位年轻的追求者进来了。这行业中雇用的全体男青年和女青年进来了。那位女仆进来了，带着她的做面包师的表哥。那位女厨师进来了，带着她哥哥的不是一般的朋友：一位送牛奶的。一位住在对面的男孩子进来了，人们猜想他的主人是否没有让他吃饱，他正想藏在住在隔开一家的女孩子的背后，这女孩子被人发现她的耳朵被她的女主人揪过。他们全都进来了，一个接一个，有些人羞答答，有些人雄赳赳，有些人优雅大方，有些人笨手笨脚，有些人向前进，有些人向后退。无论如何，不管怎样，他们全都进来了。他们又

---

[1] 这是一句过去流行的口头语。源出一首著名的滑稽歌曲，歌曲最后一句是"他还没来得及说，杰克·鲁滨孙，他已经走了"。据说，鲁滨孙是一个老头儿，他访问朋友的时候，人家还来不及叫他的名字，他已经走了，他以这一习惯而出名。

全都走开了，立刻组成二十对，手拉手绕了半圈，又从另一面转过来；跳到中间，又跳回来；在带着各个阶段的情感的组合中转着，转着；原来领头的一对老是出现在不该出现的地方；新的领头的一对舞到那儿的时候，就立刻重又开始，最后全都是领头的一对，而没有后面的一对来帮他们的忙了。等到发生了这种结果的时候，老费兹威格就拍手叫跳舞停下来，他喊道："跳得好啊！"于是小提琴手把他热烘烘的脸浸到一大罐黑啤酒里去，这是特为此目的而准备的。然而一等到他重新露脸，尽管这时还没有人跳舞，他就藐视休息，立刻重新演奏起来，好像另一位小提琴手已经筋疲力尽，被人用窗板抬回家去，而他是一位崭新的人，下决心要胜过前人，使其望尘莫及，否则宁可死。

接着是一次次的跳舞，接着是玩罚物游戏[1]，以及一次次的跳舞，接着是蛋糕，接着是尼格斯酒[2]，接着是老大一块烤牛肉，接着是老大一块冷的炖牛肉，接着是碎肉馅饼，以及许多许多啤酒。然而，这天晚上的最高潮是在烤牛肉和炖牛肉之后到来的。当时，那位小提琴手（注意，他是一只机灵的狗啊！他是那种人，对于自己的业务比你或者我能够教他的更精通！）他奏起了那首《罗杰尔·德·客弗莱爵士》[3]。于是，老费兹威格走出来跟费兹威格太太跳起舞来。而且是领头的一对呢，这真是摆在他们面前的相当艰巨的任务。共有二十三四对舞伴，他们可是绝不能小看的人，他们**是**来跳舞而一点都不打算散步的人哪。

不过，即使是增加一倍的人数，啊，就说四倍吧，老费兹威格也会是他们的对手。费兹威格太太也是。说到**她**呀，在"舞伴"这个字眼的一切意义上，她都适合做他的舞伴。如果说这不是一句高级的赞语，那么请告诉我更高级的吧，我立刻采用。费兹威格的小腿似乎发出真正的光辉来了，在舞蹈的每一个段落都像月亮那样照耀着。在任何时刻，你**绝**不能预言那两条小腿下一步会变出什么花样。等到老费兹威格和费兹威格太太跳完了整支舞曲的时候，你跟你

---

[1] 一种游戏，输者须受处罚，如罚钱，罚唱，罚吻，罚模仿动物动作或叫声等。过去常常于圣诞节时在室内举行。

[2] 一种用葡萄酒、热水、糖、肉豆蔻和柠檬汁调制的酒，是英国法兰西士·尼格斯上校（？—1732）创制的，因而得名。

[3] 一种乡村集体舞蹈及乐曲的名称，很早由诺曼底人传入英国。

于是，老费兹威格走出来跟费兹威格太太跳起舞来。

的舞伴手拉着手，一进一退，一个鞠躬，一个行屈膝礼，来一个螺旋钻孔^[1]，来一个穿针引线^[2]，再回到你的位置上去，费兹威格就"空踢"^[3]起来——踢得那么灵巧，就像用两条腿眨眼睛似的，然后再双脚着地，一晃也不晃。

时钟敲了十一点的时候，这场家庭舞会宣告结束。费兹威格先生和太太各就各位，在门口一边站一个，每一个人走出去的时候，他们就跟他或者她握手，祝愿他或者她圣诞快乐。等到大家都已告辞，只剩下那两位伙计的时候，他们也向那两位这样做了。悦耳的声音就这样消逝了，两个小伙子就给留在那儿，爬上床去。床是在店堂后部一个柜台下面。

在这整个时间里，私刻撸挤都失魂落魄。他整个心灵都进入那些场景，和他从前的自己融合在一起。他证实了每一件事情，回忆起每一件事情，欣赏着每一件事情，并且经受了最最奇怪的激动。直到此刻，他看见从前的自己和狄克两人容光焕发的脸转了过去，他才记起鬼魂，才感觉到鬼魂正在眼睁睁地瞧着他，而它头顶上的光燃烧得非常清晰。

"小事一桩，"鬼魂说，"就叫这些傻子感谢不尽。"

"小事嘛！"私刻撸挤应声说。

精灵向他示意，要他倾听两个伙计的谈话，他们正在倾心吐腑地称赞费兹威格。他听了之后，精灵说：

"怎么！难道不是吗？他不过花了几镑你们那种庸俗的钱，也许是三四镑吧，这就能使他当得起这种称赞了吗？"

"话不能这么说，"私刻撸挤说，他被它的话激恼了，不知不觉像他从前的自己而不是后来的自己那样说起话来，"话不能这么说，精灵啊，他有权力来给我们快乐或者不幸，来使我们的工作轻松或者繁重，成为一种娱乐或者一种苦役。要是说他的权力存在于语言和神色之间，存在于十分细小和微不足道的

---

[1] 一种瑞典舞蹈动作。由男女舞蹈者各排成一行，面对面，双手高举与对方相握。领头的一对，女先男后，钻过这条通道，直到最末端站好，同样举手与对方相握。其余各对紧跟领头的一对，循环下去。

[2] 一种舞蹈动作。跳舞的一对互相握住一只手并高举，女方从男方的一只手臂下穿过去。

[3] 一种花式舞蹈动作。舞者腾空跳起，在落地前双脚急速前后踢动。

事情之中，连加都加不起来，算都算不清楚，那又怎么样呢？他给予别人的幸福，差不多像是一笔财产那样贵重。"

他感到了精灵的目光，便住了口。

"怎么啦？"鬼魂问。

"没什么大不了的事。"私刻撸挤说。

"有什么吧，我想？"鬼魂追问。

"没有，"私刻撸挤说，"没有。我真想现在能够跟我的办事员说一两句话。就是这么回事。"

他在吐露出这个愿望的时候，他从前的自己把灯火旋小了。于是，私刻撸挤和鬼魂又肩并肩站在露天里了。

"我的时间不多了，"精灵指出，"快些吧！"

这句话不是对私刻撸挤说的，也不是对任何它看得见的人说的，然而却立刻产生了效果。因为私刻撸挤又看见了他自己。他现在长大一些了，是一个生机勃勃的青年。他的脸上还没有以后的年岁中出现的又粗又硬的纹路，然而已经开始蒙上了忧虑和贪婪的迹象；眼睛中有一种急切的贪得无厌的神色，一刻不停地转动，显示出一种欲望已经生了根，而那棵越长越大的树将要把阴影投在何处？

他不是独自一个人，而是坐在一位穿着丧服的金发姑娘的身边。她的眼睛中噙着泪水，从"过去的圣诞节鬼魂"身上发出的光把那泪水照得亮晶晶的。

"那是关系很小的，"她柔声说，"对你来说，非常小。另外一个偶像已经代替了我。假如那个偶像在将来能够使你得到快乐和安慰，正像我所想做到的那样，那么我就没有正当的理由去悲伤了。"

"什么偶像代替了你呢？"他反问道。

"一个金的偶像。"

"这是世界上的公平交易！"他说，"这个世界上没有什么东西像贫穷那样苦；这个世界宣称要谴责的东西，也没有什么像追求财富那样受到如此苛刻的对待！"

"你太害怕这个世界了，"她温和地回答说，"你一切其他的希望都并入了一个希望，就是避免遭到这个世界的肮脏的责备。我已经看见你原来比较高尚的志向都一个接一个地消失了，只剩下那个主要的欲望，即唯利是图，来独占你。是不是呢？"

"那又怎么样？"他反驳说，"即使我变得聪明得多了，那又怎么样？我对你可没有变心。"

她摇摇头。

"不是吗？"

"我们的婚约历时很久了。订约的时候，我们两人都贫穷，并且安于贫穷，愿意等到吉时良机，能够靠自己坚韧的勤劳，来改善我们在世上的处境。然而，你**是**变了。我们订婚的时候，你可不是这样的人哩。"

"我那时是个孩子。"他不耐烦地说。

"你自己的感觉能告诉你那时可不是现在这样子，"她回答说，"我才是一个样。我们是一条心的时候，使我们能展望幸福的那种情况，在现在我们是两条心的时候，已经充满了惨状。我曾经多么经常和多么深切地想到这一点，我不打算说了。我**曾经**想到这一点，并且能够跟你分手，跟你这样说就足够了。"

"我可曾要求过分手？"

"在语言中，没有。从来没有。"

"那么，在什么方面有？"

"在改变了的性情上，在变化了的精神里，在生活的另一种气氛中，你把另一种'希望'作为生活的伟大的目标。也在一切事物之中，那些事物曾经使我的爱情在你的目光里有一点价值。要是这事情从来没有在我们之间发生，"姑娘说着，温和地、但是坚定地看着他，"告诉我，你现在可会追求我，并且想得到我呢？啊，不会的！"

他似乎要不由自主地承认这一推测的公正。然而，他内心挣扎着说："你认为不会。"

"要是我能够不这样想，我会很高兴，"她回答说，"天知道！等**我**了解到这样的一种'事实'，我就知道它必然是多么强烈和不可抗拒。然而，要是你在今天、明天，或者昨天解除了婚约的话，即使是我，可能够相信你会选择一个没有嫁妆的姑娘呢？——你呀，即使跟她亲密无间的时候，也要用'唯利是图'来衡量一切。或者，假定你一时失错，竟然违背了自己的主要原则而选择了她，难道我不知道，你的悔恨和懊恼必然会跟踪而来的吗？我知道。因此我跟你分手。我带着充满感情的心，为了对他，即过去的你的爱情而分手。"

他正要张口说话，但是她转过头去，避开他，继续她的话。

"你也许——对于过去的回忆使我半带着希望，你必定——对此感到痛苦。这是一个非常非常短暂的时刻，而你会愉快地把这段回忆忘掉，好像那是一场无利可图的梦，而你从梦中醒来真是求之不得。愿你在你已经选择好的生活中过得幸福！"

她离开了他。他们就此分手了。

"精灵啊！"私刻撸挤说，"别再给我看什么了！带我回家吧。你为什么喜欢折磨我啊？"

"再看一个影子！"鬼魂大声喊着。

"不要再看了！"私刻撸挤嚷着，"不要再看了。我不想看了。不要再给我看了！"

但是这位无情的鬼魂用双臂把他挟住，硬要他看下一幕。

他们这时在另一个场景、另一个地方了：一间屋子，不十分大，也不怎么漂亮，然而充满舒适的情调。靠近那天冬天的炉火旁坐着一位美丽的姑娘，太像刚才那一位了，私刻撸挤以为是同一个人，直到后来才看见**她**，这时已是一位清秀的家庭主妇，正坐在她的女儿的对面。这房间里的声音真是喧闹透顶了，因为还有更多的孩子，心情激动的私刻撸挤数都数不过来有多少。而且，不像她离开了他。他们就此分手了。

那首诗[1]里所写的著名的一群牛，他们不是四十个孩子行动起来像一个，而是每一个孩子正在像四十个孩子那样行动。结果，那种吵闹简直令人难以置信，可是似乎谁都不在乎，相反，母亲和女儿正开怀大笑，十分欣赏这种场面。而且女儿不久也开始卷入这场游戏之中，被那帮小强盗极其无情地抢劫。要是能成为他们当中的一个，有什么代价我不肯出！不过我决不能那么粗暴，决不，决不！给我全世界的财富我也不会把她编成辫子的头发弄坏，并且扯下来。至于那只可爱的小鞋子，即使要我的命，上帝保佑！我也不会把它硬脱下来。说到量她的腰围来闹着玩儿，像他们那些胆大妄为的小捣蛋所做的，我也决不能干；我必然会遭到惩罚，手臂围绕着她的腰便再也伸不直了。可是我承认，我会十分喜欢去亲亲她的嘴；去问问她的话，那么她就会张口回答；去瞧瞧她低垂的眼睛上的睫毛而绝不至于使她脸红；去放开那卷发，它每一英寸都是不能用价钱来计算的纪念品。总而言之，我承认，我愿意有一种孩子般的最轻微的放纵，然而又像成人那样，能够知道它的价值。

可是这时候却听见了一阵敲门声，接着立刻发生了猛烈的冲击，姑娘也带着笑脸和劫后的衣服被卷入那涨红着脸、扯直了嗓子嚷嚷的一群人的中心，去迎候他们的父亲。他们的父亲回家来了，带着一个背着许多圣诞节玩具和礼物的人。于是，一阵子大喊大叫，大吵大闹，大抢大夺那手无寸铁的脚夫！一阵子用椅子当作梯子，爬到他的身上，深入他的口袋，搜括他的棕色纸包，紧紧抓住他的蝶形领带，搂住他的脖子，用拳头擂他的背，以抑制不住的热情踢他的腿！每一个包裹打开来的时候所引起的惊喜的呼声！骇人听闻的宣告，说是小毛头竟然动手把洋娃娃的煎锅放到嘴巴里去了，而且不止是令人怀疑，他已经吞下了一只粘在木盘子上的假火鸡！结果发现这不过是一场虚惊，那天大的快慰啊！那欢乐，那感激，以及那狂喜啊！他们全都是难以形容地相似呢。最后，孩子们兴奋地一个个走出了客厅，并且一步跨一级楼梯，一直登到房屋的顶层，爬上了床，就此安静下来。这就够了。

---

[1]指英国诗人威廉·华兹华斯（1770—1850）的一首诗，《三月试笔》，其中几句是：最年长的和最年幼的同最强壮的一起操劳；牛群在吃草，低头静悄悄；四十条，却像是一条！

姑娘被卷入那涨红着脸、扯直了嗓子嚷嚷的一群人的中心。

他们的父亲回家来了，带着一个背着许多圣诞节玩具和礼物的人。

这时，私刻撸挤比以往更注意地瞧看着，那所房屋的主人在他常坐的壁炉边，和女儿及她的母亲坐了下来，女儿亲热地偎依着他。私刻撸挤想到另一个这样的人儿，同样优雅动人，同样充满希望，可能称他作爸爸，在他的生命的凄凉的冬天里，可能是一段春光明媚的日子，这时候，他的目光真的变得非常模糊了。

"蓓尔，"丈夫微笑着转向他的妻子说，"今天下午我看见你的一个老朋友了。"

"那是谁？"

"你猜！"

"我怎么猜得着？去，难道我不知道，"她说，一口气接连不断，他笑，她也笑，"是私刻撸挤先生呗。"

"正是私刻撸挤先生。我走过他的事务所的窗口，因为窗户没有关上，屋里点了一支蜡烛，所以我几乎没有办法不去看他一眼。我听说，他的合伙人病倒了，快要死了。他只是一个人坐在那儿，孤孤单单一个人活在世界上，我相信就是这样。"

"精灵啊！"私刻撸挤声音哽咽着说，"带我离开这地方吧。"

"我跟你说过，这些是往事的影子，"鬼魂说，"而他们也正是这样子，可别责怪我！"

"带我走吧！"私刻撸挤大声嚷着，"我受不了啦！"

他转身对着鬼魂，只见它瞧着他的那张脸好生奇怪，那是它让他看到的许多的脸的片段合在一起，他便和它扭斗起来。

"放开我！把我带回去。别再缠着我！"

如果这可以称作一场斗争，那么，在这场斗争中，鬼魂这方面没有一点看得见的抵抗，任凭它的对手如何挣扎，也不为所动。私刻撸挤看到它的光燃烧得高起来，亮起来。他迷迷糊糊地把这个光和它对他的影响联系在一起，便抓过熄灯器的帽子，猛不丁地压在鬼魂的头上。

精灵在熄灯器下瘫下来，因此被罩住了整个躯体，可是，私刻撸挤再用尽全力把它压下去，却无法遮住那光线，光线从熄灯器下面流出来，泻在地上，像是一片连绵不断的洪流。

他感到自己筋疲力尽，被一阵不可抗拒的睡意所压倒。此外，他还感到是在自己的卧室里。他对那帽子作了临别的一捏，手就撒开了，他刚刚来得及跌跌撞撞地来到床前，便跌进了酣睡的深渊。

三个精灵中的第二个

从一阵惊人的连绵不断的鼾声中醒来，坐在床上，集中自己的思想，私刻撸挤没有必要让人告诉他，教堂钟声又快要敲一点钟了。他觉得自己正好在这紧要关头恢复知觉，是为了特定的原因，即跟第二位使者举行会议，这位使者是经过雅各·马莱的干预，派来看他的。但是他开始疑惑这位新鬼怪不知道会拉开他的哪一边床帐，他感到身上变得怪不舒服，冷得很，便自己动手把每一边的帐子都拉开来，再躺下身来，在床的四周建立起敏锐的瞭望哨来。因为，他情愿在精灵出现的时候向它挑战，而不情愿被弄得大吃一惊，胆战心寒。

有一类逍遥自在[1]的先生们夸口自己有一两手，而且善于随机应变，他们大讲自己对于一切事情，从投掷铜币游戏[2]直到杀人勾当样样在行，以此来表现他们冒险能力的范围之广。在投掷铜币游戏和杀人勾当这两个相反的极端之间，毫无疑问，还存在相当广大和范围众多的事情。我不敢说私刻撸挤也像这样能吹善道，但是我可以请诸位相信，他已经作了准备，估计许许多多的可能，会看见奇怪的东西出现，从一个小毛孩直到一只大犀牛之间，没有一样东西能够叫他感到惊奇不已了。

这时候，他既然已经准备好面对几乎任何东西，那么他当然绝对没有准备好面对什么也没有。因此之故，教堂钟声打了一点钟，却不见鬼魂出现的时候，他便被一阵猛烈的颤抖压倒了。五分钟过去了，十分钟过去了，一刻钟过去了，

---

[1] 原指一种轻松自如的放荡类型。作名词解的时候，又指一种不拘形式的聚会，其中可以吸烟、饮酒、唱歌和赌博。

[2] 欧洲所产的一种寄生植物，叶厚，绿色，花色黄而小，结白色胶性浆果。西俗用作圣诞节的饰物。

可是什么也没有到来。时钟报时的时候，一片红艳艳的光彩流到他的床上，他一分钟一分钟地等着，就躺在床上那一片红光的核心和中央。由于这只不过是一片光，这就比一打鬼魂更为可怕，因为他毫无办法去弄清楚那是怎么一回事，或者将会发生什么事。他有几次不免担心自己可能在那时刻变成一种自燃[1]的趣闻，而甚至连知道这一意外的安慰都得不到。不过无论如何，他最后开始想起来——正像你或者我会在一开始就想起来一样，这是因为往往并非身处困境的人才知道如何应付困境，而且会毫无疑问地见之于行动——我刚才说，他最后开始想起来，这一片鬼怪似的光线的来源和秘密，可能在隔壁房间里。跟着光源望过去，似乎就是从那边照进来的。这一想法占据了他整个的心，他便轻轻地爬起来，趿着拖鞋，走到门口。

就在私刻撸挤的手刚刚碰到门锁上的时候，传来一个陌生的声音唤着他的名字叫他进去。他服从了。

那是他自己的房间。这一点毫无疑问。然而它已经经历了一番令人惊讶的变化。墙壁四周和天花板上都挂满了常绿植物，看起来完全像一座小树林，而它的每一个角落都闪耀着红灿灿、亮晶晶的浆果。冬青、槲寄生[2]和常春藤的鲜嫩的叶子反射着亮光，好像许许多多小小的镜子散布在四面八方；还有那么一大蓬旺火轰隆隆直向烟囱里蹿去，好像这个阴沉的化石般的壁炉里从未见过这一盛况，不论在私刻撸挤的时代，或者马莱的时代，或者过去许多许多的冬季里都未有过。堆积在地板上，形成一种宝座的样子的是火鸡、烤鹅、野味、家禽、腌野猪肉、大块腿肉、整只乳猪，一长串一长串香肠、碎肉饼、葡萄干布丁、一桶又一桶牡蛎，热烘烘的栗子、脸颊红红的苹果、满含汁水的橘子、甘芳的梨子、极大的主显节[3]蛋糕，一碗碗热气腾腾的五味酒[4]，那香甜的蒸气弄得这间屋子朦朦胧胧的。在这个软榻上，气派大方地坐着一位乐陶陶的巨人，

[1] 19世纪初流行的一种医学方面的神话，说是人体的化学成分能够生来就产生在邪恶的躯体的腐烂的体液之中，而一个个体能够在一场自发的大火中突然焚毁。

[2] 欧洲所产的一种寄生植物，叶厚，绿色，花色黄而小，结白色胶性浆果。西俗用作圣诞节的饰物。

[3] 圣诞节后的第十二天，即庆祝这一节期的最后一天。主显节蛋糕常在这一节日的前夕食用。

[4] 用果汁、香料、茶、糖和葡萄酒等混合调制的饮料。

看上去光彩夺目，它手执一个火把，火把的样子不能说不像那只"丰饶的羊角"[1]，它举着，举得很高，好让光亮照到私刻撸挤身上——他这时正来到门口，东张西望。

"进来！"鬼魂大声喊着，"进来！把我认认清楚吧，老家伙！"

私刻撸挤胆怯地走进去，在这位精灵面前低下头来。他现在可不是过去那个固执的私刻撸挤了；不过虽然精灵的眼睛是明亮和仁慈的，他却不愿意遇到它的眼光。

"我是现在的圣诞节鬼魂，"这位精灵说，"瞧着我！"

私刻撸挤恭恭敬敬地照办了。精灵穿着一件简朴的深绿色长袍，或者说披风，用白色的皮毛镶着边。这件长袍是那么宽松地披在它身上，露出了它那宽广赤裸的胸怀，好像不屑于用任何计谋来把它保护或者掩盖起来。它的长袍的宽大的褶裥下面，可以看见那双脚也是赤露的；它的头上戴的不是别的覆盖物，而是一圈用冬青枝叶编成的圆冠，到处闪射着冰锥子的光。它的深褐色的鬈发长长的，显得很自然，自然得好像它的亲切和蔼的脸，它的亮光闪闪的眼睛，它的伸展张开的手掌，它的轻松愉快的声音，它的毫不做作的举止，以及它的兴高采烈的风貌。它的腰间佩着一把古式的剑鞘，其中却没有宝剑，这古老的剑鞘已经生了锈。[2]"你以前从来没有看见过像我一样的精灵吧！"这位精灵大声说。

"从来没有。"私刻撸挤回答了它的话。

"你从来没有跟我的家庭当中比较年轻的它们一同向前走吗？我是说（因为我很年轻）跟这几年诞生的我的哥哥们一同向前走，是吗？"这位幻象钉着问一句。

---

[1] 据希腊神话，宙斯神系由克里特王之女阿玛芝雅以羊乳哺育而生。长大后，宙斯赠一羊角给阿玛芝雅，以报其恩惠。持有这一羊角，可以获得心中所欲的一切东西。古罗马庆祝农神节的时候，女神色拉斯的左手就擎着这种"丰饶的羊角"。

[2] 根据13世纪英格兰-诺曼底的有关传说，圣诞节之父常常被画成戴着头盔，穿着罩在铠甲上的外衣，手执当时的盾牌，配着体育优胜的勋章，环绕着冬青和常绿植物，作为正在来临的基督战胜黑暗势力的胜利象征。作者狄更斯在这里暗示，在基督来临的时候，基督教的友善的情谊教了军阀，征服了穷兵黩武的暴君。

"我想我没有这样做过，"私刻撸挤说，"我恐怕我没有这样做过。你是不是有许多兄长呢，精灵啊！"

"不止一千八百个[1]。"鬼魂说。

"这是需要供养的极大的家庭啊！"私刻撸挤嘟嘟哝哝地说。

现在的圣诞节鬼魂站了起来。

"精灵啊，"私刻撸挤低首下心地说，"把我带到你要我去的地方去吧。昨天晚上我被迫跟着走，我得到了一个现在正在起作用的教训。今儿晚上，要是你有什么要教训我的话，就请让我从中得到益处吧。"

"抓着我的长袍子！"

私刻撸挤遵照它的吩咐做了，并且抓得紧紧的。

冬青、槲寄生、红艳艳的浆果、常春藤、火鸡、烤鹅、野味、家禽、腌野猪肉、鲜肉、乳猪、香肠、牡蛎、馅饼、布丁、水果，以及五味酒，一下子全都无影无踪了。这间屋子，壁炉，红彤彤的炉火，以及这夜里的时间，也同样消失了。他们这时站在圣诞节早晨的市区的街道上，那儿（因为天气冷得很），人们弄出了一种聒噪刺耳然而却生动活泼和并非令人不高兴的音乐来，这是人们在住宅前的人行道上、在屋顶上铲着积雪。积雪轰隆一下从屋顶上崩落到下面的路上来，飞溅成人工的小小的暴风雪，孩子们瞧着真是欣喜若狂。

跟屋顶上那一片光洁的白雪以及比较脏一些的地面上的白雪对照起来，那么一幢幢房屋的正面看来是够黑的；一扇扇窗户还要黑。二轮轻便马车和四轮运货马车的沉重的车轮已经把地面上最后的积雪犁成深深的沟畦。在几条大街分岔开去的地方，沟畦纵横交错，互相碾轧了千百次，造成错综复杂的水渠，浸润在又黏又稠的黄泥浆和冰水中，叫人难以分得清道道来。天色是阴沉沉的，连最短的街道上全都充塞着邋遢的半融解、半冻凝的迷雾，迷雾中较重的微粒

---

[1]《圣诞颂歌》初版于1843年，写于1842年。这里是说"圣诞节精灵"每年一个，这时共有一千八百四十二个。

变成一阵雨似的烟尘落下来，好像大不列颠国家内所有的烟囱不约而同全部着了火，并且随心所欲尽情地燃烧起来。这个气候下，或者这个城区之中，确实没有什么令人高兴的事情。然而在这街道周围却有一种兴高采烈的气氛，即使是最明朗的夏日空气和最明亮的夏日阳光，也无法费尽心力来散布这种气氛。

　　这是因为在屋顶上铲除积雪的人们都兴致勃勃，欢天喜地，在炉墙边上彼此大声叫唤，时不时地交换一个寻欢作乐的雪球——这是比许多语言上的玩笑和气得多的飞弹——要是打中了，就开心大笑，要是打不中，也并不开心得少一点。卖家禽的店铺仍然半开着门，卖水果的店铺则是琳琅满目：一只又一只鼓着又大又圆的肚子的篮子，装满了栗子，样子就像乐陶陶的老绅士穿的背心懒洋洋地靠在门口，而由于易患中风的丰盈体型，摔倒在街上；那些西班牙洋葱，带着红扑扑的、黑赭赭的脸，围着宽宽的肚带，长得肥肥胖胖，亮得闪闪烁烁，就像是西班牙的修道士，在姑娘们走过去的时候，他们在木架上嬉皮笑脸，鬼鬼祟祟地眨着眼睛，又假装正经地望望挂在上面的槲寄生[1]；许多梨子和苹果，堆得高高的，简直像一座座金字塔；一大串一大串葡萄，出于店主们的善心，使它们在引人注目的钩子上晃来晃去，惹得路过的人们嘴里可以免费地淌口水；一堆一堆的欧洲榛子，棕褐的颜色，生了青苔，散发出来的清香使人想起树林子里古老的小路，以及在深没脚踝的枯叶之中愉快地拖着脚走过去的情景；许多诺福克[2]餐用苹果，胖墩墩的，黑黝黝的，陪衬出橘子和柠檬的显眼的黄颜色，而由于它们本身的多汁水的结实身躯，迫切地恳请和乞求人家用纸袋把它们装回家去，吃完晚饭以后享用一番。金鱼和银鱼[3]养在一只鱼缸里，陈列在这些上等的果品之间，虽然它们是冥顽不灵、血脉不流的族类，好像也知道周围有什么事情正在进行着，而作为鱼来说，便以一种缓慢而无情的激动神态，在它们的小天地里喘着气，一圈又一圈地兜转着。

---

[1]据美国作家华盛顿·欧文（1783—1859）在《见闻录》中记载，圣诞节的时候，农舍和厨房中悬挂着槲寄生，青年小伙子可以去吻站在槲寄生下面的姑娘，并且每一次摘去一粒红浆果。等到红浆果全部摘完，就不可再去接吻。

[2]格兰东部的一个郡，出产多种烹调用的苹果，果皮呈赤赭色。烹调时用煤火慢慢烘烤，然后用两块铁板把它压碎成圆饼，再用稻草包装。

[3]即原产于中国的金鱼，大约在1690年从葡萄牙传至英国，成为英国家庭中的宠爱物。

在屋顶上铲除积雪的人们都兴致勃勃，欢天喜地，在炉墙边上彼此大声叫唤，时不时地交换一个寻欢作乐的雪球。

还有杂货铺呢！哦，杂货铺啊！差不多打烊了，或许已经上了两扇窗板，或者一扇。然而透过窗缝看看此情此景吧！不单单是秤盘落在柜台上碰出好听的叮当声，或者麻绳与滚轴那么轻松欢快的互相道别声；或者茶叶罐、咖啡罐好像玩杂耍的把戏似的忽上忽下"咯嗒咯嗒"响；或者甚至是茶叶和咖啡的混合香气如此香气扑鼻；或者甚至是葡萄干如此充分又如此稀罕；杏仁如此白得不得了，肉桂枝如此又长又直，其他的香料如此甘芳，蜜饯水果用糖浆如此渍成甜饼，沾上斑点，简直使最冷静的旁观者都要感到头晕目眩，并且因此而大动肝火。也不单单是无花果水滋滋的，肉厚厚的；或者装在装潢精美的盒子里的法国梅脯，带着淡淡的酸味，羞红着脸；或者是一切东西都非常可口，而且穿着圣诞节盛装。不单单是这些原因，而是因为顾客们在这充满希望的日子里，大家都是如此匆忙，如此性急，所以他们才在门口互相撞个满怀，他们的柳条篮子也互相碰撞，并且把他们购买的东西遗忘在柜台上，再奔回来拿，还要以再好不过的心情犯千百种诸如此类的错误。这时候，那位食品商和他的伙计们都是如此真诚坦白和精神饱满，他们用来把工作裙在背后扣好的那一颗颗光洁发亮的心，可能就是他们自己的心，佩戴在外面是为了好让大家都来鉴定，并且好让圣诞节的穴鸟都来啄取——如果它们要啄取的话。

但是不久一座座教堂尖顶就把所有善良的人们都召唤到大教堂和小教堂去，人们便穿着最漂亮的衣服，带着最愉快的笑脸，成群结队穿过街道来了。与此同时，不计其数的人，从许多许多偏街僻巷，从无名的拐角处涌现出来，带着饭食到各家面包房去[1]。精灵看到这些贫穷的欢宴者的样子，似乎感到非常有兴趣，因为它和身旁的私刻撸挤站在一家面包房的门口，在带着饭食的人经过的时候，掀开盖子，从它的火把上将香料撒在饭食上[2]。这是一种非同寻常的火把，因为有一两次，某些带着饭食的人由于彼此相撞争吵起来，精灵便从火把上对他们洒几滴水，他们的高兴的心情便立即恢复。他们说，在圣诞节这天竟然吵嘴，真难为情。说得不错！上帝保佑，说得真不错！

到了时候，教堂钟声停止了，面包房打烊了。然而在每一个烤面包的炉灶上，在那潮气的融化开来的氤氲之中，还看得见这全部温暖的影影绰绰的饭食，以及在烹调的过程，炉灶上铺着的石块也在冒烟，好像也在被烹调。

"你从火把上撒下来的东西当中，可有一种特别的好味道吗？"私刻撸挤问。

"有。是我自己的味道。"

"今天它会赐给任何一种饭食吗？"私刻撸挤问。

"对任何饭食都慷慨地赐给。对贫穷者给得最多。"

"为什么要对贫穷者给得最多呢？"私刻撸挤问。

"因为穷人最需要饭食。"

"精灵啊，"私刻撸挤想了片刻以后说，"我不懂，在我们四周的许多世界之中，在一切存在的物体里边，偏偏是你，想要约束这些人们的清白无辜的享乐的机会。"

"是我吗！"精灵喊道。

"你要剥夺他们每隔七天好好吃一顿的机会，往往只有在那一天，他们才终于能算是好好吃一顿，"私刻撸挤说，"你是不是这样呢？"

"是我吗！"精灵喊道。

---

[1] 当时在每个星期日或者圣诞节日，面包师按规定不可烤面包，于是穷苦的人们便带着饭食到面包房去加热，这样，他们至少每星期可以吃到一次热的饭食。

[2] 撒香料原是东方三贤士作为给出生于贫穷人家的基督儿童祝福的一种礼物。

"你要在第七日[1] 使这些地方都打烊的吧？"[2] 私刻撸挤说，"结果是一回事。"

"是**我**要吗！"精灵大声说。

"要是我错了，请加以原谅。那是以你的名义，或者至少以你的家属的名义这样做的。"私刻撸挤说。

"在你们这块大地上，"精灵回答说，"是有那么一些人，他们自认为了解我们，并且以我们的名义去干他们那些情欲、傲慢、恶意、憎恨、嫉妒、偏执和自私的种种勾当，其实对于我们和我们的亲戚朋友来说，他们是陌生得好像从来没有存在过一样。记住这一点吧，并且叫他们干的事由他们自己负责，可不由我们负责。"

私刻撸挤答应记住这一点。于是他们像原来那样无影无踪地向前走，来到了市郊。这位鬼魂有一个了不起的本领（私刻撸挤在面包房里就已经看到了），就是尽管它的身躯硕大无朋，却能够悠然自得地使自己适应任何地方。因此，它站在一个矮屋顶之下，那种优雅大方正如一位超自然的人物的样子，就好像它如果站在任何大会堂里可能表现出来的神情一样。

也许是由于这位善良的精灵高兴显示自己的这种法力，否则便是由于它自己的仁慈、慷慨、热诚的本性，以及它对于所有的穷人的同情心，使得它径直走到私刻撸挤的办事员家门口来了。它走着，带着抓着它的长袍的私刻撸挤。在门槛上，精灵微笑着，站在那儿用它的火炬浇酒，以祝福鲍伯·克拉契[3]的家宅平安。想想看吧！鲍伯自己每星期只挣到十五个"鲍伯"[4]：每个星期六，他口袋里藏着十五个他的教名复制品，然而这位"现在的圣诞节鬼魂"却来祝

---

[1] 基督教教友派和主张礼拜六为安息日的教派的礼拜六。他们以星期日为一周的第一日，星期六为一周的第七日。

[2] 1832 年至 1837 年之间，英国议员安德鲁·阿格纽爵士几次以教会的名义，在下议院提出《星期日守则法案》，规定中不但要求面包房打烊，而且限制其他"清白无辜的享乐"。狄更斯故意在这里加以讽刺。

[3] 克拉契，原文为 Cratchit，与 scratch（用钢笔在纸上写字时的沙沙声）一词相近，狄更斯为这个人物取这个姓氏暗示这个办事员的工作。

[4] 鲍伯（Bob）这个名字同时又是伦敦方言先令（值 12 个便士）的意思，来源于苏格兰詹姆士六世时发行的值英国半便士的苏格兰铜板，叫作 baubee。

福他的四间房屋的家！

这时候，克拉契的妻子克拉契太太站了起来，她只寒碜地穿着翻制了两次的长外衣，但是扎着艳丽的缎带，缎带价钱便宜，六个便士就能打扮得很漂亮。她的第二个女儿贝琳达也扎着艳丽的缎带，正帮助妈妈铺桌布，小主人彼得·克拉契则正拿着一把叉子插进平底锅的土豆里去，同时把他那宽大得要命的衬衫领的尖角（这是鲍伯的私有财产，为了庆祝节日，把它给了他的儿子和继承人）塞到嘴巴里，他发现自己穿得如此有气派，颇为得意，很想到时髦的公园里去炫耀这件亚麻布衬衫。现在两位小一些的克拉契，一男一女，飞奔而来，尖声嚷着说，他们在面包房外面闻到了烤鹅的香味，并且知道那是为他们烤的，这两位年轻的克拉契沉醉在对洋苏叶 [1] 和洋葱的豪华的向往之中，便绕着桌子跳起舞来，还把小主人彼得·克拉契吹捧得上了天。彼得这时候（并不骄傲，虽然他的领子几乎使他透不过气来）正吹着炉火，直到那慢性子的土豆沸腾起来，响亮地敲着平底锅的盖子，要求把它们放出来剥皮。

"你们的宝贝爸爸究竟怎么啦？"克拉契太太说，"还有你们的弟弟小小铁姆，还有玛莎，去年圣诞节可没有迟到半个钟头啊！"

"玛莎来啦，妈妈！"一个女孩子一边说一边出现了。

"玛莎来啦，妈妈！"两位年幼的克拉契喊道，"呼啦！玛莎，那里有**那么**大的鹅！"

"啊，上天保佑你，我的亲亲，你来得多么晚！"克拉契太太吻了她十二次，替她解开了她的方披巾和帽子，殷勤得过分。

"昨天晚上，我们要干完许多事情，"这位女孩子回答说，"今儿个早晨又必得收拾干净，妈妈！"

"好啦！你既然来了就不用再提啦，"克拉契太太说，"在壁炉那儿坐下来烤烤火吧，我的亲亲，上帝祝福你！"

"别坐，别坐！爸爸来啦，"两位年幼的克拉契一齐喊道，他们无处不在，一刻不停，"躲起来，玛莎，躲起来！"

---

[1] 又译鼠尾草，叶芳香，带灰绿色，是烧烤肉食的调味品。

玛莎真的躲了起来，接着爸爸和小鲍伯进了门，他围着一条至少有三英尺长的羊毛围巾，还不包括流苏在内，挂在胸前。他的绒毛磨光露出织纹的衣服补得好好的，刷得干干净净的，看起来很合时宜，小小铁姆坐在他的肩膀上。可怜的小小铁姆啊，他带着一根小拐杖，他的手脚都用铁架子支撑着！

　　"怎么啦，我们的玛莎在哪儿呀？"鲍伯·克拉契环顾四周，大声说。

　　"没有来。"克拉契太太说。

　　"没有来！"鲍伯说，他高兴的情绪陡然一落千丈，因为他刚才做了铁姆的纯种马，从教堂那儿一路赶着，连蹦带跳地奔回家，"连圣诞节这天都没有来！"

　　玛莎不愿眼见他那么失望，尽管这不过是开开玩笑而已，因此她提早从小堆房的门背后跑了出来，投入他的怀抱中，同时两位年幼的克拉契一把抢过小小铁姆，把他抬到洗衣房里去，好叫他听见布丁在铜锅[1]里唱着歌。

　　"小小铁姆的表现怎么样？"克拉契太太问道，这时她已经取笑了鲍伯容易上当，而鲍伯也已经把他的女儿称心如意地拥抱了一番。

　　"好得像金子一样，"鲍伯说，"甚至比金子还好。不过，不知道是怎么回事，他变得喜欢沉思默想，老是一个人坐在那儿想一些你从来没有听到过的最最奇怪的事情。在回家的路上，他告诉我说，在教堂里的时候，他心里但愿大家都看见的，因为他是一个跛子，人们要是想起在这个圣诞节日谁曾经使得跛脚的乞丐能走路[2]"，瞎眼的人们能看见[3]，他们会很欣慰的。"

　　鲍伯跟他们谈这件事的时候，他的声音发抖，他接着说小小铁姆身体正在长得强壮健康起来的时候，他的声音颤抖得更厉害。

　　能听见小小铁姆的灵活的小拐杖在地板上敲响着，话刚刚说完，他就走了回来，由他的哥哥和姐姐护送到壁炉边他的凳子上。这时候，鲍伯卷起袖

---

　　[1] 煮东西的容器。在平常的日子，克拉契太太用它来煮要洗的衣服。

　　[2] 见《圣经·新约·约翰福音》第5章第1至第9节："……犹太人的一个节期，耶稣就上耶路撒冷去。……旁边有五个廊子。里面躺着瞎眼的、瘸腿的、血气枯干的，许多病人。在那里有一个人，病了三十八年。……耶稣对他说，起来，拿你的褥子走罢。那人立刻痊愈，就拿起褥子走了。"

　　[3] 见《圣经·新约·马可福音》第8章第22节至第25节："……有人带一个瞎子来，求耶稣摸他。耶稣……就吐唾沫在他的眼睛上，按手在他身上，问他说，你看见什么了。他就抬头一看，说，我看见人了。……随后又按手在他眼睛上，他定睛一看，就复了原，样样都看清楚了。"

口——可怜的人儿啊，好像那副袖口还有可能被弄得更为破旧似的——把杜松子酒和柠檬在一只大水罐里调制成一种混合热饮料。他一下又一下地搅拌，再把它放到壁炉旁的铁架上去煨热。小主人彼得和那两位到处乱窜的年幼的克拉契跑去拿烤鹅，他们很快就拿着它趾高气扬地列队而回。

跟着而来的是如此一阵喧哗热闹，你可能认为鹅儿是所有禽鸟之中最最稀罕的一种东西了：是一种长着羽毛的珍宝，说它是一只黑天鹅，可以当之无愧，事实上，在这幢房屋里，它真的是非常像那种东西。克拉契太太把卤汁（预先就在一只小平底锅里准备好了）烧得"嘶嘶"响着直翻滚；小主人彼得用令人难以置信的精力把土豆捣烂；贝琳达小姐往苹果酱里加糖；玛莎在揩干净一个个热盘子；鲍伯把小小铁姆领到桌子的小小的一角，坐在他身边；两位年幼的克拉契替每一位安排了座椅，也没有忘掉他们自己，他们登上守卫的岗位，把汤匙塞进嘴巴里，以免还没有轮到给他们分食的时候就要尖声嚷着要吃鹅。一盘盘菜肴终于都摆好了，饭前的祷告已经做过了。接下来是一阵屏息凝神的静默，这时，克拉契太太把那把切肉刀慢慢地从头到尾看了一遍，准备戳进那鹅的胸腔里去，可是，她这样做的时候，那盼望了好久的填料迸涌出来的时候，一阵惊喜的喃喃声环绕着整个餐桌响了起来，即使小小铁姆也被两位年幼的克拉契激动起来，用他的刀柄敲着桌子，用微弱的声音喊着："呼啦！"

从来没有这样一只鹅。鲍伯说他不相信有谁烧过这样一只鹅。它的肥嫩和鲜美，庞大和便宜，成为一致赞美的话题。再加上苹果酱和土豆泥，对于全家来说，这是一顿充分的餐食，的确，正像克拉契太太眉飞色舞地说的那样（她审视着餐碟上一小块碎骨头），他们到底没有把它全部吃光呢！然而每一个人都已经吃得饱饱的了，特别是那几位幼小的克拉契，他们沉浸在洋苏叶和洋葱里——都弄到眉毛上啦！可是，现在，贝琳达小姐换过了餐盘，克拉契太太独自离开这间屋子——太激动了，不愿旁人看见——去把布丁拿起来，端进室内。

假定布丁没有蒸透可怎么办！假定把布丁翻出来的时候竟然裂开了可怎

他高兴的情绪陡然一落千丈，因为他刚才做了铁姆的纯种马，从教堂那儿一路赶着，连蹦带跳地奔回家。

么办！假定他们正在吃鹅吃得乐呵呵的时候，竟然有那么一个人翻过后院的墙头，把布丁偷走了可怎么办！两位年幼的克拉契为此惴惴不安，脸色都发青了！各种各样的恐怖状况都被他们假定过了。

哈啰！一大团蒸汽来了！布丁从铜锅里端出来了。带着一股像是洗衣日[1]的汽！是蒸布的气味。又带着一股像是并排开着一家饭馆和一家糕饼店加上再隔壁一家女工洗衣作坊的气味！那是布丁的气味。半分钟之内，克拉契太太进来了，脸色绯红，但是自豪地微笑着，她端着布丁，布丁好像一颗布满斑点的大炮弹，又硬又结实，在四分之一品脱的一半的一半的燃烧着的白兰地酒之中放着光彩，顶上插着圣诞节的冬青作为装饰。

哦，了不起的布丁啊！鲍伯·克拉契说，而且是不动声色地说，他认为这是自从他们结婚以来，克拉契太太所取得的最伟大的成功。克拉契太太则说，既然现在心上的一块石头落了地，她可以坦白说自己曾经怀疑过面粉的分量是否适当。关于这个布丁，每个人都有话要说，然而没有一个人说，或者认为对于一个大家庭来说，这终究是一只小布丁。谁要是这样说或想，那完全是异端邪说。克拉契家的任何一个人连暗示一下这类情况都会觉得脸红。

终于，这餐饭全部结束了，桌布清除干净了，壁炉打扫过了，炉火生旺了。大水罐里的混合饮料大家尝过，并且被认为好得没有话说；苹果和橘子都放在桌子上，满满一铲子的栗子放在炉火上烤。于是克拉契全家人围在壁炉旁，鲍伯·克拉契把这叫作圆圈，意思是半个圆圈。在鲍伯·克拉契的手肘边放置着玻璃器皿的家庭陈列品：一对平底大酒杯，一只无柄牛奶蛋糊杯。

不管怎么说，用这种东西盛放大水罐里倒出来的热饮料，并不亚于用高脚纯金酒杯来盛。鲍伯喜笑颜开地倒出饮料，这时候，炉火上的栗子"哔哔剥剥""咔啦咔啦"爆个不停。鲍伯举杯祝酒说：

"我亲爱的家人，祝你们大家圣诞节快乐。上帝保佑我们！"

全家人都回应着这句话。

---

[1] 当时英国家庭中规定洗衣的日子，一般在星期一。葡萄干布丁用布包着蒸煮，此处又是放在平时洗衣用的铜锅里蒸煮的，所以说带着洗衣日的气味。

"上帝保佑我们每一个人！"小小铁姆说。他是最后一个。

他紧挨着他的爸爸，坐在自己的小凳子上。鲍伯握住他憔悴的小手，好像钟爱这个孩子，希望一直把他带在身边，害怕被旁人夺走。

"精灵啊，"私刻撸挤说，他怀着前所未有的兴趣，"请告诉我小小铁姆会不会活下去。"

"我看见一个空座位，"鬼魂回答说，"在那冷落的壁炉一角，还有一根无主的拐杖小心地保存在那儿。如果'将来之神'把这一重重的黑影原封不动地留在那儿的话，这孩子是要死的。"

"不行，不行，"私刻撸挤说，"哦，不行，仁慈的精灵啊！说你饶了他吧。"

"如果'将来之神'把这一重重的黑影原封不动地保存在那儿的话，"鬼魂回答说，"凡我族类，没有其他一个还能在这儿看到他。那又怎么样呢？如果他喜欢去死，那还是死掉为好，也能减少过剩的人口了。"

私刻撸挤低着头，聆听他自己说过的话被这位精灵引用，悔恨和悲痛充塞他的心胸。

"人，"鬼魂说，"如果你心里装的是人，而不是坚如铁石的东西的话，避免那种邪恶的论调吧，除非你发现了过剩究竟是什么，又究竟在哪儿。难道你可以决定什么人应该活，什么人应该死吗？在苍天的眼光里，比起千百万像这位穷人家的孩子来，也许你是更没有价值，更不配活下去的哩。哦，上帝啊！听听树叶上的毛毛虫，竟然宣称在它因饥饿而死去的兄弟之中，存在太多的生命！"

面对鬼魂的谴责，私刻撸挤躬腰曲背，一边颤抖，一边盯着地上。不过一听见叫唤他的名字，他迅速抬起眼来。

"私刻撸挤先生！"鲍伯说，"我要向你们提出私刻撸挤先生，这位宴会的主办者！"

"什么宴会的主办者，"克拉契太太嚷道，脸都涨红了，"我真希望他在这里。我要当面告诉他我对他的看法，让他享用享用，我但愿他有这样的好她端着布丁，布丁好像一颗布满斑点的大炮弹，又硬又结实，在四分之一品脱的一半的一半的燃烧着的白兰地酒之中放着光彩，顶上插着圣诞节的冬青作为装饰。

胃口。"

　　"我亲爱的,"鲍伯说,"孩子们都在这儿呢!今儿个是圣诞节。"

　　"我认为,正应该在圣诞节,"她说,"来对私刻撸挤这样一位如此讨厌的、小气的、苛刻的、无情的人举杯祝他健康。你知道他是这样的人,罗伯特[1]!没有人比你知道得更清楚了,可怜的人儿啊!"

　　"我亲爱的,"是鲍伯的温和的回答,"今儿个是圣诞节。"

　　"我要为你和这节日的缘故而为他的健康祝酒,"克拉契太太说,"而不是为他本人的缘故。祝他长寿!圣诞节愉快,新年快乐!——毫无疑问,他一定非常愉快,非常快乐!"

　　她祝酒以后,孩子们都跟着做,他们的活动之中,这是头一件不起劲的事情。小小铁姆最后一个祝酒,然而他也心不在焉。私刻撸挤是这个家庭的吃人妖魔。一提起他的名字,就在这个宴会上投下了一层黑暗的影子,整整五分钟都不消散。

　　等到这桩事情过去之后,他们比原来高兴十倍,仅仅是因为从那位不祥的私刻撸挤解脱出来。鲍伯·克拉契告诉大家说,在他的心目中已经有了一个小主人彼得的位置,要是得到的话,一星期可以挣到五先令六便士。两位年幼的克拉契想到彼得竟然成了一位生意人,都笑得不可开交,彼得自己呢,从他的衣领之间若有所思地瞧着炉火,好像他正在审慎考虑,等到收到那一笔叫人眼花缭乱的进款的时候,他该当向哪一方面投资呢。接着,在一家女帽及头饰铺子里当穷学徒的玛莎跟大家讲她必须做的是什么样的工作,一口气要做多少个钟点,她怎么打算在明儿个早晨在床上好好地、足足地睡个够;明天是假日,她可以待在家里。她还说,几天之前,她如何看见一位伯爵夫人和一位勋爵,那位勋爵如何"差不多跟彼得一般高",听见这句话,彼得把衣领拉得那么高,要是你当时在那儿的话,都看不见他的头了。这整个时候,栗子和大水罐一次又一次地递到每个人的面前。后来小小铁姆给他们唱起一首歌来,唱的是一个

---

　　[1]罗伯特是鲍伯的正称。

迷路的孩子跋涉在雪地里；小小铁姆的嗓音哀伤而又轻微，这首歌他唱得的确是很好。

这景象里没有什么高水准的东西。他们不是一个富有的家庭，衣着并不考究，鞋子绝非不透水的，服装是很少的，彼得可能知道——非常可能知道，当铺子里边是什么样子的。然而他们全都快乐、感恩，彼此友爱相处，心满意足地过着节日。他们渐渐淡退下去了，在精灵的临别的火炬的明亮的光点之中看来更为快乐，这时候，私刻撸挤眼睁睁地盯着他们看，特别是看着小小铁姆，直到消失为止。

这时天色渐渐暗了下来，雪下得相当大，私刻撸挤和精灵沿着街道一路走去，一家家厨房里、客厅里，以及各种各样的房间里透出熊熊炉火的明亮的光，真是壮观。在这儿，光闪闪的火焰表明一顿暖和的晚餐正在准备之中，一只只烫手的盘子在炉火前烤着又烤着，深红色的窗帘正准备拉拢，要把寒冷和黑暗关在外面。在那儿，那幢屋子里的所有的儿童都冲出屋外，跑到雪地上去迎接他们的结了婚的姐姐们、哥哥们、表兄们、叔叔们、姑姑们，争先恐后地去欢迎他们。再看看这儿，是遮光帘上的宾客们欢聚的黑影，那儿，有一群美丽的姑娘，全都戴着风雪帽，穿着镶毛皮的靴子，同时都喊喊喳喳说个不停，悄悄地、轻盈地走向邻近一家人家。那个单身汉是多么苦恼啊，他眼看她们走进去了——一群伶俐的美人精，她们很明白这一点——光彩夺目啊！

不过，要是你从路上前去赴亲热的聚会的人数来判断，你可能会想到等到他们到达的时候会没有人在家中欢迎他们，而不是每一家都有着等待的人，并且把壁炉里的火加到半个烟囱那么高。上帝保佑吧，鬼魂对此是多么高兴啊！它敞开宽广的胸怀，张开阔大的手掌，一路飘浮过去，用它那慷慨的手，散布它的光辉而无害的欢乐，给它所接触到的每一样事物啊！那位街灯点灯夫[1]，他在前面跑着，用那一点微光点亮这昏暗的街道，他的穿着打扮像是准备在什么地方消磨这个夜晚，在精灵经过他身旁的时候，这位点灯夫哈哈大笑，虽然他

---

[1] 英国当时使用煤气街灯，每天要由点灯夫点亮。

一点也不知道除了圣诞节以外他还有任何同伴呢！

现在，鬼魂连一声招呼都不打，他们已经站在一片凄惨而又荒凉的旷野上了。只见怪石嶙峋，顶天立地，乱七八糟地堆在那里，仿佛是巨怪们的坟场。水随心所欲地向四面八方流淌——或者说，要不是被冰霜囚禁住了，水就是这样地流淌，到处光秃秃的，只长着苔藓、荆豆，以及丛生的杂草。西天的夕阳留下了一抹火红的晚霞，好像一只忧郁的眼睛，对这一片荒凉瞪视了片刻，然后颦眉蹙额，低下去，低下去，再低下去，终于消失在最黑暗的浓密深厚的夜幕中。

"这是什么地方？"私刻撸挤问。

"这是矿工们生活的地方[1]，他们在地下辛勤地劳动，"精灵回答说，"但是他们知道我。你看吧！"

一线亮光从一所茅屋的窗户里透出来，他们便急速地向那儿走去，穿过了一堵泥墁石垒的墙壁，只见一群快乐的人围聚在熊熊的炉火旁。那是一位老而又老的老头儿和一位老妇人，以及他们的孩子们和孩子们的孩子们，以及再下一代，全都穿着节日的盛装，打扮得漂漂亮亮。那位老头子正在为他们唱一首圣诞节的歌，他的歌声难得高于在荒野上呼啸而过的风声。在他还是一个孩子的时候，那就是一首非常老的歌了，每隔一段，他们会全体加入而合唱。他们提高嗓音的时候，这位老头子必然唱得又欢又响，他们停下来的时候，他的精力必然衰落下来。

精灵没有在这儿多作逗留，它吩咐私刻撸挤抓住它的长袍，在这片旷野之上经过。匆匆奔到哪儿去呢？不是到海里去吧？正是到海里去。这真叫私刻撸挤胆战心惊，他回头一望，看到他们身后是一排可怕的岩石，那是陆地的尽头。他的耳朵被雷鸣般的海水震聋。海水翻滚着，吼叫着，在它自己侵蚀成的恐怖的大洞穴之间汹涌澎湃，凶猛狂暴地想要冲塌大地的基础。

那边矗立着一个孤立的灯塔，建造在离海岸一里格[2]左右，由沉没的岩石

---

[1] 此处实指英国西南部的半岛康沃尔的地之角。该处有锡矿，深入海底。

[2] 长度名，在英美约为三英里，或三海里。

形成的阴惨的暗礁上，荒凉的岁月中，一年到头，海涛冲刷着和撞击着这块暗礁。大量的海草纠缠着它的底部，许多海燕——人们可能觉得它们是风暴诞生的，就像海草是海水诞生的一样——在灯塔周围忽起忽落，正像它们掠翅而过的波浪一样。

然而，即使在这里，两位看守灯塔的人也生了火，穿过厚厚的墙上的狭长小孔把一线光明射到令人畏惧的海上。他们坐在一张粗糙的桌子边，两只粗硬起老茧的手在桌面上碰在一起，用罐子里的掺水烈酒[1]互祝圣诞快乐。其中年长的那一位，他的脸完全被恶劣的天气损坏，伤痕处处，就像一艘古老的船上的船头雕饰[2]可能遭遇到的一样。他开始唱起一首雄壮的歌来，就像是一阵大风。

鬼魂重又迅速前进，在黑暗的、波浪起伏的海上——前进，前进——直到像它跟私刻撸挤所说的那样，离开任何海岸都很远，降落到一艘船上。他们站在操纵舵轮的舵手身边，站在船头上的瞭望员身边，站在值班的高级船员的身边。他们在各自的岗位上，像鬼怪似的黑影一般。可是他们之中的每一个人口中都哼着一段圣诞节的曲子，或者具有圣诞节的思想，或者轻声地对他的同伴讲一些过去的圣诞节日的事情，话中带着回家的向往。船上的每一个人，不论是醒着的还是睡着的，好的还是坏的，比起一年中的任何日子来，这一天都对别人说过一句更亲切的话并且在这一天的欢庆活动中多少分享过，同时想起过他所怀念的在遥远的地方的人们，也知道那些人也高兴想起他。

私刻撸挤觉得非常惊讶的是，听到海风在呻吟，想到在一个未知的深渊之上，其深不可测就像死亡那样，飘过孤寂的黑暗，这是一桩多么庄严的事情。他觉得非常惊讶的是，这时候，竟然听见了一阵开怀大笑声。私刻撸挤更为觉得非常惊讶的是，他听出那是他自己的外甥的声音，并且他发现自己已经在一间明亮的、干燥的、光彩堂堂的房间里，而精灵微笑着站在他的身边，带着赞赏的和蔼可亲的神态看着他的这一位外甥！

"哈，哈！"私刻撸挤的外甥大笑着，"哈，哈，哈！"

---

[1] 是用朗姆酒或其他的酒掺水，一般给水手喝，作为纯酒的代用品。
[2] 过去外国木船船头常雕饰人像或破浪神像。

要是你竟然在任何未必会有的机会里，碰巧知道有一个人比私刻撸挤的外甥笑得更为开心，那么我所能说的也只不过是我也想认识他，请把他介绍给我吧，我一定想方设法和他交个朋友。

这真是一个公平交易，不偏不倚而又十分高尚的合理安排。在疾病和烦恼能传染开来的时候，这个世界上再也没有什么东西像大笑和心情愉快那样有不可抗拒的感染力了。私刻撸挤的外甥这样大笑着，捧着肚子，摇头晃脑，脸庞歪曲成最最奇形怪状的样子；这时候，私刻撸挤的外甥媳妇也笑得像他一样欢畅。他们邀请来聚会的朋友们自然亦丝毫不甘落后，一群人大笑得前仰后合。

"哈，哈！哈，哈，哈，哈！"

"千真万确，他说过圣诞节是胡闹！"私刻撸挤的外甥嚷道，"他还真的相信呢！"

"弗莱德，那他更可耻！"私刻撸挤的外甥媳妇愤慨地说。祝福那些女士们。她们做事情从来不做到一半。她们一直是认认真真的。

她非常美丽，美丽极了。第一流的脸蛋，长着酒窝，有点惊奇的模样，一张红润的小嘴，似乎生来就是为了给人亲吻——毫无疑问是这样的。她笑起来的时候，下巴颏上各种各样好看的小圆点儿都彼此融化在一起了。还有那一双最灿烂的眼睛，你在任何小美人儿的脸上都未曾见过。你知道，她是那类你会叫作挑逗人的人。但也是令人满意的。哦，完全令人满意！

"他是一个可笑的老头子，"私刻撸挤的外甥说，"这是事实。而且不像他可以做到的那样讨人喜欢。不过，他的种种讨厌的行为已经带来了应有的惩罚，因此，我没有什么对他不满的话要说。"

"弗莱德，我能肯定他非常有钱，"私刻撸挤的外甥媳妇说，"至少你一直对我这样说。"

"那又怎么样呢，我亲爱的！"私刻撸挤的外甥说，"他的财富对他没有用处。他没有用财富做过任何好事。他没有用财富来使他自己过得舒服。他不会想到——哈，哈，哈！——自己将用财富来使我们得到好处而感到满意。"

"我不愿意再听见提到他了。"私刻撸挤的外甥媳妇说。私刻撸挤的外甥媳妇的姐妹们，以及其余全体女士们，都表示了同样的意见。

"哦，我愿意！"私刻撸挤的外甥说，"我为他感到难过。即使我想要生他的气我也生不起来。究竟是谁在为他的古怪的坏思想受罪呢？一直是他自己。你看，是他不喜欢我们，因此他就没有来和我们一起吃饭。结果怎么样呢？他并没有损失怎么了不起的一顿晚餐。"

"真的，我认为他损失了一顿极好的晚餐。"私刻撸挤的外甥媳妇打断他的话。其余每一个人也都这样说，而他们一定会被认可为合格的法官，因为他们刚刚用过晚餐，餐后的水果甜点都还放在餐桌上，他们在灯光下团聚在壁炉周围。

"好啊！我很高兴听见这句话，"私刻撸挤的外甥说，"因为我对这些年纪轻轻的女管家们没有太大的信心。你怎么看呢，托泼儿？"

托泼儿显然早已看中了私刻撸挤的外甥媳妇的姐妹中的一个，因为他回答说，一个单身汉是一个可怜的漂泊无依的人，他没有权利对这个问题发表意见。听到这句话，私刻撸挤的外甥媳妇的妹妹——戴着领布[1]的胖胖的那一位，不是插着玫瑰花的那一位——脸儿红了起来。

"弗莱德，你说下去，"私刻撸挤的外甥媳妇拍着手说，"他从来不把话说完！他真是个可笑的东西！"

私刻撸挤的外甥扬扬得意地又一次高声大笑了，虽然那位胖胖的妹妹闻着香醋[2]，努力试图避免受到它的感染，那阵笑声还是不可避免地传染开来，于是他被全体一致地仿效。

"我本来要说下去的只不过是，"私刻撸挤的外甥说，"他不喜欢我们，也不跟我们一同作乐，其结果，照我看来，是损失了一些不可能对他有害处的欢乐的时刻。我敢说，他损失了愉快的朋友们，比他在自己的思想之中，或者他的发霉的老事务所里，或者他的灰尘遍布的房间里，所能找到的更为愉快的朋

---

[1] 是欧洲 17、18 世纪妇女衣领部分的装饰，用花边或其他精致的料子制成。

[2] 是用樟脑、丁香油、桂皮油、英国薰衣草油及醋酸制成的药品，过去欧洲妇女常用来治头晕。

友们。我打算每年都给他这样一个机会，不管他愿意与否，因为我可怜他。他可能到死都要责骂圣诞节，然而他不得不对它产生好感——我要向他挑战——假定他看到我年复一年客客气气地到他那儿去，说一声'私刻撸挤舅舅，你好啊？'，假定这样竟然能使他有所触动，想到将来遗赠五十镑给他的贫穷的办事员，**那**就很不错了。我觉得昨天我已经打动了他。"

现在轮到他们来放声大笑了，他居然说打动了私刻撸挤。然而，他脾气好得不得了，不怎么在乎他们笑什么，因此无论他们怎么笑，他还是鼓励他们的兴致，高高兴兴地把酒瓶传递过去。

喝茶以后，他们来了些音乐节目。因为他们是一个音乐之家，我可以向你保证，他们唱一首无伴奏男声重唱曲或者一首轮唱曲的时候，是很有那么一套的。特别是托泼儿，他能在低音部分像一个行家那样呜噜呜噜地唱过去，而绝不弄得额头上青筋暴露，或者为此把脸涨得通红。私刻撸挤的外甥媳妇弹竖琴弹得很好，除了弹其他曲子之外，还弹了一首简单的小歌曲（再简单也没有了，你可以在两分钟之内学会用口哨吹出来），先前那位过去的圣诞节鬼魂使私刻撸挤回想起他在寄宿学校里的时候那个来接他的女孩子就熟悉这首小歌曲。这首乐曲演奏的时候，鬼魂曾经使他看到的一切事物都涌到他心里来了。他越来越感动，想到要是许多年以前，他能够常常听到这首小歌曲，他可能已经用他自己的双手为他自己的幸福培植了各种人生的善行，而不需要用曾经埋葬雅各·马莱的那把教堂司事[1]的铁铲。

不过他们并没有把整个晚上都花在音乐上。过了一会儿，他们玩起罚物游戏来，因为有时候做小孩子是很好的事，更没有比在圣诞节做小孩子更好，因为这节目的伟大的创造者本身就是一个孩子。停下来！先得玩玩捉迷藏游戏。当然要玩了。要叫我相信托泼儿真的蒙着眼睛，等于叫我相信他的靴子上长着眼睛一样。我的看法是，这是他和私刻撸挤的外甥事先串通好的事情，而且这位现在的圣诞节鬼魂也心中有数。他那样跟着抓那位戴花边领布的胖胖的妹妹，简直是对于人类天性的信赖的一种蹂躏。他碰倒了火钳、通条、火铲，打

---

[1] 担任管理教堂、敲钟、挖掘墓地等工作的教堂工作人员。

翻了椅子，冲撞在钢琴上，钻在窗帘当中闷得透不过气来，不管她躲在哪儿，他总是跟到哪儿。他总是知道那位胖胖的妹妹的所在，绝不会抓住任何旁人。要是你像他们之中的某些人那样，故意站住，挡着他的去路，他会假装费尽心机来捉你，这对于你的理解其实是一种愚弄，而他会马上侧身而过，直向那位胖胖的妹妹的方向奔去。她一再喊说这不公平。也真是不公平。不过，他最后逮住她的时候，不顾她绸缎衣服的窸窸窣窣的声音，急迅扇动着翅膀似的闪过他身边，他把她逼到走投无路的角落里的时候，他的举动才是最恶劣不过的了。这是因为他假装不知道是她，他假装有必要摸摸她的头饰，并且为了使自己更能肯定没有认错人，硬把那么一只戒指套在她的手指上，那么一根链条挂在她的脖子上。真是坏透了，坏到顶了！毫无疑问，她把自己关于此事的意见告诉了他，这时候，另外一个蒙眼瞎子[1] 已经上了场，而他们俩是如此亲密无间地躲在窗帘后面。

私刻撸挤的外甥媳妇不是"盲人"爱捉的那一群中的一个，她在舒适的一隅舒舒服服地坐在一张大椅子里，双脚搁在脚凳上。鬼魂和私刻撸挤就紧挨在她的身后。不过，她参加了罚物游戏，爱其所爱到极点，字母表里的字母全部讲出来了[2]。同样对于"如何、何时及何处"这个游戏[3] 她也是非常精明，叫私刻撸挤的外甥暗自欣喜的是她把她的姐妹们都打败了，虽然她们也是很灵敏的姑娘。托泼儿会这样讲给你听的。那儿老老少少可能有二十位，但是都参加了游戏，连私刻撸挤也参加了。因为沉浸在正在进行的事情之中，他已经全然忘记他的声音对于他们的耳朵来说是听不见的，有时候却相当大声地发表他的猜想，还常常猜对了呢。这是因为最好的白教堂[4] 的最尖锐的针保证不会断针眼的，也没有私刻撸挤来得尖锐；虽然他自己觉得是迟钝的。

---

[1] 狄更斯在这里指的不仅是这场游戏中另一个扮盲人的人，而且也是指希腊神话中盲目的爱神丘比特。

[2] 英美都曾流行过一种客厅游戏，叫作"我爱我所爱的带一个 A 字"。由参加者依次说出他所爱的，后面必须带一个以 A 或 B 或 C……为首字母的词来组成一个句子。这也是一种罚物游戏。

[3] 参加游戏的人必须轮流问："你如何喜欢这个？""你何时喜欢的？""你在何处喜欢的？"

[4] 伦敦东面的一区，许多大型针厂设在此区内，一般即用这一名称指此处生产的针。

他那样跟着抓那位戴花边领布的胖胖的妹妹。

鬼魂非常高兴地发现他有这样的兴致，并且十分赞赏地看待他，以至于他像个孩子那样请求，准许他待到客人们都离开了为止。可是，这一点精灵说办不到。

"现在开始了新的游戏，"私刻撸挤说，"再待半小时，精灵，只要半小时！"

这个游戏叫作"是与否"，私刻撸挤的外甥必须想一样东西，其余的人必须猜出是什么，而他对于他们提出来的问题只按照实情回答是或者不是。他暴露在连珠炮似的问题之中，引得他交代说，他意想中的是一种动物：一种活的动物，一种相当可厌的动物；一种野蛮的动物；一种有时咆哮、有时哼哼、有时说人话的动物；住在伦敦，在大街小巷走动；没有用来展览，也没有被任何人牵着走，也不住在动物园里；从来没有在市场里宰杀过；既非马，也非驴；既非母牛，也非公牛；既非虎，也非犬；既非猪，也非猫；也不是狗熊。每一个新问题向他提出来，这位外甥就要爆发一阵新的哈哈大笑，他乐得简直无法形容，因此不得不从沙发上站起身直跺脚。最后，那位胖胖的妹妹陷入同样的境况，嚷着说：

"我猜出来啦！弗利德，我知道那是什么了！我知道那是什么了！"

"是什么呢？"弗利德喊道。

"就是你的舅舅私刻撸——撸——撸——撸——撸挤！"

这当然猜中了。感到钦佩是这是大家一致的认同，虽然有些人反对说，刚才对于"是不是一只狗熊[1]？"的回答应该是"是的"，因为假定他们有朝私刻撸挤先生那方面去想的趋势，否定的回答会把他们的思路引开的。

"我深信，他已经给了我们很多的快乐，"弗利德说，"要是不为他的健康干杯，那就是忘恩负义了。这儿是一杯香甜的热酒，此刻正在我们手边，因此我要说，为私刻撸挤舅舅祝酒！"

"好啊！为私刻撸挤舅舅祝酒！"他们喊道。

"祝这位老人家圣诞节快乐，新年快乐，不管他是怎样的！"私刻撸挤的外甥说，"他不会接受我的祝愿，虽然如此，但愿他享受到。为私刻撸挤舅舅

---

[1] 狗熊，原文 bear 又作"粗鲁的人"或"笨拙的人"解。

祝酒！"

　　私刻撸挤不知不觉心中变得如此轻松愉快，要是鬼魂给他时间的话，他可能已经对这些不知道他在场的人们祝酒作答，并且用一种听不见的言语来感谢他们。然而他的外甥刚说完最后一个字，这整个景象就消失不见了。他和精灵又踏上他们的行程了。

　　他们看到了很多，走得很远，访问了很多家庭，但是总是有一个快乐的结局。精灵在一张又一张病床边站一站，病人们都愉快起来；来到异乡客地，他们就觉得接近家乡了；站在奋斗的人们身边，他们就耐心地盼望他们较好的前途；站在贫穷旁边，它就变成了富有。在济贫院里、医院里以及监狱里，在苦难的每一个藏身之处，只要那儿妄自尊大的、掌握着暂时的小小的权力的人，没有把门儿紧闭，把精灵拦在外面，它就都留下它的祝福，并且把它的格言教给了私刻撸挤。

　　如果这只是一个夜晚的话，这是一个漫长的夜晚。然而私刻撸挤对此表示怀疑，因为许多天的圣诞节假期似乎被压缩到他们在一起度过的这一段时间里面了。此外，奇怪的是，私刻撸挤的外表固然一如既往没有改变，这位鬼魂却已经变得比原来老了。明显地老了。私刻撸挤曾经看到这一变化，但是他一言不发，直到他们离开一个儿童们的第十二夜聚会[1]的时候，他们一同站在一个空旷的地方，私刻撸挤对着精灵瞧着，注意到它的头发都变白了，他才说话。

　　"精灵们是不是都活得如此短促呢？"私刻撸挤问。

　　"我的生命在这个地球上是非常短暂的，"鬼魂回答说，"今天晚上就结束了。"

　　"今天晚上！"私刻撸挤喊起来。

　　"今天晚上十二点整。听吧！时间近了。"

　　此时，教堂钟声正在敲着十一时三刻。

　　"要是我要问的一句话是不恰当的话，请你原谅，"私刻撸挤紧盯着精灵的

---

　　[1] 第十二夜，即1月5日，主显节（1月6日）的前夜。狄更斯的儿子查尔斯·鲍兹·狄更斯在这一天生日。狄更斯家中常常聚会欢庆。此处所述当和这事有关。

长袍，说道，"不过我看见一件奇怪的东西，那不是属于你本身的，正从你的长袍下摆那儿突出来了。那是一只脚呢，还是一只爪子？"

"可能是一只爪子，因为它上面有肉，"这是精灵的悲伤的回答，"你看吧。"

它从长袍的褶裥里，带出两个孩子：可怜，凄惨，可怕，丑陋，悲苦，他们跪在它的脚边，紧紧抓住它的长袍的外面。

"哦，人啊！你看吧。看吧，看看这儿吧！"鬼魂高声呼喊。

他们是一个男孩、一个女孩，面黄肌瘦，衣衫褴褛，愁眉苦脸，形如饿狼，然而又那样卑躬屈膝，匍匐在地。本来，优美的青春应该充溢在他们的身躯里，并且用最鲜艳的色彩来润饰他们，然而，却有一只干瘪皱缩的手，就像是老年人的手，拧他们，扭他们，把他们撕扯成破布条一般；本来天使应该登上宝座的地方，然而，却潜藏着魔鬼，睁大着威胁的眼睛。自从创造出奇妙的天地万物以来，在所有的神秘事物之中，没有一种变化，没有一种堕落，没有一种反常的人性，在任何程度上，有这些怪物的一半那么令人惊恐和害怕。

私刻撸挤心惊胆战，吓得往后退，看到他们这副样子，他想说他们是好孩子，可是话语却塞在了喉咙口，而不愿成为如此重大事情的谎言的参与者。

"精灵啊！他们是你的吗？"私刻撸挤不能再说别的话了。

"他们是人类的，"精灵低头瞧着他们说，"然而他们依附着我，从他们的父亲那儿来向我申诉。这个男孩叫作无知。这个女孩叫作贫困。提防着他们两个，以及所有他们那一阶层的人，但是最主要的是提防这个男孩，因为除非那个字被揩掉，我看见他的额头上写着的是'灭亡'。可别让'灭亡'进去！"精灵喊着说，它伸直手臂向城市指着，"谁要是对你说起它，你就骂谁！要是你们为了派别的目的而容纳它，那就更坏！那就等着看结果吧！"

"难道他们没有收容所或者其他办法吗？"私刻撸挤嚷着说。

"难道没有监狱吗？"精灵说，最后一次用私刻撸挤自己的话来回敬他，"难道没有贫民习艺所吗？"

教堂钟声敲响了十二点。

私刻撸挤四面环顾，寻找鬼魂，可是看不见它了。等到最后一响的余音停歇了，他想起老雅各·马莱的预言，他抬起眼睛，看见了一个庄严肃穆的幻象，它披着衣服，戴着兜帽，像一阵迷雾似的，沿着地面朝他飘来。

第四节

最后一个精灵

这个幻象慢慢地、阴沉地、无声无息地飘过来了。它一来到私刻撸挤跟前，就跪了下来，这位精灵一路飘过去的空气之中，似乎散布着阴森和神秘的气氛。

它全身包裹在一件深黑色的长外套里，外套把它没头没脑地遮盖起来，看不出形状，除了一只伸出来的手以外，什么也看不到。要不是这只手，当会难以把它的身子和这个夜晚分割开来，难以把它和包围它的黑暗区别开来。

它来到私刻撸挤的身边的时候，他觉得它又高大又威严，觉得它的神秘的形象使他心里充满一种肃然起敬的恐惧。除此以外他就什么也不知道了，因为这位精灵既不说话，也不行动。

"我是在将来的圣诞节鬼魂的面前吧？"私刻撸挤说。

精灵不回答，只是用手向前指着。

"你大概是要带我去看还没有发生但是将要在将来的时间里发生的事情的影子吧？"私刻撸挤紧盯着问，"是不是呢，精灵？"那件长外套的上面部分在包拢的地方收缩了一下，似乎精灵点了点头。这是他所得到的唯一的回答了。

虽然这时候私刻撸挤和鬼魂做伴已经很习惯了，他还是如此惧怕这位无声无息的形态，他的两条腿直打哆嗦，并且发现自己准备跟它走的时候，竟然站都站不稳了。精灵看到他这副样子，便停了片刻，给他恢复的时间。

但是这样一来，使得私刻撸挤更为狼狈了。他知道在那件黑黝黝的寿衣的后面，有一双鬼魂的眼睛聚精会神地盯着他瞧，而他呢，虽然他把自己的眼睛瞪大到极限，也看不见什么，却只看见一只鬼怪的手，以及一堆高大的黑影。这可叫他战栗不已，心中怀着一种模糊不清的、不知所以然的恐惧。

"将来的鬼魂啊！"他大声喊道，"我怕你胜过我看到过的任何一位鬼怪。不过，我知道你的目的是为了使我好，我也希望成为和过去不同的另外一个人，因此，我准备容忍你做我的伴儿，并且是怀着感激之心准备的。难道你不打算跟我说话了吗？"

它不回话，那只手笔直地指着他们前面。

"带路吧！"私刻撸挤说，"带路吧！这个夜晚正在迅速消逝，我知道，对我来说这是宝贵的时间。带路吧，精灵！"

这位幻象正如它刚才向他飘来那样飘去了。私刻撸挤跟在它的衣服的黑影里，他觉得黑影把他承载了起来，把他带走。

他们不像是到城市里边去，因为倒像是城市在他们周围涌现出来，自动地包围了他们。他们来到城市的心脏地区，在伦敦交易所里，混在商人们中间，商人们匆匆忙忙地来来去去，把钱币在口袋里弄得"叮叮当当"响，东一群、西一群地谈谈生意，看看怀表，一边盘算，一边捻弄着他们颇大的金图章，以及诸如此类的事。就像私刻撸挤过去常常看见的那样。

精灵停在一小簇做生意的人旁边。私刻撸挤看见那只手正在指着他们，他就走上前去听他们的谈话。

"不，"一位下巴极其肥大的大胖子说，"总而言之，这件事我不大清楚。我只知道他已经死了。"

"他什么时候死的？"另外一个人问。

"我想是昨天晚上吧。"

"怎么啦，他是出了什么事？"第三个人问，他从一只非常大的鼻烟盒里拈出一大撮鼻烟来，"我本来以为他永远不会死的嘛。"

"上帝才知道。"头一个打着呵欠说。

"他怎样处理他的钱财的呢？"一个面色红红的绅士问，他的鼻尖上垂挂着一个赘疣，好像一只雄火鸡脖子上的垂肉那样摆来摆去。

"我没有听说，"那个胖下巴的人说，他又打了一个呵欠，"也许留给了他的公司了吧。他没有留给我。我只晓得这一点。"

这句打趣的话引起了大家一阵笑声。

"葬仪可能是很便宜的,"同一个发言者说,"我敢打赌说,我不知道有任何人要参加。假定咱们几个凑在一起志愿去效劳,怎么样?"

"要是供应一顿午餐,我倒不在乎去一趟,"那位鼻尖上长个赘疣的绅士说,"不过要是我参加,那我非得饱吃一顿不可。"

又是一阵大笑。

"嗯,说到底,我是你们中间最不感到有利害关系的人,"头一个发言者说,"因为我从来不戴黑手套[1],也从来不吃午餐。不过,要是有任何人愿意去的话,我也不妨去一趟。每当我回想起来的时候,我倒不完全肯定自己不是他最要好的朋友,因为我们每一次遇见,总要站住谈谈话呢。再见吧!"

说话的人和听话的人都走开了,和其他一群一群的人混在一起。私刻撸挤认识这几十人,他朝精灵看着,想得到一个解释。

幻象向前飘到一条街道上。它的一根手指指着两位邂逅相遇的人。私刻撸挤又去聆听,猜想有可能解释就藏在这儿了。

他也完全认识这两位。他们是做生意的人,非常富有,而且地位很高。他曾经一直想要做到使他们看得起;这是指从商业观点上来说,纯粹从商业观点上来说。

"你好吗?"一个人说。

"你好吗?"另一个人回答。

"好!"头一个说,"魔鬼[2]终于得到应得的结果了,是不是?"

"我是这样听说的,"第二个人回答,"天气很冷,对吗?"

"圣诞节期就是这样的天气。你不喜欢玩玩溜冰吧,我想?"

"不溜,不溜。还有别的事情要紧。再见吧!"

---

[1] 按照英国葬仪的规矩,大多会向参加吊唁的人赠送一副黑手套,这种手套在别种场合同样可以使用。

[2] 原文 Old Scratch 是"魔鬼"的意思。Scratch 又是"抓、扒"的意思,和 Scrooge(私刻撸挤)的读音相近。

"好！"头一个说，"魔鬼终于得到应得的结果了，是不是？"

没有其他的话了。这就是他们的会面，他们的谈话，以及他们的分手。

私刻撸挤开头有点儿觉得奇怪，怎么精灵竟然把显然十分琐碎的谈话看得很重要？但是他确定感到他们一定暗含着什么用意，便在心里琢磨那可能是什么意思。他们的谈话不大可能使人想到跟他的老合伙人雅各的死有什么关系，因为那是"过去"的事，而这位鬼魂的领域则是"将来"。他也想不出任何跟自己直接有关系的人，他能够把这个人和他们的谈话联系起来。然而，毫无疑问，不论他们能跟谁联系起来，这些话里面都包含着能使自己进步的教训，因此，他决心铭记他听到的每一个字，以及他看到的每一件事，特别是要在自己的影子出现的时候，看看清楚。因为他心中期望着，他将来的自己的行为，能够给他所缺少的线索，并且能够容易地解开这些谜。

他就在这地方四下里张望，要找出他自己的形象来。然而，在他惯常待着的一隅已经站着另外一个人了，而且虽然时钟指着他每天通常到那儿的时间，可是，在穿过大门廊拥进来的人潮之中，他找不到像是他自己的人。不过，他对此倒并不怎么吃惊，因为他在心中已经翻来覆去地想过要改变自己的生活。他想着、盼望着看见他新产生的决定能够在这里落实。

那位幻象站在他的身边，伸着一只手，一言不发，一团漆黑。他从千思万虑的探索中惊醒过来，这时候，他仿佛从那只手的转动，以及从有关于他自己的它的处境上看，觉得那两只"看不见的眼睛"正在锐利地看着他。这使他战栗不已，感到冷入骨髓。

他们离开了这一繁忙的场所，走到这城市的一个偏僻的地区，私刻撸挤过去从来没有到这里来过，虽然他知道它的位置和它的坏名声。道路又脏又窄，店铺和房屋都是破破烂烂的；人们衣不蔽体，酒醉醺醺，拖拖沓沓，面目丑陋。一条条胡同和拱道，正像如此之多的污水池一样，把它们令人厌恶的气味、污垢和生物都呕吐到错综复杂的街道上来。这整个区域散发出罪恶、肮脏和苦难的臭味。

在这丢脸的热闹的渊薮的深处，有那么一家低矮的凸出的店铺[1]，开在坡屋顶的下面，收购铁器、破布条、玻璃瓶、肉骨头，以及油腻的内脏。店堂里的地板上，放着一堆堆锈掉的钥匙、钉子、链条、铰链、锉刀、磅秤、砝码，以及各种各样的废铁。很少有人愿意去仔细发掘的秘密，都孕育和藏匿在那堆积如山的不像样的破布条之中、成团成块的烂肉脂之中以及墓冢一般的白骨堆之中。一个年近古稀的白发苍苍的坏家伙坐在他经营的这些商品中间，靠近一只用旧砖块砌起来的木炭炉，他把一块用破布七拼八凑连缀起来的邋遢的帘幕挂在一根绳子上，替自己挡住外面的寒气，他在这幽静的隐居所悠然自得地吸着烟斗。

私刻撸挤和幻象来到这家伙的面前，正好一个妇女拿着一个大包袱溜进店铺里来。她刚刚踏进门，跟踵就来了另一个妇女，也那样带着东西。她的后面又紧跟着一个穿褪色的黑衣服的男人，他一眼瞧见她们，其惊讶的程度，丝毫不下于她们彼此认出来的时候所感到的。一时间，他们都惊得呆住了，连那个老头儿也手拿烟斗在内。然后，他们三人爆发出了一阵大笑。

"就算打杂女工是头一个来的！"头一个进来的她嚷着说，"就算洗衣女工是第二个来的，就算承办丧葬的男人是第三个来的。你瞧，老纠，这是个好机会！我们三个人都在这儿碰在一起，难道不是有意给你这个机会！"

"你们不可能在更好的地方碰在一起了，"老纠把烟斗从嘴上拿开，说道，"到客厅里来吧。你知道，你早就在这里自由自便了。那另外两位也不是生客。等一等，让我先把店门关好。啊！门儿叽叽嘎嘎叫得多响！我相信，这地方没有一块金属像门上的铰链锈得这样厉害。我也肯定，这里没有像我的骨头这样老的骨头。哈，哈！咱们大家都挺适合自己的行当，咱们很合得来。到客厅里来吧。到客厅里来吧。"

客厅是破布帘幕后面的一块地方。这老家伙用一根旧的楼梯毯梗[2]把炉火

---

[1] 指当时在英国通常称作"破布旧瓶店"的店铺。店中收购并出售各种废旧物品，包括把油脂转售给蜡烛或肥皂制造商、把烧肉的油滴转售给穷人作为黄油的代用品。这种商店有时用显眼的颜色把门前漆成"红房子"或"蓝房子"，圣诞节时则挂出大布丁的广告画，以吸引穷人把废旧物品换成买过节的食品等的钱。

[2] 把楼梯上用的地毯固着在楼梯上的一种细铜棒。

拨到一起，又用烟斗柄把冒烟的灯芯修修正（因为这是晚上），然后把烟斗再塞到嘴里去。

他这样做的时候，那个已经说过话的妇女把她那一包东西扔在地板上，带着扬扬得意的神情坐在一张凳子上。她两臂交叉，肘放在膝盖上，用无畏的挑战姿态对那另外两个望着。

"这有什么关系呢！狄尔伯太太，有什么关系呢？"这个妇女说，"每一个人都有权利照顾他自己。**他**就一直是这样做的嘛！"

"这话不假，真的！"那个洗衣女工说，"没有人比他更懂得照顾自己。"

"呃，那么，女人，别站在那儿干瞪着眼睛，好像害怕似的，有谁知道呢？我们不会彼此挑眼儿找岔子的吧，我想？"

"不会，真的！"狄尔伯太太跟那个男人异口同声地说，"我们十分希望不会。"

"那么，很好！"那个女人大声说，"这就够了。丢了这样几件东西，有谁受到损失呢？不是一个死人吧，我想？"

"不是，真的。"狄尔伯太太大笑着说。

"一个缺德的老死刮皮，要是他想在死后还要保存这些东西，"这个妇女继续说，"那么在他一生当中为什么不通情达理呢？要是他通情达理，那么，他受到死神的折磨的时候，就会有人来照应他，而不是那样孤孤单单一个人躺在那儿，喘出最后一口气。"

"这是自古以来说得最正确的话了，"狄尔伯太太说，"这是对他的结论。"

"我但愿这个包袱再沉一点才好，"这个妇女说，"要是当时我的手能够碰到其他任何东西的话，它必然再沉一点了，你可以相信我的话。老纠，把那个包袱打开来，告诉我值多少钱。坦白地说吧。我不怕做第一个，也不怕让他们看见。我相信，在这儿碰见以前，我们就已十分清楚我们是在自己帮助自己。这不是罪过。打开那个包袱，老纠。"

可是她的两个朋友具有侠义精神，不答应这样办。那个穿褪色的黑衣服的男人身先士卒，把**他的**战利品拿了出来。那并不是一大笔交易，只不过一两个图章、一个铅笔盒子、一副袖口纽扣，以及一个不大值钱的胸针而已。老纠把东西一一仔细查看，作出鉴定，并且把他打算为每一件付出的价钱用粉笔写在墙上，等到发现再没有什么东西的时候，便把价钱加成一个总数。

"这是你的账，"老纠说，"我连六便士硬币也不会加，即使因此叫我下油锅也罢。下面一个是谁？"

下面一个是狄尔伯太太。几条被单和毛巾，一件小衣服，两把老式的银茶匙，一把方糖钳子，还有几只靴子。她的账目也以同样的方式标明在墙壁上。

"对于女士们，我总是出得太多。这是我的弱点，我就是这样毁掉了自己，"老纠说，"这是你的账。你假使再问我要一个便士，并且公然提出这个问题，那么我就要后悔自己太大方，得扣掉你半个克朗。"

"现在打开**我的**包袱吧，老纠。"头一个妇女说。

老纠跪了下来，以便于打开包袱，他解开了许多许多结，拖出来一大卷又重又黑的什么东西。

"你把这个叫作什么？"老纠说，"帐子吗！"

"啊！"这个妇人说，一边大笑，一边往前倾倚，双臂交叉着，"帐子！"

"你当真在他还躺在床上的时候，就把帐子，连铜圈什么的，都拆下来的吗？"老纠说。

"我正是这样干的，"那个妇女回答说，"干吗不？"

"你是生来要发财的，"老纠说，"你一定会发财。"

"老纠，我敢向你保证，为了一个像他这样的人的缘故，我伸手能够捞到任何东西的时候，我一定不会管住我的手。"这个妇女冷冷地回答，"喂，你可别把油滴到毯子上。"

"是他的毯子吗？"老纠问。

"你想还能有谁的呢？"这个妇女回答，"我敢说，没有毯子，他大概也不会着凉。"

"我希望他不是因为什么传染性的病死的吧，嗯？"老纠说，他停住了工作，朝上看着。

"你别怕这一点，"这个妇女回答说，"假如他是这样死的，我并不那么喜欢跟他做伴，以至于为了这些东西在他跟前逛来逛去。啊！你尽管查看那件衬

"我正是这样干的，"那个妇女回答说，"干吗不？"

衫，直看得眼睛发痛你也绝不会发现一个洞，也找不出磨光的地方。这是他最好的一件，而且质地也好。要不是我拿到手，他们可能已经把它浪费了。

"你说把它浪费了是什么意思？"老纠问。

"当然是说把它穿在他身上，埋进去了。"这个妇女大笑着回答，"有人够笨的要这样做，但是我又把它拿掉了。要是白布对于这种用途不够好的话，那么对于任何用途也不够好了。白布对于那具尸体倒也相称。盖上那个比起穿上这件，他不可能显得更难看。"

私刻撸挤胆战心惊地听着这段对话。他们在这老头子提供的吝啬的灯光下，围坐在他们的战利品旁边，这时候，私刻撸挤深恶痛绝地看着他们，纵然他们是下流的恶魔，正在买卖那具尸体本身，他的深恶痛绝也不会比这更厉害一些。

"哈，哈！"还是那个妇女大笑着，这时候，老纠拿出一个装着钱的法兰绒布袋，把各人应得的款项数出来放在地上，"你们看，这就是事情的结局！他活着的时候，把每一个人都从他身边吓跑了。他死了以后，却使我们得到好处！哈，哈，哈！"

"精灵啊！"私刻撸挤从头到脚打着寒战，说道，"我明白了，我明白了。这个不幸的人的境况可能就是我的境况。现在，我的生活正朝着那个方向发展。仁慈的苍天啊，这是什么东西啊！"

他恐惧地往后直退，因为景象忽然改变了，他现在几乎碰到一张床：一张光光的，没有帐子的床，在床上，一条破旧的被单下面，躺着一个被遮盖了的东西，虽然这东西无声无息，却用一种可怕的语言宣告了它自己的境况。

这间屋子里非常黑暗，尽管私刻撸挤受到一种秘密的冲动的驱使，环室四顾，急于知道这是怎样的房间，可是黑暗得什么也看不清楚。这时，一道惨淡的光线在屋外的空中亮起来，直射到床上；床上，就是这个遭人洗劫、被人遗弃、无人守护、没人哭泣、缺人照料的人的尸体。

私刻撸挤朝幻象那边看看。它的坚定不移的手正指着尸体的头。那块盖布是如此马马虎虎铺上去的，只要私刻撸挤这方面动一动手指，极其轻微地掀一掀，就能够露出那张脸来。他心里想到这一点，感到这样做是那么容易，也很想这样做，但是他没有力量去揭开这个面罩，正像他没有力量去摆脱他身边的这位鬼怪一样。

哦，冷酷的、严峻的、可怕的死神啊，您在这儿设立了您的祭坛，并且装饰得如此恐怖，因为您可以命令这样做，因为这是您的管辖领域啊！但是对于一个被人爱戴、受人崇敬并且得到荣耀的人的头，您却不能按照您可怕的心意来动他一根头发，或者使哪一部分的相貌变得丑恶。这并不是因为那只手在松开的时候是沉重的，要往下垂落，这并不是因为那颗心和脉搏都已经静止，而是因为那只手曾经是大方的、慷慨的和忠实的，那颗心是勇敢的、热烈的和温柔的，并且那脉搏是男子汉的脉搏。打击吧，阴影啊，打击吧！您瞧他的善行会从伤口里都涌现出来，把不朽的生命播种在世界上！

并没有声音把这些话送到私刻撸挤的耳朵里去，然而他瞧着这张床的时候，却听见了这些话。他想，要是这个人现在能够死而复苏的话，他的头一个想法会是什么呢？是贪得无厌、重利盘剥、斤斤计较吗？说真的，这些想法曾经给他带来了多么丰富的结果啊！

他躺着，在那间黑暗的空空的屋子里，没有一个男人、一个女人或者一个孩子说他在这方面或者那方面"待我好"，并且为了记得他的一句好话，"我也要待他好"。只有一只猫在抓着门，还有壁炉砖石下面老鼠在咬啮的声音。**它们**要这间死亡的房间里的什么东西呢？它们为什么如此骚扰不安呢？私刻撸挤不敢想下去了。

"精灵啊！"他说，"这是一个可怕的地方。在离开它的时候，我不会离开它的教训，请你相信我吧。让我们走吧！"

可是鬼魂仍然用一根丝毫不动的手指指着那个头。

"我明白你的意思。"私刻撸挤回应着，"要是我办得到，我会做的。可是我没有这个力量，精灵啊。我没有这个力量。"

又一次，他感到精灵似乎在望着他。

"假如城区里有谁因为这个人的死而动了感情的话，"私刻撸挤很痛苦地说，"带我去看那个人吧，精灵啊，我恳求你！"

幻影把它的黑暗的长袍在他面前张开一会儿，好像翅膀一样，等到收拢的时候，展现出一间日光辉耀的房间，一个母亲和她的孩子们待在那儿。

她正在等待着什么人，显得焦急迫切的样子。她在屋子踱来踱去；听到点儿声音都会一惊，打窗户里往外瞧；看看时钟，想要干她的针线活，可是干不了；并且，她感到难以忍受的，是孩子们玩闹着的声音。

终于听到那等了好久的敲门声了。她急急忙忙赶到门口，迎接她的丈夫。这个人虽然年轻，但是一脸饱经风霜、抑郁沮丧的样子。不过，现在他的脸上却有着一种奇怪的表情。那是一种既严肃又高兴的表情，他大概觉得有这种表情是可耻的，因而竭力克制着。

他坐下来吃晚饭，这晚饭刚才搁在炉火旁替他热在那儿；他的妻子小心翼翼地问他有什么消息（这是在一段长期的沉默以后问的），这时候，他显得有点为难，不知如何回答才好。

"是好呢，"她说，"还是不好？"——来帮他摆脱困境。

"不好。"他回答说。

"那么我们完了吗？"

"不是。还有希望，卡萝琳。"

"要是**他**大发慈悲，"她说，感到惊讶，"那才有希望！要是这样的奇迹竟然发生了，那就没有什么是没有希望的了。"

"已经没有希望他可能发慈悲了，"她的丈夫说，"他死了。"

如果她的面相反映真实的话，她是一位性情温和、耐性很好的人儿，不过她听到这句话，打心底里感激，她就交叉着十个手指，说了出来。接下来，她祈祷上帝恕罪，并且感到抱歉，不过头一种才是她内心的感情。

"昨天晚上我告诉你，在我想去看他，请求延缓一个星期的时候，那个喝得半醉的女人对我说的话，还有我本来以为那不过是避而不见的借口，结果证明都是实情。他那时候不仅仅是病得厉害，而且快要死了。"

"那么我们欠的债将来转给谁来讨呢？"

"我不知道。可是不到那时候，我们会把钱准备好，即使没有准备好，如果他的继承者也是像他那么冷酷无情的债权人，那才真是坏运气。今天晚上我们总可以安安稳稳地睡觉了，卡萝琳！"

不错。虽然他们要自己心软一些，可是他们的心确实比较轻松了。孩子们一声不响，围聚在一起听着他们很难理解的话，他们的脸蛋儿也都比较明亮了；由于这个人的死，这是一所比较欢乐的屋子了！鬼魂所能带他看到的这桩事情引起的唯一的感情，就是一种愉快的感情而已。

"让我看看跟一个死者有关的怜惜之情吧，"私刻撸挤说，"否则，精灵啊，我们刚才离开的那间黑暗的屋子，将会永远出现在我的眼前了。"

鬼魂带领他穿过几条街道。他的脚熟悉这些地方，他们一路走去的时候，私刻撸挤东看西看，要寻找他自己，但是没有一处找得到。他们走进了可怜的鲍伯·克拉契的屋子，这是他过去曾经到过的住所，看见那位母亲和孩子们围在壁炉边坐着。

沉默。非常沉默。那几位爱吵闹的小克拉契沉默得好像一个角落里的雕像，他们坐在那儿抬头望着面前放了一本书的彼得。那位母亲和她的几位女儿正在专心地做针线活儿。然而他们确实都非常安静！

"'他便叫一个小孩子来，使他站在他们当中。[1]"

---

[1]《圣经·新约·马太福音》第18章第2至第4节为："耶稣便叫一个小孩子来，使他站在他们当中，说，我实在告诉你们，你们若不回转，变成小孩子的样式，断不得进天国。所以凡自己谦卑像这小孩子的，他在天国里就是最大的。"

私刻撸挤在哪儿听到过这句话的呢？他并不是在梦中听到的。刚才他和精灵跨过门槛的时候，那个男孩子一定朗读过这句话。为什么他不念下去呢？

母亲把她的针线活放在桌子上，一只手蒙住脸。

"这颜色[1]伤我的眼睛。"她说。

这颜色吗？啊，可怜的小小铁姆！

"现在又好些了，"克拉契的妻子说，"是蜡烛的光使我眼睛模糊的。等你们爸爸回家的时候，我无论如何也不能让他看见模糊的眼睛。他回家的时间一定快到了。"

"不如说已经过了。"彼得合上书，说，"不过，妈妈，我想最近几天的傍晚他走得比平常慢一点。"

他们都又沉默起来。最后，她开口了，声音稳定而又愉快，只有一次顿了一顿："我知道他曾经把——我知道他曾经把小小铁姆搁在肩膀上，走得可真是快啊。"

"我也知道是这样，"彼得大声说，"常常是这样。"

"我也知道是这样！"另一个喊着说，大家都说知道是这样。

"不过他背起来很轻，"她接着说，集中精力在她的针线活上，"他的爸爸又那么爱他，因此不觉得麻烦——不觉得麻烦。你们的爸爸到了门口了！"

她急忙赶出去迎接他。小鲍伯围着羊毛围巾——他很需要这东西[2]，可怜的人啊——走了进来。他的茶已经在炉旁铁架上准备好了，全家的人都争先恐后地去服侍他。然后两位年幼的克拉契爬到他的膝头上，一边一个把小脸腮贴在他的脸上，好像是说，"爸爸，别把这事情挂在心上。别难过！"

鲍伯跟他们在一起觉得非常开心，高高兴兴地和全家人说着话。他瞧瞧桌子上的活儿，称赞克拉契太太和女孩子们的勤劳和快速。他说："他们在礼拜日前几天就可以做好了。"

"礼拜日！那么你今天去过了吗，罗伯特？"他的妻子说。

---

[1] 狄更斯的手稿上原来写的是"黑颜色"，后来删去"黑"字。意指黑色的丧服。

[2] 羊毛围巾的原文为 comforter，也可以作"安慰者"解。

"是的，亲爱的，"鲍伯回答，"我希望你也去了才好。看看那地方多么青翠，会教你舒畅。不过你以后会常常看到那地方。我向他许愿每逢礼拜日我要走去看看。我的小、小的孩子啊！"鲍伯哭起来，"我的小孩子啊！"

他忽然失声痛哭，忍也忍不住。要是他忍得住的话，那么他和他的孩子也许会比现在离得更远了。

他离开这间屋子，走到楼上那间屋子里去，那儿灯火辉煌，并且挂着圣诞节彩饰。一张椅子放在那个孩子的近旁，留有谁在不久前来过的迹象。可怜的鲍伯坐在椅子上，他想了片刻，使自己镇静下来，便吻着那小小的脸腮。他终于接受了已经发生的事实，带着相当愉快的心情再走下楼来。

他们移到炉火边，谈着话，女孩子们和妈妈仍然在干活。鲍伯和他们谈到私刻撸挤先生的外甥异常厚道，他俩仅仅见过一面，那天在街上碰到了，看见他的样子有一点——"你知道，只不过有一点闷闷不乐。"鲍伯说，就问什么事情使他悲伤。"对于这一询问，"鲍伯说，"因为他是你所知道的说话最和蔼可亲的绅士，我就告诉了他。'克拉契先生，我衷心为此事难过，'他说，'也衷心为你的好妻子难过。'顺便说说，我不知道他怎么会知道**那件事**的。"

"知道什么事呢，我亲爱的？"

"嗯，说你是一个好妻子。"鲍伯回答说。

"大家都知道！"彼得说。

"你说得很对，我的孩子！"鲍伯喊着说，"我希望他们是这样。'衷心难过，'他说，'为你的好妻子。如果我在任何一方面能够为你效劳，'他说着递给我一张名片，'这就是我住的地方。敬请光临。'嗯，并不是因为，"鲍伯大声说，"他可能为我们做任何事情，而是因为他的好心的态度，使人觉得此举令人十分高兴。看来他好像真的认识我们的小小铁姆，并且和我们有同样的感受。"

"我敢肯定他是一位好心肠的人！"克拉契太太说。

"你尽可以更为肯定一些，我亲爱的，"鲍伯回答，"要是你看见他并且和他谈过话。你听我说，要是他替彼得找一个比较好的位置，我一点也不会奇怪。"

"彼得，你听听这句话！"克拉契太太说。

"到了那时候，"一个女孩子嚷着说，"彼得就可以找个什么人做伴儿，开始自立门户了。"

"去你的！"彼得咧嘴笑着反击。

"这是说不定的，"鲍伯说，"会有那么一天，尽管还有许多时间来准备，我亲爱的。不过不管我们彼此怎样分散和什么时候分散，我确信，我们谁也不会忘记可怜的小小铁姆——我们不会——或者说我们之间发生的这头一次的分手，是不是呢？"

"决不会，爸爸！"他们一致喊着说。

"而且我知道，"鲍伯说，"我亲爱的一家人啊，我知道，我们一想起他虽然是一个小小的孩子，却是多么有耐心，又是多么温和，我们之间就不会轻易地争吵起来，不会忘记了可怜的小小铁姆而争吵起来。"

"不会，决不会，爸爸！"他们又一致喊着说。

"我非常高兴，"鲍伯说，"我非常高兴！"

克拉契太太吻他一下，他的女儿们各人吻他一下，两位年幼的克拉契各人吻他一下，彼得和他握握手。小小铁姆的精灵啊，您的孩子气的本质是从上帝那儿来的！

"鬼怪啊，"私刻撸挤说，"有什么东西告诉我，我们分手的时刻就在眼前了。我知道这一点，但是我不知道我们将会怎么分手。请告诉我，我们刚才看见的那个躺着的死人是谁？"

未来圣诞节鬼魂带着他，像先前那样——不过他觉得和先前的时间不同。的确，在后来的那些景象中似乎杂乱无章，只不过都是属于"未来"的——把他运送到做生意的人常去聚会的一些地方，但是没有给他看见他自己。的确，精灵没有为任何东西耽搁一下，而是一往直前，好像要到刚才私刻撸挤所要求的终点去似的，直到私刻撸挤恳求停留片刻才止。

"这个院子，"私刻撸挤说，"我们现在匆忙经过的院子，就是我办公的地方，这已经有好长一段时间了。我看见了那幢房屋。让我看着在将来的日子里，我会是什么样子的吧。"

精灵停下来，那只手却指着别的地方。

"屋子在那边，"私刻撸挤大声嚷着说，"你为什么指着别处呢？"

那只无动于衷的手指不肯改变方向。

私刻撸挤急忙赶到他的事务所的窗口，往里瞧看。那还是一个事务所，然而已经不是他的了。家具不是原来的，坐在椅子上的人也不是他自己。幻影还是像先前那样指着。

于是他再一次跟着它，一面心中琢磨自己为什么去，并且往哪去，一面跟着它一路来到一扇铁门跟前。他停了一停，向四面看看，然后才进去。

那是一片教堂墓地。那么，他现在必须知道其姓名的那个不幸的人，就是在这儿，躺在黄土之下了。这可是个尊贵的地方，四面有房屋把它围住，蔓生着青草和杂草，这是植物的死亡，而不是植物的生命的生长[1]。这里埋葬了太多的人，塞满了，由于填饱了肚子而养得肥肥的。这真是个尊贵的地方！

精灵站在坟墓之间，往下指着其中一座。私刻撸挤浑身哆嗦，向那儿走去。幻影的样子完全跟原来一样，但是私刻撸挤害怕自己在它的严肃的形象中看到新的含意。

"在我走近你指出的那块墓石之前，"私刻撸挤说，"请回答我一个问题。这些是'必然'的事情的影子呢，还是'可能'的事情的影子？"

鬼魂仍然朝下指着它站在旁边的那座坟墓。

"人们的道路必然预示着某种结果，这种结果，假如坚持不懈，人们必然会达到。"私刻撸挤说，"不过，假如离开这种道路，结果也会改变。你说，你给我看到的事情就是如此这般的吧！"

精灵还是像原来那样一动也不动。

---

[1] 这句意为繁茂的青草和杂草使其他植物死去了。

私刻撸挤蹑手蹑脚地朝那座坟墓走去，边走边发抖。他顺着那只手指，在这遭到忽视的坟墓的墓石上，读到他自己的名字：**爱本利者·私刻撸挤**。

"难道**我**就是那个躺在床上的人吗"他跪着喊道。

那只手指从指向坟墓转到指向他，又回到原处。

"别这样，精灵啊！哦，别这样，别这样！"

那只手指仍然在那儿。

"精灵啊！"他喊道，紧紧地抓住它的长袍，"听我说！我已经不是过去那样的人了。要不是这次交往，我不会变成我应该变成的人。要是我已经一无希望了，你为什么还要给我看这个呢？"

那只手似乎头一次摇了一摇。

"好精灵啊，"他在它面前扑在地上，紧盯着说，"请你代我求情，并且可怜我。你向我保证吧，等我改变了生活道路以后，我还能改变你带我看过的这些阴影！"

那只手指仍然在那儿。

那只仁慈的手颤抖着。

"我一定要在心里崇敬圣诞节，并且打算一年到头都过节。我一定要生活在'过去'、'现在'和'未来'之中。这三位精灵一定全部会在我心里折腾。我一定不把它们给我的教训不放在心上。哦，请跟我说我还有可能把这块墓石上的字擦掉吧！"

他在痛苦中一把抓住鬼怪的手。它想要挣脱掉，可是他苦苦哀求，使劲不放。然而精灵的劲儿更大，把他打退了。

他举起双手做一次最后的祈祷，祈求自己的命运能够转变过来。这时候，他却看见幻影的兜帽和衣服发生了一种变化。它收缩起来，坍塌下去，逐渐缩小成一根床柱。

第五节

尾 声

不错！这根床柱是他自己的。这张床是他自己的，这间屋子是他自己的。所有的事物之中，最好和最幸福的事情是，在他前面、让他补过自新的时间也是他自己的！

"我一定要生活在'过去'、'现在'和'未来'之中！"私刻撸挤爬出床来，又这样说，"三位精灵一定全部会在我心中折腾。哦，雅各·马莱啊！为此而赞美苍天和圣诞节期吧！我跪着说这句话，老雅各啊，是跪着说的！"

他心中充满了善良的愿望，激动得不得了，兴奋得不得了，以至于他的断断续续的声音难以表达他的呼唤。他刚才跟那位精灵相争的时候，曾经抽泣得好厉害，到现在还泪流满面呢。

"这些东西并没有被人家扯下来，"私刻撸挤双手拥抱着一边帐子喊道，"这些东西并没有被人家扯下来，铜环等等都是好好的。都在这儿，我也在这儿，那些本来应该发生的事情的影子，可能会被驱散。一定会的。我知道一定会的！"

他一边说，一边两手不停地弄着自己的衣服，一会儿把衣里翻到外面来，一会儿上下颠倒穿上身，一会儿拉扯着，一会儿穿得不是地方，一会儿把它们组织成种种奇形怪状的样子。

"我不知道做什么好！"私刻撸挤大声说，他又是笑又是哭，同时用长袜子把自己绕成一个十足的拉奥孔[1]。"我像羽毛一样的轻，我像天使一样的快乐，我又像学龄儿童一样的开心。我真像一个醉汉那样昏昏沉沉。祝大家圣诞节快乐！祝全世界的人新年快乐！哈啰，喂呀！呵哦！哈啰！"

他这时已经跳跳蹦蹦地走进了起居室，正站在那儿，气喘吁吁。

"那个盛粥的平底锅还在那儿！"私刻撸挤喊道，又活动起来，在壁炉前跳跳蹦蹦地绕圈子，"雅各·马莱的鬼魂就是从这扇门进来的！现在圣诞节鬼魂就是在这个角落里坐着的！我就是从这扇窗户看见那些漫游的精灵的！一切都没错，一切都是真的，一切都发生过。哈，哈，哈！"

说真的，对于一个那么多年一直没有笑过的人来说，这是一阵精彩的大笑，一阵最明亮的大笑，是长长的一连串的光辉灿烂的大笑之父！

"我不知道今天是这个月的几号！"私刻撸挤说，"我不知道自己在几位精灵中间耽搁了多久。我什么也不知道。我真是个娃娃。没关系。我不在乎。我情愿是个娃娃。哈啰！呵哦！哈啰，喂呀！"

他手舞足蹈，忽然停了下来，因为一座座教堂都敲响了他从来没有听到过的最振奋精神的钟乐。克拉，克浪，钟锤声；叮，当，大钟声；大钟声，当，叮；钟锤声，克浪，克拉！哦，辉煌啊，辉煌啊！

他奔过去，打开窗户，把头伸出去。没有浓雾，没有淡霭，而是晴朗，明亮，欢快，热闹，寒冷，寒冷啊，刺激得血脉跟着它跳舞。金色的阳光，晴朗的天空，芳香新鲜的空气，悦耳的钟声。哦，辉煌啊，辉煌啊！

"今天是什么日子呀？"私刻撸挤喊着，叫住下面一个穿着礼拜天服装[2]的男孩子，他或许是闲逛进来四面看看的。

"嗯？"孩子回应他，露出最惊讶的神情。

"今天是什么日子，我的好朋友？"私刻撸挤问。

"今天吗？"孩子回答，"怎么啦，是圣诞节嘛。"

---

[1] 据希腊神话，拉奥孔是特洛伊地方阿波罗神庙的祭司，曾由于劝阻市民不让敌人用以陷城的木马进城，而触怒女神雅典娜，使两条巨蟒出自海中，将他和他的两个儿子缠死。

[2] 指最好的衣服，常在礼拜日穿着到教堂去。

"今天是圣诞节！"私刻撸挤对自己说，"我还没有错过这日子。精灵们一个夜里做了所有的事情。它们能够做到想做的任何事情。它们当然能够。它们当然能够。哈啰，我的好朋友！"

"哈啰！"孩子回答他。

"你可知道打这儿过去第二条街的转角上，那一家家禽店吗？"私刻撸挤问。

"我当然知道！"这孩子回答。

"真是个聪明的孩子！"私刻撸挤说，"真是个了不起的孩子！你可知道挂在那儿的那只特级火鸡，他们是否卖掉了？不是那只小的特级火鸡，是那只大的。"

"什么，那只像我一样大的吗？"孩子回答。

"多么叫人喜欢的孩子啊！"私刻撸挤说，"跟他说话真叫人高兴。是的，我的公子哥儿！"

"这会儿它还挂在那儿。"孩子回答说。

"是吗？"私刻撸挤说，"你去把它买下来。"

"胡——扯！"这孩子直嚷嚷。

"真的，真的，"私刻撸挤说，"我是说真的。你去把它买下来，请他们拿到这儿来，然后我就能写给他们要送去的姓名地址。你带店里的人回来，我给你一个先令。你要是不到五分钟就带他回来，我给你半个克朗！"

那个孩子像枪弹一样跑去了，一个人必须用一只镇定自若的手扣动扳机才能发射出去一半这样快。

"我要把它送给鲍伯·克拉契！"私刻撸挤轻悄悄地说，他搓着双手，捧腹大笑起来，"不给他知道是谁送的。这只火鸡有小小铁姆两个那么大。纠·密勒[1]从来没有开过能比得上送火鸡到鲍伯家去这样的一个玩笑。"

他写姓名地址的那只手可不是一只镇定自若的手，不过，无论如何，他写了出来，走下楼去，打开通往街道的门，准备家禽店里的人的到来。他站

---

[1] 即约瑟夫·密勒（1684—1738），英国通俗滑稽演员。

在那儿，等待人来的时候，那只门环吸引了他的眼睛。

"只要我活着一天，我就要爱它！"私刻撸挤喊道，用手拍拍它，"我过去几乎从来没有看一看它。它的脸上有着多么诚恳的表情啊！它是一个了不起的门环！——火鸡来啦。哈啰！呵哦！你好啊！圣诞节快乐！"

那才真**是**一只火鸡哩，它绝不能靠两条腿站稳，那只大鸟。它一定会立刻把两条腿折断，好像折断两条封蜡[1]似的。

"喂，不可能提着这东西到开姆顿镇去，"私刻撸挤说，"你必须叫一辆出租马车。"

他说这句话的时候，咯咯一笑；他付火鸡钱的时候，咯咯一笑；他付马车钱的时候，咯咯一笑；他酬劳那个男孩子的时候，咯咯一笑。这几次笑声只不过略逊于他重新坐在椅子上的时候，那咯咯一笑，只见他上气不接下气，咯咯笑得直到哭出来。

刮胡子可不是一件容易的事，因为他的手一直抖个不停。刮胡子需要集中注意力，即使你在刮的时候并没有手舞足蹈。不过，假如他把鼻子尖削掉了，他会贴上一块橡皮膏，并且感到相当满意。

他穿上"全套最好的"衣服，终于走到街上来了。这时候，人们像潮水似的涌出来，正如他跟现在圣诞节鬼魂在一起所看到过的情形一样；私刻撸挤反剪着双手，一路走去，带着乐滋滋的微笑看着所有的人。总而言之，他露出那么喜不自胜的样子，使得街上三四个心情舒畅的人对他说："早上好，先生！祝您圣诞节快乐！"私刻撸挤后来常常说，他耳朵里听到过的动听的声音当中，这是最动听的了。

他没有走多远就看到那位胖胖的绅士朝他走来，那个人昨天曾经走进他的账房里来，说过："我想，这儿是'私刻撸挤和马莱'商号吧。"私刻撸挤想到，等他们俩碰面的时候，这位老绅士会怎样看待他。他心中掠过一阵隐痛，不过，

---

[1] 或称火漆，是用松脂和石蜡加颜料制成，加热即化，一般作封信件或瓶口之用。

他认识到哪一条道路是正直地摆在面前，他便走了上去。

"我亲爱的先生，"私刻撸挤说，他加快了脚步，握住这位老绅士的双手，"您好吗？我希望您昨天圆满成功了。感谢您昨天的好意。祝您圣诞节快乐，先生！"

"私刻撸挤先生吧？"

"是的，"私刻撸挤说，"这是我的姓氏，我怕您或许会觉得不大好听。请允许我请求您的原谅。您是否能够费心——"说到这里，私刻撸挤对他耳语。

"上帝保佑我吧！"这位绅士喊道，好像要断气似的，"我亲爱的私刻撸挤先生，您可是当真？"

"当然啰，"私刻撸挤说，"一个子儿也不少。我向您保证，其中还包括一大笔已经到期的账在内。您愿意劳驾帮个忙吗？"

"我亲爱的先生，"对方握着他的手说，"我真不知道说什么好，您是这样慷——"

"请您什么也别提啦，"私刻撸挤挡回他的话说，"请来看看我。您愿意来看看我吗？"

"我要来的！"这位老绅士喊道。很明显，他真要这样做。

"谢谢您哪，"私刻撸挤说，"我非常感激您。我谢谢您五十次。祝福您！"

他走到教堂去，又在一条街上闲逛，瞧瞧来去匆匆的行人，拍拍孩子们的头，问问叫花子们的情况，俯察一家家的厨房，仰视一个个的窗户，他发现每一样事物都能给他带来乐趣。他从来没有梦想到任何一回散步——任何一桩事情——竟然都能给他这么多的快乐。这天下午，他转身朝他外甥的家走去。

他在门口来回走了十几次，才有勇气走过去敲门。但是他终于一鼓作气敲了。

"你家主人在家吗，我亲爱的？"私刻撸挤对一位姑娘说。一位好姑娘！非常好。

"在家，先生。"

"他在哪儿，可爱的姑娘？"私刻撸挤说。

"他在饭厅里，先生，跟女主人在一起。我可以领您上楼去，请吧。"

"谢谢您哪。他知道我，"私刻撸挤说，他的手已经放在饭厅的门把上了，"我要到这里边去，我亲爱的。"

他轻轻地转着门把，从门边侧着头伸进去。里边的人都在对桌子瞧着（桌子上摆开的阵势已经如火如荼了），因为这些个年轻的家庭主妇对于这类问题总是神经紧张，喜欢看见一切都安排妥当才放心。

"弗莱德！"私刻撸挤叫道。

哎呀呀我的天，他的外甥媳妇是多么吃惊啊！私刻撸挤此刻忘记了她正坐在角落里，把脚搁在脚凳上，否则他无论如何也不会叫的。

"啊，上帝保佑！"弗莱德喊道，"那是谁呀？"

"是我。你的舅舅私刻撸挤。我是来赴宴的。你让我进来吗，弗莱德？"

让他进来还用说！他没有把他的手摇断才真是幸运的事呢。五分钟之内他就觉得自由自在了。没有什么比这更热诚的了。他的外甥媳妇看来也正是这样。托泼儿，他走过来的时候，也是这样。那位胖胖的妹妹，她走过来的时候，也是这样。所有的人，他们走过来的时候，都是这样。了不起的聚会，了不起的娱乐，了不起的融洽无间，了——不——起的幸福啊！

不过第二天[1]早晨他很早就来到事务所。哦，他来得很早。要是他能够第一个到来，抓住鲍伯·克拉契迟到，那有多好啊！他就是存心要干这事。

他办到了，果真办到了！时钟敲了九点。不见鲍伯。过了一刻钟。不见鲍伯。他整整迟到了十八分钟又半分钟。私刻撸挤把自己那间屋子的门大开着，坐在那儿，以便看得见他钻到"木桶"里去。

他打开事务所的门以前，先摘下了帽子，羊毛围巾也取下来了。一眨眼的工夫，他就坐上了凳子，奋笔疾书，好像要追上溜去的九点钟。

"哈啰！"私刻撸挤尽可能装出他习以为常的声音吼着说，"你是什么意思，在今天这时候到这儿来？"

---

[1] 圣诞节的第二天是圣·斯蒂芬节，一般称作节礼日。按英国俗例，这天向邮递员等人赠送节礼，故名。英国直到 1871 年方始将这天定为公假日。

"是我。你的舅舅私刻撸挤。我是来赴宴的。你让我进来吗，弗莱德？"

"我非常抱歉，先生，"鲍伯说，"我**是**迟到了。"

"你是吗？"私刻撸挤学着说，"不错。我认为你是这样。到这儿来一下，劳驾。"

"这不过一年只有一次的事，先生，"鲍伯恳求说，他从"木桶"里露出来，"下次不会再犯了。昨天我玩得太兴奋了，先生。"

"好吧，让我来告诉你吧，我的朋友，"私刻撸挤说，"我不打算忍受这种事情。因此，"他从凳子上跳起来，对准鲍伯身上的马甲戳了那么一下子，使他跌跌撞撞地又退到"木桶"里去，便继续说，"因此我就要增加你的薪水！"

鲍伯全身发抖，稍稍挨近了一把尺子。他脑海中闪过一个念头：用这把尺子把私刻撸挤打倒，抱住他，叫唤院子里的人都来帮忙，还要弄一件拘束衣 [1] 来。

"圣诞节快乐，鲍伯！"私刻撸挤拍拍他的背说，带着不容置疑的真挚恳切的样子，"鲍伯，我的好朋友，祝你有一个比我这许多年来给过你的快乐得多的圣诞节！我要增加你的薪水，并且尽力帮助你的努力奋斗的家庭。就在今天下午，咱们俩要一边喝着大杯圣诞节的热气腾腾的香果子酒，一边讨论你的事情，鲍伯！把炉火生得旺旺的，再去买一煤斗煤来，然后再去文不加点 [2] 吧，鲍伯·克拉契！"

私刻撸挤所做的比他所说的还要好，他全都做到了，而且无限量地超过。小小铁姆并没有死，私刻撸挤做了他的干爸爸。他变成了一个好朋友，好东家，好男子汉，好到这好而老的城市从未有过，或者这好而老的世界上，任何别的好而老的城市、乡镇或自治城市 [3] 都从未有过。有些人看见他的转变觉得好笑，但是他让他们去笑，睬也不睬他们，因为他是够聪明的，知道在这个地球上，永远是这样，没有一样东西在开始出现的时候，不被一些人笑得死去活来。他也知道这些人总归是盲目的，因此他想，他们龇牙咧嘴地笑得眯起眼睛，跟他

---

[1] 一种金属制成的紧身衣，用以拘束狂暴的疯人或犯人。

[2] 有"抄写得一丝不苟"的意思。

[3] 是英国享有派议员到议会等特权的自治城市。

"好吧，让我来告诉你吧，我的朋友，"私刻撸挤说，"我不打算忍受这种事情。"

们得了更不好看的怪病比起来，不过是半斤八两。他自己在心里笑着。对他来说，这就尽够了。

他没有跟精灵们再打过交道，而是从此以往永远遵循"绝对戒酒主义"[1]生活着；并且经常听人们说起，要是世上有谁知道怎样好好地过圣诞节，那就是他了。但愿这句话对于我们，对于我们大家也是中肯之言。并且，因此，就像小小铁姆所讲的那样：上帝保佑我们每一个人！

---

[1]精灵们，原文 Spir-its，亦作"烈酒"解。这里"绝对戒酒主义"是双关语，既可以照字面理解，也暗含和精灵们断绝关系的意思。

《圣诞颂歌》1843 年第一版时由约翰·利奇
所画的插画

青年狄更斯的画像

A Christmas Carol

肯辛顿花园的
彼得·潘

[英]詹姆斯·巴里 著

[英]亚瑟·拉克汉 绘

冷杉 杨立新 译

吉林出版集团股份有限公司

图书在版编目（CIP）数据

肯辛顿花园的彼得·潘 /（英）詹姆斯·巴里著；

冷杉 , 杨立新译 . -- 长春 : 吉林出版集团股份有限公司 ,

2024. 10. -- (拉克汉插图本世界名著). -- ISBN 978

-7-5731-5665-5

I. I561.88

中国国家版本馆 CIP 数据核字第 20247820TH 号

献　给

西尔维娅以及阿瑟·卢埃林·戴维斯夫妇

与他们的孩子们（也是我的孩子们）

蛇形湖的精灵们。

我认为，肯辛顿花园最动人的风景，就要数沃尔特·斯蒂芬·马修斯
与菲比·菲尔普斯那两块墓碑了。

译　序

在大家喜闻乐见的《彼得与温迪》(*Peter and Wendy*，1911 年，中译《彼得·潘》或《小飞侠彼得·潘》) 出版 101 周年之际，并在童话舞台剧《彼得·潘：不会长大的男孩》(*Peter Pan:The Boy Who Wouldn't Grow Up*，1904 年) 上演 108 周年之际，苏格兰大作家兼剧作家詹姆斯·马修·巴里爵士 (1860—1937) 最早塑造彼得·潘这个形象的作品——《肯辛顿花园的彼得·潘》的中译本终于与中国读者见面了，书中还配有英国黄金时代著名插画家阿瑟·拉克汉为原版绘制的五十多幅插图。策编者认为这是出版界一件非常有意义的事件，因此嘱托我撰文序之。

《肯辛顿花园的彼得·潘》的由来

巴里爵士塑造的彼得·潘最早出现在他的短篇小说集《小白鸟》(*The Little White Bird*，1902 年) 中。这本书的第 13 至 18 章，讲述了一个永远不会长大的、出生七天大小的孩子彼得·潘在肯辛顿花园的历险故事，这也就是《肯辛顿花园的彼得·潘》的雏形。1904 年，在这个短小故事的基础上，巴里爵士创作了童话剧《彼得·潘：不会长大的男孩》，剧中首次引入了小女孩温迪、胡克船长 (铁钩船长) 和小仙子叮当铃 (小叮当) 等角色，还虚构了一座"永无岛 (Neverland)"。这部童话剧上演以后，获得了巨大成功，受到当时孩童和大人的普遍喜爱。因此在 1906 年，最初出版《小白鸟》的霍德 & 斯托顿出版商将其中的第 13 至 18 章节选出来，经过微小改动，冠以《肯辛顿花园的彼得·潘》的书名再版。与此同时，出版商还聘请当时著名的插画家阿瑟·拉克汉绘制了五十多张全彩插图，也就是本书中即将与大小读者见面的那些精彩插图。

1911 年，巴里爵士又将舞台剧《彼得·潘：不会长大的男孩》改编成小说《彼得与温迪》出版，后来有些版本定名为《彼得·潘》(*Peter Pan*) 或《彼得·潘与温迪》(*Peter Pan and Wendy*)，不过内容是完全一致的。这本书早在上世纪三十年代，就由著名文学家、翻译家梁实秋先生翻译出版，此后又增添了众多不同的译本，另有多部经这部小说改编的影视作品，因此中国的小读者已经相当熟悉彼得·潘、温迪、铁钩船长、小叮当这些角色了。然而，巴里爵士最早塑造彼得·潘的《肯辛顿花园的彼得·潘》却始终没有中译本。

"彼得·潘"的灵感源泉

小读者们会在本书扉页中读到这样的语句：

献给：西尔维娅以及阿瑟·卢埃林·戴维斯夫妇
与他们的孩子们（也是我的孩子们）

没错，尽管彼得·潘的原型可能是希腊神话中掌管羊群和牧羊人的潘神，但这里所提到的西尔维娅与阿瑟·卢埃林·戴维斯夫妇的孩子们，就是巴里爵士塑造彼得·潘这个童话人物的灵感源泉。巴里爵士第一次遇到戴维斯家孩子的地点，就在伦敦的肯辛顿花园。当时巴里爵士正带着他的圣伯纳德犬波瑟斯在花园里散步，碰巧遇到戴维斯家的保姆玛丽·霍奇森带着可爱的乔治、杰克还有坐在婴儿车里的彼得来花园玩耍。巴里爵士一下子就喜欢上了戴维斯家的这些孩子，经常给他们讲故事，和他们做游戏，后来更是成为戴维斯家的常客，并在戴维斯夫妇患癌症先后去世之后，成为孩子们的养父和监护人。

正是在给戴维斯家的孩子讲故事的过程中，巴里爵士产生了创作"彼得·潘"的灵感。为了逗乔治和杰克开心，巴里说他们的小弟弟彼得会飞，并宣称婴儿在没出生之前都是小鸟，父母们需要在自家的窗户上加装栏杆，以防初生的小婴儿飞走。这些有趣的小故事，终于汇编成了一部一个男婴飞走了的童话故事，也就是现在你们手中的这本书。

有关彼得·潘"永远不会长大"的概念，应该是来源于巴里爵士自己儿时的经历。小巴里六岁大时，他的二哥大卫在一次滑冰事故中意外身亡，这次事故让小巴里的母亲濒于崩溃的边缘，因为大卫是她最喜欢的孩子。为了让妈妈振作起来，六岁的小巴里尽量装成哥哥大卫的模样，不仅身穿大卫生前的衣服，模仿大卫的动作，而且还学着大卫的样子吹口哨。妈妈在小巴里的慰藉中振作起来，而在这对母子的心中，也就留下了因夭折而永远停留在 14 岁长不大的大卫的形象。据说，这就是"永远长不大"的彼得·潘这个概念的来源。

《肯辛顿花园的彼得·潘》的主要内容

彼得·潘是一个七天大的婴儿，"像所有婴儿一样"，彼得也曾经是一只雏鸟。因为完完全全相信自己仍有飞行的能力，所以在听到大人们讨论成人世界的生活之后，他以一个没有翅膀的婴儿之躯，飞离了伦敦市区的家，返回熟悉的肯辛顿花园。

然而在回到身为雏鸟时居住的小岛以后，彼得从老乌鸦所罗门的口中得知，自己已然不完全是一只雏鸟，更是人类的一员。用所罗门的原话来说，彼得变成了一个"半人半鸟"。不幸的是，在知晓这一事实之后，彼得丧失了飞行的"信念"，无法再飞起来了，因此被困在小岛之上。

后来在诗人雪莱折成纸船的五英镑钞票的帮助下，彼得雇佣画眉鸟为他搭建了一个能装得下自己的画眉巢，这样他就可以驾着画眉巢小舟，渡过位于伦敦海德公园与肯辛顿花园之间的蛇形湖，去肯辛顿花园玩耍了。

尽管到达肯辛顿花园之初，彼得吓到了居住在花园里的精灵们，但后来，彼得还是赢得了精灵们的宠爱，并因为拥有潘神的牧笛，而成为精灵舞会的乐手。在精灵们的帮助下，彼得再次返回妈妈身边，看到在睡梦中仍然思念着自己的妈妈，他愧疚万分，因此决定回到妈妈身边，跟她一同生活。然而在返回妈妈身边之前，彼得要跟他在花园与小岛上的朋友告别。非常不幸的是，彼得告别用去的时间太长了，当他第二次返回妈妈身边时，妈妈已经拥有了另一个可以倾注关爱的小男孩，并在窗户上加装了栅栏。彼得只好心碎地返回肯辛顿花园。

许多年以后，永远长不大的彼得遇到了一个名叫梅米·曼纳林的小女孩。梅米四岁大，为了观看精灵舞会，她在花园大门关闭以后仍然留在花园里，并因为躲避精灵的追赶而迷了路。很快，彼得与梅米成了好朋友，彼得甚至向梅米求婚，要求她嫁给自己。梅米也答应了彼得的要求，正当她要与彼得一起乘船驶往小岛时，她意识到自己可能再也见不到妈妈了，因此她离开彼得回了家。

但是，梅米并没有忘记彼得，她给彼得送去了山羊玩偶，并请求精灵们将它变成真的山羊，这样彼得就可以每晚骑着山羊在花园里游玩。当彼得不玩耍的时候，他喜欢把那些冬天在花园里迷路而夭折的婴儿埋葬起来，并给他们竖立漂亮的墓碑。

故事中主要角色及传承关系

《肯辛顿花园的彼得·潘》被认为是巴里爵士后来创作的舞台剧与小说《彼得·潘》的前奏和序篇，这种提法并不十分准确，因为《肯辛顿花园的彼得·潘》讲述的是一个完整故事。不过，故事中的角色却大多与后来作品中的角色有着这样那样的关系，下面我们就来看看几个故事中的角色。

大卫：一个小男孩，故事的创作者之一，与第一人称的作者共同讲述了彼得·潘在肯辛顿花园里的历险故事。大卫的原型是戴维斯家的一个男孩，名叫乔治·卢埃林·戴维斯，他是巴里爵士的众多故事的灵感源泉。

彼得·潘：一个神奇的小男婴，七天大的时候逃离了作为人类的命运，飞回到肯辛顿花园，与鸟类和精灵为伴，并成为永远七天大小的"半人半鸟"。《肯辛顿花园的彼得·潘》中的彼得，与后来戏剧及小说中的彼得不尽相同，虽然都是长不大的半人半鸟，但在这个故事中只有七天大小，而后来戏剧与小说中的彼得·潘虽然没有明确的年龄，不过根据他长乳牙的事实和故事情节来判断，应该是一个学龄孩童。

梅米：一个四岁大的小女孩，在《肯辛顿花园的彼得·潘》故事中，梅米在花园大门关闭后，留在了花园里，得以与彼得·潘相识，并成为好伙伴。在人物传承关系上，梅米是后来童话舞台剧和小说里的小女孩温迪的前身。

波瑟斯：一头大个儿的圣伯纳德犬。在现实生活中，巴里爵士的狗也叫波瑟斯。在角色传承关系上，波瑟斯在后来的舞台剧和小说中，变成了温迪家的保姆，也就是那个纽芬兰人娜娜。

作者巴里、插画家拉克汉及其朋友们

关于巴里爵士，读者们应该非常熟悉。因为在文学和戏剧上的突出贡献，他在1913年被英王乔治五世册封为准男爵。1919至1922年他任圣安德鲁斯大学校长，1930至1937年他受聘担任爱丁堡大学的名誉校长。

除了这些名誉和声望之外，他还拥有众多的名人朋友，其中包括英国作家乔治·梅瑞狄斯和罗伯特·史蒂文森。大文豪萧伯纳曾是他多年的邻居,两人还曾经合作过。作家赫伯特·乔治·韦尔斯曾是他多年好友,并干预过他感情破裂的婚姻。大作家托马斯·哈代在伦敦逗留期间,曾与巴里爵士见过面。

第一次世界大战之后,巴里将自己的朋友组织起来,建立了一个业余板球队,侦探小说家柯南·道尔,前面提到的韦尔斯、幽默作家杰罗姆、作家兼文学评论家切斯特顿、大家熟悉的"小熊维尼"的缔造者米尔恩、英国大臣兼作家沃尔特·罗利,以及其他很多在当时很有名望的人物,都曾在他组建的板球队里打球。

此外,巴里爵士还曾经给约克公爵,也就是后来的乔治六世,以及乔治六世的女儿伊丽莎白公主(后来的伊丽莎白二世,英国女王)和玛格丽特公主讲过故事。

至于说到阿瑟·拉克汉(1867—1939),他可是英国插画黄金时代最著名的插画家之一。所谓英国插画的黄金时代,指的是 1900 年到第一次世界大战开始(1914 年)的这段时间。在此期间,英国涌现出了一批顶级的插画家以及高质量的插图作品。阿瑟·拉克汉绘制插画的那些书籍,经常被制作成"精装限量版"出售。出版商们纷纷找到这位插画大师,给当时流行于欧美的经典图书绘制插图。其中,经拉克汉绘制插图的经典童书就包括:《格林童话》《安徒生童话》《伊索寓言》《爱丽丝漫游奇境》《格列佛游记》《柳林风声》《鹅妈妈讲故事》《灰姑娘》和《睡美人》等等。当然,这里最关键的是,他还绘制了《肯辛顿花园的彼得·潘》的插图,包括五十幅整幅彩色版画和一些钢笔画。值得一提的是,本书中的这些插图,是拉克汉先生艺术成熟期的作品,因此具有很高的艺术欣赏和收藏价值。

拉克汉这位插画大师去世以后,他的作品在欧美受到广泛欢迎,经常印在贺卡、明信片、T 恤衫上出售。他的那些原版的画作,也成为国际各大拍卖行竞相征集的拍品。

冷 杉

2013 年 1 月于北京国际关系学院

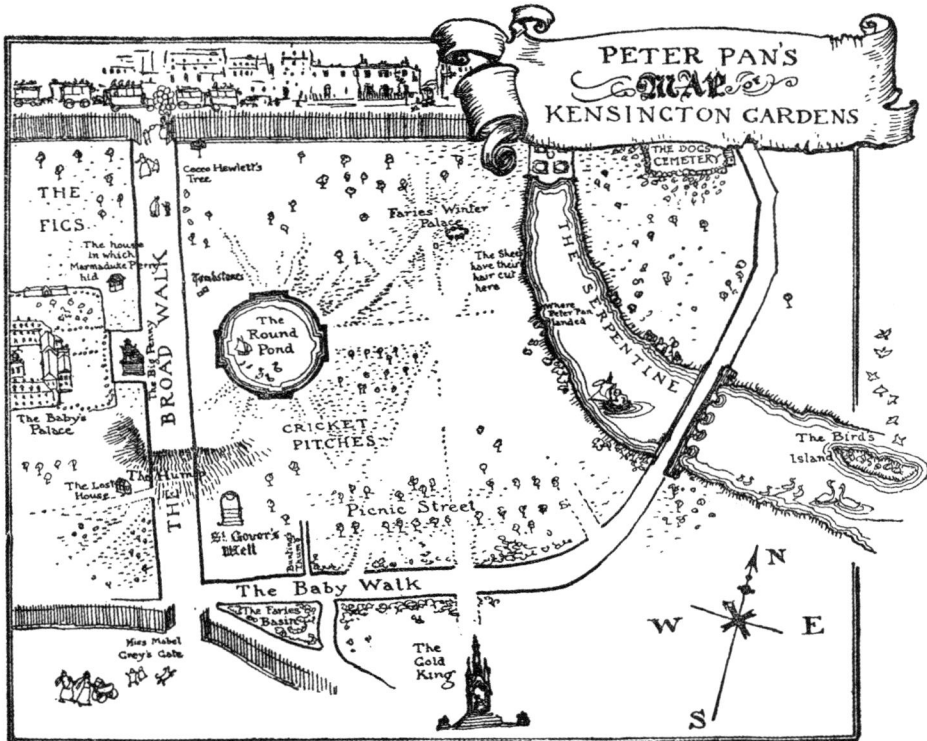

肯辛顿花园的地图

目　录

第一章

肯辛顿花园的盛大之旅

如果你不事先熟悉一下肯辛顿花园，那么你肯定会发现，你很难跟得上彼得·潘探险的脚步。肯辛顿花园位于伦敦，那是国王居住的城市。以前，我几乎每天都带着大卫去那里，除非他哪天看上去的确是发烧了。从来没有哪个小朋友曾经走遍这座花园的每个角落，因为小朋友刚来到花园不一会儿，就得回家了。小朋友来到花园不久就得回家的原因是：如果你跟大卫一样大小，那么你每天中午十二点钟到一点钟之间得睡个午觉。要是你妈妈不是非得让你每天中午十二点到一点之间睡午觉的话，那么你很有可能会看遍整座花园的每个角落。

花园一侧的边界，是一条永远没有尽头的公共马车道。走到这条路的旁边，你的保姆具有一项特权，那就是，如果她对任何一辆公共马车举起手指示意，那么马车就会立马停下来，这样她就会带着你安全地走到马车道的对面去了。这座花园不仅仅有一个入口，它有好多个入口，而在马车道的对面，恰好就有一个入口可供你出入。在进入花园的这个大门之前，你要跟一个手里拿着好多气球的女士聊上几句。那位女士就坐在大门外面，她坐着的地方，距离门口非常近，不过她可不敢冒险走进去。因为只要她一松开抓住大门外围栏的那只手，那一大堆气球就会带着她升上天空，然后她就会被风给吹走了。她坐得非常低，几乎是半蹲半坐着，因为那些气球总是向上牵引着她，而她也要一直向下拉扯气球；由于总是处在这种紧张的拉扯状态中，她的脸始终是涨红的。这一回坐在大门近旁的是一位新来的女士，因为原来的那位女士被气球给带走了，大卫很为原来的那位女士感到难过。唉，不过她真的被气球给带走了，大卫真希望自己能够看到她被带走的那个瞬间。

辛肯顿花园是一个非常非常大的地方，花园里有成千上万株树木。你首先

肯辛顿花园位于伦敦，那是国王居住的城市。

在进入花园大门之前，你要跟一个手里拿着好多气球的女士聊上几句，那位女士就坐在大门外面。

会看到许多无花果树，不过你一定不屑于在这里逗留，因为无花果树林是那些大人物常去的地方，而大人物一定不会跟平民大众混在一起。这种树之所以叫作无花果树，是因为，据说呀，那些大人物总是盛装打扮。这些优雅、秀美的树木本身也不愿意让大卫和其他英雄人物称呼它们为无花果树。要是我告诉你，在花园的这个十分考究的地方，"板球"被称为"蟋蟀"，那么你就获得解开这片地区风俗、习惯问题的答案啦。偶尔会有一株叛逆的无花果树爬过篱笆，进入外面的世界，这就是梅布尔·格雷小姐那种人，等我们走到梅布尔·格雷小姐家门口时，我再给你讲述她的故事。她是唯一一个真正有名的盛装打扮的大人物。

我们现在来到花园里的大路上，这条路比其他小路更加宽阔，正如你爸爸比你大一个样。大卫很想知道，这条路最初是不是也是一条小路，后来它长呀长，一直长成了一条大路，而其他那些小路，都是它的孩子。大卫画了一张图，因为这条大路给坐在小路上的婴儿车里的大卫送来了流通的空气，所以他感到很惬意。在这条大路上，你会遇到每一位值得认识的人。这些人中间，通常会有一个大人。如果这些人中间，有一个是"疯狗式"的人物，或者是"玛丽安式"的人物，那么这个大人就不会让他或她踏上潮湿的草坪，而是让他或她非常丢脸地站在一个座位的一角。一个"玛丽安式"的人物，就是当保姆不抱你，你就会呜咽不止的小女孩般的人物，或者是会含着大拇指傻笑的人物，总之，这些都是令人厌恶的举止；而一个"疯狗式"的人物，就是那种见到所有东西都乱踢一气，并从中获得某种满足的人物。

我们经过大路时，如果让我指出所有值得注意的地方，那么还没等我们到达那些地方就得回家了。因此我只是挥舞着我的手杖，指着一棵名叫"切克·休利特"的树，这是纪念一个名叫切克的男孩儿丢掉一便士的地点，如果你在这个地点寻找，就会找到两便士。自打那个男孩儿丢掉那一便士开始，人们已经在这个地方发掘出大量文物了。沿着大路再往前走，你会看见一栋小木屋，那里便是马默杜克·佩里的藏身处。佩里因为接连三天表现得都像一个玛丽安式的人物，被判处只要在大路上露面就得穿他姐姐的裙子，因此他只好躲进小木屋里拒绝露面，直到有人给他拿来带有裤兜的灯笼裤才肯出来。

眼下，你就得想办法去那个圆形池塘了，可那些保姆痛恨这个圆形池塘，因为她们并非真的很坦率，她们会故意让你朝另一个方向看，也就是让你朝"大便士"和婴儿宫殿方向看。那个女婴是花园里最著名的婴儿，她独自一人住在宫殿里，她有非常非常多的布娃娃。每当人们敲响大钟的时候，尽管时间才刚过六点钟，她总会从床上下来，点燃一支蜡烛，穿着睡衣打开房门，然后所有人都会开心地大声欢呼："英格兰女王万岁！"不过，最让大卫感到迷惑不解的是：房间里那么黑，她是如何知道火柴放在哪里的呢？"大便士"就是她的一尊雕像。

接下来，我们就来到了小土丘面前。其实啊，这个土丘就是大路的一部分，所有重大的赛跑路线都要经过这里 。尽管你并不打算奔跑，但是只要你登上小土丘，你的的确确就会跑下去。从这个地方不知不觉地跑下去，真是一件令人着迷的事情。当你跑到一半路程的时候，你往往会停下来，因为那时你已经迷路了。不过，这附近有另一栋小木屋，名字就叫作"迷路屋"。因此当你告诉哪个人你迷路的时候，他就会在"迷路屋"这里找到你。跑下那个小土丘是一件非常有趣的事情，不过你可不能在刮风的天气里这样做。因为刮大风的时候，你并不在那里，不过那些落叶会代替你做这件事。在这个世界上，几乎没有一样东西，能比落叶对有趣的事情更加敏感的了。

从小土丘那里，我们就可以看见以梅布尔·格雷小姐命名的大门了，格雷小姐就是我之前曾经许诺要给你讲她的故事的那个盛装打扮的大人物。不论在任何时候，她身边总是有两个保姆照顾她，要不然这两个人中间一个是妈妈，另一个是保姆。很长一段时间以来，她一直是个"模范儿童"，因为她总是从桌旁站起身来，清清嗓子，问候其他大人物："你好吗？"而且她玩的唯一一个游戏，就是把球优雅地抛出去，再让保姆把它捡回来。有一天，她厌倦了这一切，于是她就变成了一个疯狗式的人物。为了显示她是一个疯狗式的人物，她首先把两只鞋的鞋带都解开了，还四处吐着舌头，也就是向东西南北吐着舌头。接着，她把自己的腰带扔进一个泥坑里，还一个劲儿地在腰带上面蹦跳、踩踏，直弄得脏水溅满了她的外套。在此之后，她爬上围栏，做出了一系列惊人的冒险举动。其中一个最不惊险的举动，就是把两只脚上的靴子都踢飞了。最后，她来

在这条大路上，你会遇到每一位值得认识的人。

这个土丘就是大路的一部分，所有重大的赛跑路线都要经过这里。

在这个世界上，几乎没有一样东西，能比落叶对有趣的事情更加敏感的了。

到了大门口，就是如今以她的名字命名的那个大门；她跑出了大门，跑到大街上。尽管我和大卫还未到达事发地点，就已经听到了众人的喧闹声。她还在继续奔跑着，要不是她的妈妈跳上一辆公共马车追上了她，我们也许就再也听不到她的故事了。我想，所有这一切都发生在很久以前，大卫所认识的梅布尔·格雷并不是这个样子。

返回来沿着大路继续向前走，在我们右手边就是"婴儿路"。这条路上布满了婴儿车，以至于你从路的一侧走到另一侧，都有可能踩到几个婴儿，不过那些保姆是不会让你这么做的。这条婴儿路上有一条名叫"短粗拇指"的通道，之所以叫这个名字，是因为这条通道非常短。这条通道一直通向野餐大街，那里放着很多真正的水壶，当你喝水的时候，栗子花就会纷纷落入你的杯中。小朋友们也经常到这里来野餐，同样地，那些栗子花也会落入小朋友们的水杯中。

下面，我们来到圣戈沃尔井。自打大胆的马尔科姆落入井中之后，这口井里就充满了水。马尔科姆是他妈妈最喜爱的孩子，而马尔科姆也让妈妈在公开场合用手臂搂着他的脖子，因为他妈妈是个寡妇。不过，马尔科姆偏爱冒险活动，他很喜欢跟一个杀死了许多只熊的烟囱清扫工一起玩耍。这位烟囱清扫工名叫苏迪[1]。有一天，当两个人在井边玩耍时，马尔科姆不慎落入井中，如若不是苏迪跳入井中救起了马尔科姆，那么他会淹死的。救人时，井水把苏迪冲洗得干干净净，直到此时人们才发现，他就是马尔科姆失踪很久的爸爸。所以打那以后，马尔科姆再也不让他妈妈用手臂搂着他的脖子了。

位于这口井和圆形池塘之间的，是板球场。往往因为挑选投球一方还是击球一方浪费掉太多的时间，所以这里几乎没有举行过板球比赛。参加比赛的每个人都想第一个投球，而只要有一个人被挑选出来，除非你是一个技高一筹的击球手，否则他会立即把球投出去。当你正跟这个投球手博弈的时候，其他的接球手早就四散开来，去玩别的游戏去了。肯辛顿花园以两种板球比赛而声名远播：一种是男孩板球比赛，是一种真正使用击球板的比赛；另一种是女孩板球比赛，这种比赛使用的是一支球拍，而且由女家庭教师来监督比赛。女孩们不

---

[1] 原文 Sooty，"被煤烟熏黑"的意思。——译注

可能举行真正的板球比赛，当你看着她们在场上白费力气的时候，你只能冲着她们发出滑稽的嘲笑声。不过有一天，发生了一件非常不愉快的事情。当时有一些鲁莽的女孩向大卫所在的板球队挑战，一个名叫安吉拉·克莱尔的捣蛋家伙投出了很多球板前球，以至于……不过，我无法告诉你们这场比赛那令人遗憾的结果，因为我要快速通过圆形池塘。这个圆形池塘是让整个肯辛顿花园维持正常运转的车轮。

因为这个池塘处于花园的正中央，所以它是圆形的，一旦你来到这里，你就再也不想去别的地方了。在圆形池塘这里，你不可能始终举止得体，不过你会尽力做得很好。在大路上，你始终可以举止得体；但是在圆形池塘这里却不同，原因是你压根儿忘了举止得体这回事儿，当你记起来的时候，你可能已经湿得不能再湿了。有很多人在池塘里划船，那些船都非常大，以至于能够装得下小推车，有时候甚至能装得下婴儿车，这样一来，婴儿就不得不下来走路了。花园里那些罗圈腿的小孩不得不很快学会走路，因为他们的爸爸需要把婴儿车搬上船。

你一直想要一艘游艇，好在圆形池塘里航行。最后，你的叔叔送给你一艘游艇，当你第一天把游艇放入池塘里时，感觉真是棒极了！而且同那些没有叔叔的男孩谈论起这件事的感觉也一样棒！不过很快，你就更愿意把游艇留在家里，因为一种最可爱的船滑行到了它在池塘里的停泊处。这种最可爱的船名叫"棒棒船"，因为这种船更像一支木棒。不过只要你拉着它的拉绳，让它在水中航行的时候，它就成了最可爱的船啦！随后，你就会一圈一圈地拉着它围着池塘转。你看着船上的小人儿在甲板上走动；看着它的船帆像具有魔力般地升起来，兜住吹过来的微风。在那些天气恶劣的夜晚，你将它停靠在温暖的港湾，而这些港湾都是那些高贵的游艇不曾涉足的地方。夜晚转瞬即逝，再一次，你那艘俏皮的小船嗅到了风的味道，探听到了鲸鱼群喷水的声响。你从深埋水下的城市上空轻轻驶过，还跟海盗起了小小的冲突，然后在那些珊瑚岛下锚停泊。所有这一连串事情发生的时候，你须是一个落单儿的男孩，因为两个或两个以上的男孩就不可能在圆形池塘里进一步探险了。尽管单独探险可能意味着你在整个过程中只能跟自己说话，给自己下命令，并派遣自己去执行命令。不过你知道吗？等时间到了你该回家的时候，就是回到你来的地方，或者那个你最初鼓起风帆的地方时，你那些埋藏在地下的宝藏则被封存在只有你自己知道的地方。恕我直言，也许多年以后，这些宝藏会被另一个探险的小男孩打开呢。

但是那些游艇却什么也没能封存起来。难道有任何一个人，因为自己的游艇曾经在这里航行过，而返回这里寻找他的年少时光吗？噢，当然没有。反而正是那条棒棒船装满了回忆。那些游艇都是玩具，它们的主人是在淡水湖上航行的水手。游艇可以在一个池塘里来来回回地航行，而只有棒棒船才能驶入大海。你们那些游艇主人挥舞着你们的指挥棒，还以为我们这些人都在盯着你们看呢！你们这些游艇出现在这里，只是一个意外，难道池塘里的那些鸭子不应该登上游艇并把它们弄沉吗？！果真那样的话，圆形池塘里真正该做的事情就能照常进行啦。

像池塘周围挤满了孩子一样，这里所有的小径都很拥挤。其中一些是正规的小径，路的两侧都有围栏，都是那些脱掉外套的男人加装上去的；而另外一些小径却不甚规则，有的地方很宽，有的地方很窄，窄的地方你一步便可以横跨过去。它们之所以叫作小径，是因为自己修建的自己。大卫真希望能够看到它们到底是怎样修建的，然而，正如肯辛顿花园里发生的所有最神奇的事情一样，我们断定，它们都是在夜里花园大门关闭以后完成的。我们断定这些小径是自己建成的，还因为这是每条小径能够抵达圆形池塘的唯一途径。

其中一条不规则的小径，是从人们剪羊毛的地方通过来的。有人告诉我，每次大卫在理发师那里剪掉头上的卷发以后，跟理发师说再见时，从来都不带颤音，尽管他的妈妈从来都不是一个像大卫一样快乐的人。因此，大卫轻视那些从剪毛刀面前跑掉的绵羊，并大声地嘲骂它们："胆小鬼，胆小鬼，奶油软蛋！"不过呢，当剪羊毛的人用两腿夹住绵羊时，大卫会冲着那个人挥动着拳头，因为他居然用那么大的剪刀来剪羊毛。另一个惊人的瞬间是，当那个人把剪掉的羊毛整个从绵羊的前腿上部掀掉时，它们乍一看上去真像剧院包厢里的那些夫人、小姐们。那些绵羊简直太害怕剪羊毛了，以至于剪毛的举动让它们变得苍白、细瘦；因此刚刚把它们松开，它们立即开始啃食青草，并且吃草的同时还相当局促不安，仿佛它们担心自己再也吃不到青草似的。既然这些绵羊剪完羊毛之后变得与之前截然不同，大卫很怀疑它们是否认得彼此，会不会在打架时找错了对手。它们都是一些伟大的斗士，跟那些乡下绵羊不同，每年都会跟波瑟斯，也就是我那条圣伯纳德犬，发生一次冲突。波瑟斯只要用吠叫宣告它的到来，就会令一大群乡下绵羊吓得四散奔逃。但是这些城里绵羊却不同，它们径直朝波瑟斯走过来，可不是为了文雅的文艺表演的。与此同时，去年的记忆突然闪现在波瑟斯的脑海中，它无法高贵地退却，不过它会停下脚步，四下里张望，似乎正在对周围的风景赞叹不已；过不了多久，他就会面露精心伪装的漠不关心的表情，小跑着离开，还不忘从眼角闪烁地窥望我一眼。

蛇形水池的一端就在这附近。蛇形水池其实是一个可爱的湖，湖底有一片被淹没的森林。如果你眯着眼睛从湖边朝下面凝望时，可以看见所有的树都倒着生长；他们还说，夜里还有星星沉没到湖底呢。果真如此的话，彼得·潘乘坐着画眉巢驶过水面时，就会看到那些沉没的星星啦。仅有一小部分蛇形湖位于花园里面，因为湖水从附近的一座小桥下面流过以后，会一直流向远处的一座小岛，未来会变成小男孩和小女孩的所有雏鸟都是在这座小岛上出生的。除了彼得·潘之外，没有人类（他也仅算是半个人类）可以登上这座小岛。不过，你可以在一张纸上写下想要写的任何东西（无论男孩还是女孩，无论阴天还是晴天），然后把纸折成一条小船的形状放入湖中，入夜以后，这只小纸船就会抵达彼得·潘居住的那座小岛。

如今，我们踏上了回家的路，尽管这些自然都是瞎编出来的，可是，这样你在一天时间里就会去很多地方了。很久以前，我必须抱着大卫的时候，我就得像索尔福德先生那样，在每个长椅上面坐下来休息。我们之所以称他为索尔福德先生，是因为他始终跟我们谈论一个名叫索尔福德的可爱地方，他就出生在那里。他是一位海棠红脸的老绅士，终日里在花园里徘徊，从一个长椅走到另一个长椅，就希望能够与一位熟悉索尔福德小镇的人不期而遇。认识他一年多以后，我们还真的遇到了另一位独居老人，说他有一次曾经在索尔福德镇度过星期六到星期一这段时光。这位老人谦恭而羞怯，总是把住址放在帽子里面，无论要寻找伦敦的哪个地方，他总是会先去威斯敏斯特教

蛇形水池其实是一个可爱的湖，湖底有一片被淹没的森林。

他是一位海棠红脸的老绅士，终日里在花园里徘徊。

未来会变成小男孩和小女孩的所有雏鸟都是在这座小岛上出生的。

堂，把那里作为搜寻的起点。我们得意扬扬地带着这位老人去见其他朋友，同时给他们讲述那个星期六到星期一的故事。我永远也不会忘记索尔福德先生乍一见到这位老人时的狂喜之情。打那以后，索尔福德先生与这位老人成了密友。而我注意到，索尔福德先生自然是两人中话多的那一位，说话时还一直扯住那位老人的衣角。

到达我们家大门口最后路过的两个地方，是"狗公墓"和"花鸡巢"；不过我们假装不知道狗公墓是什么地方，因为波瑟斯总是跟着我们。有关花鸡巢的故事相当悲凉。天色尚早，路也非常好走，于是我们走到矮树丛中去寻找大卫丢失的毛绒球。我们没有找到那个毛绒球，却发现了一个毛绒鸟巢，里面还有四只鸟蛋。每只鸟蛋上面都有刮擦的痕迹，那些痕迹很像是大卫写的字，因此我们认为，那些痕迹一定是雌鸟母亲写给鸟蛋里面的小东西的充满母爱的信。我们每次去花园，都会去拜访一下那个鸟巢，并当心不让任何一个野蛮的男孩看到我们，我们还会撒上一些面包屑。很快，那只雌鸟就把我们当成了它的朋友，它会栖息在鸟巢里，耸着肩膀，友好地望着我们。可是有一天，当我们到达那个鸟巢时，里面只剩下了两只鸟蛋；接下来那次我们再去看时，鸟巢里一只鸟蛋也没有了。这个故事最悲凉的部分，就是那只可怜的雌鸟在树丛上方心绪不宁地拍打着翅膀，用充满责备的眼神看着我们。我们知道，它肯定以为是我们拿走了鸟蛋。尽管大卫试图向它解释，可是他已经有很长时间没有说过鸟语了，我担心那只雌鸟根本听不懂。那天，大卫同我一起离开花园的时候，不停地用手去擦拭眼角的泪水。

第二章

彼得·潘

如果你问你妈妈，当她还是一个小女孩的时候，认不认得彼得·潘，她会回答："为什么这么问呢，我当然认识彼得·潘啦，我的孩子。"而当你询问她，在她小时候，彼得·潘是否骑着一只山羊时，你妈妈会说："你问了一个多么可爱的问题啊，他当然骑着山羊呢。"接下来，当你询问你的祖母，当她还是一个小女孩时，认不认得彼得·潘的时候，你的祖母也会说："为什么这么问呢，我当然认识彼得·潘啦，我的孩子。"不过，当你询问祖母，那时彼得·潘是不是骑着一只山羊时，她会说她从来也没有听说过彼得·潘有一只山羊这回事儿。也许是你的祖母忘记了，就像她有时也会忘记你的名字，称呼你为米尔德里德一样，而那原本是你妈妈的名字。不过我还是认为，你的祖母不可能忘记山羊这么重要的事情，因此当你的祖母还是一个小女孩的时候，彼得·潘并没有山羊。这表明，在讲述彼得·潘的故事时，以那只山羊开头（像大多数人做的那样），就像你把背心穿到夹克外面一样傻。

　　毫无疑问，这也说明了彼得的年纪非常非常大，不过其实呀，他始终不会变老，所以他年纪大不大一点儿关系也没有。尽管彼得·潘是在很久很久以前出生的，可是他的年龄始终只有一周大，因此他从来没有庆祝过生日，而且他遇到一个生日的概率也微乎其微。原因是他刚刚七天大的时候，就逃脱了做人的命运；他穿过窗户逃走了，飞回了肯辛顿花园。

　　要是你认为，彼得·潘是唯一一个想要逃走的婴儿，这表明你完全忘却了你自己作为婴儿时的感觉。当大卫第一次听到彼得·潘的故事时，他相当笃定，认为自己从来没有想过要逃走。但我让他用手指压着太阳穴使劲儿回忆，当他用力按压太阳穴，直至更加用力的时候，他清楚地回忆起了婴儿时渴望返回树梢

于是他就飞走了，飞过那些屋顶，直接飞向了肯辛顿花园。

的念头。回忆起这个念头之后，他又想起了其他的事情。比如说，想起了当他作为婴儿躺在床上时，盘算着一等到妈妈睡着，就立即逃走的事情；再比如说，还想起了有一次他爬到烟囱的一半被妈妈抓住的情形。所有的小朋友都能回忆起类似的事情，只要他们用手指压住太阳穴使劲地回忆。这是因为，在他们成为人类之前，他们在刚出生的几周时间里，无疑还是一个小小的野生动物，而他们的肩膀也非常痒，因为那里是过去曾经生有翅膀的地方。这些都是大卫告诉我的。

我应该在这里提一下，下面是我们两人与一个故事之间的关系：首先，我会把故事讲给他听，接着，他会把自己理解的这个故事讲给我听，因为加上了他的理解，就变成了一个完全不同的故事；再接下来，我会把他的补充加进去，重新讲述这个故事。如此循环往复，直到我们俩都分不清这个故事是他补充的内容更多一些，还是我讲述的内容更多一些。比如，在彼得·潘的这个故事中，大部分有关道德反思的单调叙述是我的，不过也不全是，因为大卫这个孩子有成为一个严苛的道德家的潜质。但是有关婴儿处在鸟的阶段的那些风俗习惯的有趣片段，则大多是大卫的回忆，就是他用手指压住太阳穴使劲儿想的办法回忆起来的事情。

那么，我上面讲到彼得·潘是从窗户出去的，因为窗户上没有护栏。站在窗台上，彼得·潘能够看到远方的树林，毫无疑问，那里就是肯辛顿花园的所在地。当他看到树林的同时，他全然忘却了自己眼下是一个穿着睡衣的男婴了，于是他就飞走了，飞过那些屋顶，直接飞向了肯辛顿花园。他没有翅膀还能够飞翔，可真是一件神奇的事情啊！不过与此同时，他原本生有翅膀的地方奇痒难耐。嗯——我想说——如果我们绝对相信我们有飞翔的能力时，也许我们每个人都可以飞翔呢，就像勇敢无畏的彼得·潘那天晚上一样。

彼得·潘快活地降落在位于婴儿宫和蛇形湖之间那片开阔的草地上。降落以后做的第一件事情，就是仰面躺在草地上快乐地踢蹬着腿。他完全没有意识到自己一度已经变成了人类，以为自己还是一只鸟呢，并以为自己的外表也跟以前的日子一般无二。然而当他想要捉住一只苍蝇时，他就是想不明白自己失手的原因。原因是他居然试图用手去捉苍蝇，而一只鸟自然从来不会用爪（手）

去捉苍蝇。他朝四下望了望，发觉一定已经过了花园关门的时间，因为在他周围有许多精灵，他们都在忙碌，并没有注意到他。精灵们忙着准备早餐、挤牛奶、提水等活计。看到他们提水的水桶，彼得·潘才感到自己十分口渴，于是就飞到圆形池塘去喝水。他弓下身子，将自己的鸟喙伸入池水里。他还以为那是自己的鸟喙呢，可毫无疑问，那只是他的鼻子；因此他并没有像往常那样痛饮一番，而是仅仅喝到了极少量的水。他只好试着去喝一个小水坑里的水，不想却"扑通"一声落进了水坑里。因为当一只真正的鸟落下去喝水坑里的水时，会张开身上的羽毛，同时将水坑里的水吸干。可当时彼得无法记起这种恰当的做法了，只好闷闷不乐但非常坚定地到婴儿路上那棵垂枝山毛榉树上睡觉去了。

最初，他发觉在树枝上保持身体平衡有点儿困难，不过很快，他记起了平衡身体的方法，于是很快便睡着了。离天亮还有很长一段时间，彼得·潘哆哆嗦嗦地醒了过来，并自言自语说："我从来没有在这么冷的天气里外出过。"其实呀，当他还是一只鸟的时候，他当然在比这还要冷的天气里外出过，不过正如所有人都知道的那样，在一只鸟看来是暖和的夜晚，对一个穿着睡衣的婴儿来说是非常寒冷的。彼得也有种不太熟悉的不适感，仿佛他的头无法透气一般。他听到了巨大的噪声，于是警觉地四下里张望，可那其实是他自己打喷嚏的声音。彼得非常需要某种东西，不过，尽管他知道自己需要这样东西，但是却想不起来它到底是什么。他非常想要的那样东西，其实是想让他的妈妈给他擤鼻涕，不过他无论如何也想不起来了。于是，他决定到精灵那里寻求启示，因为后者号称知道很多东西。

两个精灵正相互搂着腰在婴儿路上漫步，于是彼得跳下树去叫住他们。精灵们的确跟鸟类有些口角之争，不过他们通常会比较礼貌地回答鸟类提出的文明问题，所以当彼得看到两个精灵在看到他的瞬间居然跑开时，他感到异常愤怒。还有一个精灵正懒洋洋地靠在花园的一张长椅上，仔细地看着一张某个人类遗失的邮票；当听到彼得的声音时，他惊慌地跳到了一株郁金香的后面。

让彼得迷惑不解的是，他发觉见到自己的每一个精灵，不是避开就是逃走了。一伙儿正要锯倒一株毒蘑菇的精灵工匠，看到彼得后匆忙跑开了，连工具都没来得及带走；一个挤奶的女精灵看到彼得后，把盛奶的桶倒扣过来，自己

精灵们的确跟鸟类有些口角之争。

当听到彼得的声音时，他惊慌地跳到了一株郁金香的后面。

一伙儿正要锯倒一株毒蘑菇的精灵工匠，看到彼得后匆忙跑开了，连工具都没来得及带走。

躲进了桶底下。很快，整个花园陷入一片喧嚣和躁动之中：成群的精灵竞相奔走，彼此吵吵嚷嚷地询问到底在惧怕什么东西；各家各户全都熄了灯，关上了大门；从精灵女王玛布的王宫里传来咚咚咚的擂鼓声，代表着王宫正在召集王家护卫队；一队队骑兵方阵沿着大路冲过来，全都装备着冬青树叶武器，随时准备在冲锋过程中用叶子的尖端刺向敌人。彼得听到周围的小精灵们都在吵嚷着，说花园大门关闭后还有一个人类留在花园里面，不过他丝毫没有意识到自己就是那个人类。彼得感到越来越透不过气来，所以越发渴望知道自己到底要对鼻子做什么事情。可是追着那些精灵询问这个至关重要的问题只能是白费力气，因为这些胆小的家伙一看到他就逃走了。当彼得在小土丘附近靠近那些骑兵方阵时，就连他们也都迅速地拐到小径上去了，还假模假式地装作在那里发现了人类。

彼得对精灵完全绝望了，于是决定去找鸟类商量办法。可是直到现在彼得才记起来一件怪事，就是当他降落在那棵垂枝山毛榉树上的时候，所有的鸟类全都飞走了；尽管当时他并没有怎么在意，可是现在他瞧出了端倪，也就是每个生灵都在躲避自己。可怜的小彼得·潘哟！他开始坐在地上哭起来，尽管当时他并没有意识到，对一个鸟类来说，他坐错了地方。谢天谢地，幸亏彼得当时并没有意识到这些，否则的话，他就丧失飞行能力啦。因为当你怀疑自己是否能够飞翔的那一瞬间，你就永远终结了你的飞行功能。鸟类能够飞翔而人类不能的原因很简单，就是因为鸟类有不打折扣的信仰，而拥有信仰就意味着拥有一双翅膀。

那时候，除了飞行，没有任何一个人类能够抵达蛇形湖中的那座小岛，原因是所有人类的船只都禁止在那里靠岸。小岛四周围了很多条毒蛇，它们全都立在水中，在每一条站立的毒蛇的头顶，终日都栖息着一只鸟类哨兵。现在彼得正飞往这座小岛，打算当面向老乌鸦所罗门询问关于自己的这件怪事儿。最终，他如释重负地降落在小岛上，发觉自己终于回家的感觉使他振作起来。包括鸟类哨兵在内的岛上的所有生灵都睡着了，不过所罗门除外。他站在一旁，完全清醒着，安静地倾听着彼得的冒险经历，随后把这些经历的真正含义告诉了彼得。

现在彼得正飞往这座小岛，打算当面向老乌鸦所罗门询问关于自己的这件怪事儿。

所罗门说:"要是你不相信的话,就看看你身上穿的睡衣。"彼得目不转睛地盯着自己身上的睡衣,随后又看了看那些熟睡的鸟类,他们没穿任何衣服。

"数数你的脚尖有多少只鸟爪。"所罗门有点儿狠心地说道。而彼得惊慌失措地看到,他的脚尖长的都是人类的脚趾。这一发现太令他震惊了,以至于驱走了他身上所有的寒意。

"竖起你的羽毛。"残忍的老所罗门说道。彼得拼尽全力来竖起羽毛,不过他现在一根羽毛都没有了。接着,他浑身颤抖着站起身来,自打他站到窗台外面以来,他第一次想起了那个非常喜爱他的夫人。

"我想我应该回到我妈妈那里去。"他不甚确定地说。

"那么再见了。"乌鸦所罗门用一种古怪的眼神看着他说。

可是彼得还是犹豫不决。"你为什么还不走呢?"那只老乌鸦斯文地问道。

"我猜,"彼得声音嘶哑地说,"我猜我还能飞翔。"

你瞧,他已经丧失了信仰。

"可怜的小半人半鸟啊!"所罗门感叹道,他并非真的狠心,"你永远也不能再飞了,即使在有风的天气里也飞不起来了。你必须永远生活在这座小岛上啦。"

"就连肯辛顿花园都永远不能去了吗?"彼得惨兮兮地询问。

"可你打算怎么过去呢?"所罗门反问道。不过,他相当好心地答应,尽可能多地教体型笨拙的彼得学会鸟类能够掌握的方法。

"那么,我还不完全是一个人类吧?"彼得问道。

"是的,不完全是一个人类。"

"也不完全是一个鸟类?"

"是的,也不完全是一个鸟类。"

"那么我将成为一个什么东西呢?"

"你将会变成一个模棱两可的生物,是一个半人半鸟。"所罗门说。他无疑是一个博学多才的老家伙,因为事情发展的结果证明他是正确的。

小岛上的鸟类一直没能适应彼得的存在。彼得古怪的行为终日让鸟类感到好笑,就好像他们是新近来到岛上一样。不过,他们的确是新来到岛上的。每天都有新生的小鸟从鸟蛋里破壳而出，他们一出来马上就会嘲笑彼得；之后不久，他们便飞走去变成人类的新生儿了；而其他新的小鸟又会破壳而出，如此循环往复，永不止息。当那些善于使用手段的鸟类母亲厌倦了孵蛋的日子，他们经常会让那些小家伙比预定的时间早一天破壳而出，方法就是悄悄地告诉尚在鸟蛋里的那些小家伙们，如果他们能早一点出来的话，就有机会看到彼得是如何吃饭、喝水和洗衣服的了。每天都有数千只小鸟围绕在彼得身旁，看着他做这类事情，就像你们观看孔雀开屏一样。小鸟们会兴高采烈地围着彼得鸣叫，当他拿起面包放进嘴里时，他们会嘲笑彼得用手而不是像正常的鸟类那样用嘴来吃东西。彼得吃的所有的东西，都是所罗门下令让鸟类从花园里带回来的。彼得不能再吃昆虫和蠕虫了（鸟类认为他这种行为真的很愚蠢），于是鸟类只好用嘴给他叼来面包皮作为食物。所以啊，假使你们以前看到叼着大块面包皮飞过的鸟类，会冲着他们大喊"贪吃的家伙！贪吃的家伙！"的话，那么你们现在应该知道，你们不该那么做，因为他们极有可能是把面包带回去给彼得·潘吃的。

　　如今，彼得不再穿睡衣了。因为你瞧啊，鸟类总是请求他，想从他那里弄来一小块睡衣来筑巢；而作为一个好脾气的家伙，彼得不可能拒绝他们的请求。最终，在所罗门的建议下，彼得将睡衣剩余的部分藏了起来。尽管他如今是全裸的，不过你一定不要认为他很冷或者很不开心。他通常非常快乐，原因是所罗门遵守了他的诺言，教会了彼得许多鸟类能够学会的方法。举例来说，彼得易于满足和高兴的原因，就是始终真正在做事情，而且他认为自己正在做的每一件事，都是具有重大价值的事情。在帮助鸟儿筑巢方面，彼得变得非常灵巧起来。很快呀，彼得筑的巢比斑鸠还要好，几乎就跟乌鸫所筑的巢穴一样好啦！尽管他自始至终都没能让雀类感到满意，不过他还是在雀类的巢附近建起了小水槽，用自己的手指给小雀类挖虫子吃。在鸟类应该具备的知识方面，彼得也变得非常博学。仅凭嗅觉，就能够辨识出刮的是东风还是西风；他还能凭视觉看出小草正在生长的情景，凭听觉听到昆虫在树干里面活动的情况。不过呀，所罗门教会彼得最棒的一件事儿，就是让他保持了一颗快乐的心。如若不是你弄坏了鸟的巢穴，所有的鸟类都有一颗快乐的心，而这也是所罗门知道的唯一的心情，因此如何教会彼得保持一颗快乐的心，对老所罗门来说是再容易、再自然不过了。

彼得的心情太快乐了，以至于他感到自己必须终日欢唱，就像鸟类终日里欢快地歌唱一样。然而，由于部分地作为人类，他需要一个乐器，所以他制作了一支芦笛，并且经常整晚坐在小岛的岸边，练习吹奏飒飒的风声和潺潺的流水声。与此同时，他还大把大把地捕捉月光，把它们全都存入自己的芦笛里面，致使演奏出来的乐声非常曼妙，连那些鸟类都被欺骗了，弄得鸟类彼此交头接耳地说："那真的是小鱼跳入水中的声音呢，还是彼得吹奏出的小鱼跳跃的声音呢？"有时候，彼得也演奏小鸟出生的声音，于是那些鸟类母亲就会在巢穴里转过身来，看自己是否真的生出了一只鸟蛋。如果你是一个去过肯辛顿花园的小朋友，你一定认得小桥附近的那一棵栗子树，它是所有栗子树中开花最早的一棵，不过也许你没有听过这棵树为什么最早开花的故事吧？那是因为，彼得等待夏天的到来等得不耐烦了，所以就吹奏夏天到来的声音，而那棵栗子树距离小岛非常近，它听到了彼得的笛声，因此被欺骗了。

然而，当彼得坐在岸边吹奏着美妙非凡的笛声时，他偶尔也会陷入忧伤的思绪之中，笛声随之也会变得忧伤起来。忧伤的原因是他无法抵达那座花园，尽管他能够透过桥洞看见花园。他知道，自己永远也无法成为一个真正的人类，而他也绝对不想成为一个人类。可是，噢！他多么渴望像其他小朋友一样玩耍啊！而世界上自然没有哪个地方能比肯辛顿花园还要好玩！鸟类给彼得带来男孩、女孩如何玩耍的讯息，每当这个时候，彼得的眼角就会淌下渴望的泪水。

也许你很想知道，彼得为什么不用泅渡的方法来到花园里呢？然而在这座小岛上，除了那些鸭子之外，没有哪一个知道如何游泳，可那些鸭子又非常愚蠢。他们很想教彼得如何游泳，可他们只会对他说："你就像我们一样坐在水面上，然后这样踢腿。"彼得试过了很多次，但总是在还来不及踢腿之前，便沉入了水中。彼得真正需要知道的是：你们这些鸭子如何坐在水面上，而不是如何沉入水中。可他们只是愚蠢地说，这个问题太简单了，他们不可能也不屑于跟他解释。偶尔，有一些天鹅经过小岛，彼得就会把自己一整天的食物献给他们，然后询问他们如何才能坐在水面上；可是只要彼得再也提供不出更多的食物了，这些可恨的天鹅便会发出鄙视的"嘘嘘"声，然后划着水游走了。

有一次，他真的认为自己已经发现了一个到达花园的办法。一块巨大的白色物体，就像一张飘在空中的报纸，飘浮到小岛的上空，翻腾着，不住地打着滚儿，就像一只小鸟弄伤了一只翅膀后的模样。彼得看到这个物体后吓坏了，赶忙躲藏起来，不过那些鸟类告诉他，这只不过是一只风筝。那么风筝怎么会飘到小岛上空呢？它一定是从一个小朋友手中挣断了拴住它的线，然后滑翔过来的。从那以后，鸟类们又开始嘲笑彼得过于喜爱风筝的行为。事实上，他真是太喜爱这只风筝了，甚至连睡觉时都把一只手放在风筝上。我认为彼得这个举动既可怜又可爱，他之所以那么喜爱那只风筝，就因为风筝曾经属于一个真正的小男孩。

对于那些年轻的鸟来说，这简直是一个算不上原因的原因；不过当时那些年长的鸟非常感激彼得，因为风疹流行期间，彼得曾经照顾过大量的小雏鸟。于是这些年长的鸟主动提出向彼得展示鸟类是如何放风筝的。让彼得大为吃惊的是，那只风筝比鸟类起飞得晚，可飞起来以后，甚至比鸟类飞得还要高。

彼得大叫道："再来一次！"而那些年长的鸟类温良敦厚，他们接连向彼得展示了好多次。不过兴奋的彼得总是用"再来一次"的叫喊代替了感谢的话，这表明直到那时，彼得尚未忘记自己曾经做过一个人类小男孩的事实。

最后，彼得勇敢的心中澎湃着一个巨大的企图，他自己握住风筝的尾部，然后请求他们再来一次。这一次，一百多只鸟同时带着风筝线飞上天空，而彼得紧紧地抓住风筝尾部，打算等到风筝飞到花园上空时，自己松开手落下去。但是，风筝在空中碎成了几片，要不是彼得抓住两只愤怒的天鹅，迫使他们把自己带回小岛的话，他很可能就溺水而亡了。经过这件事以后，那些鸟类说，他们再也不会帮助彼得施行他的疯狂计划啦。

无论如何，彼得最后终于在雪莱的小船的帮助下到达了肯辛顿花园。我现在就告诉你们整件事情的原委。

彼得大叫道："再来一次！"而那些年长的鸟类温良敦厚，他们接连向彼得展示了好多次。

一百多只鸟同时带着风筝线飞上天空，而彼得紧紧地抓住风筝尾部。

经过这件事以后，那些鸟类说，他们再也不会帮助彼得施行他的疯狂计划啦。

第三章

画眉巣

雪莱是一位青年绅士，并像自己需要和期待的那样长大成人了。雪莱是一位诗人，诗人是一群永远不会真正长大的人。诗人全都轻视金钱，除非你眼下需要钱。既便如此，除了给你的钱以外，他身上剩下的钱绝对不会超过 5 英镑。因为轻视金钱，诗人雪莱在肯辛顿花园里散步时，用自己的钞票折成了一只小船，并让这只小船沿着蛇形湖漂走了。

　　当天夜里，这只小船抵达了小岛；那些鸟类哨兵看到小船后，把它拿给了乌鸦所罗门。最初，所罗门以为它只是一件平常的东西，诸如一位夫人捎来的信，上面写着如果让她拥有一个更好的婴儿，她会非常感激之类的话。她们总是请求所罗门把手中最好的婴儿送给她们。如果他喜欢那封信的话，就会送给她一个 A 类婴儿，要是捎来的信刚好打扰到了他，他甚至会送给她一个相当滑稽的婴儿。有些时候，他根本什么都不送，另外一些时候，他会送去一大群婴儿，这全都要视他的心情而定。他喜欢你把一切都交给他来处理，如果你在信中特别提到，希望他这一次送给你一个男婴，那么无一例外，他肯定会送给你一个女婴。无论你是一位夫人，还是一个小男孩，如果想要一个女婴或者一个婴儿妹妹，并且在你的来信中写得很清楚的话，那么你必定会收获痛苦。你简直无法想象，所罗门把多少个婴儿送错了地方。

　　当打开雪莱的小船时，所罗门感到十分困惑，后来他找自己的那些助手商量此事。助手们从这张钞票上走过去了两次，第一次爪尖朝外，第二次爪尖朝内。最后他们断定，这只小船来自某个非常贪婪的人，他想要五个婴儿。他们之所以这样想，是因为钞票上印着一个大大的"5"字。"荒谬至极！"所罗门愤怒地吼道。 所罗门把钞票交给了彼得，因为漂浮到小岛上的任何东西，通常

"荒谬至极！"所罗门愤怒地吼道。

都会送给彼得充当玩具。

然而，彼得并没有拿这张珍贵的钞票当作玩具，因为他立刻认出了这是什么东西，在他作为一个普普通通的婴儿的那一周时间里，他的观察力一直很敏锐。他的第一反应是，有了这些钱，他最终肯定能够设法到达花园的。彼得考虑了所有可行的办法，并决定（我认为是明智的决定）选择那个最好的办法。不过首先，他不得不告诉鸟类雪莱这只小船的真正价值，尽管鸟类太正直了，会要求把这张钞票归还给它的主人。彼得看到那些鸟类被激怒了，他们怒气冲冲地看着所罗门，责怪后者徒有聪明的虚名。所罗门飞到了小岛的另一端，沮丧地坐在那里，将头埋进了翅膀里。彼得明白，除非有所罗门的支持，否则你永远也不可能在这座小岛上做成任何事情，因此他跟着所罗门来到小岛的另一端，想方设法让他振作起来。

如非所罗门自愿，彼得做再多的努力，都无法让这只有权势的老家伙回心转意。你应该知道，所罗门无意终身当权。年纪越大，他就越渴望退休，并致力于利用自己精力充沛的晚年，在自己迷恋的无花果林中的某个紫衫树桩上，过着一种快乐的生活。因此多年以来，所罗门一直悄悄地往自己的那只长袜中装东西。这只长袜原本属于某个喜欢游泳的人，不知道被谁抛到了这座小岛上。在我提到这只长袜的同时，长袜里面已经装入了180颗面包屑、34颗坚果、16块面包皮、1块擦笔布和1条鞋带。所罗门盘算着，等到他的长袜装满以后，他应该有资格退休了。眼下，彼得给了他一英镑，所罗门用一支尖利的木棍挡住了彼得递过来的钞票。

这一举动使所罗门成了彼得的终生好友。两位好友一起商量以后，他们召开了一次画眉鸟会议。你待一会儿就会知道，为什么画眉鸟是唯一被邀请参加会议的鸟类。

在会上，他们向画眉鸟公布了他们的计划。尽管这个计划实际上是彼得提出来的，不过说话最多的那一个却是所罗门，因为如果其他与会者说话的话，所罗门很快会变得不耐烦起来。所罗门在开幕词中讲到，画眉鸟在筑巢方面过人的独创性给他留下了极为深刻的印象。他的这番话立马让那些画眉鸟心情愉悦起来，事实上他是故意这样赞扬他们的，因为鸟类之间的所有争吵，都跟哪

多年以来，所罗门一直悄悄地往自己的那只长袜中装东西。

一种才是最好的筑巢方法有关。所罗门接着说：其他那些鸟类，忽略了在鸟巢的缝隙中间填入泥浆，结果他们的鸟巢都会漏水。说到这里，所罗门昂起头，那样子仿佛他刚刚说出了一个无法辩驳的论据一般。可是非常不幸的是，一只雀类太太未经邀请就来参加会议了，此时她尖声鸣叫着："我们筑巢不是用来盛水的，而是用来盛鸟蛋的！"雀类太太的这句话令画眉鸟的欢呼声戛然而止，也让所罗门不知该如何是好，只好掩饰般地啜饮了几口水。

"你想一想，"所罗门终于又开口说话了，"用泥浆筑成的鸟巢多么暖和啊！"

"你也想一想，"雀类太太接着说，"要是水灌入鸟巢并留在里面的话，你的那些孩子们会被淹死的。"

画眉鸟们都用乞求的目光看着所罗门，希望他能插嘴进来回答，但是，所罗门又不知该如何是好了。

"再喝点儿水试试，"雀类太太嘲讽地建议道。她名叫凯特，而所有叫凯特的都爱粗鲁地嘲讽别人。

所罗门还真听话，又喝了一口水，并从中获得了灵感。"如果，"所罗门说，"一个雀类的巢放到蛇形湖面上，那么水就会灌进去，并最终解体，但一个画眉巢却不一样，放到水面上的画眉巢仍旧像一只天鹅背上的杯子一样完好无损。"

画眉鸟鼓掌的声音简直可以用震耳欲聋来形容！如今，他们终于明白他们为什么用泥浆来搭窝儿了，当那只雀类太太大叫着"我们不会把鸟巢放到水面上"的同时，他们干了他们应该干的事儿——把她从会场里驱逐了出去。在此之后，会场里大部分时间都秩序井然。所罗门说，之所以把大家召集起来开会，原因是：他们的小朋友彼得·潘，像大家都十分清楚的那样，非常想要渡过蛇形湖抵达肯辛顿花园；那么他现在提议，让画眉鸟们帮助彼得建造一条小船。

听到这些，画眉鸟们骚动起来，这种情形也使彼得开始担心他的计划无法实行。

所罗门慌忙解释说，他并不打算让画眉鸟帮助建造一个人类使用的那种笨重的大船，他所说的小船只不过是一条能够容纳彼得的画眉巢。

然而，仍旧让彼得极度不安的是，画眉鸟们都很生气。"我们都是一群忙碌的鸟类，"他们抱怨说，"而建造能够容纳彼得的鸟巢可是一项巨大的工程。"

"你们说的完全正确，"所罗门接过话头，"那么，彼得当然不会让诸位白干的。你们一定还记得，彼得目前手头非常宽裕，他会付给你们工钱的，你们以前筑巢从来就没拿过工钱吧？彼得·潘授权我来宣布，你们每个人每天将会拿到六便士工钱[1]。"

听到这番话，所有的画眉鸟都高兴地跳了起来。就从那天起，远近闻名的造船工程便开始了。画眉鸟们所有正常的工作都停顿下来。正值一年一度的画眉求偶季节，但是除了这个大画眉巢以外，没有一只画眉鸟分身去建造自己的小画眉巢。因此很快，所罗门便短缺供应陆地上居民所需的小画眉了。那些矮胖、贪吃的婴儿，也就是那些坐在婴儿车里看上去还好，但一走路就容易气喘吁吁的婴儿，从前都是画眉的雏鸟，而人类的夫人们往往特别想要这样的婴儿。你们猜一猜，所罗门是怎么应对的？他派遣一大群麻雀去房顶上，命令他们在去年的那些画眉巢里下蛋，然后再把这些麻雀雏鸟送给人类的夫人，并赌咒发誓说这些全都是画眉雏鸟。后来，岛上把这一年称为著名的"麻雀年"。因此呀，当你们在肯辛顿花园里见到那些长大成人、气喘吁吁，并自以为比本来的样子重要得多的人物时，他们极有可能就是那一年的婴儿。不信你可以去问问他们。

彼得是一个公正的雇主，每天晚上都会如数付给这群工人工钱。画眉鸟们则在树枝上排好队，非常有礼貌地等待彼得从纸钞上割下那些相当于六便士的纸片。很快，彼得就会点名，被叫到名字的每一只画眉鸟便会飞下树枝，拿到属于自己的六便士纸片。那景象一定非常壮观。

终于，经过一个月的辛勤劳作以后，小船完工了。能够一点一滴地亲眼看着它变成一只巨大的画眉巢，对彼得来说该是多么大的荣耀啊！从建造小船之初，彼得就一直睡在它的旁边，夜里还经常醒过来，亲切地对着它唠叨；等到树枝中间填入了泥浆，而泥浆也变干以后，彼得就一直睡在它的里面。如今，彼得仍然睡在他的画眉巢里，他蜷着身子睡在里面的样子真令人着迷，因为这只画眉巢的大小，只能容纳彼得蜷成一只小猫的样子才会睡得舒服。画眉巢里面

---

[1] 当时 1 英镑 =240 便士。——译注

自然是黄褐色的，不过因为它的外面是草和嫩枝编成的，所以绝大部分是绿色的。当这些草和嫩枝枯萎或折断以后，画眉鸟们再给它覆盖一层新的外衣。鸟巢上偶尔也能见到几片鸟毛，都是那些画眉鸟在建造它时掉落的。

其他鸟类非常嫉妒，并纷纷预言这只小船无法在水中保持平衡，但当这只小船下水后，它在水面上停泊得相当平稳。其他鸟类又纷纷预言，说这只小船会进水，但是没有一滴水能够进入小船的里面。再接下来，它们议论纷纷，说彼得没有船桨。听到这种议论，那群画眉鸟只能沮丧地彼此对望，可是彼得回答说他根本用不着船桨，因为他拥有一张船帆。随后他面露骄傲和兴奋的神情，张开了他用自己剩余的睡衣改制成的船帆。尽管这张船帆仍旧很像睡衣，可它却是一张可爱的船帆。那天夜晚正好是月圆之夜，等所有的鸟类都熟睡以后，彼得登上了自己的科拉科尔小舟（弗朗西斯·普雷迪大师曾这样称呼过这只小船），驶离了小岛。一开头，彼得自己也不知道为什么，他一直向上看，双手紧握在一起；从那时起，彼得的眼睛始终盯住西方。

彼得之前答应过那些画眉鸟，一开始只会在他们带路的情况下做短途航行。但是透过桥洞看到远方的肯辛顿花园，令他非常动心，他的小心脏里充满了一阵狂喜之情，驱走了所有的恐惧。难道彼得不是向西航行，驶往未知之地的英国水手中年纪最小的勇士吗？！

一开始，他的小船在水里一圈一圈地打转儿，又驶回他开始的地方。于是彼得收帆减速，取下睡衣的一只衣袖后，小船立即被一阵逆风吹得向后驶去，不过对彼得来说，一点儿危险也没有。如今，他放下船帆，小船载着他向对岸漂去。彼得知道对岸那片阴暗的地方没有危险，不过还是有所怀疑，于是再一次升起他的睡衣船帆，在阴影处稍作停留，直到来了一阵令他满意的微风之后，小船才继续载着他向西驶去。小船航行的速度太快了，很有可能因撞上桥墩而损坏，不过他巧妙地避开了桥墩，通过了小桥，朝着肯辛顿花园驶去。令彼得异常欣喜的是，如今美丽的肯辛顿花园可以尽收眼底啦。不过，试图下锚的时候，他发觉用一段风筝线拴住一块石头做成的锚够不到湖底，因此不得不离开岸边，寻找其他的停泊处。摸索着前行，他的小船突然触到了一块暗礁，船身巨大的震动将彼得抛入水中。彼得差一点儿被淹死，不过还是设法重新爬回了

当你们在肯辛顿花园里见到那些长大成人、气喘吁吁，并自以为比本来的样子重要得多的人物时，他们极有可能就是那一年的婴儿。

他通过了小桥，朝着肯辛顿花园驶去。令他异常欣喜的是，如今美丽的肯辛顿花园可以尽收眼底啦。

小船。就在此时，湖面上起了一阵猛烈的风暴，还伴随着波涛的怒吼声，彼得从来没有听过这么大的响声。船上的彼得被颠得摇来摆去，他的双手已经冻得失去了知觉，根本握不紧。不幸中的万幸，彼得的小船被风暴吹进了一个小港湾，逃过了这场危险。彼得的小船在港湾里平稳地航行着。

尽管如此，他还不算彻底安全了。因为当彼得假意要离船上岸时，他发现一大群小东西来到岸边，不让他上岸，还尖声呼喊着让他离开，因为早已过了公园关门时间。与此同时，他们剧烈地挥舞着手中的冬青树叶，还有一伙儿小东西抬来了一支箭。这支箭不知是哪个小男孩丢在花园里的，精灵们原本准备用它来充当攻城锤。

彼得知道他们都是精灵，于是高声叫喊，说自己并不是一个平常的人类，也不想让他们不高兴，而是想成为他们的朋友。好不容易才找到一个令人满意的港口，彼得完全不想从这里退回去，因此彼得警告他们，如果他们试图对自己不利的话，他一定不会放过他们。

这样叫喊的同时，彼得大胆地跳上了岸。精灵们将彼得团团围在中间，企图杀死他。但随即，女精灵中响起了一片呼喊声，因为她们此时已经发现彼得用的船帆是一个婴儿的睡衣，于是她们立即爱上了彼得，同时还不忘因自己坐着时大腿前部地方太小而伤感。我也解释不清这到底是什么原因，只能说这就是女人的行事方式。看到自己女人的这种表现，男精灵们也把各自手中的武器收入鞘中。其中一些相当聪明的精灵非常看重彼得，毕恭毕敬地带着他去见女王。女王恩准他在花园关门以后可以随意走动，于是从那以后，彼得可以想去哪里就去哪里。精灵还得到了帮助彼得安全进港的命令。

这就是他驶往肯辛顿花园的第一次航行。从以上比较古朴的语言中，你应该能够猜出这件事发生在很久很久以前。然而彼得永远不会变老，要是我们今天晚上能去桥下等候他的话（我们当然不能），我敢说，彼得依旧会升起睡衣船帆，乘着画眉巢朝着我们驶过来或者划过来。当他扬帆驶来时，他坐在画眉巢中，但要是划桨的话，他就会站在船上。我马上就告诉你，彼得是如何得到那支船桨的。

离公园开大门还有好长一段时间呢，彼得·潘就悄悄地驶回小岛，因为一定

就在此时，湖面上起了一阵猛烈的风暴，还伴随着波涛的怒吼声，彼得从来没有听过这么大的响声，他被颠得摇来摇去。

不能让人类看到他（他并非跟那些人类完全一样）。即便如此，也给彼得留出足够的时间在花园里玩耍了。彼得就像真正的人类小朋友那样玩耍，至少他自己是这么认为的，不过关于彼得的非常可悲的事情之一，就是他的玩耍方式往往是错误的。

你要明白，这都是因为没有人教他人类小朋友正确的玩耍方式。精灵们白天几乎全都躲藏起来，直到黄昏以后才会出来活动，因此他们完全不知道小朋友们是如何玩耍的。尽管鸟类宣称，他们可以告诉彼得大量有关人类小朋友玩耍的事情；但等到真正需要他们说出来那一刻，他们真正知道的少得惊人。比如说他们会告诉彼得"捉迷藏"游戏的真实情况，可彼得经常独自玩这个游戏。甚至连圆形池塘里的那些鸭子，也无法给彼得解释清楚那些男孩为什么特别迷恋这个池塘，原因是每到夜里，鸭子们便会忘记白天发生的所有事情，只会记住人们扔给他们吃的蛋糕的数量。这些鸭子是一群悲观的动物，总是说现在的蛋糕根本没有他们年轻时候的蛋糕好吃。

因此，彼得不得不亲自找出许多事情的真相。他经常在圆形池塘里玩小船，不过他玩的小船只不过是他在草地上捡到的一个铁环。当然啊，他从来没有见过一个铁环，也很想知道你们怎么玩铁环，并最终断定，你们是拿铁环冒充小船来玩的。铁环总是一入水就立刻沉了下去，不过彼得会及时把手伸进水中抓住铁环，有时候他还会这样拉住铁环，围着池塘的边缘愉快地奔跑，还非常自豪地以为自己已经找到人类男孩们玩铁环的真正方法了呢。

另外一次，彼得发现了一个小朋友玩的小提桶，他还以为提桶是用来坐进去的呢，于是他非常费劲儿地坐了进去，差一点就出不来啦。他也找到了一只气球，当时那只气球正在小土丘上面上下弹动，那样子仿佛气球自顾自地玩着游戏一般。彼得兴奋地追了好一阵儿，才抓住那只气球，但是彼得还以为它是一个球，而詹妮·雷恩曾经告诉过彼得人类男孩玩球的方法，于是彼得开始踢气球。踢了一脚之后，彼得就再也找不到那只气球了。

彼得发现的最不可思议的事情，也许就数一辆婴儿车了。当时那辆婴儿车就停在精灵女王冬宫大门口的一棵酸橙树下（冬宫的位置就在那七棵西班牙栗子树的中央）。彼得小心翼翼地走近它，因为鸟类从来没跟他提起过这种东西，

精灵们白天几乎全都躲藏起来，直到黄昏以后才会出来活动。

彼得唯恐它是什么活物，因此非常礼貌地开口对它讲话。接下来，因为它没有回应，所以彼得走得更近一些，开始谨慎地抚摸它。彼得轻轻地推了一下它，后者立刻从他身边跑开了，这让彼得误以为它真是活物。不过，因为它是从彼得身边跑开的，所以彼得并不怕它。于是彼得伸出手去拉它，但是这一次，它居然朝着彼得跑了过来。这下可把彼得给吓坏了，他惊恐地跳过围栏，飞快地朝他的小船跑去。不过呀，你们一定不要认为彼得是个懦夫，因为第二天夜里彼得又回来啦。他一只手拿着一块面包皮，另一只手拿了一根木棍，可是那辆婴儿车却不见了踪影，此后他再也没有见过另一辆。我前面已经承诺也要给你们讲讲他的船桨的故事，那是一只孩子玩的玩具铁锹，是彼得在圣戈沃尔井旁边发现的，彼得还以为它是一支船桨呢。

彼得弄出了这么多错误，你们觉得他可怜吗？如果你们真觉得他可怜的话，那你们可真傻啊。我的言外之意是说，有人当然可以偶尔同情他一下，不过要是始终觉得他可怜可是不太合理，因为彼得认为自己在肯辛顿花园里玩得太开心了，也认为你们这些小孩也差不多跟他一样开心。彼得会一直不停地玩耍，可你们这些小朋友，往往还因为变成疯狗式的人物或者玛丽安式的人物，而浪费掉一些时间。彼得永远也不会成为上述两种人物，因为他从来就没听说过这两种人，现在你们还觉得他需要可怜吗？

嗨，他简直太开心啦！他比你们这些小朋友可开心多啦，就像你们会比自己的父母开心很多一样。有时候呀，彼得感到自己就像一只旋转的陀螺一样，浑身充满了纯粹的欢乐。你们见到过一条灵缇犬越过栅栏的情景吗？彼得就是以同样的方式越过栅栏的。

我突然想起了彼得的笛声。有些绅士夜晚散步回家在纸上写道，他们听到了一只夜莺在花园里歌唱，可那其实是他们听到了彼得的笛声。当然，彼得没有妈妈——不过话又说回来，他要一个妈妈有什么用呢！你们可以因此而同情他，但也不要过分同情，因为接下来我打算告诉你们彼得是如何与妈妈再次见面的，是那些精灵给了彼得与妈妈再次见面的机会。

第四章

关门时间

想要多了解一些关于精灵的事儿，可真是非常困难。唯一可以确定的事情，就是有小朋友的地方就有精灵存在。很久很久以前，人们不允许小朋友到肯辛顿花园里去，因此那时候，花园里一个精灵也没有。后来，人们允许小朋友进入花园里玩了，于是，每到夜晚，精灵们就会成群结队地来到花园里面。精灵们就是忍不住地要跟着小朋友，不过你们这些小孩子却很少能够见到精灵。一部分原因是精灵们白天都待在花园的围栏外面，而大人不准你们到围栏外面去；另一部分原因是精灵们都太狡猾啦。然而，每晚花园大门关闭以后，精灵们就一丁点儿也不狡猾了，可条件必须是在花园关门之后，真是不凑巧啊！

当你还是一只小雏鸟的时候，你非常熟悉那些精灵。在你的童年时代，你仍然能够记起许多有关精灵的事情，可非常遗憾的是，你没有把这些事写下来，因此你逐渐就把这些事给淡忘了。我就曾经听到小朋友们断言他们从来也没见过一个精灵。小朋友们极有可能是在肯辛顿花园里说的这些话，说话的同时，他们始终正在盯着一个精灵看呢。小朋友们被骗过的原因，是那个精灵当时正伪装成别的东西，这是他们最爱使用的花招之一。精灵们经常伪装成花朵，因为精灵宫就坐落在众多"精灵盆"之上，宫殿里生长着许多花，花丛一直延伸到婴儿路上，所以伪装成一朵花是最不可能引起人类注意的办法。精灵们身上穿的衣服也跟花朵一模一样，而且还会随着季节发生变化。比如，当百合花盛开的时候，精灵们就会穿上白色的衣服。而当蓝铃花绽放的时节，他们又会穿上蓝色的衣服。他们总是随着鲜花的颜色变换穿着。精灵们最喜欢番红花和风信子盛开的时节，因为他们有些偏爱鲜艳的颜色；不过精灵们认为郁金香花（白

当精灵们认为你并没有看着他们的时候，他们蹦蹦跳跳地，相当活跃。

色的除外，白色的郁金香是精灵们的摇篮）太过艳丽、俗气，因此有时候他们会推迟换上郁金香颜色衣服的时间，所以郁金香花期的前几周，是最有可能捉到精灵的一段时间。

当精灵们认为你并没有看着他们的时候，他们蹦蹦跳跳地，相当活跃；但当你看着他们，他们也来不及躲藏起来时，他们就会站立不动伪装成花朵。不过，当你经过他们身旁，并没有发觉他们是精灵的时候，这些精灵会飞奔回家，跟他们的妈妈讲述这次冒险经历。你还记得我刚才提到的精灵盆吧？精灵盆上都覆盖着欧亚活血丹（精灵们总是用这种植物的种子来榨油）的藤蔓，藤蔓上零零散散地开着花朵。其中绝大多数花是真花，也有少数是精灵伪装成的花，你根本不确定哪些是真花，哪些是精灵伪装成的花。不过想要知道哪些是精灵，一个好办法是装作看着别处走过去，然后突然转过身来。我和大卫经常采用的另一个好办法，是一直盯着他们看，直到他们变得局促不安为止。盯着他们看上一段时间，他们就禁不住眨眼睛，此时你便能够断定他们是精灵啦。

也有很多精灵会到婴儿路去，那里是出了名的文雅地方，精灵们通常称那里为"风景名胜"。有一次，24个精灵来到婴儿路进行一次奇特的冒险活动。她们都是女子学校的学生，跟着她们的女教师出来散步，所有精灵都穿着风信子颜色的裙子。突然，女教师把手指放在嘴唇上，随即所有精灵都在一个原本是空着的花坛里站着不动，装作一丛风信子。非常不凑巧的是，女教师听到的声音来自两个花匠，他们两人恰好是前来给这个花坛种新花的。两个花匠推着一辆手推车，推车里面装着要种植的花株；当发现花坛已经被风信子占据之后，他们感到非常惊讶。"把这些风信子拔起来可真是可惜！"其中一个花匠感叹道。"可这是公爵下的令。"另一个花匠回答，一边说一边把推车上的花株卸下来。他们挖出寄宿女校的学生和女教师伪装成的风信子，把这些受到惊吓的可怜家伙在推车上摆成五排。无论女教师还是女学生，自然都不敢透露自己是精灵的事实，于是她们被手推车运到很远很远的一个盆栽花棚里。当天夜里她们赤着脚逃了出来。不过，那些女学生的父母为此事大闹了一场，直到女子学校停办才算了事。

至于说到精灵的住房呢，你根本连找都不用找。因为精灵的住房跟我们人

但当你看着他们，他们也来不及躲藏起来时，他们就会站立不动伪装成花朵。

类的住房恰好相反——你可以在白天看到我们人类的住房，但是夜里却看不到；反之，你可以在夜里看见精灵的住房，但在白天却看不到，因为精灵的房间是"夜色"的，而我从来没有听说过哪个人可以在白天看到"夜色"。我说精灵的住房是"夜色"的，并不是说它们是黑色的，因为与白昼一样，黑夜有其自身的颜色，只不过不像白昼的颜色那么明亮。精灵的住房也跟我们人类的一样，有蓝色的、红色的和绿色的，而且每家每户都点着灯。那座精灵宫完全是由彩色玻璃建成的，它是所有王家住所中最可爱的一座。然而精灵女王偶尔也会抱怨一两句，因为那些精灵平民会偷偷地看她在做什么。精灵平民是一群好奇心特别重的家伙，他们偷看时，脸贴着玻璃太紧了，以至于绝大多数精灵平民的鼻子都是短小而上翘的。精灵的街道通常有几英里长，街道的两旁都有亮色的精纺毛织成的人行道。鸟类们经常偷走这些精纺毛织品去搭鸟窝，不过女王委派的一名精灵警察会抓住毛织品的另一端不松手。

　　精灵和我们人类的最大区别之一，就是精灵从来不做有用的事情。当人类的第一个婴儿第一次微笑时，他的笑容碎成了数百万片，而且这些碎片全都蹦跳着走开了，这就形成了最初的那些精灵。你知道的，精灵们看上去都忙得要命，好像没有一点儿空闲时间似的，但要是你询问他们正在干什么的时候，他们丝毫也答不上来。精灵们都无知得可怕，他们做的所有事情都是假想出来的。精灵中间也有一个邮递员，但是除了在圣诞节期间会背起他的小箱子之外，其他时间都用不到他。尽管精灵们拥有一些美丽的学校，但是学校里面却不教授任何知识；成为重要人物的最小精灵女孩，总是被选为女校长，每当她点名时，所有精灵学生都会出去散步，而且永远不会回来。非常值得注意的一件事儿是，在精灵家族里，最小的成员始终是最重要的人物，他或她通常会成为一位王子或一位公主；年纪很小的人类婴儿都记得此事，并认为人类世界也应该如此，这也就是当小婴儿乍一看到自己的妈妈偷偷给摇篮加上了新的荷叶边，他们会感到不舒服的原因。

　　你也许已经注意到了，你的婴儿妹妹想要做你妈妈和她的保姆不让她做的所有事情。比如说，她会在想让她坐下时站着，在想让她站着时坐下，她会在应该睡觉时醒着，还会在穿着最好的外衣时在地板上爬来爬去，以及做其他类似的事情。也许你把这一切都归罪于她太顽皮，但事实并非如此，这仅仅意味着她正在做她见过的精灵们做的事情。她一开始会学着精灵的举止，想要让她学会人类的举止，基本需要花费两年的时间。她发脾气的时候，相当难哄，人们经常称其为"出牙期"。其实完全没有"出牙期"这回事儿，她真的非常恼怒，因为尽管她正讲着一种可以理解的语言，可是我们并不理解她。她说的是精灵语。妈妈们和保姆们比其他人更早懂得婴儿言语，比如说"咕"是"立即把东西给我"的意思，"哇"是"你为什么戴着一顶这么滑稽的帽子"的意思，其原因就在于，她们与婴儿相处的时间比较长，已经学会了少许精灵语。

最近，大卫正在努力回忆精灵语。使用将手指压住太阳穴的方法，大卫已经回忆起大量的精灵语词汇。我改天会告诉你们都是哪些词汇，如果我没忘记此事的话。当大卫还是一个画眉雏鸟的时候，他听过这些词语。尽管我暗示大卫这些有可能是他记住的鸟语，可是他说不是，因为这些词语都是有关趣事和冒险经历的，而鸟类除了"筑巢"的话题之外，根本不谈论其他任何事情。大卫清楚地记得，就像女士们浏览众多商店橱窗一样，鸟类们过去经常从一个地方飞到另一个地方，看着不同的鸟巢品评道——"不是我喜欢的颜色，亲爱的。""用柔软的衬料来筑巢，感觉怎么样？""它会耐久吗？""这个装饰可真难看啊！"等等。

精灵们都是舞姿优美的舞蹈家。这也是为什么婴儿要求你做的第一拨事情之一，就是打着手势让你跳舞，而当你真的跳了他又会大哭大闹的原因。精灵们会在露天举行盛大舞会，舞会举办地点被称为"精灵圈"。在他们的舞会结束之后，你一连几个星期都会看到草地上的那个"圈"的痕迹。精灵的舞会开始的时候，草地上并没有那个圈，然而精灵们会一圈一圈旋转着跳华尔兹，因而踩踏出了圈的印迹。有时候，你会在这个圈里发现几株蘑菇，其实它们是精灵的座椅，是舞会结束的时候，精灵仆人忘记把它们给搬走啦。蘑菇座椅和精灵圈是小精灵们留下的唯一泄密的东西，如果不是精灵酷爱跳舞，一直踮着脚跳到公园大门打开的那一刻的话，他们肯定会把痕迹清理干净的。有一次，我和大卫还发现了一个温热的精灵圈呢。

不过，在精灵们举行舞会之前，也有一种方法可以察觉到他们即将举行舞

精灵们都是舞姿优美的舞蹈家。

会了。你知道那些写明今天花园什么时间关门的黑板吧？那么，在举行舞会的夜晚，这些诡计多端的精灵会偷偷篡改关门时间。比如说，他们会把关门时间更改到六点半，而不是通常的七点钟，这样一来，精灵们的舞会便可以提早开始半小时了。

如果我们觉察到这样一个夜晚，我们会留在花园里面，就像著名的梅米·曼纳林曾经做过的一样。这样一来，我们就可以看见赏心悦目的场景啦。数以百计的精灵匆匆忙忙地赶到舞会地点，那些已婚精灵的腰上戴着他们的结婚戒指，精灵绅士们都身着制服，托起精灵女士们的长裙后摆；舞会主持精灵提着酸浆果走在最前面，酸浆果是精灵的灯笼；精灵们在更衣室里穿上他们的银舞鞋，并拿好存放外套的票据；婴儿路上的花朵们川流不息地赶过来围观，它们一直是受欢迎的观众，因为它们可以借给精灵别针；精灵女王玛布坐在晚餐桌旁的首席位置，她身后站着宫务大臣，后者手中拿着一株蒲公英绒球，每当女王陛下想要知道时间，他就吹那个绒球一下。

餐桌的桌布也随着季节的变化而变化，在五月份，桌布是用栗子花做的。那些精灵仆人制作桌布的程序是这样的：二十多个精灵男仆爬上栗子树晃动树枝，栗子花便像雪片一般纷纷落下；然后精灵女仆用摆动裙摆的方式把花瓣扫成一堆儿，直到花瓣恰好形成一张桌布的形状为止。这就是精灵仆人制作桌布的整个过程。

精灵们有真正的玻璃杯和三种真正的酒，也就是黑刺李酒、樱桃酒和黄花九轮草酒。女王开始倒酒，不过因为对她来说酒瓶太重了，她只是做做倒酒的样子。晚餐以黄油面包开始，面包有一枚三便士银币大小；以蛋糕结束，这些蛋糕如此之小，以至于它们根本形不成蛋糕渣儿。精灵们围坐在蘑菇座椅上，一开始，他们举止十分得体，总是背过身去咳嗽，其他行为也中规中矩。然而过了一会儿以后，他们的举止就不那么规矩啦。他们会把手指伸进黄油里面，黄油是从老树的树根部提取出来的；一些讨厌的精灵居然会爬到桌布上面，用他们的舌头去舔糖和其他好吃的食物。当女王陛下看到他们的这种做法以后，她会给仆役打手势，让他们把碗盘洗干净收好。于是，每个人都停止用餐准备跳舞了。精灵女王走在众人的最前方，身后跟着宫务大臣，他手中拿着两只小罐，

在举行舞会的夜晚，这些诡计多端的精灵会偷偷篡改关门时间。

舞会主持精灵提着酸浆果走在最前面。

宫务大臣手中拿着一株蒲公英绒球，每当女王陛下想要知道时间，他就吹那个绒球一下。

精灵们围坐在蘑菇座椅上，一开始，他们举止十分得体。

黄油是从老树的树根部提取出来的。

其中一只罐子里装的是桂竹香的汁液，另一只里面装的是黄精汁液。桂竹香的汁液对于那些痉挛倒地的舞者恢复体力很有帮助，黄精汁液可以治疗擦伤。精灵们非常容易受伤，当彼得演奏得越来越快时，精灵们也跟着节奏跳得飞快，直到他们痉挛倒地为止。因为啊，不用我说你也知道，彼得·潘是精灵们的乐手。彼得坐在精灵圈的中央，如今要是没有彼得，精灵们就甭想跳一支精彩的舞蹈。所有真正善良的精灵家庭送给彼得·潘的邀请卡的一角，都写着彼得·潘名字的缩写"P.P."。精灵们也是一群感恩的小东西，在精灵公主们成人礼（精灵们在第二个生日到来那天就算是成人了，而他们每个月都过一次生日）的舞会上，精灵们答应要实现彼得心中的愿望。

实现愿望的过程是这样的：精灵女王令彼得跪下，然后说因为彼得演奏得非常好，她将会实现彼得心中的愿望。于是精灵们都围着彼得，想听他心中的愿望到底是什么；但是彼得犹豫了一会儿，他不确定自己心中的愿望是什么。

"如果我选择想回到妈妈身边，"彼得询问道，"你能实现我的这个愿望吗？"

这个问题立刻惹恼了精灵们，因为要是彼得回到妈妈的身边，那么精灵们将无法听到彼得演奏的音乐了。于是精灵女王轻蔑地翘起她的鼻子说："切！再请求一个比那个更大的愿望。"

"那是一个非常小的愿望吗？"彼得询问。

"就跟这个一样小。"精灵女王回答说，同时几乎将两手贴到了一起。

"那么一个大愿望的尺寸是多大呢？"彼得继续问。

精灵女王在自己的裙子上比画出了大愿望的尺寸，它真的相当长。

于是彼得思考了一下说："那么，好吧，我想我应该实现两个小愿望来顶替一个大愿望。"

毫无疑问，精灵们不得不答应了彼得的请求，尽管他们为彼得的聪明而感到震撼。彼得说，他的第一个愿望是回到他妈妈身旁；不过，如果彼得发现妈妈令自己失望的话，他有权返回肯辛顿花园。他实现第二个愿望的权利则要留待以后使用。

精灵们试图劝阻彼得不要回到妈妈那里去，他们甚至还在路上设置了路障。

"我无法给予你飞到妈妈房子去的能量，"精灵女王说，"但是我可以为你打

桂竹香的汁液对于那些痉挛倒地的舞者恢复体力很有帮助。

彼得·潘是精灵们的乐手。

开花园大门。"

"我飞走的那扇窗户将会一直打开着，"彼得自信地说，"妈妈始终让窗户打开着，她希望我有朝一日会飞回去。"

"你是怎么知道的？"精灵们非常奇怪地询问彼得，而彼得真的无法解释他是怎么知道的。

"我就是知道。"他回答说。

就这样，因为彼得始终坚持他的愿望，精灵们被迫满足了他的愿望。精灵们赋予彼得飞行能力的方式是这样的：他们都飞到彼得的肩膀上搔他的痒，很快彼得就感到肩膀处非常非常痒，与此同时，彼得则越升越高，然后他飞出花园，飞过了各家各户的屋顶。

飞翔的感觉可太美妙啦！因此彼得没有直接飞回家，而是掠过保罗大街，飞到了水晶宫，然后沿着河流上空往回飞，经过了摄政公园。等彼得飞到妈妈的窗前时，他已经彻底打定了主意，决定他的第二个愿望应该是变成一只鸟。

正如彼得先前笃定的那样，妈妈家的窗户大开着，于是彼得飞进了房间。他的妈妈正在房间里面睡觉，彼得轻轻地落在床尾的木制床栏上，仔仔细细地打量起妈妈来。妈妈的头枕在手臂上，枕头上凹陷下去的部分，就像一个用妈妈的褐色卷发镶了边儿的鸟巢。彼得记起来啦，尽管他此前已经忘记好长时间了，他记起了妈妈经常在夜里给头发放假。妈妈睡袍上的荷叶边儿多么甜美啊！彼得很高兴看到她是一个如此漂亮的妈妈。

然而，她看上去很忧伤，而彼得知道她忧伤的原因。妈妈的一只胳膊动了一动，似乎是要搂住什么东西，而彼得知道她想搂住什么。

"噢，妈妈呀！"彼得自言自语地说，"要是你知道是谁坐在床尾的栏杆上该有多好啊！"

非常轻柔地，彼得拍着妈妈双脚支起被子弄出的小包。通过查看妈妈脸上的表情，彼得知道她喜欢这样。彼得知道自己只能非常轻声地叫声"妈妈"，否则她会醒来的，因为如果孩子叫妈妈，妈妈们会立刻醒过来。果真醒过来的话，妈妈肯定会兴奋地大叫，并紧紧抱住他。那种感觉对彼得来说该有多么美好啊！此外，噢，对妈妈来说该是多么曼妙的享受啊！恐怕那正是彼得想要做的。为

他们都飞到彼得的肩膀上搔他的痒。

了报答妈妈，彼得会毫不迟疑地给他妈妈一个女人应有的最大回报。彼得还认为，对于女人来说，没有什么比拥有一个自己的小男孩更好的了。拥有自己的孩子，女人们该多么自豪啊！彼得的看法非常正确，也非常恰当。

但是，为什么彼得长时间地坐在床尾栏上呢？他为什么不告诉妈妈他已经回来了呢？

我相当犹豫要不要说出真相。真相是彼得坐在那里，心里有两种矛盾的想法。有时候，彼得非常渴望地看着自己的妈妈，另外一些时候，彼得又非常渴望地看着窗口。再次成为妈妈的孩子当然很开心，但另一方面，他在肯辛顿花园里度过的日子多么快乐呀！而且彼得不确定，自己还喜欢再穿上衣服吗？彼得突然飞下床栏，打开几个抽屉，他想看一看自己以前穿的那些外衣。那些衣服仍旧放在那里，可是彼得记不起来该怎样穿上它们了。比如说，彼得看着那些短袜想，它们是应该戴在手上还是应该穿在脚上呢？他正打算在一只手上试穿一只袜子的同时，他面临着巨大的冒险。也许因为彼得拉抽屉发出了吱吱声，不管因为什么吧，彼得的妈妈一定是醒了，因为彼得听到她在喊"彼得"，听上去这是人类语言中最可爱的字眼。彼得仍旧坐在地板上，屏住呼吸，心里想着妈妈怎么知道自己回来了。如果妈妈再叫一声"彼得"的话，彼得打算也叫着"妈妈"，然后奔向妈妈的怀抱。但是，妈妈不再叫了，而只是轻轻地呻吟了几声。当彼得再次偷看妈妈时，发现她又睡着了，脸上还挂着两行泪水。

这让彼得感到非常难过，你猜他接下来做的第一件事情是什么？他坐在床尾的床栏上，用自己的笛子给妈妈吹奏了一首美妙的摇篮曲，彼得是用妈妈叫"彼得"的基调编成的这首曲子。彼得一直吹奏，直到妈妈脸上显出了幸福的表情才停下来。

彼得觉得自己太机智了。彼得差一点控制不住叫醒妈妈，听她说"噢，彼得，你吹奏得多么美妙"的念头。不过，现在妈妈的表情看上去很舒服了，彼得又把目光投向了窗口。你一定不要以为，彼得立即飞出了窗口，再也没有飞回来。彼得已经相当确定要做回妈妈的孩子了，只是犹豫着要不要从今天晚上开始。是彼得的第二个愿望让他感到烦恼，此时他不再希望变成一只鸟了，但如果不要求实现第二个愿望，似乎就浪费机会了。当然，如果不返回去找那些精灵，也就无法提出第二个愿望。彼得扪心自问，没有跟所罗门告别就飞走，是不是太无情了？"我非常非常想再乘坐我的帆船航行一回。"彼得非常渴望地对梦中的妈妈说道。他似乎是在与梦中的妈妈争论，好像她能够听到一般。"给鸟类讲述这次冒险经历的感觉应该非常棒。"他哄骗自己一般地说。

"我保证会回来的。"他发誓般地说，并打定了主意。

最终，你知道的，他飞走了。彼得又返回窗口两次，想要去亲吻他的妈妈，但是担心受到亲吻的喜悦之情会弄醒妈妈，因此最终他用笛子吹奏出可爱的亲吻声，然后飞回了肯辛顿花园。

许多夜晚过去了，甚至好几个月都过去了，彼得还没有向精灵提出想要实现的第二个愿望。虽然我不十分确定，但是我大概知道彼得拖延这么长时间的原因。一个原因是，彼得有太多的告别要说，不仅跟他特别要好的朋友告别，还要跟数百个他非常喜欢的地点告别。接下来彼得还要进行最后一次航行，真真正正的最后一次航行，所有乘坐画眉巢航行中的最后一次，还要做其他类似的事情。第二个原因是，花园里和小岛上以跟彼得告别的名义举办了无数场告别宴会。另外一个充足的理由是，毕竟，这事儿也不用忙，因为他的妈妈会永不厌倦地一直等着他。最后这个理由让老所罗门非常不高兴，因为这种行为鼓励了那些雏鸟延迟了变成婴儿的时间。所罗门有许多经典的座右铭，来激励鸟类正常地工作。诸如"不要因为你明天还能下蛋，就拖延今天的下蛋工作"，这句话就是"机会不等鸟（人）"的意思，因此对所罗门来说，没有比彼得快乐地拖延时间更糟糕的事情了。鸟类彼此指明了这一事实，然后堕入了懒惰的习惯。

不过，你要注意啦，尽管彼得在返回妈妈那里的时间上如此磨磨蹭蹭，但是他相当确定自己还是要回去的。最好的证据就是彼得与精灵们相处时非常小心谨慎。精灵们非常希望彼得留在肯辛顿花园里为他们吹奏舞曲，为了达到这个目的，他们想方设法诱使彼得说出这样的话："我希望草地不要这么潮湿。"有一些精灵想用跳舞超过规定时间的办法，希望彼得可以对他们大叫："我真希望你们能够守时！"如此一来，精灵们就可以名正言顺地说，这是彼得的第二个愿望啦。不过彼得让他们的计划落空了，尽管有时彼得已经开始说"我希望……",但他总是能及时停下来。因此当最终彼得勇敢地对精灵说"现在,我希望永远回到妈妈身边"的时候,他们还是无奈地搔得他肩膀直痒痒,然后让他飞走了。

最终,彼得匆匆忙忙地往妈妈家飞去,因为他曾经梦到过妈妈正在哭泣,也知道她在为什么重大事件而哭,一个来自她的优秀彼得的拥抱,就足以让她微笑起来。哦,对此他非常确信!彼得如此渴望依偎在妈妈的怀抱里,以至于这一次他直接飞向了那扇窗户,那扇总是为他打开着的窗户。

然而,那扇窗户却关闭了,窗户外面还加装了铁栅栏。彼得从窗口望进去,看到他的妈妈平静地睡在床上,一只手臂还搂着另一个小孩。

彼得叫道:"妈妈,妈妈!"可他妈妈并没有听见。彼得用自己的小手小脚敲打着栅栏,但都是徒劳的。他只好哭哭啼啼地飞回了肯辛顿花园,从此以后再也没有见过他亲爱的妈妈。彼得多么想成为令妈妈骄傲的孩子啊!唉,彼得哟!我们这些曾经犯过重大错误的人,在第二次机会来临时的举动多么不同啊!然而所罗门说得对——对我们绝大多数人来说,没有第二次机会。当我们到达那扇窗户时,已经到了窗户关闭的时间,而且为了保护新生命,窗户上已经安上了铁栅栏。

第五章

小房子

所有人都听说过肯辛顿花园的那栋小房子，那是在全世界范围内精灵为人类建造的唯一一栋房子。然而除了少数三四个人之外，没有人真正见过那栋房子。这几个人不仅见过这栋小房子，而且还在小房子里面睡过觉；而如果你没在里面睡过觉的话，你永远也不会见到那栋小房子。这是因为，当你躺下来睡觉时，这栋小房子并不在那里，可当你醒过来时却可以走出这栋小房子。

　　每个人都能够以某种方式看见这栋小房子，但是你看到的并不是真正的小房子，只是照射在窗户上的灯光。你看见了花园大门关闭之后的灯光。比如说，有一次在我们看完哑剧表演回家的路上，大卫相当清楚地看到了远方树林里的那栋小房子。而奥利弗·贝利在坦普尔逗留到很晚以后，也见到过那栋小房子。坦普尔是奥利弗爸爸的办公室。安吉拉·克莱尔喜欢让医生拔下她的一颗牙，因为在那之后她就可以在一家店铺里喝茶了，在喝茶的时候，她不只看到一盏灯，她一次性看到数百盏灯。这些肯定是精灵们建造小房子时使用的灯，因为精灵们每天晚上都在建造这栋小房子，只不过每晚建在花园的不同地方。安吉拉认为，其中一盏灯要比其他灯大，不过她并不是非常确信，因为那些灯光始终在跳动，说不定是另一盏灯要更大一些呢。不过，要是两盏较大的灯是同一盏的话，那就是彼得·潘的灯。许多孩子都曾见过这盏灯，因此看到它也没什么了不起。不过梅米·曼纳林因为成为第一个精灵为其建造小房子的人而出了名。

　　梅米始终是一个奇怪的小女孩，每当夜晚来临，她就会变得很怪异。她四岁大，白天她很正常。当她的哥哥托尼，一个六岁大的体格健壮的男孩引起她的注意时，她以正常的方式抬头看着他，试图模仿他的动作。当哥哥托尼把她推到一旁时，梅米看上去很开心，而不是很生气的样子。同样，当她打棒球的

一个正在收集残叶的精灵听到了他们的对话。

时候，尽管球已经在空中了，她还是会停下来，指着让你看她穿了一双新鞋。在白天，梅米是一个相当正常的孩子。

然而，每当夜幕降临以后，托尼，那个狂妄自大的男孩，在梅米面前收起了所有蔑视的神情，而且还非常惧怕地看着她。毫无疑问，随着夜幕的降临，梅米的脸上显现出一种我只能用"诡异"这个词来形容的表情。与托尼那种不安的眼神相比，这也算是一种平静的神情。然后，托尼就拿出自己最喜欢的玩具做礼物送给梅米（他总是在第二天早上拿回去），后者面带令人不安的微笑接受了这些礼物，托尼此时变得低声下气地哄着梅米。而梅米变得如此神秘的原因，（大体上说）是他们两人知道大人要送他们上床睡觉了。上床以后，梅米会变得更吓人。托尼恳求梅米今天晚上不要那样做，妈妈和那个脸色发红的保姆也会恐吓她不要那么做，但是梅米还是令人不安地微笑着。不久以后，房间里只剩下托尼和梅米两人和那盏夜灯的时候，梅米会突然坐起身来叫道："嘘！那是什么东西？"托尼哀求她："什么东西也没有——不要这样，梅米，不要这样！"同时用被子盖住自己的头。"那东西越来越近啦！"梅米大叫道。"噢，你瞧瞧它，托尼！它正用双角触摸你的床呢——它是你讨厌的东西，噢，托尼，噢！"直到托尼大叫着冲下楼梯，梅米才会停下来。当人们上楼要惩罚梅米时，他们往往发觉她已经平静地睡着了——并非假装睡着，你要知道，而是真的睡着了。梅米熟睡的样子，看上去就像一个甜美的小天使，可对我来说，这似乎使事情更加糟糕了。

不过等到了白天，当他们两人在肯辛顿花园里时，托尼自然是其中说话更多的一个。从他的言谈举止推测，托尼是一个十分勇敢的男孩，没有人能比梅米更为这一点而感到骄傲的啦。有一天，托尼打算等花园大门关闭以后，仍然留在花园里面，当托尼用一如既往的坚定语气告诉梅米的时候，梅米比其他任何时候都更加钦佩托尼。

"噢，托尼，"梅米会极其尊敬地说，"可是那些精灵会非常生气的！"

"也许吧。"托尼毫不在意地回答说。

"或许，"梅米激动地说，"或许彼得·潘会让你乘坐他的小船航行呢！"

"我会让彼得那么做的。"托尼回答。难怪梅米会以托尼为傲呢。

可是，他们不应该那么大声地说话，因为有一天，一个正在收集残叶的精

小精灵们在编织他们夏日的窗帘。

灵听到了他们的对话。小精灵们收集残叶是为了编织他们夏日的窗帘。打那以后，托尼就成了精灵们关注的男孩。精灵们会在托尼坐上横杆之前让横杆松动，致使托尼后脑着地摔在地上；他们用抓住托尼的鞋带的方式让他绊倒；他们还会贿赂那些鸭子来弄沉托尼的船。因为一旦精灵们对你产生了憎恶之情，那么在肯辛顿花园里能够遇到的所有倒霉的事情，都会发生在你身上。这也提醒着你，当你说起精灵的时候，要非常小心。

梅米是那种会选定一天来做事情的孩子，可托尼不是，因此当梅米问托尼打算选择在哪一天等花园大门关闭后留下来时，托尼只是说"就是有一天啦"。至于到底是哪一天，托尼也不是很清楚，除非梅米问他"是不是今天"的时候，托尼才始终确定不移地说"不是今天"。所以梅米看出来啦，托尼正等待一个真正的好时机呢。

这让我们想起了一个花园里积满白雪的下午。当时圆形池塘也结了冰，不过冰还不够厚，无法在上面滑冰；不过至少你可以在第二天上午投掷石块打破冰面，许多聪明的小男孩和小女孩都是这么做的。

当托尼和他的妹妹抵达花园时，他们想直接到圆形池塘那里去，可是他们的奶妈说他们必须先快步走上一段时间，说这些话的同时，奶妈的眼睛一直盯着当晚花园关门的时间。黑板上写着五点半关门。可怜的奶妈啊！她就是那种因为世界上有这么多纯洁的小孩而不断嘲弄他们的那种人，但是自打那天以后，她就不能再嘲笑他们了。

就这样，他们沿着婴儿路来来回回地走着，等他们返回写着关门时间的黑板那里时，奶妈原本应该非常吃惊地发现，此时关门时间已经改成五点钟了。可是因为奶妈不熟悉精灵们的这些花招，因此她并没有看到（而梅米和托尼立刻看见了）精灵们已经更改了关门时间，因为今天夜里将举行一场精灵舞会。奶妈说，现在时间仅够他们走到小土丘那里，然后再返回来了。当他们快步跟着奶妈走的时候，后者几乎没有觉察到两个小家伙心中正在酝酿着什么激动人心的事情。你瞧啊，他们看到一场精灵舞会的机会来啦。托尼感到，他再也不能找到比这次更好的机会啦！

其实呀，托尼是迫不得已才这样想的，因为他妹妹梅米认为这件事对他来说再普通不过啦。她渴望的眼神分明是在问："就是今天吗？"而托尼吸了一口气，然后点了点头。梅米将自己的小手轻轻放入托尼的手中，她的手是热的，但是托尼的手是冰冷的。梅米做了一件非常体贴的事儿，就是取下自己的围巾递给了托尼，并小声说道："以防你会着凉。"梅米的小脸儿红扑扑的，可是托尼的脸色相当灰暗。

等他们走上小土丘顶端，返身往回走时，托尼低声对梅米说："我怕保姆会看着我，所以我不能那样做。"

梅米比以往更加钦佩托尼了，因为托尼不怕别的事情，只怕他们的保姆，而事实上有更多未知的令人恐怖的事情正等待着他呢。此时梅米大声说："托尼，我跟你赛跑，终点是大门口。"然后又悄声说："到那里以后，你就可以躲藏起来啦。"随后，赛跑开始了。

托尼总能轻而易举地把梅米落在身后很远，不过梅米从来不知道他能跑得像现在这样飞快，因此梅米确信托尼跑得快的原因是他想留出更多的时间来躲藏。"勇敢，太勇敢啦！"梅米崇拜的眼神似乎在这样喊着。不过让梅米异常吃惊的是，她的英雄并没有躲藏起来，反而直接冲出了花园大门！看到这痛心的一幕，梅米面无表情地停下了脚步，仿佛她满兜的心爱宝藏突然间流失殆尽一般；不过因为轻视之情占了上风，她没能哭出来。胸中涨满了对所有哀鸣的懦夫的不满情绪，梅米跑到圣戈沃尔井那里，代替托尼躲藏了起来。

当奶妈来到花园大门面前时，看到托尼在前方很远的地方，便以为她照看的另一个孩子也跟托尼在一起呢，于是她也走出了花园大门。暮色逐渐爬满了整个花园，数百个人走出了花园大门，其中包括最后一个总是得跑出花园大门的那个人。不过梅米并没有看见这些，因为她双眼紧紧闭着，激动的泪水将上下眼皮粘合在了一起。等梅米睁开眼睛时，有种非常冰冷的东西爬上她的双腿、双臂，落入她的心中，那种东西就是花园的寂静。然后，梅米听到"咣当"一声，紧接着，花园的另一部分也传来一声"咣当"声，随之远处的"咣当"声一声接着一声，那是花园大门关闭的声音。

最后一次"咣当"声消逝的瞬间，梅米清楚地听到一个声音说道："看来白天终于圆满结束啦。"这句带有木质的话语似乎来自她的上方，梅米抬起头来，

这让我们想起了一个花园里积满白雪的下午。

梅米跑到圣戈沃尔井那里，代替托尼躲藏了起来。

刚好看到一棵榆树正伸展着树枝打哈欠。

还没等梅米说出"我从不知道你会讲话"这句话，好像是出自井边那只舀水的长柄勺的金属质的声音对榆树评论道："我猜你那里有点儿冷吧？"榆树回答说："不是特别冷，不过要是你单腿站这么久，也会感到麻木的。"说完猛烈地拍打着树枝，就像一个车夫在马车起步以前挥舞马鞭一样。梅米非常惊奇地发现，其他大量高大的树木也在做着同样的动作。梅米蹑手蹑脚地来到婴儿路，机警地在一棵梅诺卡冬青树下伏下身子，后者只是耸了耸臂膀，好像并没有看见她。

现在，梅米一点儿也不冷。她穿了一件黄褐色的童装大衣，将风帽戴在头上，因此除了她的小脸儿和几缕卷发以外，没有任何其他部分暴露在空气中。梅米身体的其他部分，都深藏在多层暖和的衣服里面，以至于她看上去更像是一个球，腰围差不多有 40 英寸。

婴儿路上正发生着大量事情。梅米来得非常及时，刚好看到一株木兰花和一株花叶丁香花正跨过栏杆，开始了一次轻松的散步。它们走得的确不太平稳，不过那是因为它们都挂着拐杖的缘故。一株上了年岁的接骨木步履蹒跚地横穿过婴儿路，站在路的另一边，跟几棵年轻的椴梓树攀谈起来。它们也都挂着拐杖。这些拐杖就是绑在小树和树丛上的那些木棍，其实梅米对这些木棍再熟悉不过啦，但是直到今天夜里，梅米才知道它们的用途。

梅米朝婴儿路窥望，看到了她平生见过的第一个精灵。这个精灵是个街头男孩，正沿着靠近那些垂枝树木一侧的路向前走着。他是这样做的：他一边走一边去摁树干上的弹簧，这些树冠立马像雨伞那样收拢起来，树冠上的积雪则纷纷落在树下的那些弱小植物上面。"噢，你这个非常非常淘气的小男孩！"梅米愤怒地叫喊起来，因为梅米知道雨伞上的积雪猛然落到身上是一种什么感觉。

幸运的是，那个恶作剧的精灵所在的地方比较远，刚好听不到梅米的叫喊声。然而一株菊花却听到了这声叫喊，便尖叫道："哎呀！这是什么呀？"于是梅米不得不站了出来。随即，整个植物王国完全混乱了，大家都不知道该如何是好。

"当然啦，这件事跟我们无关，"植物们低声商量了一会儿以后，一株桃叶卫矛开口说，"但是你非常清楚，你不应该留在这里。我们或许应该像精灵们报告此事，你本人的意见是什么？"

一株上了年岁的接骨木步履蹒跚地横穿过婴儿路，站在路的另一边，跟几棵年轻的榅桲树攀谈起来。

然而一株菊花却听到了这声叫喊，便尖叫道："哎呀！这是什么呀？"

"我认为你们不应该向精灵报告。"梅米回答。这个回答让他们更加不知所措了，因此他们恼羞成怒地纷纷说没必要就此事跟她讨论。"要是我认为一件事情是错误的，我肯定不会问你们的意见。"梅米郑重地向植物们宣告。经过这样的对话之后，植物们自然不可能去报告了，于是他们纷纷说着"呜呼哀哉！""生活就是这样的"之类充满感慨的话，因为他们有时候是一群非常爱嘲讽的家伙。不过，梅米很为那些没有拐杖的植物感到惋惜，于是非常和善地对他们说："在我去精灵舞会之前，我愿意带着你们散散步，一次只能带着一个。你们可以靠在我身上，你们是知道的。"

这些没有拐杖的植物听到这些话，一起鼓起掌来。于是梅米陪同他们沿着婴儿路散步，然后再走回来，一次只能陪着一株植物。她用一只手臂搂住或者用一根手指捏着这些非常脆弱的植物，当他们走得太可笑的时候，她会帮助他们调整好步伐。梅米对待国外来的植物也像对待英国本土的植物一样好，尽管他们说的话她一句也听不懂。

大体说来，他们表现得都很好，尽管其中一些植物抱怨梅米陪自己走的距离，不如陪南希、格蕾丝或多萝西走得远，还有一些植物刺到了她，不过都是无心的，而且梅米表现得太像一位淑女了，一次都没抱怨过。走了那么多的路，可把梅米给累坏啦，同时她也急于离开这里，赶到舞会那里去，不过此时她不再感到害怕了。梅米不再感到害怕的原因是，现在已经是夜里，而你是知道的，一到夜里，梅米总是变得相当怪异。

此时，植物们勉勉强强地答应让梅米去舞会那里了。他们如此勉强的原因正如他们警告梅米的那样："如果精灵们看见你，他们会祸害你——把你刺死，或者强迫你照看他们的孩子，抑或把你变成一个像常绿橡树那样单调乏味的东西。"他们这样说的同时，还假装同情地看着一棵常绿橡树，原因是每到冬季他们都非常嫉妒常绿植物。

"噢，啊哈！"那棵橡树尖刻地回应说，"浑身穿得暖暖和和地站在这里，看着你们这些裸体的可怜家伙在风中颤抖，是一件多么舒服、惬意的事情啊！"

常绿橡树的话令他们很生气，尽管这其实是他们挑衅招致的结果，因此他们给梅米描述了一个非常压抑的危险画面——他们告诉梅米，如果她坚持要去

植物们警告梅米。

精灵舞会的话，她必定会面临这些危险。

梅米从一棵紫色榛树那里得知，目前宫廷里的人心情都不像往常那样好，原因是圣诞雏菊公爵那颗逗弄人的心。公爵是一位来自东方的精灵，因为患上一种可怕的病，身体感到非常不舒服。这种病就是丧失了爱的能力，尽管他试着见过许多国家的众多贤媛淑女，但他就是无法爱上她们中间的任何一位。统治花园的玛布女王曾深信不疑，认为她的那些宫女会迷住公爵。可是，唉！医生说公爵的心仍旧是冷的。这种情况让医生相当苦恼，他是公爵的私人医生。任何一位女士出现以后，医生立马就会去摸公爵的胸口，然后总是摇着自己的秃头咕哝着，"是冷的，相当冷。"玛布女王自然会觉得这是奇耻大辱，因此她首先命令宫廷上下的人哭上九分钟，看看是否有效；其次，她将此事怪罪到那些小爱神丘比特身上，并且颁布法令，命他们全都戴上丑角帽[1]，直到他们给公爵冰冻的心解冻之后，才能摘下来。

"我应该喜欢看到小爱神丘比特们戴着可爱的小丑角帽的样子，我多么想去看看啊！"梅米一边嚷着，一边跑开来去寻找他们。梅米这个举动非常鲁莽，因为小爱神们痛恨被嘲笑。

想要找到精灵们在哪里举办舞会总是很容易，因为在舞会举办地点与花园里精灵聚居区之间，拉着许多缎带。这样一来，那些受到邀请的精灵就可以步行来参加舞会，而不会弄湿他们的舞鞋啦。今夜的缎带是红色的，在白雪的映衬下显得格外美丽。

梅米沿着其中一条红色缎带向前走了一段路，途中没有遇到任何精灵。不过后来她终于看到一支精灵队伍朝她走了过来，可让梅米感到惊讶的是，这队精灵似乎是从舞会上返回的。这次遭遇非常突然，梅米只好弯下膝盖，双臂上举，装作是一把椅子，来骗过这些精灵。队伍的前面和后面各走着六名骑兵，走在中间的是一位身穿长袍、神情庄重的女士，长袍的后摆由两个男侍托着。托起的长袍后摆，就像一张躺椅似的，其上斜倚着一位可爱的女孩，因为贵族精灵都是以这种方式出行的。女孩身穿金色的雨制成的衣服，不过最令人羡慕

---

[1] 就是惩罚不用功的学生带的圆锥形纸帽。——译注

统治花园的玛布女王

医生摇着自己的秃头咕哝着，"是冷的，相当冷。"

的是她的颈部，她的颈部居然有着蓝色的、天鹅绒般光滑的肌肤。这种颜色的颈部自然会让她的钻石项链十分显眼，因为白色的肌肤不可能令钻石项链更加增色。出身名门的精灵都有望获得这种令人羡慕的效果，方法就是刺伤她们的皮肤，让蓝色的血液流出来染蓝她们的肌肤，你想象不出有什么东西能比蓝色脖子更加炫目了吧？除非你曾经见过珠宝商橱窗里的那些女士胸像。

梅米也注意到，队伍里的所有精灵似乎都怒气冲冲，他们把鼻子抬得非常高，甚至已经超出了精灵们抬高鼻子的安全范围。于是梅米断定，这一定是医生说的"是冷的，相当冷"的另一个病例。

就这样，梅米沿着缎带来到一处地方，缎带在这里变成了横跨在一个干涸的水坑上方的桥，有个精灵掉入小坑里爬不上来了。一开始，这个小小的少女精灵还很害怕好心前来帮助自己的梅米，可不一会儿工夫，这个小精灵就坐在梅米的手心儿里欢快地畅谈起来。她对梅米说，她的名字叫布朗妮[1]，尽管她只是一个可怜的街头歌手，但她还是踏上了前往舞会的路，因为她想看看公爵是否会接纳她。

"当然，"她说，"我相当平凡。"这话让梅米感到非常不安，因为，的确，对于一个精灵来说，这个率真的小家伙简直是太过平凡了。

要找到适合的话来回答她还真难。"我看出来了，你认为我没有机会。"布朗妮有些支支吾吾地说。

"我并没有那样说，"梅米礼貌地回答，"当然，你的脸有那么一点点不好看，但是——"对梅米来说，要找到适合的话来回答她真是太难了。

幸运的是，梅米记起了她爸爸和那个展览会的故事。梅米的爸爸曾前去参观一个非常时尚的展览会，展览会的第二天，只要花上两先令六便士便可以参观伦敦城所有最美丽的女士。但是当爸爸回到家里时，他并没有对梅米妈妈的相貌感到不满，反而对她妈妈说："真不敢相信，我亲爱的，再次见到一张不太好看的脸是多么大的安慰啊！"

梅米反复地给布朗妮讲述这个故事，这极大地增强了布朗妮的自信心。真

---

[1]Brownie，有"棕仙"的意思，传说中夜间来帮助人们做家务事的小仙童。——译注

的，她丝毫不再怀疑，认为公爵一定会选择她的，于是她沿着缎带飞奔而去，同时对梅米大喊着，让梅米不要跟着她，以免女王会伤害梅米。

然而梅米的好奇心驱使着她继续前行。不一会儿，梅米就在第七棵西班牙栗子树那里看到了一盏神奇的灯。梅米蹑手蹑脚地向那盏灯走过去，直到相当接近之后，才躲到一棵树后面偷偷地观看。

那盏与你们的头等高的灯，是由无数个萤火虫组成的，它们彼此紧紧地连在一起，在精灵圈的上空构成了一顶耀眼的天篷。有数千个小精灵在周围旁观，不过他们都站在暗处，与那些在明亮的光圈里光彩照人的精灵相比，他们的色彩比较单调。光圈里的那些精灵如此光彩夺目，以至于梅米在看他们的时候，不得不一直努力地眨着眼睛。

令梅米感到惊异甚至感到生气的是，那位圣诞雏菊公爵居然生不出来片刻的爱意。尽管丧失了爱的能力，但公爵那种忧郁的风度还是很吸引人的。你可以透过女王和宫女们（尽管她们装作漠不关心）不无遗憾的面容看出苗头；还可以通过那些被带到公爵面前等待接纳，而当被告知不受赏识便放声大哭的女士们瞧出端倪；你甚至可以从公爵本人最阴沉的脸上看出这种风度。

梅米也能看见那个自负的医生正摸着公爵的胸口，也能听到他机械地重复着他的看法。梅米尤其为那些小丘比特感到遗憾，他们都戴着小丑帽站在暗处，每当听到那句"是冷的，相当冷"的诊断意见，他们就倍感耻辱地低下他们那小小的头。

没有看到彼得·潘，梅米感到很失望，而我最好现在就告诉你们那天夜里彼得来得晚的原因，那是因为，彼得的小船当晚卡在蛇形湖的浮冰区了，为了通过浮冰区，他不得不用他那值得信赖的船桨开出一条危险的通道。

同样，精灵们也不能没有彼得，因为没有彼得他们就无法跳舞，他们的心情异常沉重。当精灵们伤心时，就会忘记舞步；而当他们高兴时，又会记起舞步。大卫告诉我，精灵们从来不说"我们感到高兴"，他们高兴时只会说"我们感到想要跳舞啦"。

当时，精灵们看上去的确不像想要跳舞的样子。就在此时，冷不防从旁观的精灵中发出一阵笑声。原来是布朗妮发出来的，她刚刚到达舞会现场，并坚

精灵们从来不说"我们感到高兴"，他们高兴时只会说"我们感到想要跳舞啦"。

精灵们看上去的确不像想要跳舞的样子。

持要行使被带到公爵面前的权利。

梅米急切地向前伸长了脖子，想看看她朋友的事情进展如何，尽管她真的没抱什么希望。似乎没有人对此事抱着一丁点儿希望，然而只有布朗妮本人除外，她此时绝对自信。布朗妮被带到公爵面前，医生毫不在意地把一根手指放在公爵的胸口。为了方便起见，在公爵装饰着钻石的衬衫上开了一个能够摸到心脏的活动门。然后，医生开始机械地说："是冷的，相当——"说到这里，他突然停住了。

"这是什么？"医生叫道，他先是像摇晃怀表那样晃了晃心脏，随后把自己的耳朵贴上去仔细听。

"哎呀，我的天哪！"医生大叫着，此时围观的精灵群中自然掀起了极大的骚动，到处都有昏厥过去的精灵。

每个人都屏住呼吸盯住公爵，公爵也十分震惊，看上去好像要逃走一样。"天哪！"精灵们听到医生嘀咕着，此时心脏显然已经燃起了火焰，因为医生不得不猛地从心脏上抽回手指，然后放进嘴里吮吸着。

精灵们异常焦急地等待着。

终于，医生鞠了一躬，以洪亮的声音兴高采烈地说道："我的公爵，我十分荣幸地告诉阁下，公爵大人您恋爱啦！"

你简直无法想象爱带来的效果。布朗妮对公爵张开双臂，公爵则投入布朗妮的怀抱中；女王跃入宫务大臣的怀中，宫女们也偎入各自的绅士们的怀抱，因为根据精灵宫的礼节，宫女们必须效仿女王陛下的每个动作。就这样，短短的一会儿工夫，就举行了将近五十场婚礼，因为对精灵们来说，投入彼此的怀抱，就是一场精灵婚礼。当然，肯定要有一位牧师在场啦。

精灵群欢呼雀跃的场面可真热烈啊！在小号的嘟嘟声中，月亮升起来啦。顷刻之间，数千对精灵抓住月亮的光线，仿佛它们是五月舞会中的缎带一般，疯狂、放纵地在精灵圈里跳起了华尔兹。最令人高兴的场面是，小丘比特们纷纷摘掉头上那可恨的小丑帽，将它们高高地抛向空中。随后，梅米走出来了，结果搞砸了这一切。

梅米就是情不自禁，她因自己小朋友的好运高兴得昏了头，于是向前走了

"我的公爵，"医生兴高采烈地说，"我十分荣幸地告诉阁下，公爵大人您恋爱啦！"

几步，狂喜地喊道："噢，布朗妮，太美好啦！"

每个精灵都站在那里一动不动，音乐停了，灯也熄灭了，在那个时候你只想说"哎呀，天哪！"梅米感到了危险即将降临的糟糕感觉，她记起自己是偷偷留在一个在关门和开门这段时间不准人类进入的地方的人类小孩，可为时已晚。她听到了精灵群中愤怒的抱怨声，她看到数千只寒光闪闪的剑要刺出她的鲜血，于是她恐怖地大叫一声，逃走了。

梅米跑得太拼命啦！跑的过程中，眼睛始终处于最前面，仿佛就要脱离开头部一样。许多次，她跌倒了，然后迅速地跳起身来接着奔跑。她的小脑袋充满了恐怖之情，使她完全感觉不到自己正身处花园之中。梅米知道并确信的唯一一件事，就是自己必须永不停歇地奔跑。在梅米进入无花果树林并睡着好长时间以后，她还以为自己正在奔跑呢。她以为落在脸上的雪花，是妈妈表达晚安的亲吻呢。她以为身上的雪花被子是一条温暖的毛毯，还似乎想拉上来盖住头部呢。当她在梦中听到说话的声音，还以为那是在自己睡着以后，妈妈带着爸爸来到儿童室门前探望自己呢，可那是精灵们的交谈声。

我终于可以高兴地告诉大家，精灵们不再渴望祸害梅米啦。当梅米开始逃走时，精灵们曾经喊得震天响，吵嚷着"杀死她！""把她变成极端令人讨厌的东西！"等诸如此类的话。不过他们的追击被耽搁了下来，因为他们在讨论由谁来打头阵为好。这给布朗妮公爵夫人留出了足够的时间，她飞奔到女王陛下面前请求赏赐一个恩典。

每一位新娘都有权请求一个恩典，而布朗妮请求保住梅米的性命。"你要求别的任何事情都行，这个除外！"女王严厉地回答说，所有其他精灵也随声附和："你要求别的任何事情都行，这个除外！"不过，等他们了解梅米如何友好地对待布朗妮，并鼓励布朗妮前去参加舞会，获得精灵伟大的幸福和声望以后，他们为这个人类小孩欢呼三声，然后像一支大军那样，动身前去感谢她了。女王和宫务人员走在最前列，华盖亦步亦趋紧随着女王。他们循着梅米在雪地上留下的脚印，很容易就找到了她。

然而，虽然他们在无花果树林的雪地里找到了梅米，但是他们似乎还无法向她表达谢意，因为他们不想弄醒了她。他们还是履行了感谢梅米的程序——

这也就是说，新登基的女王站在梅米的身体上，对梅米宣读了一段欢迎辞，可梅米一个字都没听见。他们还清除了盖在梅米身上的积雪，但很快她身上又盖上了一层雪，他们看出梅米面临着被冻坏的危险。

"把她变成某种不太容易冻坏的东西吧。"精灵医生们的建议似乎还不错。不过他们能想到的不怕冻坏的东西就只有雪花，"那样雪花会化掉的。"女王指出了问题所在，因此不得不放弃这种打算。

精灵们的下一个宏伟计划就是设法把梅米运送到一个有遮蔽的地方，不过，尽管精灵的数量非常多，可对他们来说，梅米也太重啦。看到此情此景，所有精灵女士都拿出手帕擦拭眼泪。不过，小爱神丘比特们很快想出了一个充满爱的主意，"围着她盖一栋房子，"他们大声说着，所有人立刻感到这正是他们应该做的事情。顷刻之间，100 位精灵锯木工跳上树枝开始工作，精灵建筑师们则围着梅米转来转去，忙着测量她的尺寸，一个精灵砌砖工的操作间出现在梅米的脚边，75 名精灵泥瓦匠抬着奠基石飞快地跑过来，精灵女王主持了奠基仪式，被选为监工的精灵让所有男精灵来工地上工，工地上竖立起了众多脚手架，整个工地上响起了锤子、凿子和钻子的嗡鸣声，等屋顶盖好以后，精灵玻璃工连忙给房子安装好玻璃。

这栋房子刚好是按照梅米的大小建起来的，那样子真是可爱极了。修建房子时，梅米的一只胳膊是伸展着的，这可让那些精灵们犯了难，不过他们只烦恼了一小会儿，然后就加盖了一条通往前门的走廊把梅米的胳膊围在里面。房子上的窗户都像彩色图画书一样大小，而房门则更小一些，不过梅米可以通过掀开屋顶的方式轻易地出来。按照精灵们的习俗，他们高兴地为自己的聪明杰作鼓起掌来。精灵们简直太喜爱自己建造的这栋小房子了，因此他们简直无法接受房子完工的事实，于是他们又给房子加上许多小小的点缀，即便到那时为止，他们已经给房子加了太多的点缀啦。

比如说，有两个小精灵爬上梯子为房子加盖了一个烟囱。

"如今，恐怕这栋房子已经完全建好啦！"他们感叹道。

但是还没完呢！因为另外两个小精灵爬上梯子，在烟囱上绑上一些青烟。

"这一回的确完工啦。"他们非常不情愿地说。

围着梅米盖一栋房子。

"根本没有完工呐，"一只萤火虫嚷道，"如果她醒来后，看不到一盏夜灯，她会吓坏的。因此，我应该给她充当夜灯。"

"再等一下，"一位精灵瓷器商说，"我应该再为你加一个瓷灯托。"

现在，唉！房子绝对是盖好了。

噢，不要啊！

"天哪！"一个黄铜制造商大叫道，"门上居然没有安装把手！"于是他装上了一个黄铜把手。

就这样，一个五金商加上一把刮刀，一个老妇人拿来一个门垫，一群木匠抬来了一个集雨桶，那些油漆匠还坚持给桶上漆。

终于完工了！

"完工了？怎么能说完工了呢！"一个精灵水管工轻蔑地挖苦说，"还没有安装冷热水管呢！"随后他为房子安装了冷热水管。就在这时，一支精灵花匠大军推着精灵用的手推车，拿着铁锹，带着花种、球茎花根和许多温室花棚赶来啦。不一会儿工夫，他们就在走廊的右侧开辟了一个花园，还在走廊的左侧开垦出一片菜园，并在房子的每面墙壁种上了玫瑰和铁线莲。不到五分钟时间，所有可爱的小植物全都开花啦。

哎哟！现在这栋小房子多么漂亮啊！可最终它的的确确是完工了，因此精灵们只好离开小房子回去跳舞了。离开之前，所有的精灵都用手轻轻地抚摸了房子一下。最后一个离开的是布朗妮，在别的精灵走后，她又在房子旁边待了一会儿，并顺着烟囱放进去一个美梦。

整个夜晚，那个精致漂亮的小房子都矗立在无花果树林里保护着梅米，不过梅米本人却一直没有察觉。她一直睡到那个美梦完全结束以后，才在香甜而舒适的感觉中醒了过来。醒来时，清晨刚好从蛋里破壳而出。接着，梅米差不多又要睡着了，在睡意蒙眬中，她喊了一声"托尼"，因为她还以为自己睡在家中的儿童室里呢。因为没有听到托尼的回答，梅米坐起身来，与此同时她的头撞到了房顶，而房顶像一个盒盖似的打开了。令梅米感到迷惑不解的是，她看到了周围深埋在大雪中的肯辛顿花园。由于没有待在儿童室中，梅米怀疑自己不是真的看到了这些景色，于是她掐了自己脸颊一下，知道是自己真的看到了这一切，并想起来自己正处在一次伟大的历险过程中呢。现在她记起了一切，记起了从花园关闭大门到逃离众精灵的所有事情。不过，她开始自问，难道是自己跑到这么有趣的地方来的吗？梅米从房顶迈出来，刚好跨过了花园，随后她看到了自己过夜的这栋小房子。这栋精致的小房子使她看得入了迷，因此再也空不出心思来想其他事情了。

"噢，你多么漂亮！噢，你多么亲切！噢，你多么可爱！"梅米连连叫喊。

或许是一个来自人类的声音吓到了小房子，抑或是小房子知道自己的工作完成了，因此梅米刚说完那些赞美的话，小房子就开始越变越小了。小房子变小的速度非常缓慢，以至于梅米几乎不相信它正在缩小，可不一会儿工夫，梅米就看出来现在那个小房子再也装不下自己了。小房子还是跟从前一样完整，它只是越来越小了，花园、菜园也同时在缩小。随着房子和花园、菜园的缩小，周围的积雪逐渐蔓延过来，占据了缩减出来的空间。现在，小房子只有一个狗窝大小了，又过了一阵儿，只有一个诺亚方舟大小了。不过你仍旧能够看到烟囱里冒出的烟，能够看到门上的黄铜把手和墙壁上的玫瑰，每样东西都完好无损。那盏萤火虫夜灯也越变越小，不过仍旧亮着。"亲爱的，最可爱的小房子，请不要走！"梅米喊着，同时双膝跪在地上，因为如今小房子只有一个线轴大小了，不过仍然完好。但是当梅米恳求地伸出双臂时，积雪从四面八方蔓延过来，直到彼此汇合到一处。如今小房子矗立的地方，只剩下一片平整而浩瀚的雪野。

梅米任性般地跺着脚捂着眼睛大哭起来，就在此时，她听到一个亲切的声音说道："不要哭，美丽的人类，不要哭。"于是梅米转过身来，看到了一个全身赤裸的小男孩恳切地望着她。梅米马上想到，他一定就是彼得·潘。

第六章

彼得的山羊

梅米感到很害羞，可彼得根本不知道害羞为何物。

"我希望你度过了一个非常愉快的夜晚。"彼得热诚地说。

"谢谢！"梅米回答说，"我睡得非常舒服，非常温暖。但是你——"她难为情地看着彼得赤裸的身体，"——难道你一点也不冷吗？"

其实"冷"是彼得已经忘掉的另一个字，于是他回答说："我想我不冷，不过也许我错了。你要知道，我相当无知。我并不是一个真正的人类男孩，所罗门说我是一个半人半鸟。"

"那么说，它们这样称呼你？"梅米若有所思地说。

"这并不是我的名字，"彼得解释说，"我名叫彼得·潘。"

"是的，我当然知道，"梅米说，"我还知道所有人都知道你叫彼得·潘。"

你们简直无法想象，当彼得知道花园大门外的所有人知道他的时候，他有多么高兴。彼得请求梅米告诉他，花园外面的人都知道关于他的什么事情，还有他们如何看待他，梅米一五一十地全都告诉了彼得。此时，他们正坐在一个倒地的大树上，彼得帮助梅米清理了树上的积雪之后才让她坐下，不过自己却坐在有积雪的地方。

"你靠近一些。"梅米说。

"那是什么意思？"彼得问，梅米示范给他该如何做，于是彼得照做了。他们开始交谈起来，彼得发现人类知道有关他的许多事情，但还不是全部。比如说，他们不知道他回到妈妈那里时被关在窗户栅栏外面了，不过他对梅米只字未提，因为对彼得来说，这仍算是一件丢脸的事情。

"人类知道我像真正的人类小男孩那样做游戏吗？"彼得非常骄傲地说，

"噢，梅米，请你讲给他们听吧！"可当彼得说出自己是如何玩的，说出如何让铁环在圆形池塘里航行等诸如此类的玩法时，梅米简直诧异极了。

"你的所有玩法，"梅米瞪大了眼睛看着彼得说，"都完完全全地错啦，跟人类男孩的玩法一点也不一样。"

听到这些，可怜的彼得发出了一声低沉的呻吟，就这样，他平生第一次哭了。不过我不知道他哭了多长时间。梅米极其同情彼得，还好心地把自己的手帕借给他，可彼得丝毫不知道如何使用手帕，于是梅米示范给彼得看。更确切地说，就是梅米用手帕擦了擦自己的眼睛，然后把手帕递给彼得，梅米说："现在你学着做。"可彼得并没有擦自己的眼睛，而是去擦梅米的眼睛，不过梅米认为最好假装彼得已经做对了。

出于怜悯，梅米说："如果你愿意的话，我想吻你一下。"尽管彼得曾经知道什么是"吻"，但时间过去太久，他想不起"吻"到底是什么了。不过他还是回答说："谢谢！"同时伸出一只手，还以为梅米会往他手里放入什么东西呢。这个举动让梅米大吃一惊，不过因为梅米不知道如何解释才会不让彼得感到羞耻，所以她机智地把一个恰好在自己口袋里的顶针放入了彼得手中，并假装它就是一个吻。可怜的小彼得啊！他完全相信梅米，因此直到今天，彼得的一只手指上还带着那个顶针呢，尽管现在几乎所有人都很少用到顶针。你们要知道，彼得尽管还是一个小婴儿的模样，可自从最后一次见到他妈妈以来，已经过去了许多许多年，我敢说，那个后来替代了彼得的位置的小婴儿，如今已经长成一个蓄着胡须的成年人了。

不过呀，你们一定不要因为彼得还是一个小婴儿就值得同情，而不值得羡慕。如果梅米一开始是这样想的，很快她便发现自己是大错而特错了。当彼得对梅米讲述他的冒险故事时，她的眼中流露着羡慕的神情，尤其当彼得讲到他是如何驾驶着画眉巢往返于小岛和花园之间时，梅米简直羡慕极啦。

"太传奇啦！"梅米叫道，不过梅米又使用了一个彼得不懂的词语，彼得还以为梅米在鄙视自己呢，因此垂下了头。

"我猜托尼是不是肯定没做过这种事？"彼得非常挫败地问道。

"没有，从来没有！"梅米肯定地回答，"他要是做了，一定会害怕的。"

"什么是'害怕'？"彼得充满渴望地问。他还以为那一定是一件了不起的事情呢。"我真希望你教我如何才会'害怕'，梅米。"彼得说道。

"我相信没有人能够教会你'害怕'。"梅米十分崇拜地说，可彼得还以为梅米认为他很笨呢。梅米把托尼的所做所为以及自己在夜里为了吓唬托尼做的那些捣蛋的事情（梅米十分清楚那都是一些捣蛋的事情）都告诉给了彼得。可彼得误解了梅米的意思，他还说："哦，我多希望我也像托尼一样勇敢呀！"

这句话可惹恼了梅米，"你比托尼勇敢二十倍，"梅米说，"你是我有生以来见过的最勇敢的男孩！"

彼得简直不敢相信梅米说的意思，不过等他的确相信以后，他高兴地大叫起来。

"如果你非常想吻我一下，"梅米说，"那么你就吻吧。"

十分不情愿地，彼得开始从手指上往下褪那个顶针。他还以为梅米想要回去呢。

"我的意思不是说一个'吻'，"梅米连忙说，"我是说一个'顶针'。"

"'顶针'是什么？"彼得问。

"它就像这样。"说着梅米吻了一下彼得。

"我很愿意给你一个'顶针'，"彼得庄重地说，于是他吻了梅米一下。事实上，他给了梅米好多个"顶针"，随后他想到了一个令人欣喜的主意。"梅米，"彼得说，"你能嫁给我吗？"

说来也怪，与此同时，梅米也有了相同的念头。"我很愿意嫁给你，"梅米回答说，"可是你的小船能够容纳得下两个人吗？"

"如果你靠近些就可以。"彼得热切地说。

"那些鸟也许会生气吧？"

彼得告诉梅米，说那些鸟类会很欢迎她。尽管我本人不是很确信这一点。不过在冬日里，只有很少的一些鸟。"当然，它们可能很想要你的衣服。"彼得不得不支支吾吾地承认说。

梅米对鸟类的此举感到有些愤怒。

"鸟类总是只想着自己的鸟巢，"彼得满怀歉意地说，"只要一点点"——彼得从梅米的皮上衣上抓下一点毛——"它们就会非常感动的。"

"它们不应该拿走我衣服上的毛。"梅米有些严厉地说。

"不,"彼得说着,同时仍旧抚弄着梅米衣服上的毛,"不,梅米,"彼得兴高采烈地说,"你知道我为什么爱你吗?就因为你看上去真像一个美丽的鸟巢啊!"

不知道为什么,彼得的话让梅米感到很不舒服。"我想你现在说话时更像一只鸟,而不像一个小男孩。"梅米踌躇地说。确实,彼得此时看上去更像是一只鸟。"说到底,"梅米说,"你不过是一个半人半鸟。"不过,梅米感到这句话深深地伤害了彼得,于是她立刻补充说:"那肯定是一件非常美妙的事情。"

"那么,来做一只半人半鸟吧,亲爱的梅米。"彼得恳求她说,同时他们起身向小船走过去,因为现在已经快到花园开门的时间了。"你一点儿也不像一个鸟巢。"彼得对梅米耳语道,希望能取悦她。

"可是我认为像一个鸟巢也不错啊!"梅米以一个女人爱争辩的方式回答说,"况且,彼得,我亲爱的,尽管我不会给鸟类皮毛,但是我并不介意它们在我的衣服里面筑巢。设想一下,在我的衣领里有一个鸟巢,而且里面还有带斑点儿的鸟蛋,那种感觉该多么奇妙啊!噢,彼得,简直太有趣啦!"

不过,当他们靠近蛇形湖时,梅米有些颤抖地说:"当然,我应该经常回去探望妈妈,相当经常地。这种事情不应该搞得像我要跟妈妈永别一样,应该一点儿也不一样。"

"哦,不一样。"彼得回答说,不过在他的内心深处,他十分清楚:其实是非常一样的。要不是彼得十分害怕失去梅米的话,他一定会如实告诉她的。彼得非常喜欢梅米,他感到自己的生活中不能没有她。"她迟早会忘记她妈妈的,她会跟我幸福地生活在一起。"彼得不断这样告诫自己,同时带着梅米匆匆赶路,并在路上给了梅米很多"顶针"。

然而,即便梅米看到了那只小船,并因它的可爱而兴奋得大叫出来时,她仍旧语音颤抖地谈论着她的妈妈。"你非常清楚,彼得,是不是?"梅米说,"除非我知道无论我什么时候想去看妈妈就能去,否则我不会跟你走的。彼得,告诉我,我想什么时候去看妈妈都可以。"

彼得重复了这句话，但是他没敢看着梅米的眼睛说。

"只要你能够确信，你妈妈永远需要你。"彼得酸溜溜地补充了一句。

"你怎么会有妈妈不会永远需要我的想法呢！"梅米叫道，与此同时，她的脸上闪耀着光芒。

"如果她不把你关在栅栏外面的话。"彼得哑着嗓音说。

"妈妈的门，"梅米回答说，"会永远、永远敞开着，我妈妈也会永远待在门口等我回去的。"

"那么，"彼得不无残酷地说，"上船吧，如果你这么相信妈妈的话。"同时协助梅米登上了画眉巢。

"可你为什么用那种眼神看着我呢？"梅米抓住彼得的手臂问道。

彼得努力不去看梅米，并试图驾船离开。最终，他还是深吸了一口气，跳上岸，非常伤心地坐在岸边的积雪上。

梅米走过来，"发生了什么事情，我亲爱的彼得？"她充满疑惑地问。

"噢，梅米！"彼得哭喊道，"如果你认为你还能够经常回来，我带你走是不公平的。你的妈妈。"——他又深吸了一口气——"你不像我一样了解妈妈们。"

接下来，彼得给梅米讲述了他是如何被关在栅栏外面的悲惨遭遇。听的过程中，梅米一直抽泣着。"但是我的妈妈，"她说，"我的妈妈——"

"是的，她也会那样做的，"彼得说，"她们都一样。我敢说，你妈妈目前已经在寻找另一个替代品了。"

梅米惊恐地说，"我不相信。你要明白，当你飞走后，你妈妈就一无所有了，可是我妈妈还有托尼，而妈妈们只要有一个孩子肯定就满足了。"

彼得挖苦地回答："你应该看看已经有六个孩子的女士们写给所罗门的那些信。"

就在此时，他们听到一声铁栅栏门刺耳的"吱嘎"声，接着，花园四周连续传来"吱嘎、吱嘎"声，是公园开大门的声音。此时彼得神经紧张地跳上小船，他知道如今梅米不会跟他一起走了，他尽量勇敢地不哭出来。可此时的梅米已经泣不成声。

"如果我来的不那么晚就好啦，"梅米痛苦地说，"噢，彼得，要是妈妈此时已经得到另一个婴儿就好啦！"

彼得再次跳上了岸，仿佛梅米呼唤他回来的一样。"我今天夜里还会回来看你的，"彼得靠近她说道，"而且如果你动作快点儿的话，我想你会及时赶回家的。"

此时彼得在梅米甜美的小嘴上印下了最后一个"顶针"，然后用双手捂住了脸，以免自己看到梅米离开的场面。

"亲爱的彼得！"梅米哭喊着。

"亲爱的梅米！"那个悲剧男孩也哭喊着。

梅米投入彼得的怀抱，因为那是一种精灵的婚礼仪式，然后她匆匆离开了。嚄，她奔向花园大门的速度可真快啊！至于彼得呢，你可以确信，当天夜里一等大门落锁的声音响过，他就返回了肯辛顿花园，不过他在那里没有找到梅米，因此他知道梅米及时回家了。长久以来，彼得始终希望某天夜里梅米会回到他的身边；许多次，他都期待当自己的小船靠岸时，能够看见梅米在蛇形湖的岸边等他，但是梅米一直没有回来。其实，梅米也很想回到彼得身边，但是她担心如果她再次见到自己亲爱的半人半鸟，她会逗留过长时间，此外，她的奶妈也一直留心照看着她。不过，梅米时常非常钟爱地谈起彼得，她还为彼得编织了一个壶柄套。有一天，当梅米想知道彼得喜欢什么样的复活节礼物时，她妈妈提出了一个建议。

"没有什么东西——"妈妈若有所思地说，"能够比送给他一只山羊更有用啦。"

"彼得可以骑在山羊背上，"梅米兴奋地叫道，"同时还可以吹奏他的笛子。"

"如此说来，"她妈妈问道，"你会把你那只山羊，也就是你夜里用来吓唬托尼的那一只送给彼得吗？"

"可它并不是一只真的山羊。"梅米说。

"对托尼来说，似乎是一只真山羊。"她妈妈回答说。

"在我看来，那只山羊也十分逼真。"梅米承认说，"但是我该用什么方法把它送给彼得呢？"

她妈妈知道一种方法。于是第二天，她们在托尼（他其实是个不错的男孩，尽管他并非是无可匹敌的）的陪同下来到了肯辛顿花园。梅米独自一人站在精灵圈里，接下来她妈妈——一位天资聪颖的女士说：

"我的女儿，请告诉我，如果你能够，
你打算把什么礼物送给彼得·潘？"

对此，梅米回答说：

"我要送一只山羊给他来骑，
请看着我将它抛向四面八方。"

然后，梅米朝四下里挥舞着手臂，仿佛正在播撒种子一般，接着又转了三圈。

紧接着，托尼说道：

"如果彼得发现山羊在这里等他，
可否让我不再感到害怕？"

梅米回答说：

"黑夜和白昼为证，我深情地发誓：
无论身在何地，永不再看山羊。"

梅米还在一个可靠的地方给彼得留下一封信，在信中向彼得说明了一切，并恳请他让精灵们把那只山羊变成一个方便骑行的真山羊。令人满意的是，所有事情都像梅米希望的那样实现了：彼得发现了那封信，而精灵们把那只山羊变成一只真山羊自然是再容易不过的事情了。这就是彼得如何得到那只山羊的故事。如今，每天夜里彼得仍旧骑着那只山羊在肯辛顿花园里漫游，同时吹奏出悠扬、卓越的笛声。梅米信守了自己的誓言，从此以后，再也没有拿一只山羊来吓唬托尼，尽管我听人家说她又制造了另一种动物。直到梅米长成一个大姑娘以后，她始终还在肯辛顿花园里给彼得留下礼物（同时留下一封信，说明人类玩这些东西的方法），不过梅米不是唯一给彼得留下礼物的人类。比如说，大卫也会在花园里给彼得留下礼物。而且我和大卫知道在花园里哪个地点给彼得留下礼物最可靠，如果你也想给彼得留礼物的话，我们可以告诉你那个地点。但是看在上帝的分上，你千万不要当着波瑟斯的面问这个问题，因为这只狗非常喜欢玩具，要是它发现那个地点的话，会把所有玩具都拿走的。

尽管彼得始终记得梅米，不过他现在像以往一样快乐了；当他跳下小船，躺在草地上快活地踢蹬着腿时，心中时常充满了纯粹的喜乐。喔，他玩得太开心啦！然而彼得心中始终埋藏着自己曾经是一个人类的模糊记忆，这使他对那些到访小岛的家养燕子尤其友善，因为那些家养燕子都是夭折小孩的灵魂。这些燕子总是在它们生前居住过的房屋的房檐底下筑巢，有时候，它们还会从窗户飞进婴儿室，或许这正是彼得在所有鸟类中间最爱它们的原因。

而那栋小房子呢？现在啊，在每一个规律关门的夜晚（也就是说，在每一个精灵不举行舞会的夜晚），精灵们都会建造一栋小房子，以防哪个人类小孩会留在花园里。彼得则骑着山羊，带领着精灵大军，在花园里四处寻找留下的小孩。如果彼得发现了他们，就会把他们放在山羊背上，驮到小房子那里去。当人类小孩睡醒时，他们正躺在小房子里；而当他们迈出小房子，就会看到它的全貌。精灵们建造小房子的原因，仅仅是因为他们建造的小房子太漂亮啦。而彼得在花园里四处骑行是为了纪念梅米，因为他仍旧喜爱做他自以为的人类男孩会做的事情。

可是你们千万不要以为，因为林中的某个地方有一栋闪烁着灯光的小房子，是你们在花园关门后仍旧留在花园里的安全场所。如果精灵中有哪几个邪恶的精灵，碰巧在那天夜里外出，他们自然会祸害你的。即使没有邪恶精灵伤害你，你也有可能会在彼得找到你之前，已经在黑暗和寒冷中死去了。有那么几次，彼得来的非常晚。当他发现自己来得太晚的时候，他便飞奔回画眉巢去取他的船桨，因为梅米已经告诉他那只船桨的真正用途。彼得用它给那个小孩挖一个

如果精灵中有哪几个邪恶的精灵，碰巧在那天夜里外出。

他们自然会祸害你的。

坟墓，并竖立一块墓碑，还在墓碑上刻上那个可怜孩子名字大写的首字母。彼得之所以这样做，是因为他认为那些真正男孩也会这样做的。你们一定曾注意过那些小石碑吧，它们都是两两并立的。彼得之所以将两块石碑立在一起，是因为这样的话，它们看上去不太孤单。我认为，肯辛顿花园最动人的风景，就要数沃尔特·斯蒂芬·马修斯与菲比·菲尔普斯那两块墓碑了。它们并排立在威斯敏斯特区圣玛丽斧街上，据说那里是与帕丁顿区的交会处。彼得在那里发现两个婴儿，他们从婴儿车里掉了出来，但是大人都没有发现。菲比十三个月大，沃尔特可能还要更小一些，因为彼得好像认为在他的墓碑上写下任何年龄都不太合适。这两块墓碑肩并肩立在那里，其上简单的碑铭是这样的：

W.	和	13a
		P.P.
St. M.		1841.

有时候，大卫会在这两个婴儿的坟墓前放上一束白色的花。

然而对于父母来说是多么悲惨的事情啊！当他们在花园开门时匆匆进来寻找他们丢失的婴儿时，却只找到了一块最漂亮的墓碑！我真希望彼得不要经常使用他的铁锹船桨，因为那样太令人难过了。

仲夏夜之梦

[英] 莎士比亚 著

[英] 亚瑟·拉克汉 绘

朱生豪 译

吉林出版集团股份有限公司

图书在版编目（CIP）数据

仲夏夜之梦 /（英）莎士比亚著；朱生豪译 .

长春 : 吉林出版集团股份有限公司 , 2024. 10. --（拉

克汉插图本世界名著）. -- ISBN 978-7-5731-5665-5

I. I561.33

中国国家版本馆 CIP 数据核字第 2024D10K33 号

LAKEHAN CHATU BEN SHIJIE MINGZHU

拉克汉插图本世界名著

著　　者	[英]莎士比亚　等
译　　者	朱生豪　等
绘　　者	[英]亚瑟·拉克汉
出版策划	崔文辉
项目执行	赵晓星
选题策划	于媛媛　武　学
责任编辑	孙骏骅　徐巧智
封面设计	观止堂＿未氓
出　　版	吉林出版集团股份有限公司
	（长春市福祉大路 5788 号，邮政编码：130118）
发　　行	吉林出版集团译文图书经营有限公司
	（http://shop34896900.taobao.com）
电　　话	总编办 : 0431-81629909　营销部 : 0431-81629880/81629900
印　　刷	大厂回族自治县益利印刷有限公司
开　　本	710 mm × 1000 mm　1/16
印　　张	47
字　　数	750 千字
版　　次	2024 年 10 月第 1 版
印　　次	2024 年 10 月第 1 次印刷
书　　号	ISBN 978-7-5731-5665-5
定　　价	398.00 元（全 5 册）

如发现印装质量问题，影响阅读，请与印刷厂联系调换。电话：13521219071

地点

雅典及附近的一座森林

剧中人物

忒修斯	雅典公爵
伊吉斯	赫米娅之父
拉山德	
狄米特律斯	} 同恋赫米娅
菲劳斯特莱特	掌戏乐之官
昆斯	木匠　戏中戏饰念开场白之人
波顿	织工　戏中戏饰皮拉摩斯
斯纳格	细工木匠　戏中戏饰狮子
弗鲁特	修风箱者　戏中戏饰提斯柏
斯诺特	补锅匠　戏中戏饰墙
斯塔弗林	裁缝　戏中戏饰月亮
希波吕忒	阿玛宗女王，忒修斯之未婚妻
赫米娅	伊吉斯之女，恋拉山德
海伦娜	恋狄米特律斯
奥布朗	仙王
提泰妮娅	仙后
迫克	又名好人儿罗宾
豆花	
蛛网	
飞蛾	} 小神仙
芥子	

其他侍奉仙王、仙后的小仙人们

忒修斯及希波吕忒的侍从

赫米娅

海伦娜

目　录

ACT1
第一幕

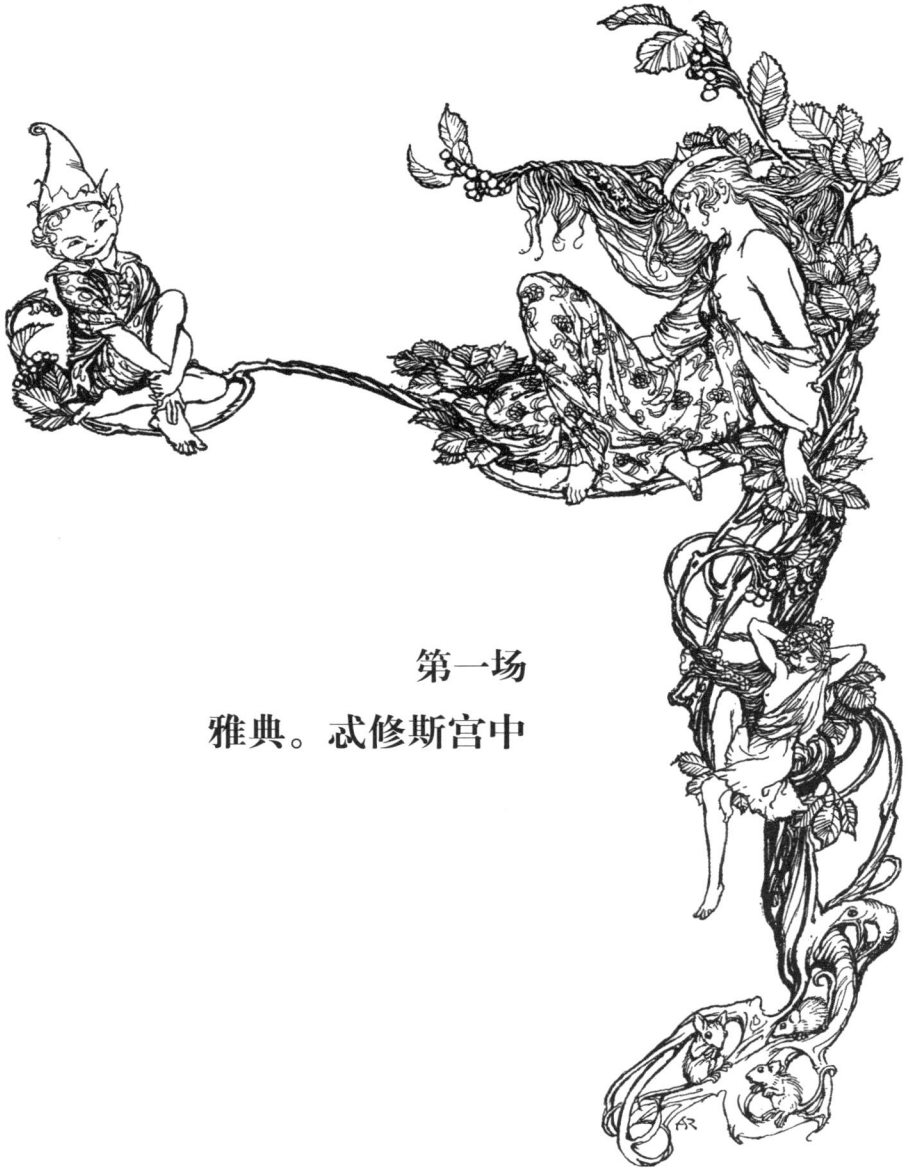

第一场

雅典。忒修斯宫中

忒修斯[1]、希波吕忒、
菲劳斯特莱特及其他人等上。

忒修斯：
美丽的希波吕忒，现在我们的婚期
已快要临近了，再过四天幸福的日子，
新月便将出来。但是，
唉！
这个旧的月亮消逝得多么慢，
她耽延了我的希望，
像一个老而不死的后母或寡妇，
尽是消耗着年轻人的财产。

希波吕忒：
四个白昼很快地便将成为黑夜，
四个黑夜很快地可以在梦中消度过去，
那时月亮便将像新弯的银弓一样，
在天上监视我们的良宵。

忒修斯：
去，菲劳斯特莱特，
激起雅典青年们的欢笑的心情，
唤醒活泼泼的快乐精神，
把忧愁驱到坟墓里去；
那个脸色惨白的家伙，是不应该让他参加在我
们的结婚行列中的。

（菲劳斯特莱特下）

希波吕忒，我用我的剑向你求婚，
用威力的侵凌赢得了你的芳心；
但这次我要换一个调子，
我将用豪华、夸耀和狂欢来举行我们的婚礼。

伊吉斯及其女赫米娅、拉山德、
狄米特律斯上。

---

[1] 忒修斯（Theseus）是希腊神话中的英雄，曾远征阿玛宗（Amazon），娶其女王希波吕忒（Hippolyta）。

伊吉斯：
威名远播的忒修斯公爵，祝您幸福！

忒修斯：
谢谢你，善良的伊吉斯。你有什么事情？

伊吉斯：
我怀着满心的气恼，
来控诉我的孩子，我的女儿赫米娅。
走上前来，狄米特律斯。
殿下，这个人是我答应叫他娶她的。
走上前来，拉山德。
殿下，这个人引诱坏了我的孩子。
你，你，拉山德，
你写诗句给我的孩子，
和她交换着爱情的纪念物；
在月夜她的窗前你用做作的声调歌唱着
假作多情的诗篇；
你用头发编成的手镯、戒指、虚华的饰物，
琐碎的玩具、花束、糖果，
这些可以强烈地骗诱一个稚嫩的少女之心的
信使来偷得她的痴情；
你用诡计盗取了她的心，
煽惑她使她对我的顺从变成倔强的顽抗。
殿下，假如她现在当着您的面仍旧不肯
嫁给狄米特律斯，
我就要要求雅典自古相传的权利，
因为她是我的女儿，我可以随意处置她；
按照我们的法律，
她要是不嫁给这位绅士，
便应当立即处死。

忒修斯：
你有什么话说，赫米娅？当心一点吧，美貌的女郎！
你的父亲对于你应当是一尊神明：
你的美貌是他给予你的，
你就像他在软蜡上按下的钤记，
他可以保全你，
也可以毁灭你。
狄米特律斯是一个很好的绅士呢。

赫米娅：
拉山德也很好啊。

忒修斯：
以他的本身而论当然不用说；
但要是做你的丈夫，他不能得到你父亲的同意，
就比起来差一筹了。

赫米娅：
我真希望我的父亲和我同样看法。

忒修斯：
实在还是应该你依从你父亲的眼光才对。

赫米娅：
请殿下宽恕我！
我不知道什么一种力量使我如此大胆，
也不知道在这里披诉我的心思将会
怎样影响到我的美名；
但是我要敬问殿下，
要是我拒绝嫁给狄米特律斯，
就会有什么最恶的命运临到我的头上？

忒修斯：
不是受死刑，
便是永远和男人隔绝。
因此，美丽的赫米娅，
仔细问一问你自己的心愿吧！
考虑一下你的青春，
好好地估量一下你血脉中的搏动；
倘然不肯服从你父亲的选择，
想想看能不能披上尼姑的道服，
终生幽闭在阴沉的庵院中，
向着凄凉寂寞的明月唱着黯淡的圣歌，
做一个孤寂的修道女了此一生？
她们能这样抑制了热情，到老保持处女的贞洁，
自然应当格外受到上天的眷宠；
但是结婚的女子如同被采下炼制过的玫瑰，
香气留存不散，比之孤独地自开自谢、
奄然朽腐的花儿，以尘俗的眼光看来，
总是要幸福得多了。

赫米娅：
就让我这样自开自谢吧，殿下，
我也不愿意
把我的贞操奉献给
我的心所不服的人。

忒修斯：
回去仔细考虑一下。等到新月初生的时候——
我和我的爱人
缔结永久的婚约的那天——
你便当决定，
倘不是因为违抗你父亲的意志而准备一死，
便是听从他而嫁给狄米特律斯；
否则就得在狄安娜的神坛前立誓严守戒律，
终身不嫁。

狄米特律斯：
悔悟吧，可爱的赫米娅！
拉山德，放弃你那无益的要求，
不要再跟我的确定的权利抗争了吧！

拉山德：
你已经得到她父亲的爱，狄米特律斯，
让我保有着赫米娅的爱吧；
你去跟她的父亲结婚好了。

伊吉斯：
无礼的拉山德！一点不错，我欢喜他，
我愿意把属于我所有的给他；
她是我的，
我要把我在她身上的一切权利都授给
狄米特律斯。

拉山德：
殿下，我和他一样好的出身；
我和他一样有钱；我的爱情比他深得多；
我的财产即使不比狄米特律斯更多，
也绝不会比他少；
比起这些来更值得夸耀的是，
美丽的赫米娅爱的是我。
那么为什么我不能享有我的权利呢？

讲到狄米特律斯，我可以当他的面宣布，
他曾经向奈达的女儿海伦娜调过情，
把她勾上了手；
这位可爱的女郎痴心地恋着他，
像崇拜偶像一样地恋着这个缺德的负心汉。

忒修斯：
的确我也听到过不少闲话，
曾经想和狄米特律斯谈起；
但是因为自己的事情太多，
所以忘了。来，狄米特律斯；
来，伊吉斯；你们两人跟我来，
我有些私人的话要对你们说。
你，美丽的赫米娅，
好好准备着依从你父亲的意志，
否则雅典的法律将要把你处死，
或者使你宣誓独身；
我们没有法子变更这条法律。
来，希波吕忒，怎样，我的爱人？
狄米特律斯和伊吉斯，走吧：
我必须差你们
为我们的婚礼办些事务，
还要跟你们商量一些和你们有点关系的事。

伊吉斯：
我们敢不欣然跟从殿下。

（除拉山德、赫米娅外，均下）

拉山德：
怎么啦，我的爱人！
为什么你的脸颊这样惨白？
你脸上的蔷薇怎么会凋谢得这样快？

赫米娅：
多半是因为缺少雨露，
但我眼中的泪涛可以灌溉它们。

拉山德：
唉！从我所能在书上读到、

在传说或历史中听到的，
真爱情的道路永远是崎岖多阻；
不是因为血统的差异——

赫米娅：
不幸啊，尊贵的要向微贱者屈节臣服！

拉山德：
便是因为年龄上的悬殊——

赫米娅：
可憎啊，年老的要和年轻人发生关系！

拉山德：
或者因为信从了亲友们的选择——

赫米娅：
倒霉啊，选择爱人要依赖他人的眼光！

拉山德：
或者，即使彼此两情悦服，
但战争、死亡或疾病却侵害着它，
使它像一个声音，
一片影子，一段梦，
一阵黑夜中的闪电那样短促，
在一刹那，它展现了天堂和地狱，
但还来不及说一声"瞧啊！"
黑暗早已张开口把它吞噬了。
光明的事物，总是那样很快地变成了混沌。

赫米娅：
既然真心的恋人们永远要受到磨折，
似乎是一条命运的定律，
那么让我们练习着忍耐吧；
因为这种磨折，
正和忆念、幻梦、叹息、希望和哭泣一样，
都是可怜的爱情缺不了的随从者。

拉山德：
你说得很对。听我吧，赫米娅。
我有一个寡居的伯母，

很有钱，没有儿女，
她的家离开雅典二十里路。
她看待我就像亲生的独子一样。
温柔的赫米娅，我可以在那边和你结婚，
雅典法律的利爪不能追及我们。
要是你爱我，
请你在明天晚上溜出你父亲的屋子，
走到郊外三里路那地方的森林里，
我就是在那边遇见你和海伦娜
一同过五月节[1] 的，
我将在那边等你。

赫米娅：
我的好拉山德！
凭着丘必特的最坚强的弓，
凭着他的金镞的箭，
凭着维纳斯的鸽子的纯洁，
凭着那结合灵魂、祐佑爱情的神力，
凭着古代迦太基女王焚身的烈火，
当她看见她那负心的特洛亚人扬帆而去的时候，
凭着一切男子所毁弃的约誓——
那数目是远超过于女子所曾说过的，
我发誓明天一定会到
你所指定的那地方和你相会。

拉山德：
愿你不要失约，情人。瞧，海伦娜来了。

（海伦娜上）

赫米娅：
上帝保佑美丽的海伦娜！你到哪里去？

海伦娜：
你称我美丽吗？请你把那两个字收回了吧！
狄米特律斯爱着你的美丽；
幸福的美丽啊！
你的眼睛是两颗明星，

---

[1] 英国旧俗于五月一日早起以露盥身，采花唱歌。

你的甜蜜的声音比之小麦青青、
山楂蓓蕾的时节
牧人耳中的云雀之歌还要动听。
疾病是能传染人的；唉，要是美貌也能传染的话，
美丽的赫米娅，我但愿传染上你的美丽：
我要用我的耳朵捕获你的声音，
用我的眼睛捕获你的注视，
用我的舌头捕获你那柔美的旋律。
要是除了狄米特律斯之外，整个世界都是属于
我所有，
我愿意把一切捐弃，但求化身为你。
啊！教给我你怎样流转你的眼波，
用怎么一种魔术操纵着狄米特律斯的心？

赫米娅：
我向他皱着眉头，但是他仍旧爱我。

海伦娜：
唉，要是你的颦蹙
能把那种本领传授给我的微笑就好了！

赫米娅：
我给他咒骂，但他给我爱情。

海伦娜：
唉，
要是我的祈祷也能这样引动他的爱情就好了！

赫米娅：
我越是恨他，他越是跟随着我。

海伦娜：
我越是爱他，他越是讨厌我。

赫米娅：
海伦娜，他的傻并不是我的错。

海伦娜：
但那是你的美貌的错处；
要是那错处是我的就好了！

赫米娅：
宽心吧，他不会再见我的脸了；
拉山德和我将要逃开此地。
在我不曾遇见拉山德之前，
雅典对于我就像是一座天堂；
啊，有怎样一种神奇在我的爱人身上，
使他能把天堂变成一座地狱！

拉山德：
海伦娜，我们不愿瞒你。
明天夜里，当月亮在镜波中
反映她的银色的容颜，
晶莹的露珠点缀在草叶尖上的时候——
那往往是情奔最适当的时候，
我们预备溜出雅典的城门。

赫米娅：
就是你我常常
在那边淡雅的樱草花的花坛上躺着
彼此吐露柔情衷曲的所在，
我的拉山德和我将要会集在林中，
从那里我们便将离别雅典，
去访寻新的朋友，和陌生人做伴了。
再会吧，亲爱的游侣！请你为我们祈祷；
愿你重新得到狄米特律斯的心！
不要失约，拉山德；
我们现在必须暂时忍受一下离别的痛苦，
到明晚夜深时再见面吧！

拉山德：
一定的，我的赫米娅。

（赫米娅下）

海伦娜，别了，如同你恋着他一样，
但愿狄米特律斯也恋着你！

（下）

海伦娜：
有些人比起其他的人来是多么幸福！

我的拉山德和我将要会集在林中。

在全雅典大家都以为我跟她一样美；
但那有什么相干呢？
狄米特律斯是不以为如此的。
除了他一个人之外大家都知道的事情，
他不会知道。
正如他那样错误地迷恋着赫米娅的秋波一样，
我也是只知道爱慕他的才智；
一切卑劣的弱点，
在恋爱中都成为无足轻重，
而变成美满和庄严。
爱情是不用眼睛
而用心灵看的，
因此生着翅膀的丘必特常被描成盲目；
而且爱情的判断全然没有理性，
只用翅膀不用眼睛，表现出鲁莽的急性，
因此爱神便据说是一个孩儿，
因为在选择方面他常会弄错。
正如顽皮的孩子惯爱发假誓一样，
司爱情的小儿也到处赌着口不应心的咒。
狄米特律斯在没有看见赫米娅之前，
他也曾像雨雹一样发着誓，说他是完全属于我的；
但这阵冰雹感到一丝赫米娅身上的热力，
便融解了，无数的誓言都化为乌有。
我要去告诉他美丽的赫米娅的出奔；
他知道了以后，明夜一定会到林中去追寻她。
如果为着这次的通报消息，
我能得到一些酬谢，我的代价也一定不小；
但我的目的是要补报我的苦痛，
使我能再一次聆接他的音容。

（下）

第二场

雅典。昆斯家中

昆斯、斯纳格、波顿、弗鲁特、
斯诺特、斯塔弗林上。

昆斯：

咱们一伙人都到了吗？

波顿：

你最好照着名单一个儿一个儿地
点一下名。

昆斯：

这儿是每个人名字都在上头的名单，
整个儿雅典都承认，
在公爵跟公爵夫人结婚那晚上，
在他们面前扮演咱们这一出插戏，
这张名单上的弟兄们是再合适也没有的了。

波顿：

第一，好彼得·昆斯，说出来这出戏讲的是什么，
然后再把扮戏的人名字念出来，
好有个头绪。

昆斯：

好。咱们的戏名是《最可悲的喜剧，
以及皮拉摩斯和提斯柏的最残酷的死》[1]。

波顿：

那一定是篇出色的东西，咱可以担保，
而且是挺有趣的。现在，好彼得·昆斯，
照着名单把你的角儿们的名字念出来吧。
列位，大家站开。

昆斯：

咱一叫谁的名字，谁就答应。
尼克·波顿，织布的。

波顿：

有。

---

[1] 皮拉摩斯（Pyramus）和提斯柏（Thisbe）的故事见奥维德《变形记》。

先说咱应该扮哪一个角儿，
然后再挨次叫下去。

昆斯：
你，尼克·波顿，派着扮皮拉摩斯。

波顿：
皮拉摩斯是谁呀？
一个情郎呢，还是一个霸王？

昆斯：
是一个情郎，
为着爱情的缘故，他挺勇敢地把自己毁了。

波顿：
要是演得活灵活现，那准可以引人掉下几滴泪来。
要是咱演起来的话，
让看客们大家留心着自个儿的眼睛吧。
咱一定把戏文念得凄凄惨惨，管保风云失色。
把其余的人叫下去吧。
但是扮霸王挺适合咱的胃口。
咱会把赫拉克勒斯扮得非常好，
或者什么大花脸的角色，
管保吓破人的胆。

　　　　　山岳狂怒的震动，
　　　　　裂开了牢狱的门；
　　　　　太阳在远方高举，
　　　　　慑服了神灵的魂。

那真是了不得！
现在把其余的名字念下去吧。
这是赫拉克勒斯的神气，霸王的神气；
情郎还得忧愁一点。

昆斯：
弗朗西斯·弗鲁特，修风箱的。

弗鲁特：
有，彼得·昆斯。

昆斯：
你得扮提斯柏。

弗鲁特：
提斯柏是谁呀？一个游侠吗？

昆斯：
那是皮拉摩斯必须爱上的姑娘。

弗鲁特：
哎，真的，别叫咱扮一个娘儿们。
咱的胡子已经长起来啦。

昆斯：
那没有问题。你得套上面具扮演，
你可以尖着嗓子说话。

波顿：
咱也可以把面孔罩住，
提斯柏也给咱扮了吧。
咱会细声细气地说话，
"提斯妮！提斯妮！
"啊呀！皮拉摩斯，奴的情哥哥，
是你的提斯柏，你的亲亲爱爱的姑娘！"

昆斯：
不行，不行，你必须扮皮拉摩斯。
弗鲁特，你必须扮提斯柏。

波顿：
好吧，叫下去。

昆斯：
罗宾·斯塔弗林，当裁缝的。

斯塔弗林：
有，彼得·昆斯。

昆斯：
罗宾·斯塔弗林，你扮提斯柏的母亲。
汤姆·斯诺特，补锅子的。

斯诺特：
有，彼得·昆斯。

昆斯：
你扮皮拉摩斯的爸爸；
咱自己扮提斯柏的爸爸；
斯纳格，做细木工的，你扮一只狮子。
咱想这本戏就此支配好了。

斯纳格：
你有没有把狮子的台词写下？要是有的话，
请你给我，因为我记性不大好。

昆斯：
你不用预备，你只要嚷嚷就算了。

波顿：
让咱也扮狮子吧。咱会嚷嚷，
叫每一个人听见了都非常高兴；
咱会嚷着嚷着，
连公爵都传下谕旨来说：
"让他再嚷下去吧！让他再嚷下去吧！"

昆斯：
你要嚷得那么可怕，
吓坏了公爵夫人和各位太太小姐们，
吓得她们尖声叫起来；
那准可以把咱们一起给吊死了。

众人：
那准会把咱们一起给吊死，
每一个母亲的儿子都逃不了。

波顿：
朋友们，你们说的很是。
要是你把太太们吓昏了头，
她们一定会不顾三七二十一把咱们给吊死。
但是咱可以把声音压得高一些，
不，提得低一些；
咱会嚷得就像一只吃奶的小鸽子那么温柔，
就像一只夜莺。

让咱也扮狮子吧。

昆斯：

你只能扮皮拉摩斯，

因为皮拉摩斯是一个讨人欢喜的小白脸，

一个体面人，就像你可以在夏天看到的那种人；

他又是一个可爱的堂堂绅士模样的人；

因此你必须扮皮拉摩斯。

波顿：

行，咱就扮皮拉摩斯。

顶好咱挂什么须？

昆斯：

那随你便吧。

波顿：

咱可以挂你那稻草色的须，

你那橙黄色的须，

你那紫红色的须，

或者你那法国金洋钱色的须，

纯黄色的须。

昆斯：

要是染上了法国风流病可就会掉光了须，

这下你就得光着脸蛋儿演啦。

列位，这儿是你们的台词。

咱请求你们，

恳求你们，要求你们，

在明儿夜里念熟，趁着月光，

在郊外一里路地方的森林里咱们碰头。

在那边咱们要练习练习，

因为要是咱们在城里练习，

就会有人跟着咱们，

咱们的玩意儿就要泄露出去。

同时咱要开一张咱们演戏所需要的东西的单子。

请你们大家不要误事。

波顿：

咱们一定在那边碰头。

咱们在那里排练起来，可以厚颜无耻一点，

可以堂堂正正一点。大家辛苦干一下，

要干得非常好。再会吧。

昆斯：

咱们在公爵的橡树底下再见。

波顿：

好了，可不许失约。

（同下）

ACT2
第二幕

第一场

雅典附近的森林

一小仙及迫克自相对方向上。

迫克：
喂，精灵！你漂流到哪里去？

小仙：
越过了溪谷和山陵，
穿过了荆棘和丛薮，
越过了围场和园庭，
穿过了激流和燔火：
我在各地漂游流浪，
轻快得像是月亮光；
我给仙后奔走服务，
草环上缀满轻轻露。
亭亭的莲馨花是她的近侍，
黄金的衣上饰着点点斑痣；
那些是仙人们投赠的红玉，
中藏着一缕缕的芳香馥郁；
我要在这里访寻几滴露水，
给每朵花挂上珍珠的耳坠。
再会，再会吧，你粗野的精灵！
因为仙后的大驾快要来临。

are not you he
That frights the maidens of the villagery

喂，精灵！你漂流到哪里去？

迫克：

今夜大王在这里大开欢宴，
千万不要让他俩彼此相见；
奥布朗的脾气可不是顶好，
为着王后的固执十分着恼；
她偷到了一个印度小王子，
就像心肝一样怜爱和珍视；
奥布朗看见了有些儿眼红，
想要把他充作自己的侍童；
可是她哪里便肯把他割爱，
满头花朵她为他亲手插戴。
从此林中、草上、泉畔和月下，
他们一见面便要破口相骂；
小妖们往往吓得胆战心慌，
没命地钻向橡实中间躲藏。

小仙：

要是我没有把你认错，
你大概便是名叫罗宾好人儿的、狡狯的、
淘气的精灵了。你就是惯爱吓唬乡村的女郎，
在人家的牛乳上撮去了乳脂，
使那气喘吁吁的主妇整天也搅不出奶油来；
有时你暗中替人家磨谷，
有时弄坏了酒使它不能发酵；夜里走路的人，
你把他们引入了迷途，自己却躲在一旁窃笑；
谁叫你"大仙"或是"好迫克"的，
你就给他幸运，帮他做工；
那就是你吗？

迫克：

仙人，你说得正是；
我就是那个快活的夜游者。
我在奥布朗跟前想出种种笑话来逗他发笑，
看见一头肥胖精壮的马儿，
我就学着雌马的嘶声把它迷昏了头；
有时我化作一颗焙熟的野苹果，
躲在老太婆的酒碗里，
等她举起碗想喝的时候，
我就啪地弹到她嘴唇上，
把一碗麦酒都倒在她那皱瘪的喉皮上；
有时我化作三脚的凳子，

她偷到了一个印度小王子，就像心肝一样怜爱和珍视。

从此林中、草上、泉畔和月下，他们一见面便要破口相骂。

我就是那个快活的夜游者。

夜里走路的人，你把他们引入了迷途，自己却躲在一旁窃笑。

满肚皮人情世故的婶婶刚要坐下来
讲她那感伤的故事，我便从她的屁股底下滑走，
把她翻了一个大元宝，一头喊"好家伙！"
一头咳呛个不住，
于是周围的人大家笑得前仰后合。
他们越想越好笑，鼻涕眼泪都笑了出来，
发誓说从来不曾
逢到过比这更有趣的事。
但是让开路来，仙人，奥布朗来了。

小仙：
娘娘也来了。他要是走开了才好！

奥布朗及提泰妮娅各带侍从，自相对方向上。

奥布朗：
真不巧又在月光下碰见你，骄傲的提泰妮娅！

提泰妮娅：
嘿，嫉妒的奥布朗！神仙们，快快走开；
我已经发誓不和他同游同寝了。

奥布朗：
等一等，坏脾气的女人！我不是你的夫君吗？

提泰妮娅：
那么我也一定是你的尊夫人了。
但是你从前溜出了仙境，
扮作牧人的样子，整天吹着麦笛，
向风骚的牧女调情，
这种事我全知道。
今番你为什么要从迢迢的印度平原上
赶到这里来呢？
无非是为着那位高傲的阿玛宗女王，
你的勇武的爱人，
要嫁给忒修斯了，
所以你得赶来向他们祝贺祝贺。

奥布朗：
你怎么好意思说出这种话来，提泰妮娅，

"—down topples she,"

把我的名字和希波吕忒牵涉在一起诬蔑我？
你自己知道你和忒修斯的私情瞒不过我。
不是你在朦胧的夜里引导他离开被他
所俘掠的佩丽古娜？
不是你使他负心地遗弃了美丽的伊葛梨、
爱丽亚邓和安提奥巴[1]？

提泰妮娅：
这些都是因为嫉妒而捏造出来的谎话。
自从仲夏之初，
我们每次在山上、谷中、
树林里、草场上、细石铺底的泉旁，
或是海滨的沙滩上聚集，
预备和着鸣啸的风声跳环舞的时候，
总是被你吵断了我们的兴致。
风因为我们不理会他的吹奏，生了气，
便从海中吸起了毒雾。
毒雾化成瘴雨下降地上，
使每一条小小的溪河都耀武扬威地
泛滥到岸上：
因此牛儿白白牵着轭，
农夫枉费了他的血汗，
青青的嫩禾还没有长上芒须，便朽烂了。
空了的羊栏露出在一片汪洋的田中，
乌鸦饱啖着瘟死了的羊群的尸体。
跳舞作乐的草坪满是泥泞，
杂草丛生的小径因为无人行走，
已经难以辨清。
人们在五月天得穿着冬日的衣袄，
晚上再听不到欢乐的颂歌。
执掌潮汐的月亮，因为再也听不见夜间颂神的歌声，
气得脸孔发白，
在空气中播满了湿气，
一沾染上身就要害风湿症。
因为天时不正，
季候也反了常：白头的寒霜
倾倒在红颜的蔷薇的怀里，
年迈的冬神薄薄的冰冠上，

---

[1] 指忒修斯的情人，先后为其所弃。

却嘲讽似的缀上了
夏天芬芳的蓓蕾的花环。
春季、夏季、丰收的秋季、暴怒的冬季，
都改换了他们素来的装束，
惊愕的世界不能再从他们的出产上
辨别出谁是谁来。
这都因为
我们的不和所致，
我们是一切灾祸的根源。

奥布朗：
那么你就该设法补救，这全然在你的手中。
为什么提泰妮娅要违拗她的奥布朗呢？
我所要求的，不过是一个小小的换儿[1]
做我的侍童罢了。

提泰妮娅：
请你死了心吧，
整个仙境也不能从我手里换得这个孩子。
他的母亲是我神坛前的一个信徒，
在芬芳的印度的夜晚，
她常常在我身旁闲谈，
陪我坐在海神的黄沙上，
凝望着水面的商船；
我们一起笑着那些船帆因狂荡的风而怀孕，
一个个凸起了肚皮；
她那时也正怀孕着这个小宝贝，
便学着船帆的样子，
美妙而轻快地凌风而行，
为我往岸上寻取各种杂物，
回来时就像航海而归，
带来了无数的商品。
但她因为是一个凡人，
所以在产下这孩子时便死了。
为着她的缘故我才抚养她的孩子，
也为着她的缘故我不愿舍弃他。

奥布朗：
你预备在这林中耽搁多少时候？

---

[1] 传说中仙人常于夜间将人家美丽小儿窃去，以愚蠢的妖童换置其处。

提泰妮娅：
也许要到忒修斯的婚礼以后。
要是你肯耐心地和我们一起跳舞，
看看我们月光下的游戏，
那么跟我们一块儿走吧；不然的话，请你不要见我，
我也决不到你的地方来。

奥布朗：
把那个孩子给我，我就和你一块儿走。

提泰妮娅：
把你的仙国跟我掉换都别想。小仙们，去吧！
要是我再多留一刻，我们就要吵起来了。

（率侍从等下）

奥布朗：
好，去你的吧！为着这次的侮辱，
我一定要在你离开这座林子之前给你一些惩罚。
我的好迫克，过来。
你记不记得有一次我坐在一个海岬上，
望见一个美人鱼骑在海豚的背上，
她的歌声是这样婉转而谐美，
镇静了狂暴的怒海，
好几个星星都疯狂地跳出了他们的轨道，
为了听这海女的音乐？

迫克：
我记得。

奥布朗：
就在那个时候，你看不见，
但我能看见持着弓箭的丘必特在冷月和
地球之间飞翔；
他瞄准了坐在西方宝座上的一个童贞女，
很灵巧地从他的弓上射出他的爱情之箭，
好像它能刺透十万颗心的样子。
可是只见小丘必特的火箭在如水的冷洁的月光
中熄灭，
那位童贞的女王心中一尘不染，
在纯洁的思念中安然无恙。

小仙们，去吧！要是我再多留一刻，我们就要吵起来了。

她的歌声是这样婉转而谐美。

少女们把它称作"爱懒花"。

我所看见的那支箭却落下在
西方一朵小小的花上，
本来是乳白色的，现在已因爱情的创伤而被染
成紫色，
少女们把它称作"爱懒花"。
去给我把那花采来。我曾经给你看过它的样子。
它的汁液如果滴在睡着的人的眼皮上，
无论男女，醒来一眼看见什么生物，
都会发疯似的对它恋爱。
给我采这种药来。
在鲸鱼还不曾游过三里路之前，必须回来复命。

迫克：
我可以在四十分钟内环绕世界一周。

（下）

奥布朗：
这种花汁一到了手，
我便留心着等提泰妮娅睡了的时候
把它滴在她的眼皮上，
她一醒来第一眼看见的东西，
无论是狮子也好，熊也好，狼也好，
公牛也好，或者好事的猕猴、忙碌的无尾猿也好，
她都会用最强烈的爱情追求它。
我可以用另一种草
解去这种魔力，
但第一我先要叫她把那个孩子让给我。
可是谁到这儿来啦？他们看不见我，
让我听听他们的谈话。

狄米特律斯上，海伦娜随其后。

狄米特律斯：
我不爱你，别跟着我。
拉山德和美丽的赫米娅在哪儿？
我要把拉山德杀死，
但我的命却悬在赫米娅手中。
你对我说他们私奔到这座林子里，
因此我赶到这儿来；
可是因为遇不见我的赫米娅，

我简直要发疯啦。滚开！快走，
不许再跟着我！

海伦娜：
是你吸引我跟着你的，你这硬心肠的磁石！
可是你所吸的却不是铁，
因为我的心像钢一样坚贞。
要是你去掉你的吸引力，
那么我也就没有力量再跟着你了。

狄米特律斯：
是我引诱你吗？我曾经向你说过好话吗？
我不是曾经明明白白地告诉过你，
我不爱你而且也不能爱你吗？

海伦娜：
即使那样，也只是使我爱你爱得更加厉害。
我是你的一条狗，狄米特律斯，
你越是打我，我越是讨好你。
请你就像对待你的狗一样对待我吧，
踢我、打我、冷淡我、不理我，都好，
只容许我跟随着你，虽然我是这么不好。
在你的爱情里我要求的地位
难道比一条狗还不如吗？
但那对于我已经是十分可贵了。

狄米特律斯：
不要过分惹起我的厌恨吧，
我一看见你就头痛。

海伦娜：
可是我不看见你就心痛。

狄米特律斯：
你太不顾你自己的体面，
擅自离开城中，把你自己
交托在一个不爱你的人手里；
你也不想想你的贞操多么值钱，
就在黑夜中这么一个荒凉的所在，
盲目地听从着不可知的命运。

海伦娜：
你使我能够安心：
因为当我看见你脸孔的时候，
黑夜也变成了白昼，
因此我并不觉得现在是在夜里。
因此在这座林中我也不愁缺少伴侣：
你在我的眼光里是一切的世界，
要是一切的世界都在这儿瞧着我，
我怎么还是单身独自呢？

狄米特律斯：
我要逃开你，躲在丛林之中，
任凭野兽把你怎样处置。

海伦娜：
最凶恶的野兽也不像你那样残酷。
你要逃开我就逃开吧；从此以后，
古来的故事要改过了：
逃走的是阿波罗，追赶的是达芙妮；
鸽子追逐着鹰隼；温柔的牝鹿追捕着猛虎；
然而弱者追求勇者，
结果总是徒劳无益的。

狄米特律斯：
我不高兴听你再唠叨下去。让我走吧，
要是你再跟着我，相信我，
在这座林中你要被我欺负的。

海伦娜：
嗯，在寺庙中，在市镇上，在乡野里，
你到处都欺负我。唉，狄米特律斯！
你对我的虐待已经使我们女子蒙上了耻辱。
我们是不会像男人一样为爱情而争斗的，
我们应该被人家求爱，而不是向人家求爱。

（狄米特律斯下）

我要立意跟随你；我愿死在我所深爱的人的手
中，好让地狱化为天宫。

（下）

奥布朗：

再会吧，女郎！不等他走出这座森林，
你将逃避他，他将追求你。

迫克重上。

奥布朗：

你已经把花采来了吗？欢迎啊，浪游者！

迫克：

是的，它就在这儿。

奥布朗：

请你把它给我。
我知道一处茴香盛开的水滩，
长满着樱草和盈盈的紫罗兰，
馥郁的金银花，芳泽的野蔷薇，
漫天张起了一幅芬芳的锦帷。
有时提泰妮娅在群花中酣醉，
柔舞清歌低低地抚着她安睡；
在那里蛇儿蜕下斑斓的旧皮，
小精灵拾来当作合身的彩衣。
我要洒一点花汁在她的眼上，
让她充满了各种可憎的幻象。
其余的你带了去在林中访寻，
一个娇好的少女见弃于情人；
倘见那薄幸的青年在她近前，
就把它轻轻地点上他的眼边。
他的身上穿着雅典人的装束，
你须仔细辨认清楚不许弄错；
小心地执行着我谆谆的吩咐，
让他无限的柔情都向她倾吐。
等第一声雄鸡啼时我们再见。

迫克：

放心吧，主人，一切如你的意念。

（各下）

第二场

林中的另一处

来，跳一回舞。

提泰妮娅及侍从等上。

提泰妮娅：

来，跳一回舞，唱一曲神仙歌，

然后在一分钟内余下来的三分之一的时间里，

大家散开去：

有的去杀死麝香玫瑰嫩苞中的蛀虫；

有的去和蝙蝠作战，

剥下它们的翼革来为我的小妖儿们做外衣；

其余的人去赶逐每夜啼叫，

看见我们这些伶俐的小精灵们而惊骇的猫头鹰。

现在唱歌给我催眠吧。唱罢之后，

大家各做各的事，让我休息一会儿。

唱一曲神仙歌。

有的去和蝙蝠作战。

剥下它们的翼革来为我的小妖儿们做外衣。

小仙们的歌

两舌的花蛇，多刺的猬，
不要打扰着她的安睡；
蝾螈和蜥蜴不要行近，
仔细毒害了她的宁静。
　　夜莺，鼓起你的清弦，
　　为我们唱一曲催眠：
睡啦，睡啦，睡睡吧！睡啦，睡啦，睡睡吧！
一切害物远走高扬，
不会行近她的身旁；
晚安，睡睡吧！

织网的蜘蛛，不要过来；
长脚的蛛儿，快快走开！
黑背的蜣螂，不许走近；
不许莽撞，蜗牛和蚯蚓。

　　夜莺，鼓起你的清弦，
　　为我们唱一曲催眠：
睡啦，睡啦，睡睡吧！
睡啦，睡啦，睡睡吧！
一切害物远走高扬，
不会行近她的身旁；
晚安，睡睡吧！

（提泰妮娅睡）

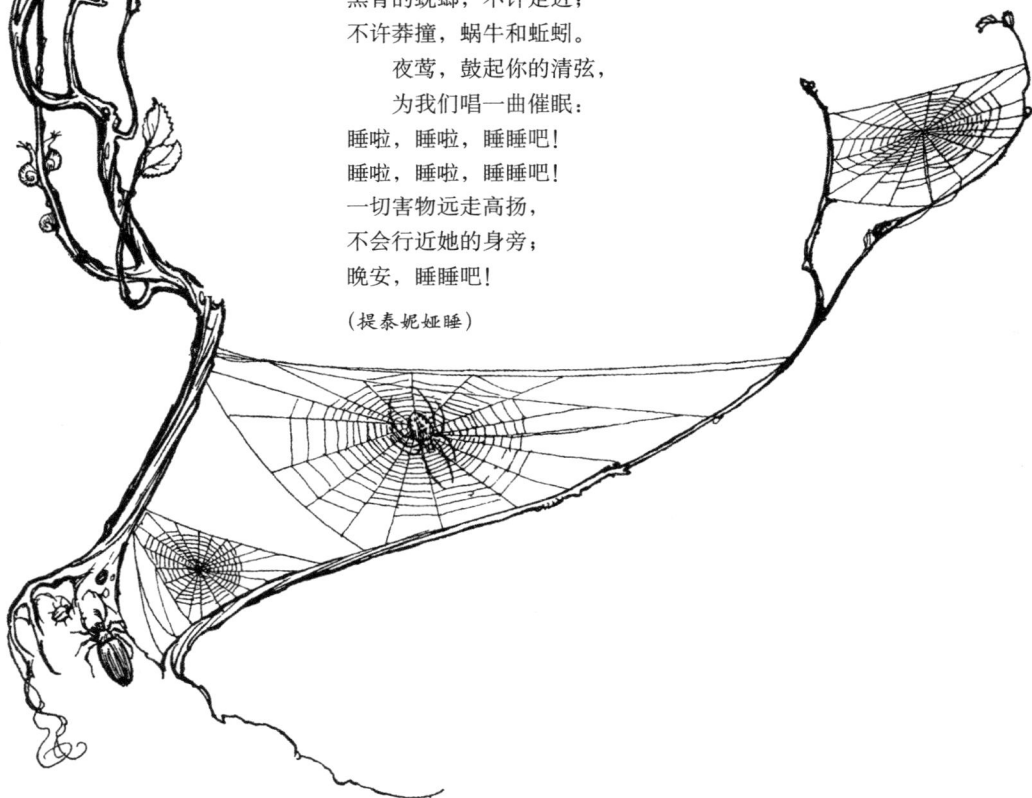

一小仙：
去吧！现在一切都已完成，
只需留着一个人做哨兵。

（众小仙下，提泰妮娅熟睡。）
奥布朗上，
挤花汁滴在提泰妮娅眼皮上。

奥布朗：
等你眼睛一睁开，
你就看见你的爱，
为他担起相思债：
山猫、豹子、
大狗熊，
野猪身上毛蓬蓬；
等你醒来一看见，
芳心可可为他恋。

（下）

一切害物远走高扬，不会行近她的身旁。

只需留着一个人做哨兵。

拉山德及赫米娅上。

拉山德：
好人，你在林中跋涉着，疲乏得快要昏倒了。
说老实话，我已经忘记了我们的路。
要是你同意，赫米娅，让我们休息一下，
等待到天亮再说吧。

赫米娅：
就照你的意思吧，拉山德。
你去给你自己找一处睡眠的地方，
因为我要在这水滨好好躺躺。

拉山德：
一块草地可以做我们两人枕首的地方；
两个胸膛一条心，应该合睡一个眠床。

赫米娅：
哎，不要，亲爱的拉山德；为着我的缘故，
我的亲亲，再躺远一些，不要挨得那么近。

拉山德：
啊，爱人！不要误会了我的无邪的本意，
恋人们原是应该明白彼此所说的话的。
我是说我的心和你的心联结在一起，
已经打成一片分不开来；
两个心胸彼此用盟誓联系，
共有着一片的忠贞。
因此不要拒绝我睡在你的身旁，赫米娅，
我一点没有坏心肠。

赫米娅：
拉山德真会说话。
要是赫米娅疑心拉山德有坏心肠，
愿她从此不能堂堂做人。
但是好朋友，为着爱情和礼貌的缘故，
请睡得远一些。在人间的礼法上，
这样的隔分对于束身自好的未婚男女，
是最为合适的。
这么远就行了。晚安，亲爱的朋友！
愿爱情永无更改，直到你生命的尽头！

拉山德：

依着你那祈祷我应和着阿门！阿门！

我将失去我的生命，如其我失去我的忠贞！

这里是我的眠床了，

但愿睡眠给予你充分的休养！

赫米娅：

那愿望我愿意和你分享！

（二人入睡）

迫克上。

迫克：

我已经在森林中间走遍，

但雅典人可还不曾瞧见，

我要把这花液滴在他眼上，

试一试激动爱情的力量。

静寂的深宵！啊，谁在这厢？

他身上穿着雅典的衣裳。

这正是我主人所说的他，

狠心地欺负那美貌娇娃；

她正在这一旁睡得酣熟，

不顾到地上的潮湿龌龊；

美丽的人儿！

她竟然不敢睡近这没有心肝的恶汉。

（挤花汁滴拉山德眼上）

我要在你眼睛上，坏东西！

倾注这魔术的力量神奇；

等你醒来的时候，让爱情

从此扰乱你睡眠的安宁！

别了，你醒来我早已去远，

奥布朗在盼我和他见面。

（下）

狄米特律斯及海伦娜奔驰上。

海伦娜：

你杀死了我也好，但是请你停步吧，

亲爱的狄米特律斯！

狄米特律斯：
我命令你走开，不要这样缠扰着我！

海伦娜：
啊！你要把我丢在黑暗中吗？请不要这样！

狄米特律斯：
站住！否则叫你活不成。我要独自走我的路。

（下）

海伦娜：
唉！这痴心的追赶使我乏得透不过气来。
我越是千求万告，越是惹他憎恶。
赫米娅无论在什么地方都是那么幸福，
因为她有一双天赐的迷人的眼睛。
她的眼睛怎么会这样明亮呢？
不是为着泪水的缘故，
因为我的眼睛被眼泪洗着的时候比她更多。
不，不，我是像一头熊那么难看，
就是野兽看见我也会因害怕而逃走；
因此一点也不奇怪狄米特律斯会这样逃避着我，
就像逃避一个丑妖怪。
哪一面欺人的坏镜子使我居然敢把
自己跟赫米娅的明星一样的眼睛相比呢？
但是谁在这里？
拉山德！躺在地上！
死了吗，还是睡了？我看不见有血，也没有伤处。
拉山德，要是你没有死，
好朋友，醒醒吧！

拉山德：
（醒）我愿为着你赴汤蹈火，
玲珑剔透的海伦娜！
上天在你身上显出他的本领，
使我能在你的胸前看彻你的心。
狄米特律斯在哪里？嘿！那个难听的名字
让他死在我的剑下多么合适！

海伦娜：
不要这样说，拉山德！不要这样说！

即使他爱你的赫米娅又有什么关系？
上帝！那又有什么关系？
赫米娅仍旧是爱着你的，
所以你应该心满意足了。

拉山德：
跟赫米娅心满意足吗？不，
我真悔恨和她在一起度过的那些可厌的时辰。
我不爱赫米娅，我爱的是海伦娜；
谁不愿意把一只乌鸦换一只白鸽呢？
人们的意志是被理性所支配的，
理性告诉我你比她更值得敬爱。
凡是生长的东西，不到季节，总不会成熟：
我一向因为年轻的缘故，我的理性也不曾成熟；
但是现在我的智慧已经充分成长，
理性指挥着我的意志，把我引到了你的眼前；
在你的眼睛里，我可以读到
写在最丰美的爱情的经典上的故事。

海伦娜：
我怎么忍受得下这种尖刻的嘲笑呢？
我什么时候得罪了你，使你这样讥讽我呢？
我从来不曾得到过，也永远不会得到，
狄米特律斯的一瞥爱怜的眼光，
难道那还不够，
难道那还不够，年轻人，
而你必须再这样挖苦我的短处吗？
真的，你侮辱了我；真的，
用这种卑鄙的样子向我假意献媚。
但是再会吧！
我还以为你是个较有教养的上流人。
唉！一个女子受到了这一个男人的摈拒，
还得忍受那一个男子的揶揄。

（下）

拉山德：
她没有看见赫米娅。赫米娅，睡你的吧，
再不要走近拉山德的身边了！
一个人吃饱了太多的甜食，
能使胸胃中发生强烈的厌恶，

改信正教的人，
最是痛心疾首于以往欺骗他的异端邪说；
你也正是这样。让你被一切的人所憎恶吧，
但没有别人比之我更为憎恶你了。
我的一切生命之力啊，用爱和力来尊崇海伦娜，
做她的忠实的骑士吧！

（下）

赫米娅：
（醒）救救我，拉山德！
救救我！用出你全身力量来，
替我在胸口上撵掉这条蠕动的蛇。
哎呀，天哪！做了怎样的梦！
拉山德，瞧我怎样因害怕而颤抖着。
我觉得仿佛一条蛇在嚼食我的心，
而你坐在一旁，瞧着它的残酷肆虐微笑。
拉山德！怎么，换了地方了？拉山德！好人！
怎么，听不见？去了？
没有声音，不说一句话？唉！
你在哪儿？要是你听见我，答应一声呀！
凭着一切爱情的名义，说话呀！
我差不多要因害怕而晕倒了。
仍旧一声不响！我明白你已不在近旁；
要是我寻不到你，我定将一命丧亡！

（下）

ACT3
第三幕

第一场

林中。提泰妮娅熟睡未醒

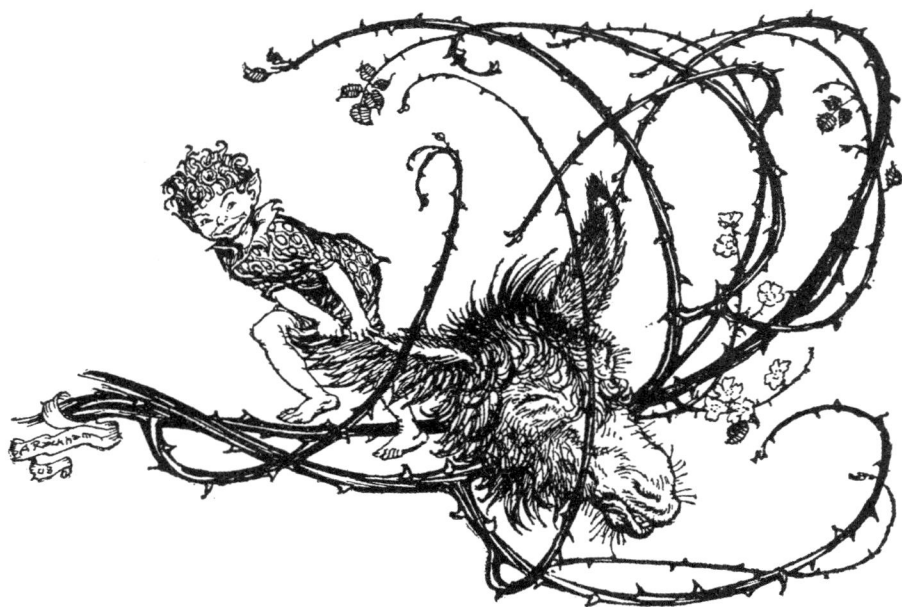

众小丑 波顿、昆斯、斯诺特、斯塔弗林、
弗鲁特、斯纳格上。

波顿：
咱们都会齐了吗？

昆斯：
妙极，妙极，
这儿真是给咱们排戏用的
一块再方便也没有的地方。
这块草地可以做咱们的戏台，
这一丛山楂树便是咱们的后台。
咱们可以认真扮演一下；
就像当着公爵殿下的面一样。

波顿：
彼得·昆斯——

昆斯：
你说什么，波顿好家伙？——

波顿：
在这本《皮拉摩斯和提斯柏》的戏文里，
有几个地方准难叫人家满意。
第一，皮拉摩斯该拔出剑来结果自己的性命，
这是太太小姐们受不了的。
你说可对不对？

斯诺特：
凭着圣母娘娘的名字，这可真的不是玩儿的事。

斯塔弗林：
我说咱们把什么都做完之后，
这一段自杀可不用表演。

波顿：
不必，咱有一个好法子。
给咱写一段开场诗，
让这段开场诗大概这么说：
咱们的剑是不会伤人的；
实实在在皮拉摩斯并不真的把自己干掉了。

顶好再那么声明一下，
咱扮着皮拉摩斯的，并不是皮拉摩斯，
实在是织工波顿：
这么一来她们就不会吓了。

昆斯：
好吧，就让咱们有这么一段开场诗，
咱可以把它写成八六体。

波顿：
把它再加上两个字，
让它是八个字八个字那么的吧。

斯诺特：
太太小姐们见了狮子不会哆嗦吗?

斯塔弗林：
咱担保她们一定会害怕。

波顿：
列位，你们得好好想一想：
把一头狮子，老天爷保佑咱们！
带到太太小姐们的中间，
还有比这更荒唐得可怕的事吗？
在野兽中间，狮子是再凶恶不过的。
咱们可得考虑考虑。

斯诺特：
那么说，就得再写一段开场诗，
说他并不真的是狮子。

波顿：
不，你应当把他的名字说出来，
他的脸蛋的一半要露在狮子头颈的外边；
他自己就该说着这样或者诸如此类的话：
"太太小姐们"，或者说，
"尊贵的太太小姐们，咱要求你们"，
或者说，"咱请求你们"，
或者说，"咱恳求你们，
不用害怕，不用发抖；
咱可以用生命给你们担保。

要是你们想咱真是一头狮子，
那咱才真是倒霉啦！不，
咱完全不是这种东西；
咱是跟别人一样儿的人。"
这么着让他说出自己的名字来，
明明白白地告诉她们，他是细工木匠斯纳格。

昆斯：
好吧，就是这么办。但是还有两件难事：
第一，咱们要把月亮光搬进屋子里来；
你们知道皮拉摩斯和提斯柏是在月亮底下相见的。

斯纳格：
咱们演戏的那天可有月亮吗？

波顿：
拿历本来，拿历本来！
瞧历本上有没有月亮，有没有月亮。

昆斯：
有的，那晚上有好月亮。

波顿：
啊，那么你就可以把大厅上的
一扇窗打开，
月亮就会打窗子里照进来啦。

昆斯：
对了，否则就得叫一个人一手拿着柴枝，
一手举起灯笼，
登场说他是代表着月亮。
现在还有一件事，
咱们在大厅里应该有一堵墙，
因为故事上说，
皮拉摩斯和提斯柏是凑着一条墙缝彼此讲话的。

斯纳格：
你可不能把一堵墙搬进来。
你怎么说，波顿？

波顿：

让什么人扮作墙头，

让他身上带着些灰泥黏土之类，

表明他是墙头；

让他把手指举起做成那个样儿，

皮拉摩斯和提斯柏就可以在手指缝里

低声谈话了。

昆斯：

那样的话，一切就都齐全了。

来，每个老娘的儿子都坐下来，

念着你们的台词。

皮拉摩斯，你开头，

你说完了之后，

就走进那簇树后。

这样大家可以按着尾白[1]挨次说下去。

迫克自后上。

迫克：

哪一群伧夫俗子胆敢

在仙后卧榻之旁鼓唇弄舌？

哈，在那儿演戏！让我做一个听戏的吧；

要是看到机会，也许我还要做一个演员哩。

昆斯：

说吧，皮拉摩斯。提斯柏，站出来。

波顿：

提斯柏，

　　花儿开得十分腥——

昆斯：

　　十分香，十分香。

波顿：

　　——开得十分香；

---

[1]尾白，指一句特定的介词，第一个演员念到"尾白"时，第二个演员便开始接话。

你的气息，好人儿，也是一个样。

听，那边有一个声音，你且等一等，

一会儿咱再来和你诉衷情。

（下）

迫克：

请看皮拉摩斯变成了怪妖精。

（下）

弗鲁特：

现在该咱说了吧?

昆斯：

是的，该你说。你得弄清楚，

他是去瞧瞧什么声音去的，

等一会儿就要回来。

弗鲁特：

最俊美的皮拉摩斯，

肌肤白得赛过纯白的百合花，

脸孔红如红玫瑰，

活泼的青年，最可爱的宝贝，

忠心耿耿像一头顶好的马。

皮拉摩斯，咱们在尼内[1]的坟头相会。

昆斯：

"尼纳斯的坟头"，老兄。

你不要就把这句说出来，

那是要你答应皮拉摩斯的。

你把要你说的话不管什么尾白不尾白，

都一股脑儿说出来啦。皮拉摩斯，进来。

你的尾白已经给你说过了，是"顶好的马"。

弗鲁特：

噢。

---

[1] 尼内是尼纳斯之讹，尼尼微城的建立者。"尼内"照字面讲有"傻子"之意。

忠心耿耿像一头顶好的马。

迫克重上；波顿戴驴头随上。

波顿：
美丽的提斯柏，咱是整个儿属于你的！

昆斯：
怪事！怪事！咱们见了鬼啦！
列位，快逃！快逃！救命哪！

（众下）

迫克：
我要把你们带领得团团乱转，
经过一处处沼地、草莽和林薮；
有时我化作马，有时化作猎犬，
化作野猪、没头的熊，或是磷火；
我要学马样嘶，犬样吠，猪样嗥，
熊一样的咆哮，
野火一样燃烧。

（下）

波顿：
他们干吗都跑走了呢？
这准是他们的恶计，要把咱吓一跳。

斯诺特重上。

斯诺特：
啊，波顿！你变了样子啦！
你头上是什么东西呀？

波顿：
是什么东西？
你瞧见你自己变成了一头蠢驴啦是不是？

（斯诺特下）
昆斯重上。

怪事！怪事！咱们见了鬼啦！列位，快逃！快逃！救命哪！

啊，波顿！你变了样子啦！

昆斯：

天哪！波顿！

天哪！你变啦！

（下）

波顿：

咱看透他们的鬼把戏；

他们要把咱当作一头蠢驴，想出法子来吓咱。

可是咱决不离开这块地方，

瞧他们怎么办。

咱要在这儿跑来跑去；咱要唱个歌儿，

让他们听见了知道咱可一点不怕。

（唱）

> 山乌嘴巴黄沉沉，
>
> 浑身长满黑羽毛，
>
> 画眉唱得顶认真，
>
> 声音尖细是欧鹟。

提泰妮娅：

（醒）什么天使使我从百花的卧榻上醒来呢？

波顿：

> （唱）鹈鸽，麻雀，百灵鸟，
>
> 还有杜鹃爱骂人，
>
> 大家听了心头恼，
>
> 可是谁也不回声。

真的，谁耐烦跟这么一头蠢鸟斗口舌呢？

即使它骂你是乌龟，

谁又高兴跟它争辩呢？

提泰妮娅：

温柔的凡人，请你唱下去吧！

我的耳朵沉醉在你的歌声里，

我的眼睛又为你的状貌所迷惑；

在第一次见面的时候，

你的美姿已使我不禁说出而且矢誓着我爱你了。

咱要唱个歌儿，让他们听见了知道咱可一点不怕。

波顿：
咱想，奶奶，
您这可太没有理由。
不过说老实话，
现今世界上理性可真难得跟爱情碰头；
也没有哪位正直的邻居大叔给他俩
撮合撮合做朋友，真是抱歉得很。
哈，我有时也会说说笑话。

提泰妮娅：
你真是又聪明又美丽。

波顿：
不见得，不见得。
可是咱要是有本事跑出这座林子，
那已经很够了。

提泰妮娅：
请不要跑出这座林子！
不论你愿不愿，你一定要留在这里。
我不是一个平常的精灵，
夏天永远听从我的命令；
我真是爱你，因此跟我去吧。
我将使神仙们侍候你，
他们会从海底里捞起珍宝献给你；
当你在花茵上睡去的时候，他们会给你歌唱；
而且我要给你洗涤去俗体的污垢，
使你身轻得像个精灵一样。
豆花！蛛网！
飞蛾！芥子！

四神仙上。

豆花：
有。

蛛网：
有。

飞蛾：
有。

请不要跑出这座林子！

豆花！蛛网！飞蛾！芥子！

芥子：

有。

四仙：

（合）差我们到什么地方去?

提泰妮娅：

恭恭敬敬地侍候这先生，
蹿蹿跳跳地追随他前行；
给他吃杏子、鹅莓和桑葚，
紫葡萄和无花果儿青青。
去把野蜂的蜜囊儿偷取，
剪下蜂股的蜜蜡做烛炬，
在流萤的火睛里点了火，
照着我的爱人晨兴夜卧；
再摘下彩蝶儿粉翼娇红，
扇去他眼上的月光溶溶。
来，向他鞠一个深深的躬。

四仙：

（合）万福，凡人!

波顿：

请你们列位先生多多担待担待在下。
请教大号是——

蛛网：

蛛网。

波顿：

很希望跟您交个朋友，
好蛛网先生；要是咱指头儿割破了的话，

咱要大胆用到您[1]。
善良的先生，您的尊号是——

豆花：
豆花。

波顿：
啊，请多多给咱向您令堂豆荚奶奶和
令尊豆壳先生致意。
好豆花先生，
咱也很希望跟您交个朋友。
先生，您的雅号是——

芥子：
芥子。

波顿：
好芥子先生，
咱知道您是个饱历艰辛的人。
那块恃强凌弱的大牛排曾经把
您家里好多人都吞去了。
不瞒您说，您的亲戚们曾经
把咱辣出眼水来。
咱希望跟您交个朋友，
好芥子先生。

提泰妮娅：
来，侍候着他，引路到我的闺房。
月亮今夜有一颗多泪的眼睛；
小花们也都陪着她眼泪汪汪，
悲悼一些失去了的童贞。
吩咐那好人静静走不许作声。

（同下）

---

[1] 俗云蛛丝能止血。

第二场

林中的另一处

奥布朗上。

奥布朗：
不知道提泰妮娅有没有醒来；
她一醒来就要热烈地爱上
她第一眼所看到的无论什么东西了。
这边来的是我的使者。

迫克上。

奥布朗：
啊，
疯狂的精灵！
在这座夜的魔林里现在有什么事情发生？

迫克：
娘娘爱上一个怪物了。当她昏昏睡熟的时候，
在她隐秘的神圣卧室之旁，来了一群村汉。
他们都是在雅典市集上做工过活的粗鲁的手艺人，
聚集在一起排着戏，
预备在忒修斯结婚的那天表演。
在这一群蠢货的中间，
一个最蠢的蠢材扮演着皮拉摩斯；
当他退场而走进一簇丛林里去的时候，
我就抓住了这个好机会，
给他的头上罩上一只死驴的头壳。
一会儿他因为必须去答应他的提斯柏，
所以这位好伶人又出来了。
他们一看见了他，
就像大雁望见了蹑足行近的猎人，
又像一大群灰鸦听见了枪声，
轰然飞起乱叫，四散着横扫过天空一样，
全都没命逃走了。
又因为我们的跳舞震动了地面，
一个个横仆竖倒，嘴里乱喊着救命。
他们本来就是那么糊涂，
这回吓得完全丧失了神智，
没有知觉的东西也都来欺侮他们了：
野茨和荆棘抓破了他们的衣服；
有的失去了袖子，有的落掉了帽子，
败军之将，无论什么东西都是予取予求的。

像一大群灰鸦听见了枪声，轰然飞起乱叫，四散着横扫过天空。

在这种惊惶中我领着他们走去，
把变了样子的可爱的皮拉摩斯孤单单地留下；
就在那时候，提泰妮娅醒了过来，
立刻就爱上了这头驴子了。

奥布朗：
这比我所能想得到的计策还好。
但是你有没有依照我的吩咐，
把那爱汁滴在那个雅典人的眼上呢？

迫克：
那我也已经趁他睡熟的时候办好了。
那个雅典女人就在他的身边，
因此他一醒来，一定便会看见她。

狄米特律斯及赫米娅上。

奥布朗：
站住，这就是那个雅典人。

迫克：
这女人一点不错，那男人可不是。

狄米特律斯：
唉！为什么你这样骂着深爱你的人呢？
那种毒骂是应该加在你仇敌身上的。

赫米娅：
现在我不过把你数说数说罢了；
我应该更厉害地对付你，
因为我相信你是可咒诅的。
要是你已经趁着拉山德睡着的时候把他杀了，
那么把我也杀了吧；已经两脚踏在血泊中，
索性让杀人的血淹没你的膝盖吧。
太阳对于白昼，也没有像他对于我那样的忠心。
当赫米娅睡熟的时候，他会悄悄地离开她吗？
我宁愿相信地球的中心可以穿成孔道，
月亮会从里面钻了过去，
在地球的那一端
跟她的兄长白昼捣乱。
一定是你已经把他杀死了；因为只有杀人的凶徒，

脸上才会这样惨白而可怖。

狄米特律斯：
被杀的脸色应该是这样的，
你的残酷已经洞穿我的心，
因此我应该有那样的脸色；
但是你这杀人的，
却瞧上去仍然是那么辉煌莹洁，
就像那边天上闪耀着的金星一样。

赫米娅：
你这种话跟我的拉山德有什么关系？
他在哪里呀？啊，好狄米特律斯，
把他还给了我吧！

狄米特律斯：
我宁愿把他的尸体喂我的猎犬。

赫米娅：
滚开，贱狗！滚开，恶狗！
你使我再也忍不住了。你真的把他杀了吗？
从此之后，别再把你算作人吧！
啊，看在我的面上，老老实实告诉我，
告诉我，你，一个清醒的人，
看见他睡着，而把他杀了吗？
哎哟，真勇敢！一条蛇，一条毒蛇，
都比不上你；因为它的分叉的毒舌，
还不及你的毒心更毒！

狄米特律斯：
你的脾气发得好没来由。
我可以告诉你，我并没有杀死拉山德，
他也并没有死。

赫米娅：
那么请你告诉我他是平安的。

狄米特律斯：
要是我告诉你，我将得到什么好处呢？

赫米娅：

你可以得到永远不再看见我的权利。

我从此离开你那可憎的脸；

无论他死也罢活也罢，你再不要和我相见。

（下）

狄米特律斯：

在她这样盛怒之中，我还是不要跟着她。

让我在这儿暂时停留一会儿。

睡眠欠下了沉忧的债，

心头加重了沉忧的担；

我且把黑甜乡暂时寻访，

还了些还不尽的糊涂账。

（卧下睡去）

奥布朗：

你干了些什么事呢？你已经大大地弄错了，

把爱汁去滴在一个真心的恋人的眼上。

为了这次错误，本来忠实的将要变了心肠，

而不忠实的仍旧和以前一样。

迫克：

一切都是命运在做主；

保持着忠心的不过一个人，变心的，

把盟誓起了一个毁了一个的，却有百万个人。

奥布朗：

比风还快地去往林中各处访寻

名叫海伦娜的雅典女郎吧！

她是全然为爱情而憔悴的，

痴心的叹息耗去了她脸上的血色。

用一些幻象把她引到这儿来；

我将在他的眼睛上施上魔法，准备他们的见面。

迫克：

我去，我去，瞧我一会儿便失了踪迹；

鞑靼人的飞箭都赶不上我的迅疾。

（下）

奥布朗：
这一朵紫色的小花，
尚留着爱神的箭疤，
让它那灵液的力量，
渗进他眸子的中央。
当他看见她的时光，
让她显出庄严妙相，
如同金星照亮天庭，
让他向她婉转求情。

迫克重上。

迫克：
报告神仙界的头脑！
海伦娜已被我带到！
她后面随着那少年，
正在哀求着她眷怜。
瞧瞧那痴愚的形状，
人们真蠢得没法想！

奥布朗：
站开些；他们的声音
将要惊醒睡着的人。

迫克：
两男合爱着一女，
这把戏已够有趣；
最妙是颠颠倒倒，
看着才叫人发笑。

拉山德及海伦娜上。

拉山德：
为什么你要以为我的求爱不过是向你嘲笑呢？
嘲笑和戏谑是永不会伴着眼泪而来的。
瞧，我在起誓的时候，是多么感泣着！
这样的誓言是不会被人认作虚谎的。
明明有着可以证明是千真万确的表记，
为什么你会以为我这一切都是出于讪笑呢？

人们真蠢得没法想！

海伦娜：

你越来越俏皮了。

要是人们所说的真话都是互相矛盾的，

那么相信哪一句真话好呢？

这些誓言都是应当向赫米娅说的，

难道你把她丢弃了吗？

把你对她和对我的誓言放在两个秤盘里，

一定称不出轻重来，因为都是像空话那样虚浮。

拉山德：

当我向她起誓的时候，我实在一点见识都没有。

海伦娜：

照我想起来，

你现在把她丢弃了也不像是有见识的。

拉山德：

狄米特律斯爱着她，但他不爱你。

狄米特律斯：

(醒) 啊，海伦娜！完美的女神！圣洁的仙子！

我要用什么来比并你的秀眼呢，我的爱人？

水晶是太昏暗了。

啊，你的嘴唇，那吻人的樱桃，

瞧上去是多么成熟，多么诱人！

你一举起你那洁白的妙手，

被东风吹着的滔勒斯高山上的积雪，

就显得像乌鸦那么黯黑了。

让我吻一吻那纯白的女王，

这幸福的象征吧！

海伦娜：

唉，倒霉！该死！

我明白你们都在把我取笑；

假如你们是懂得礼貌有教养的人，

一定不会这样侮辱我。

我知道你们都讨厌着我，

那么就讨厌我好了，

为什么还要联合起来讥讽我呢？

你们瞧上去都像堂堂男子，

如果真是堂堂男子，

就不该这样对待一个有身份的妇女：
发着誓，赌着咒，过誉着我的好处，
但我能断定你们的心里却在讨厌我。
你们两人一同爱着赫米娅，
现在转过身来一同把海伦娜嘲笑，
真是大丈夫的行为！
为着取笑的缘故逼一个可怜的女人流泪，
高尚的人绝不会这样轻侮一个闺女，
只是因为给你们寻寻开心，要逼到她忍无可忍。

拉山德：
你太残忍，狄米特律斯，不要这样；
因为你爱着赫米娅，这你知道我是十分明白的。
现在我用全心和好意把我
在赫米娅的爱情中的地位让给你，
但你也得把海伦娜的让给我，
因为我爱她，并且将要爱她到死。

海伦娜：
从来不曾有过嘲笑者浪费过这样无聊的口舌。

狄米特律斯：
拉山德，保留着你的赫米娅吧，我不要；
要是我曾经爱过她，
那爱情现在也已经消失了。
我的爱不过像过客一样暂时驻留在她的身上，
现在它已经回到它的永远的家，海伦娜的身边，
再不到别处去了。

拉山德：
海伦娜，他的话是假的。

狄米特律斯：
不要侮蔑你所不知道的真理，
否则你将以生命的危险重重补偿你的过失。
瞧！你的爱人来了；那边才是你的爱人。

赫米娅上。

赫米娅：
黑夜使眼睛失去它的作用，

但却使耳朵的听觉更为灵敏。
我的眼睛不能寻到你，
拉山德，
但多谢我的耳朵，
使我能听见你的声音。
你为什么那样忍心地离开了我呢？

拉山德：
爱情驱赶一个人走的时候，
为什么他要滞留呢？

赫米娅：
哪一种爱情能把拉山德驱开我的身边？

拉山德：
拉山德的爱情使他一刻也不能停留；
美丽的海伦娜，她照耀着夜天，
使一切明亮的繁星黯然无色！
为什么你要来寻找我呢？
难道这还不能使你知道
我因为厌恶你的缘故，才这样离开了你吗？

赫米娅：
你说的不是真话，那不会是真的。

海伦娜：
瞧！她也是他们的一党。现在我明白了，
他们三个人一起联合用这种恶作剧欺凌我。
欺人的赫米娅！最没有良心的丫头！
你竟然和这种人一同算计着
向我开这种卑鄙的玩笑捉弄我吗？
难道我们两人从前的种种推心置腹，
约为姊妹的盟誓，在一起怨恨疾足的
时间这样快便把我们拆分的那种时光，
啊！都已经忘记了吗？
我们在同学时的那种情谊，
一切童年的天真，
都已经完全在脑后了吗？
赫米娅，我们两人曾经像两个巧手的神匠，
在一起绣着同一朵花，描着同一个图样，
我们同坐在一个椅垫上，

美丽的海伦娜，她照耀着夜天，使一切明亮的繁星黯然无色！

齐声地曼吟着同一个歌儿，就像我们的手，
我们的身体，我们的声音，我们的思想，
都是连在一起不可分的样子。
我们这样生长在一起，正如并蒂的樱桃，
看似两个，其实却连生在一起；
我们是结在同一茎上的两颗可爱的果实，
我们的身体虽然分开，我们的心却只有一个。
难道你竟把我们从前的友好丢弃不顾，
而和男人们联合着嘲弄你的可怜的朋友吗？
这种行为太没有朋友的情谊，
而且也不合一个少女的身份。不单是我，
我们全体女人都可以攻击你，
虽然受到委屈的只是我一个。

赫米娅：
你这种愤激的话真使我惊奇。
我并没有嘲弄你；似乎你在嘲弄我哩。

海伦娜：
你不曾唆使拉山德跟随我，
假意称赞我的眼睛和脸孔吗？
你那另一个爱人，狄米特律斯，
不久之前还曾要用他的脚踢开我，
你不曾使他称我为女神、仙子，
神圣而稀有的、珍贵的、超乎一切的人吗？
为什么他要向他所讨厌的人说这种话呢？
拉山德的灵魂里是
充满了你的爱的，
倘不是因为你的指使，
因为你们曾经预先商量好，为什么他反而要摈斥你，
却要把他的热情奉献给我？
即使我不像你那样得人爱怜，
那样被人追求不舍，那样好幸运，
而是那样倒霉因为得不到
我所爱的人的爱情，
那和你又有什么关系呢？
你应该可怜我而不应该侮蔑我。

赫米娅：
我不懂你说这种话的意思。

海伦娜：
好，尽管装腔下去，扮着这一副苦脸，
等我一转背，就要向我做鬼脸了；
大家彼此眨眨眼睛，
把这个绝妙的玩笑尽管开下去吧，
将来会登载在历史上的。
假如你们是有同情心、懂得礼貌的，
就不该把我当作这样的笑柄。
再会吧，一半也是我自己的不好，
死别或生离不久便可以补赎我的错误。

拉山德：
不要走，温柔的海伦娜！听我解释。
我的爱！我的生命！我的灵魂！美丽的海伦娜！

海伦娜：
多好听的话！

赫米娅：
亲爱的，不要那样嘲笑她。

狄米特律斯：
要是她的恳求不能使你不说那种话，
我将强迫你闭住你的嘴。

拉山德：
她也不能恳求我，你也不能强迫我。
你的威胁正和她的软弱的祈告
同样没有力量。
海伦娜，我爱你！凭着我的生命起誓，
我爱你！谁说我不爱你的，
我愿意用我的生命证明他说谎；
为了你我是乐意把生命捐弃的。

狄米特律斯：
我说我比他更要爱你得多。

拉山德：
要是你这样说，那么把剑拔出来证明一下吧。

狄米特律斯：

好，快些，来！

赫米娅：

拉山德，这一切究竟是怎么一回事呢？

拉山德：

走开，你这黑丫头[1]！

狄米特律斯：

你可不能骗我而自己逃走；

假意说着来来，却在准备趁机溜去。

你是个不中用的汉子，去吧！

拉山德：

（向赫米娅）放开手，你这猫！你这牛蒡子！

贱东西，放开手！

否则我要像撵一条蛇那样撵走你了。

赫米娅：

为什么你变得这样凶暴？

究竟是什么缘故呢，爱人？

拉山德：

什么爱人！走开！

可厌的毒物，给我滚吧！

赫米娅：

你还是在开玩笑吗？

海伦娜：

是的，你也是。

拉山德：

狄米特律斯，我一定不失信于你。

---

[1] 因赫米娅肤色微黑，故云。第二幕中有"把乌鸦换白鸽"之语，亦此意；海伦娜肤色白皙，故云白

鸽也。

狄米特律斯：

你的话可有些不能算数，

因为人家的柔情在牵系住你。我可信不过你的话。

拉山德：

什么！难道要我伤害她、打她、杀死她吗？

虽然我厌恨她，我还不至于这样残忍。

赫米娅：

啊！还有什么事情比之你厌恨我更残忍呢？

厌恨我！为什么呢？

天哪！究竟是怎么一回事呢，我的好人？

难道我不是赫米娅了吗？

难道你不是拉山德了吗？

我现在生得仍旧跟以前一个样子。

就在这一夜里你还曾爱过我；

但就在这一夜里你离开了我。

那么你真的——唉，天哪！

真的存心离开我吗？

拉山德：

一点不错，

而且再不要看见你的脸了。

因此你可以断了念头，不必疑心，

我的话是千真万确的，一点不是开玩笑：

我厌恨你，我爱海伦娜。

赫米娅：

天啊！你这骗子！你这花中的蛀虫！

你这爱情的贼！哼！你趁着黑夜，

悄悄地把我的爱人的心偷了去吗？

海伦娜：

真好！

难道你一点女人家的羞耻都没有，

一点不晓得难为情了吗？哼！

你一定要引得我破口说出难听的话来吗？

哼！哼！你这装腔作势的人！你这给人家愚弄

的小玩偶！

赫米娅：

小玩偶！噢，原来如此。
现在我才明白了她把她的身材跟我比较；
她自夸她生得长，用她那身材，
那高高的身材，赢得了他的心。
因为我生得矮小，
所以他便把你看得高不可及了吗？
我是怎样一个矮法？
你这涂脂抹粉的花棒儿！
请你说，我是怎样矮法？矮虽矮，
我的指爪还挖得着你的眼珠哩！

海伦娜：

先生们，虽然你们都在嘲弄我，
但我求你们别让她伤害我。
我从来不曾使过性子，
我也完全不懂得怎样跟人家吵架，
我是一个胆小怕事的女子。
不要让她打我。
也许你们以为
她比我生得矮些，
我可以打得过她。

赫米娅：

生得矮些！听，又来了！

海伦娜：

好赫米娅，不要对我这样凶！
我一直是爱你的，赫米娅，
有什么事总跟你商量，
从来不曾对你做过欺心的事；除了这次，
为了对狄米特律斯的爱情的缘故，
我把你私奔到这座林中的事告诉了他。
他追踪着你；为了爱，我又追踪着他；
但他一直是斥骂着我，威吓着我说要打我，
踢我，甚至于要杀死我。
现在你让我悄悄地去了吧，
我愿带着我的愚蠢回到雅典去，
不再跟着你们了。让我走；
你瞧我是多么傻多么痴心！

赫米娅：
好，你去就去吧，谁在拦住你？

海伦娜：
一颗发痴的心，但我把它丢弃在这里了。

赫米娅：
噢，给了拉山德了是不是？

海伦娜：
不，是狄米特律斯。

拉山德：
不要怕，她不会伤害你的，海伦娜。

狄米特律斯：
当然不会的，先生；即使你帮着她也不要紧。

海伦娜：
啊，她一发起怒来，
真是又凶又狠。
在学校里她就是出名的雌老虎；
长得很小的时候，便已是那么凶了。

赫米娅：
又是"很小"！老是矮啊小啊地说个不住！
为什么你让她这样讥笑我呢？
让我跟她拼命去。

拉山德：
滚开，你这矮子！
你这发育不全的三寸丁！
你这小佛珠子！你这小青豆！

狄米特律斯：
她用不着你的帮忙，
因此不必那样乱献殷勤。
让她去，
不许你嘴里再提到海伦娜。
要是你再向她献殷勤，
就请你当心着吧！

在学校里她就是出名的雌老虎。

拉山德：

现在她已经不再拉住我了；

你要是有胆子，跟我来吧，

我们倒要试试看究竟海伦娜该是属于谁的。

狄米特律斯：

跟你来？嘿，我要和你并着肩走呢！

（拉山德、狄米特律斯二人下）

赫米娅：

你，小姐，这一切的纷扰都是因为你的缘故。

哎，别逃啊！

海伦娜：

我怕你，我

不敢跟脾气这么大的你在一起。

打起架来，你的手比我快得多，

但我的腿比你长些，逃起来你追不上我。

（下）

赫米娅：

我简直莫名其妙，不知道说些什么话好。

（下）

奥布朗：

这都是因为你的粗心大意。

倘不是你弄错了，就一定是你故意在捣蛋。

迫克：

相信我，仙王，是我弄错了。

你不是对我说只要认清楚

那人穿着雅典的衣裳？

照这样说起来我完全不曾错，

因为我是把花汁滴在一个雅典人的眼上。

事情会弄到这样我是蛮快活的，

因为他们的吵闹看着怪有趣味。

奥布朗：

你瞧这两个恋人找地方决斗去了。
因此，罗宾，快去把夜天遮暗了；
你就去用
像冥河的水一样黑的浓雾盖住星空，
再引这两个声势汹汹的仇人迷失了路，
不要让他们碰在一起。
有时你学着拉山德的声音痛骂狄米特律斯，
有时学着狄米特律斯的样子斥责拉山德：
用这种法子把他们两个分开，
直到他们奔波得精疲力竭，
让死一样的睡眠拖着铅样沉重的腿和
蝙蝠的翅膀爬到他们的额上；
然后你把这草挤出汁来涂在拉山德的眼睛上，
它能够解去一切的错误，
使他的眼睛恢复从前的眼光。
等他们醒来之后，这一切的戏谑，
就会像是一场梦景或是空虚的幻象；
这一班恋人们便将回到雅典去，
一同走着无穷的人生的路程直到死去。
在我差遣你去做这件事的时候，
我要去访问我的王后，
向她讨那个印度孩子；
然后我要解除她眼中所见的怪物的幻觉，
一切事情都将和平解决。

迫克：

这事我们必须赶早办好，主公，
因为黑夜已经驾起他的飞龙；
晨星，黎明的先驱，已照亮苍穹；
鬼魂四散地奔返殡宫，
还有那横死的幽灵抱恨长终，
道旁水底有他们的白骨成丛，
为怕白昼揭破了丑恶的形容，
早已向重泉归寝相伴着蛆虫；
他们永远照不到日光的融融，
只每夜在暗野里凭吊着凄风。

奥布朗：

但你我可完全不能比并他们：
晨光中我惯和猎人一起游巡，

鬼魂四散地奔返殡宫，还有那横死的幽灵抱恨长终。

奔到这边来，奔过那边去；我要领他们，奔来又奔去。

如同林居人一样踏访着丛林，
即使东方开启了火红的天门，
大海上照耀万道灿烂的光针，
青碧的波涛化成了一片黄金。
但我们应该早早办好这事情，
最好别把它迁延着直到天明。

（下）

迫克：
奔到这边来，奔过那边去；
我要领他们，奔来又奔去。
林间和市上，无人不怕我；
我要领他们，走尽林中路。
这儿来了一个。

拉山德重上。

拉山德：
你在哪里，骄傲的狄米特律斯？说出来！

迫克：
在这儿，恶徒！把你的剑拔出来准备着吧。
你在哪里？

拉山德：
我立刻就过来。

迫克：
那么跟我来吧，
到平坦一点的地方。

（拉山德随声音下）
狄米特律斯重上。

狄米特律斯：
拉山德，你再开口啊！
你逃走了，你这懦夫！你逃走了吗？
说话呀！躲在哪一堆树丛里吗？
你躲在哪里呀？

迫克：
你这懦夫！你在向星星们夸口，
向树林子挑战，但是却不敢过来吗？
来，卑怯汉！来，你这小孩子！
我要好好抽你一顿。
谁要跟你比剑才真倒霉！

狄米特律斯：
呀，你在那边吗？

迫克：
跟着我的声音来吧；
这儿不是适宜我们战斗的地方。

（同下）
拉山德重上。

拉山德：
他走在我的前头，老是挑激着我上前；
一等我走到他叫喊着的地方，他又早已不在。
这个坏蛋比我脚步快得多，

我越是追得快，他可逃走得更快，
使我在黑暗崎岖的路上绊跌了一跤。
让我在这儿休息一下吧。
（躺下）来吧，你仁心的白昼！
只要你一露出你的一线灰白的微光，
我就可以看见狄米特律斯而洗雪这次仇恨了。

（睡去）
迫克及狄米特律斯重上。

迫克：
呵！呵！呵！懦夫！你为什么不来？

狄米特律斯：
要是你有胆量的话，等着我吧；
我全然明白你跑在我前面，
从这儿蹿到那儿，不敢站住，
也不敢当着我的面。
你现在在什么地方？

迫克：
过来，我在这儿。

狄米特律斯：
哼，你在摆布我。
要是天亮了我看见你的面孔，
你好好地留点儿神。现在，去你的吧！
疲乏逼着我倒卧在这寒冷的地上，
等候着白天的降临。

（躺下睡去）
海伦娜重上。

海伦娜：
疲乏的夜啊！冗长的夜啊！
减少一些你的时辰吧！
从东方出来的安慰，快照耀起来吧！
好让我借着晨光回到雅典去，
离开这一群人，他们大家都讨厌可怜的我。
慈悲的睡眠，有时你闭上了悲伤的眼睛，
求你暂时让我忘却了自己的存在吧！

（躺下睡去）

迫克：

两男加两女，四个无错误；

三人已在此，一人在何处？

哈哈她来了，满脸愁云罩：

爱神真不好，惯惹女人恼！

赫米娅重上。

赫米娅：

从来不曾这样疲乏过，

从来不曾这样伤心过！

我的身上沾满了露水，

我的衣裳被荆棘所抓破。

我跑也跑不动，爬也爬不动了，

我的两条腿再也不能从着我的心愿。

让我在这儿休息一下以待天明。

要是他们真要格斗的话，愿天保佑拉山德吧！

（躺下睡去）

迫克：

梦将残，睡方酣，

神仙药，祛幻觉，

百般迷梦全消却。

（挤草汁于拉山德眼上）

从来不曾这样疲乏过，从来不曾这样伤心过！

梦将残，睡方酣，神仙药，祛幻觉，百般迷梦全消却。

醒眼见，旧人脸，
乐满心，情不禁，
从此欢爱复深深。
一句俗语说得好，
各人各有各的宝，
等你醒来就知道：
哥儿爱姐儿，
两两无参差；
失马复得马，
一场大笑话！

（下）

ACT4
第四幕

第一场

林中。拉山德、狄米特律斯、海伦娜、
赫米娅酣睡未醒

提泰妮娅及波顿上，
众仙随侍；
奥布朗潜随其后。

提泰妮娅：

来，坐在这花床上。
我要爱抚你的可爱的脸颊；我要把麝香玫瑰
插在你柔软光滑的头颅上；
我要吻你的美丽的大耳朵，我的温柔的宝贝！

波顿：

豆花呢？

豆花：

有。

波顿：

替咱把头搔搔，豆花儿。
蛛网先生在哪儿？

蛛网：

有。

波顿：

蛛网先生，好先生，
把您的刀拿好，
替咱把那蓟草叶尖上的红屁股的野蜂儿杀了。
然后，好先生，
替咱把蜜囊儿拿来。
干那事的时候可别太性急，
先生，而且，好先生，
当心别把蜜囊儿给弄破了；
要是您在蜜囊里头淹死了，
那咱可不很乐意，先生。
芥子先生在哪儿？

芥子：

有。

波顿：

把您的小手儿给我，芥子先生。

替咱把那蓟草叶尖上的红屁股的野蜂儿杀了。

睡吧，我要把你抱在我怀里。

请您不要多礼了吧，好先生。

芥子：
你有什么吩咐？

波顿：
没有什么，好先生，
只是帮蛛网君替咱搔搔痒。
咱一定得理发去，先生，
因为咱觉得脸上毛得很。
咱是一头感觉非常灵敏的驴子，
要是一根毛把咱触痒了，
咱就非得搔一下子不可。

提泰妮娅：
你要不要听一些音乐，我的好人？

波顿：
咱很懂得一点儿音乐。
咱们来点儿响亮的吧。

提泰妮娅：
好人，你要吃些什么呢？

波顿：
真的，来一堆刍秣吧。您要是有好的干麦秆，
也可以给咱大嚼一顿。
咱想，咱怪想吃那么一捆干草，
好干草，美味的干草，什么也比不上它。

提泰妮娅：
我有一个善于冒险的小神仙，
可以给你到松鼠的仓里取下些新鲜的榛栗来。

波顿：
咱宁可吃一把两把干豌豆。
但是谢谢您，吩咐您那些人们别惊动咱吧，
咱想要睡他一个觉。

提泰妮娅：
睡吧，我要把你抱在我怀里。

神仙们，往各处散开去吧。

(众仙下)

菟丝也正是这样
温柔地缠附着芬芳的金银花；
女萝也正是这样缱绻着榆树的臂枝。
啊，我是多么爱你！我是多么热恋着你！

(同睡去)

迫克上。

奥布朗：

(上前)欢迎，好罗宾！
你见不见这种可爱的情景？
我对于她的痴恋开始有点不忍了。
刚才我在树林后面遇见她正在为
这个可憎的蠢货找寻爱情的礼物，
我就谴责她，
因为那时她把芬芳的鲜花制成花环
环绕着他那毛茸茸的额角；
原来在嫩芯上晶莹饱满，
如同东方的明珠一样的露水，
如今却含在那一朵朵美艳的小花的眼中，
像是盈盈欲泣的眼泪，
痛心着它们所受的耻辱。
我把她尽情嘲骂一番之后，
她低声下气请求我息怒，
于是我便乘机向她索讨那个换儿；
她立刻把他给了我，
差她的仙侍把他送到了我的寝宫。
现在我已经到手了这个孩子，
我将解去她眼中这种可憎的迷惑。好迫克，
你去把这雅典村夫头上的变形的头盖揭下，
好让他和大家一同醒来的时候，
可以回到雅典去，
把这晚间一切发生的事，
只当作一场梦魇。
但是先让我给仙后解去了魔法吧。(以草触她的眼睛)
回复你原来的本性，
解去你眼前的幻景；
这一朵女贞花采自月姊园庭，
它会使爱情的小卉失去功能。

差她的仙侍把他送到了我的寝宫。

喂，我的提泰妮娅，醒醒吧，我的好王后!

提泰妮娅:
我的奥布朗! 我看见了怎样的幻景!
好像我爱上了一头驴子啦。

奥布朗:
那边就是你的爱人。

提泰妮娅:
这一切事情怎么会发生的呢?
啊，现在我看见他的样子是多么来气!

奥布朗:
静一会儿。罗宾，把他的头壳揭下了。
提泰妮娅，叫他们奏起音乐来吧，
让这五个人睡得全然失去了知觉。

提泰妮娅:
来，奏起催眠的乐声柔婉!

(轻柔的音乐)

迫克:
等你一觉醒来，蠢汉，
用你自己的傻眼睛瞧看。

奥布朗:
奏下去，音乐! (音乐渐强)
来，我的王后，让我们携手同行，
让我们的舞蹈震动这些人睡着的地面。
现在我们已经言归于好，
明天夜半将要一同到忒修斯公爵的府中
跳着庄严的欢舞，
祝福他家繁荣昌盛。
这两对忠心的恋人也将在那里和
忒修斯同时举行婚礼，大家心中充满了喜乐。

迫克:
仙王，仙王，留心听，

我闻见云雀歌吟。

奥布朗：
王后，让我们静静
追随着夜的踪影；
我们环绕着地球，
快过明月的光流。

提泰妮娅：
夫君，请你在一路
告诉我一切缘故，
这些人来自何方，
当我熟睡的时光。

（同下。幕内号角声）

忒修斯、希波吕忒、伊吉斯及侍从等上。

忒修斯：
你们中间谁去把猎奴唤来。
我们已把五月节的仪式遵行，
现在还不过是清晨，
我的爱人应当听一听猎犬的音乐。
把它们放在西面的山谷里；
快去把猎奴唤来。
（一侍从下）
美丽的王后，
让我们到山顶上去，
领略着猎犬们的吠叫和山谷中的回声应和
在一起的妙乐吧。

希波吕忒：
我曾经同赫拉克勒斯和卡德摩斯一起在
克里特林中行猎，
他们用斯巴达的猎犬追赶着巨熊，
那种雄壮的吠声我真是第一次听到；
除了丛林之外，天空和群山，
以及一切附近的区域，
似乎混成了一片交互的呐喊。
我从来不曾听见过那样谐美的喧声，
那样悦耳的雷鸣。

美丽的王后，让我们到山顶上去，领略着猎犬们的吠叫和山谷中的回声应和在一起的妙乐吧！

忒修斯：

我的猎犬也是斯巴达种，

一样的颊肉下垂，

一样的黄沙的毛色。

它们的头上垂着两片挥拂晨露的耳朵；

它们的膝骨是弯曲的，

并且像塞萨利亚种的公牛一样喉头长着垂肉。

它们在追逐时不很迅速，

但它们的吠声彼此高下相应，

就像钟声那样合调。无论在克里特、

斯巴达，或是塞萨利亚，

都不曾有过这么一队吠得更好听的猎犬；

你听见了之后便可以自己判断。但是且慢！

这些都是什么仙女？

伊吉斯：

殿下，这是我的女儿；

这是拉山德；这是狄米特律斯；

这是海伦娜，奈达老人的女儿。

我不知道他们怎么都躺在这儿。

忒修斯：

他们一定早起守五月节，

因为闻知了我们的意旨，

所以赶到这儿来参加我们的典礼。

但是，伊吉斯，

今天不是赫米娅应该决定她的选择的日子了吗？

伊吉斯：

是的，殿下。

忒修斯：

去，叫猎奴们吹起号角来惊醒他们。

（一侍从下，幕内号角及呐喊声；拉山德、
狄米特律斯、赫米娅、海伦娜惊醒跳起）

早安，朋友们！情人节早已过去了，

你们这一辈林鸟到现在才配起对来吗？

拉山德：

请殿下恕罪！（偕余人并跪下）

忒修斯：

请你们站起来吧。
我知道你们两人是对头冤家，
怎么会变得这样和气，
大家睡在一块儿，
没有一点猜忌了呢？

拉山德：

殿下，我现在还是糊里糊涂，
不知道应当怎样回答您的问话，但是我敢发誓说
我真的不知道怎么会在这儿，
但是我想——我要说老实话，
我现在记起来了，一点不错，
我是和赫米娅一同到这儿来的。
我们想要逃出雅典，
避过了雅典法律的峻严，我们便可以——

伊吉斯：

够了，够了，殿下，话已经说得够了。
我要求依法，依法惩办他。
他们打算，他们打算逃走，狄米特律斯，
他们打算用那种手段欺弄我们，
使你的妻子落空，
使我给你的允许也落了空。

狄米特律斯：

殿下，海伦娜告诉了我他们的出奔，
告诉了我他们到这林中来的目的；
我在盛怒之下追踪他们，
同时海伦娜因为痴心的缘故也追踪着我。
但是，殿下，我不知道一种什么力量——
但一定是有一种力量——
使我对于赫米娅的爱情会像霜雪一样融解，
现在想起来就像一段童年时所爱好的
一件玩物的记忆一样。我一切的忠信，
一切的心思，一切乐意的眼光，
都是属于海伦娜一个人了。
我在没有认识赫米娅之前，殿下，
就已经和她订过盟约，
但正如一个人在生病的时候一样，
我厌弃着这一道珍馐，等到健康恢复，

就会回复了正常的胃口。
现在我希求着她，
珍爱着她，思慕着她，
将要永远忠心于她。

忒修斯：
俊美的恋人们，我们相遇得很巧；
等会儿我们便可以再听你们把这段话讲下去。
伊吉斯，你的意志只好屈服一下了：
这两对少年不久便将跟我们一起在庙堂中
缔结永久的鸳盟。
现在清晨快将过去，
我们本来准备的行猎只好中止。
跟我们一起到雅典去吧，三三成对地，
我们将要大张盛宴。
来，希波吕忒。

（忒修斯、希波吕忒、伊吉斯及侍从下）

狄米特律斯：
这些事情似乎微细而无从捉摸，
好像化为云雾的远山一样。

赫米娅：
我觉得好像这些事情我都用昏花的眼睛看着，
一切都化作了层叠的两重似的。

海伦娜：
我也是这样想。
我得到了狄米特律斯，像是得到了一颗宝石，
好像是我自己的，又好像不是我自己的。

狄米特律斯：
你们真能断定我们现在是醒着吗？
我觉得我们还是在睡着做梦。
你们是不是以为公爵在这儿，
叫我们跟他走吗？

你们真能断定我们现在是醒着吗？我觉得我们还是在睡着做梦。

赫米娅：
是的，我的父亲也在。

海伦娜：
还有希波吕忒。

拉山德：
他确曾叫我们跟他到庙里去。

狄米特律斯：
那么我们真已经醒了。
让我们跟着他走，
一路上讲着我们的梦。

（同下）

波顿：
（醒）
轮到咱的尾白的时候，
请你们叫咱一声，咱就会答应。
咱下面的一句是，"最美丽的皮拉摩斯"。
喂！喂！彼得·昆斯！
弗鲁特，修风箱的！
斯诺特，补锅子的！斯塔弗林！
悄悄地溜走了，
把咱撇下在这儿一个人睡觉吗？
咱做了一个奇怪得了不得的梦。
没有人说得出那是怎样的一个梦；
要是谁想把这个梦解释一下，
那他一定是一头驴子。
咱好像是——没有人说得出那是什么东西；
咱好像是——咱好像有——
但要是谁敢说出来咱好像有什么东西，
那他一定是一个蠢材。咱那个梦啊，
人们的眼睛从来没有听到过，
人们的耳朵从来没有看见过，
人们的手也尝不出来是什么味道，
人们的舌头也想不出来是什么道理，
人们的心也说不出来究竟那是怎样的一个梦。
咱要叫彼得·昆斯给咱写一首歌儿咏一下

这个梦，题目就叫作"波顿的梦"。
咱要在演完戏之后当着公爵大人的面
唱这个歌——或者还是等咱死了之后再唱吧。

（下）

第二场

雅典。昆斯家中

昆斯、弗鲁特、斯诺特、斯塔弗林上。

昆斯：
你们差人到波顿家里去过了吗？
他还没有回家吗？

斯塔弗林：
一点消息都没有。
他准是给妖精拐了去了。

弗鲁特：
要是他不回来，那么咱们的戏就要搁起来啦。
它不能再演下去，是不是？

昆斯：
那当然演不下去啰。整个雅典城里
除了他之外就没有第二个人可以演皮拉摩斯。

弗鲁特：
谁也演不了。他在雅典手艺人中间
简直是最聪明的一个。

昆斯：
对，而且也是顶好的人。他有一副好喉咙，
吊起膀子来真是顶呱呱的。

弗鲁特：
你说错了，你应当说"吊嗓子"。吊膀子，
老天爷！那是一件难为情的事。

斯纳格上。

斯纳格：
列位，公爵大人刚从庙里出来，
还有两三位贵人和小姐们也在同时结了婚。
要是咱们的玩意儿能够干下去，
咱们大家一定都有好处。

弗鲁特：
哎呀，可爱的波顿好家伙！
他从此就不能再拿到六便士一天的恩俸了。

他准可以拿到六便士一天的。
咱可以赌咒公爵大人见了他扮演皮拉摩斯，
一定会赏给他六便士一天。
他应该可以拿到六便士一天的；
扮演了皮拉摩斯，应该拿六便士一天，
少一个子儿都不行。

波顿上。

波顿：
孩儿们在什么地方？心肝们在什么地方？

昆斯：
波顿！哎呀，顶好顶好的日子！
顶吉利顶吉利的时辰！

波顿：
列位，咱要讲古怪事儿给你们听，
可不许问咱什么事。要是咱对你们说了，
咱不算是真的雅典人。
咱要把一切全都告诉你们，一个字也不漏掉。

昆斯：
讲给咱们听吧，好波顿。

波顿：
关于咱自己的事可一个字也不能告诉你们。
咱要报告给你们知道的是，
公爵大人已经用过正餐了。
把你们的行头收拾起来，
胡须上要用坚牢的穿绳，
舞靴上要结簇新的缎带。
立刻在宫门前集合，
各人温熟了自己的台词。
总而言之一句话，
咱们的戏已经送上去了。
无论如何，
可得叫提斯柏穿一件干净一点的衬衫；
还有扮演狮子的那位别把指甲修去，
因为那是要露出在外面当作狮子的脚爪的。
顶要紧的，列位老板们，别吃洋葱和大蒜，

因为咱们可不能把人家熏倒了胃口。
咱一定会听见他们说，
"这是一出风雅的喜剧。"
完了，去吧！去吧！

（同下）

ACT5
第五幕

第一场

雅典。忒修斯宫中

忒修斯、希波吕忒、菲劳斯特莱特及大臣、
侍从等上。

希波吕忒：
忒修斯，
这些恋人们所说的话真是奇怪得很。

忒修斯：
奇怪得不像会是真实。
我永不相信
这种古怪的传说和神仙的游戏。
情人们和疯子们都富于纷乱的思想
和成形的幻觉，
他们所理会到的永远不是冷静的理智
所能充分了解。
疯子、情人和诗人，都是幻想的产儿：
疯子眼中所见的鬼，
多过于广大的地狱所能容纳；情人，
同样是那么疯狂地能从埃及人的黑脸上
看见海伦的美貌；
诗人的眼睛在神奇的狂放的一转中，
便能从天上看到地下，
从地下看到天上。
想象会把不知名的事物用一种方式呈现出来，
诗人的笔再使它们具有如实的形象，
空虚的无物也会有了居处和名字。
强烈的想象往往具有这种本领，
只要一领略到一些快乐，
就会相信那种快乐的背后有一个赐予的人；
夜间一转到恐惧的念头，
一株灌木一下子便会变成一头熊。

希波吕忒：
但他们所说的一夜间全部的经历，
以及他们大家心理上都受到同样影响的一件事实，
可以证明那不会是幻想。
虽然那故事是怪异而惊人，
却并不能不令人置信。

忒修斯：
这一班恋人们高高兴兴地来了。

拉山德、狄米特律斯、赫米娅、海伦娜上。

忒修斯：
恭喜，好朋友们！恭喜！
愿你们心灵里永远享受着没有阴翳的爱情日子！

拉山德：
愿更大的幸福永远追随着殿下的起居！

忒修斯：
来，我们应当用什么假面剧或是舞蹈来
消磨在尾餐和就寝之间的三点钟悠长的岁月呢？
我们一向掌管戏乐的人在哪里？
有哪几种余兴准备着？
有没有一出戏剧可以祛除难挨的
时辰里按捺不住的焦灼呢？
叫菲劳斯特莱特过来。

菲劳斯特莱特：
有，伟大的忒修斯。

忒修斯：
说，你有些什么可以缩短这黄昏的节目？
有些什么假面剧？有些什么音乐？
要是一点娱乐都没有，
我们怎么把这迟迟的时间消度过去呢？

菲劳斯特莱特：
这儿是一张预备好的各种戏目的单子，
请殿下自己拣选哪一项先来。

（呈上单子）

忒修斯：
"与半人马作战，
由一个雅典太监和竖琴而唱。"
那个我们不要听；我已经告诉过
我的爱人这一段表彰我的姻兄赫拉克勒斯
武功的故事了。

"醉酒者之狂暴，色雷斯歌人惨遭肢裂的始末。"
那是老调，
当我上次征服忒拜凯旋回来的时候就已经表演过了。
"九缪斯神痛悼学术的沦亡。"
那是一段犀利尖刻的讽刺，
不适合于婚礼时的表演。
"关于年轻的皮拉摩斯
及其爱人提斯柏的冗长的短戏，
非常悲哀的趣剧。"
悲哀的趣剧！冗长的短戏！
那简直是说灼热的冰，发烧的雪。
这种矛盾怎么能调和起来呢？

菲劳斯特莱特：
殿下，一出一共只有十来个字那么长的戏，
当然是再短没有了；
然而即使只有十个字，也会嫌太长，
叫人看了厌倦；
因为在全剧之中，没有一个字是用得恰当的，
没有一个演员是支配得适如其分的。
那本戏的确很悲哀，殿下，
因为皮拉摩斯在戏里要把自己杀死。
那一场我看他们预演的时候，
我得承认确曾使我的眼中充满了眼泪；
但那些泪都是在纵声大笑的时候忍俊不禁而流着的，
再没有人流过比那更开心的泪了。

忒修斯：
扮演这戏的是些什么人呢？

菲劳斯特莱特：
都是在这儿雅典城里做工过活的胖手胝足的汉子。
他们从来不曾用过头脑，
今番为了准备参加殿下的婚礼，
才辛辛苦苦地把这本戏记诵起来。

忒修斯：
好，就让我们听一下吧。

菲劳斯特莱特：
不，殿下，

那是不配烦渎您的耳朵的。我已经听完过他们一次，
简直一无足取——
除非您嘉纳他们的一片诚心
和苦苦背诵的辛勤。

忒修斯：
我要把那本戏听一次，
因为纯朴和忠诚所呈献的礼物，
总是可取的。
去把他们带来。各位夫人女士们，大家请坐下。

（菲劳斯特莱特下）

希波吕忒：
我不欢喜看见贱微的人做他们力量所不及的事，
忠诚因为努力的狂妄而变成毫无价值。

忒修斯：
啊，亲爱的，你不会看见他们糟到那地步。

希波吕忒：
他说他们根本不会演戏。

忒修斯：
那更显得我们的宽宏大度，
虽然他们的劳力毫无价值，
他们仍能得到我们的嘉纳。
我们可以把他们的错误作为取笑的资料。
我们不必较量他们那可怜的忠诚
所不能达到的成就，而该重视他们的辛勤。
凡是我所到的地方，
那些有学问的人都预先准备好欢迎辞迎接我；
但是一看见了我，便发抖脸色变白，
句子没有说完便中途顿住，话儿哽在喉中，
吓得说不出来，结果是一句欢迎我的话都没有说。
相信我，亲爱的，
从这种无言中我却领受了
他们一片欢迎的诚意；
在诚惶诚恐的忠诚的畏怯上表示出来的意味，
并不少于一条娓娓动听的辩舌。
因此，爱人，

照我所能观察到的，
无言的纯朴所表示的情感，才是最丰富的。

菲劳斯特莱特重上。

菲劳斯特莱特：
请殿下示，念开场诗的预备登场了。

忒修斯：
让他上来吧。

（喇叭奏花腔。）
昆斯上，念开场诗。

昆斯：
要是咱们，得罪了请原谅。
咱们本来是，一片的好意，
想要显一显，薄薄的伎俩，
那才是咱们原来的本意。
因此列位咱们到这儿来。
为的要让列位欢笑欢笑，
否则就是不曾。到这儿来，
如果咱们。惹动列位气恼。
一个个演员，都将要登场，
你们可以仔细听个端详。

忒修斯：
这家伙简直乱来。

拉山德：
他念他的开场诗就像骑一头顽劣的小马一样，
乱冲乱撞，该停的地方不停，
不该停的地方偏偏停下。殿下，
这是一个好教训：单是会讲话不能算数，
要讲话总该讲得像个路数。

希波吕忒：
真的他就像一个小孩子学吹笛，
呜哩呜哩了一下，可是全不入调。

忒修斯：

他的话像是一段纠缠在一起的链索，

并没有毛病，可是全弄乱了。跟着是谁登场呢？

一号手前导，皮拉摩斯及提斯柏、墙、月亮、狮子上

昆斯：

列位大人，也许你们会奇怪这一班人

跑出来干什么。

不必寻根究底，自然而然地你们总会明白过来。

这个人是皮拉摩斯，要是你们想要知道的话；

这位美丽的姑娘不用说便是提斯柏啦。

这个人手里拿着石灰和黏土，

是代表着墙头，

那堵隔开这两个情人的坏墙头；

他们这两个可怜的人

只好在墙缝里低声谈话，

这是要请大家明白的。

这个人提着灯笼，

牵着犬，拿着柴枝，

是代表月亮；因为你们要知道，

这两个情人只在

月光底下才肯在尼纳斯的坟头聚首谈情。

这一头可怕的畜生名叫狮子，

那晚上忠实的提斯柏先到约会的地方，

给它吓跑了，或者不如说是被它惊走了；

她在逃走的时候脱落了她的外套，

那件外套因为给那恶狮子咬住在它那张血嘴里，

所以沾满了血斑。隔了不久，皮拉摩斯，

那个勇敢的美少年，也来了，一见他那忠实的

提斯柏的外套死在地上，

便哧楞楞的一声拔出一把血淋淋的剑来，

对准他那热辣辣的胸脯里豁啦啦地刺了进去。

那时提斯柏却躲在桑树的树荫里，

等到她发现了这回事，便把他身上的剑拔出来，

结果了她自己的性命。至于其余的一切，

可以让狮子、月亮、

墙头和两个情人详详细细地告诉你们，

当他们上场的时候。

（昆斯及皮拉摩斯、提斯柏、狮子、月亮同下）

忒修斯：
我不知道狮子要不要说话。

狄米特律斯：
殿下，这可不用怀疑，
要是一班驴子都会讲人话，狮子当然也会说话啦。

墙：
小子斯诺特是也，
在这本戏文里扮作墙头。
须知此墙不是他墙，
乃是一堵有裂缝的墙，
在那条裂缝里皮拉摩斯和提斯柏两个情人
常常偷偷地低声谈话。
这一把石灰，这一撮黏土，这一块砖头，
表明咱是一堵真正的墙头，
并非滑头冒牌之流。
这便是那个鬼缝儿，
这两个胆小的情人在那儿谈着知心话儿。

忒修斯：
石灰和泥土筑成的东西，居然这样会说话，
难得难得！

狄米特律斯：
殿下，
这是我所听到的中间最俏皮的一段。

忒修斯：
皮拉摩斯走近墙边来了。静听！

皮拉摩斯重上。

皮拉摩斯：
　　板着脸孔的夜啊！漆黑的夜啊！
　　夜啊，白天一去，你就来啦！
　　夜啊！夜啊！哎呀！哎呀！哎呀！
　　咱担心咱的提斯柏要失约啦！
　　墙啊！亲爱的，可爱的墙啊！

你硬生生地隔开了咱们两人的家！
墙啊！亲爱的，可爱的墙啊！
露出你的裂缝，
让咱向里头瞧瞧吧！

(墙举手叠指作裂缝状)

谢谢你，殷勤的墙！上帝大大保佑你！
但是咱瞧见些什么呢？咱瞧不见伊。
刁恶的墙啊！不让咱瞧见可爱的伊；
愿你倒霉吧，因为你竟这样把咱欺！

忒修斯：
这墙并不是没有知觉的，
我想他应当反骂一下。

皮拉摩斯：
没有的事，殿下，真的，他不能。
"把咱欺"是该提斯柏接下去的尾白；
她现在就要上场啦，
咱就要在墙缝里看她。
你们瞧着吧，
下面做下去正跟咱告诉你们的完全一样。
那边她来啦。

提斯柏重上。

提斯柏：
墙啊！你常常听得见咱的呻吟，
怨你生生把咱共他两两分拆！
咱的樱唇常跟你的砖石亲吻，
你那用泥胶得紧紧的砖石。

皮拉摩斯：
咱瞧见一个声音；让咱去望望，
不知可能听见提斯柏的脸庞。
提斯柏！

提斯柏：
你是咱的好人儿，咱想。

皮拉摩斯：

尽你想吧，咱是你风流的情郎。

好像里芒德，咱此心永无变更 [1]。

提斯柏：

咱就像海伦，到死也决不变心。

皮拉摩斯：

沙发勒斯对待普洛克勒斯不过如此 [2]。

提斯柏：

你就是普洛克勒斯，咱就是沙发勒斯。

皮拉摩斯：

啊，在这堵万恶的墙缝中请给咱一吻！

提斯柏：

咱吻着墙缝，可全然吻不到你的嘴唇。

皮拉摩斯：

你肯不肯到尼纳斯的坟头去跟咱相聚？

提斯柏：

活也好，死也好，咱一准立刻动身前去。

（二人下）

墙：

现在咱已把墙头扮好，

因此咱便要拔脚去了。

（下）

忒修斯：

现在隔在这两户人家之间的墙头已经倒下了。

---

[1] "里芒德"是"里昂德"之讹，爱恋少女希罗，游水过河时淹死。下行扮提斯柏的弗鲁特又误以海伦为希罗。

[2] "沙发勒斯"为"色发勒斯"之讹，为黎明女神所恋，但他忠于其妻普洛克里斯，此处误为普洛克勒斯。

狄米特律斯：
殿下，墙头要是都像这样
随随便便偷听人家的谈话，可真没法好想。

希波吕忒：
我从来没有听到过比这再蠢的东西。

忒修斯：
最好的戏剧也不过是人生的一个缩影；
最坏的只要用想象补足一下，
也就不会坏到什么地方去。

希波吕忒：
那该是靠你的想象，而不是他们的想象。

忒修斯：
要是我们对于他们的想象并不比他们
对于自己的想象更坏，
那么他们也可以算得顶好的人了。
两只好东西登场了，一只是人，一只是狮子。

狮子及月亮重上。

狮子：
各位太太小姐们，你们那柔弱的心一见了
地板上爬着的一头顶小的老鼠就会害怕，
现在看见一头凶暴的狮子发狂地怒吼，
多半要发起抖来吧？但是请你们放心，
咱实在是细木工匠斯纳格，
既不是凶猛的公狮，也不是一头母狮。
要是咱真的是一头狮子冲到这儿来，
那咱才大倒其霉！

忒修斯：
一头非常善良的畜生，有一颗好良心。

狄米特律斯：
殿下，这是我所看见过的最好的畜生了。

拉山德：
要说他的勇气，这头狮子实在像只狐狸。

忒修斯：
要论智识，实在像只笨鹅。

狄米特律斯：
殿下，不见得。
他的勇气是撑不起他的知识的，
可一只狐狸却拖得走一只鹅。

忒修斯：
我敢说，他的知识绝撑不起他的勇气，
正如一只鹅拖不动一头狐狸。好啦，
随他去吧，让我们听听月亮说些什么。

月亮：
　这盏灯笼代表着角儿弯弯的新月——

狄米特律斯：
他应当把角装在头上。

忒修斯：
他并不是新月，
圆圆的哪里有什么角儿？

月亮：
　这盏灯笼代表着角儿弯弯的新月；
　咱好像就是月亮里的仙人。

忒修斯：
这该是最大的错误了。
应该把这个人放进灯笼里去；
否则他怎么会是月亮里的仙人呢？

狄米特律斯：
他因为怕蜡烛不敢进去。
瞧，他恼了。

希波吕忒：
这月亮真使我厌倦。他应该变化变化才好！

忒修斯：
照他那知觉欠缺的样子看起来，

他大概是一个残月；
但是为着礼貌和一切的理由，
我们得忍耐一下。

拉山德：
说下去，月亮。

月亮：
总而言之，咱要告诉你们的是，
这灯笼便是月亮；
咱便是月亮里的仙人；
这柴枝是咱的柴枝；这狗是咱的狗。

狄米特律斯：
嗨，这些都应该放进灯笼里去才对，因为它们
都是在月亮里的。但是静些，提斯柏来了。

提斯柏重上。

提斯柏：
　　这是尼纳斯老人的坟。咱的好人儿呢？

狮子：
（吼）呜——呜！

（*提斯柏奔下*）

狄米特律斯：
吼得好，狮子！

忒修斯：
奔得好，提斯柏！

希波吕忒：
照得好，月亮！真的，
月亮照的姿势很好。

（*狮子撕破提斯柏的外套*）
皮拉摩斯重上。

狄米特律斯：
于是皮拉摩斯来了。

（狮子下）

拉山德：
于是狮子不见了。

皮拉摩斯：
　　可爱的月亮，咱多谢你的阳光；
　　谢谢你，因为你照得这么皎洁！
　　靠着你那慈和的闪烁的金光，
　　咱将要饱餐着提斯柏的秀色。
　　但是且住，啊该死！
　　瞧哪，可怜的骑士，
　　这是一场什么惨景！
　　眼睛，你看没看见？
　　这种事怎会出现？
　　可爱的宝贝啊，亲亲！
　　你的好外套一件，
　　怎么全都是血点？
　　过来吧，狰狞的凶神！
　　快把生命的羁缠
　　从此后一刀割断；
　　今朝咱了结了残生！

忒修斯：
这一种情感再加上一个好朋友的死，
很可以使一个人脸带愁容。

希波吕忒：
该死！我倒真有点可怜这个人。

皮拉摩斯：
　　苍天啊！你为什么要造下狮子，
　　让它在这里踩躏了咱的爱人？
　　她在一切活着爱着的人中，
　　是一个最美最美最最美的美人。
　　淋漓地流吧，眼泪！
　　咱要把宝剑一挥，当着咱的胸头划破：
　　一剑刺过了左胸，

叫心儿莫再跳动，
这样咱就死啰死啰！
（以剑自刺）
现在咱已经身死，
现在咱已经去世，
咱灵魂儿升到天堂；
太阳，不要再照耀！
月亮，给咱拔脚跑！

（月亮下）
咱已一命、一命丧亡。

（死）

Exit Moonshine.

Arthur Rackham '08.

狄米特律斯：

不是双亡，是单亡，因为他是孤零零地死去。

拉山德：

他现在死去，不但成不了双，而且成不了单；
他已经变成"没有"啦。

忒修斯：

要是就去请外科医生来，
也许还可以把他医活过来，叫他做一头驴子。

希波吕忒：

提斯柏还要回来找她的爱人，
月亮怎么这样性急便去了呢？

忒修斯：

她可以在星光底下看见他的。现在她来了。
她再痛哭流涕一下子，戏文也就完了。

提斯柏重上。

希波吕忒：

我想对于这样一个宝货的皮拉摩斯，
她可以不必浪费口舌，我希望她说得短一点儿。

狄米特律斯：

她跟皮拉摩斯较量起来真是旗鼓相当。
上帝保佑我们不要嫁到这种男人，
也保佑我们不要娶着这种妻子！

拉山德：

她那秋波已经看见他了。

狄米特律斯：

于是悲声而言曰：——

提斯柏：

　　睡着了吗，好人儿？
　　啊！死了，咱的鸽子？
　　皮拉摩斯啊，快醒醒！

说呀！说呀！哑了吗？
唉，死了！一堆黄沙
将要盖住你的美睛。
嘴唇像百合花开，
鼻子像樱桃可爱，
黄花像是你的面孔，
一齐消失，消失了，
有情人同声哀悼！
他眼睛绿得像青葱。
命运女神三巫婆，
快快走近我身边，
伸出玉腕凝霜雪，
鲜血里面涮一涮。
咔嚓一声命剪断，
少年青春若琴弦。
舌头，不许再多言！
凭着这一柄好剑，
赶快把咱胸膛刺穿。

（以剑自刺）

再会，亲爱的朋友！
提斯柏已经毙命；
再见吧，再见吧，
再见！

（死）

忒修斯：

他们的葬事要让月亮和狮子来料理了吧？

狄米特律斯：

是的，还有墙头。

波顿：

（跳起）不，咱对你们说，
那堵隔开他们两家的墙早已经倒了。
你们要不要瞧瞧收场诗，
或者听一场咱们两个伙计的贝格摩舞[1]？

---

[1] 贝格摩为米兰东北地名，以产小丑著称。

忒修斯：
请把收场诗免了吧，
因为你们的戏剧无须再有什么解释；
扮戏的人一个个死了，
我们还能责怪谁不成？
真的，要是写那本戏的人自己来扮皮拉摩斯，
把他自己吊死在提斯柏的裤带上，
那倒真是一出绝妙的悲剧。
实在你们这次演得很不错。
现在把你们的收场诗搁在一旁，
还是跳起你们的贝格摩舞来吧。

（跳舞）

夜钟已经敲过了十二点。
恋人们，睡觉去吧，
现在已经差不多是神仙们游戏的时间了。
我担心我们明天早晨会起不来，
因为今天晚上睡得太迟。
这出粗劣的戏剧却使我们
不觉打发了冗长的时间。
好朋友们，去睡吧。
我们要用半月工夫把这喜庆延续，
夜夜有不同的寻欢作乐。

（众下）
迫克上。

迫克：
饿狮在高声咆哮，
豺狼在向月长嗥，
农夫们鼾息沉沉，
完毕一天的辛勤。
炭火还留着残红，
鸱鸮叫得人胆战，
传进愁人的耳中，
仿佛见殓衾飘飐。
现在夜已经深深，
坟墓都裂开大口，

现在差不多是神仙们的游戏时间了。

趁东方没有发白，让我们满屋溜达。

吐出了百千幽灵，
荒野里四散奔走。
我们跟着赫卡忒[1]，
离开了阳光赫奕，
像一场梦境幽凄，
追随黑暗的踪迹。
且把这空屋打扫，
供大家一场欢闹；
驱走扰人的小鼠；
还得揩干净门户。

奥布朗、提泰妮娅及侍从等上。

奥布朗：
屋中消沉的火星
微微地尚在闪耀；
跳跃着每个精灵
像花枝上的小鸟；
随我唱一支曲调，
一齐轻轻地舞蹈。

提泰妮娅：
先要把歌儿练熟，
每个字玉润珠圆；
然后齐声唱祝福，
手携手缥缈回旋。

（歌舞）

奥布朗：
趁东方没有发白，
让我们满屋溜达；
先去看一看新床，
祝福它吉利祯祥。
这三对新婚伉俪，
愿他们永无离弃；
生下来小小儿郎，

---

[1] 赫卡忒为希腊神话中下界的女神。

一个个相貌堂堂，
不生黑痣不缺唇，
更没有半点瘢痕。
用这神圣的野露，
你们去浇洒门户，
祝福屋子的主人，
永享着福禄康宁。
快快去，莫犹豫；
天明时我们重聚。

（除迫克外皆下）

迫克：
要是我们这辈影子，
有拂了诸位的尊意，
就请你们这样思量，
一切便可得到补偿；
这种种幻景的显现，
不过是梦中的妄念；
这一段无聊的情节，
真同诞梦一样无力。
先生们，请不要见笑！
倘蒙原宥，定当补报。
万一我们幸而免脱
这一遭嘘嘘的指斥，
我们决不忘记大恩，
迫克生平不会骗人。
再会了！肯赏个脸子的话，
就请拍两下手，多谢多谢！

（下）

The Duke's Oak

睡谷的传说
瑞普·凡·温克尔

[美]华盛顿·欧文 著

[英]亚瑟·拉克汉 绘

冷杉 杨立新 译

吉林出版集团股份有限公司

图书在版编目（CIP）数据

睡谷的传说；瑞普·凡·温克尔/（美）华盛顿·

欧文著；冷杉，杨立新译 . -- 长春：吉林出版集团股

份有限公司，2024. 10. --（拉克汉插图本世界名著）.

　ISBN 978-7-5731-5665-5

　　I. I712.44

　　中国国家版本馆 CIP 数据核字第 2024BD0634 号

目　录

睡谷的传说

The Legend of Sleepy Hollow

引 言

下面这段文字出自已故迪德里克·柯尼克博克尔[1]先生的文稿：

> 这是一片人人都爱打盹的乐土，
>
> 梦幻在向蒙眬的睡眼招手；
>
> 飘过的云层中隐现着灰色城堡，
>
> 永远在夏日的天空盘旋。

——出自《逍遥城堡》[2]

---

[1] 柯尼克博克尔（Knickerbocker），由于欧文在文中使用这个姓氏，后来这个英文单词演变成"纽约荷兰移民后代"的意思。

[2]《逍遥城堡》（*The Castle of Indolence*），是苏格兰诗人詹姆斯·汤姆逊（James Thomson）于 1748 年作的一首寓言体长诗，描述生活在逍遥城堡的居民终日纵情享乐，消磨着肉体和灵魂。作者华盛顿·欧文从中选取的四句诗，为本文铺垫了场景。

睡谷的传说

众多宽广的河湾，将哈德逊河东岸冲刷成锯齿状，其中一处河湾，河面异常开阔，旧时的荷兰航行家称它为塔潘海[1]。每当驶过这片水域时，他们总会小心谨慎地收帆减速，同时不忘祈求圣尼古拉[2]的庇护。岸边坐落着一个小集镇，或者说是乡下商埠，人称格林斯堡，不过它还有一个更常用、更恰当的名字——"逗留镇"。据说，该名称是从前住在临近乡村的那些好心的主妇们取的，因为她们的丈夫都有个由来已久的癖好，就是每逢赶集的日子，他们会逗留在镇上的小酒馆里，迟迟不肯回家。尽管有如此说法，我却不敢担保它的真实性，之所以提及此事，仅仅是为了证明我的话是有根据的。距离小镇不远，约莫两英里[3]路光景，在四周的高山之间，有一道小山谷，或者不如说是一块坳地，它算得上是这世上最安静的一处地方了。一条小溪悄悄地穿谷而过，"汩汩"的水声刚好催人入眠。偶尔传来北美鹑的一声啾鸣，抑或啄木鸟"嘚嘚"的啄木声，几乎就是打破这周遭静谧的唯一声响了。

我还记得，年轻的时候，我首次猎松鼠的英勇事迹，就发生在遮蔽住山谷一侧的高大胡桃林中。正午时分，我溜达着走入树林，此时自然万物尤其安静；当我听见自己的枪声打破了四周的一片寂静，刺耳的回声久久在山谷之间震荡时，连我自己也大为吃惊。有朝一日，假若我可以独自远离世俗的纷纭，避免单调地虚度烦扰的余生，希望找一个隐退清修的地方的话，我真不知道还有哪

---

[1] 塔潘海（Tappan Zee 或 Tappan Sea），哈德逊河流经纽约东南部形成的一片开阔河面，因临近美洲德拉瓦族印第安人的一个分支定居的"塔潘部落"而得名。

[2] 圣尼古拉（St. Nicholas，约270—340），基督教圣人，米拉城（今土耳其境内）主教。相传他曾经做过水手或渔夫，因此被视为水手的保护神。他也是圣诞老人的原型。

[3]1 英里 ≈ 1.61 公里。

个地方会比这处小山谷更令我向往的了。

由于此地令人倦怠的宁静，加之本地居民，也就是那些早期荷兰移民后裔的古怪性格，长久以来，这处幽静的峡谷一直被称作"睡谷"，连带着该村儿的男孩也被周围十里八乡的人称为"睡谷的孩子"。一种昏昏欲睡、如梦似幻的力量，仿佛笼罩着整个山谷，甚至弥漫到该山谷上空的大气层中。有些人说，在荷兰殖民初期，这地方曾被一位高地德国巫医施了魔法；还有些人说，早在亨德里克·哈德逊[1]船长发现这一带之前，就有一位印第安酋长，也就是印第安部落的先知或巫师之类的人物，经常在这里举行召唤神灵的帕瓦仪式。无论如何，有一点是确定无疑的，那就是直到如今，该地区仍然受着某种惑人力量的影响，致使善良的百姓被符咒迷了心窍，弄得他们始终处于梦幻的状态之中。他们迷信各种各样不可思议的信仰，终日恍恍惚惚，满脑子奇思怪想，并时常看到怪异的现象，听到空中传来音乐和说话的声音。整个地区充斥着本地的神鬼传说、鬼魂出没的地点，以及含糊不清的迷信观念。超高速星和流星划过山谷上空的次数，比这一带的任何其他地方都要多；梦魔[2]连同她所有九个化身，似乎要将这里打造成她们特别喜爱的嬉戏场所。

[1] 亨德里克·哈德逊（Hendrick Hudson），即英国探险家亨利·哈德逊（Henny Hudson），生卒年不详，1610年受雇于荷兰东印度公司，到达今天的纽约都会区进行探险，哈德逊河就是以他的名字命名的。

[2] 梦魔（the Nightmare），这里指日耳曼民间传说中的女妖，专门等人们睡觉时折磨他们，她有九种动物化身，分别是：青蛙、猫、马、野兔、狗、公牛、鸟、蜜蜂和黄蜂。

（他们）时常看到怪异的现象，听到空中传来音乐和说话的声音。

梦魔连同她所有九个化身。

然而，经常到这个魔力笼罩地区作祟的主要幽灵，仿佛该空间一切神鬼力量的总司令般的东西，却是一个骑在马上的无头鬼。据有些人说，它是一个黑森[1]骑兵的鬼魂，在美国独立战争中的一次无名战役里，它的头被一发炮弹给炸飞了。自打那时候开始，谷地的居民时常会看到这位无头骑兵，仿佛乘着风一般，在昏暗的夜色中匆匆驰过。它经常出没的地带，不仅仅限于山谷之内，有时还会扩展到临近地区的路上，尤其是距离山谷不远的一座教堂附近。实际上，该地区有几位最权威的历史学家，已经认真收集、整理了有关该无头鬼的零零散散的传闻，然后断言：无头骑兵的尸身就埋葬在教堂墓地里，他的鬼魂每天夜里都会骑马出去，到当时的战场上寻找自己的头颅；在经过睡谷的时候，他有时会像一阵午夜强风一样飞驰而过，也是由于他耽误了过多的时间，急于在天亮之前赶回墓地的缘故。

这个迷信传说的大意就是这样，这为那个鬼影憧憧的地方的众多不着边际的传说提供了素材。那一带所有人家在炉边闲谈的时候，也都把这个鬼魂称作"睡谷的无头骑兵"。

值得注意的是，我先前提到的那种见到幻影的倾向，不仅仅局限于谷中的本地居民。任何人，只要在山谷里住上一段时间，就会不知不觉地染上这种习性。不论他们在进入这个昏昏欲睡的地区之前，头脑有多么清醒，只消一会儿工夫，他们保准儿会吸入这种具有惑人力量的空气，开始变得富于幻想起来，做着各式各样的梦，还会看到离奇的幻影。

只要提到这个平静的地方，我就禁不住要竭力赞扬。因为在地域广大的纽约州里，到处都可以发现这种荷兰移民聚居的小而幽静的山谷，正是在这些小山谷中，人口、生活习惯和风俗才会一成不变。尽管移民和社会进步的巨大洪流，正在推动这个精力充沛国家的其他地方不断发生变化，但却没有理会这些不受关注的小山谷。这些地方就像隐蔽在湍急的溪流边的小小静水一般，我们只会看见麦秆和泡沫静静地停在水面，或者缓慢地在这片酷似小港湾的水面上盘旋，丝毫不受旁边匆匆而过的溪流的影响。现如今，尽管距离我第一次踏入

---

[1] 黑森（Hessian），指的是"黑森雇佣兵"，也就是18世纪受雇于大英帝国的德国雇佣兵，大约3万德国雇佣兵在英国的北美13个州殖民地作战，其中一半以上来自德国的黑森州，因此统称他们为黑森雇佣兵。

谷地的居民时常会看到这位无头骑兵。

睡谷那令人昏昏欲睡的阴郁树林已经过去好多年了，然而我毫不怀疑，我应该还能找到同样的树木、同样的家庭，在它那绿荫掩映的隐蔽怀抱中，呆板而单调地繁衍生息着。

在大自然的这个偏僻角落里，在美国历史的较早时段，也就是说，大约在三十年前，曾经住着一位名叫伊卡博德·克雷恩的可敬人物。他旅居，或者用他本人的话来说，"逗留"在睡谷，是为了教育这一带的孩子。他的出生地是康涅狄格州，该州为合众国供给了众多思想先驱和开采森林的先驱人物，每年都会向边疆地区输送大批伐木者，也会向外输送大批乡村教师。克雷恩[1]这个姓，对他本人来说，真是再恰当不过了。他的个子很高，但非常之瘦，他生就窄肩膀，长胳膊，长腿，两只手荡在袖口外面足有一英里长，两只脚简直可以当铁锹使，他的整个骨架极其松垮地聚在一起。他的头很小，头顶是平的，上面生着两只巨大的耳朵，两只绿色大玻璃珠子一样的眼睛，和长长的鹬鸟嘴一般的鼻子，如此一来，这颗头就像一只停在轴颈上的可以报告风向的风信鸡[2]。如果

---

[1] 克雷恩（Crane），他的姓氏"Crane"这个单词，在英文中也有"鹤"的意思。
[2] 过去，国外有些国家的居民认为风信鸡是避邪之物，后来人们把鸡身两侧分别涂上金色和黑色，装在屋顶，以辨别风向。它们又称风向鸡，一般用金属制作。和现代用箭头形的风向标是一个意思。

你在刮风天气里，看见他沿着山坡一侧大踏步前行时，衣服被风吹得鼓胀起来，在他身体周围飘来荡去，那么你也许会错把他认作突然降临人间的饿鬼，或者从玉米地里逃出来的稻草人之类的东西。

伊卡博德的校舍是仅有一个宽敞房间的矮屋，用木料草草搭成，窗户有一部分安装了玻璃，另外一部分则糊着旧习字本上取下的废纸。校舍空闲的时候，便很巧妙地保护起来，用一根柳条缠住门把手，再用几根树桩抵住护窗板；这样一来，虽然小偷进去的时候轻而易举，但想要出来可就有点困难了——这极有可能是造房子的建筑师，约斯特·凡·霍腾借用了捉鳗鱼的篓子的秘诀而想出的主意。校舍坐落在一处相当偏僻，但风景宜人的地方，正好位于一座林木茂密的小山脚下，近处，有一条小溪奔流而过，校舍的一头，还长着一株让人望而生畏的粗壮桦树。在一个令人昏昏欲睡的夏日里，从校舍里传出他的学生低沉的喃喃读书声，就如同蜂窝里的嗡嗡声一般，间或打断它的，不是那位老师带有威胁或命令口气的权威声音，就是桦树枝教鞭惊心动魄的击打声，因为他正在督促某个在知识的花径上蹉跎光阴的偷懒学生。说句实话，他的确是一个尽职尽责的人，他始终牢记那句金玉良言——"孩子不打不成器（Spare the rod and spoil the child）"，也因此，伊卡博德·克雷恩的学生们确实没有被宠坏。

话虽如此，可我并不想让大家认为，他真是那种以痛打学生为乐的残暴而专制的校长中的一员。恰好相反，他在执法的时候，并非一味严苛，他总是区别对待，常常是把弱者的负担加在强者的背上。如果你只是一个怯弱的小家伙，见到教鞭轻轻一挥就缩作一团，那么他总会容忍地放过你。不过遇到那些强悍蛮横、冥顽不化、衣襟宽大的荷兰小顽童，他就以维护公道的名义，加倍地责罚他们，才能令自己满意；可是这些个家伙，在挨了教鞭以后，仍旧满腔愤怒，变得越来越执拗，甚至怀恨在心了。他把这一切称作"以他们父母的名义来尽责"。每每施以惩罚之后，他必向挨打的顽童保证，同时也算是安慰受罚者，说该顽童"会永远记住这次责罚，并将在此后漫长的一生中一直感激他"。

放学以后，他甚至会是大一点男孩的伙伴或说是玩伴；每逢放假的下午，他时常护送那些较小的学生回家，后者碰巧有个漂亮的姐姐，或者有个善于持家的妈妈，尤其是家里有个令人慰藉的食厨。其实，他理应跟他的学生们好好相

在刮风天气里，他沿着山坡一侧大踏步前行。

处。他的教学收入少得可怜，连维持日常食物的开销都不够，因为他尽管又瘦又高，食量却大得惊人，胃的膨胀能力简直像蟒蛇一样骇人。不过为了解决生计困难问题，依照这一带乡村的习俗，他可以到委托他教育子女的农民家里吃住。他轮流住在这些学生家里，每次住上一个星期。就这样，他在附近一家接一家地轮流吃住下去，随身只有一个棉布包，包着他在这个世上的所有财产。

所有这些吃住，可不能过分破费这些乡村资助人的腰包，以免他们认为学校教育的费用是一项繁重的负担，而那些老师都是些不劳而获的人。为此，伊卡博德使出各种方法，来表现自己有用与和蔼可亲的一面。他偶尔会帮助这些农民干些田里的轻活儿，帮他们割草晒草，修补篱笆，牵着马匹去饮水，把母牛群从草场上赶回家，还帮他们劈冬天生火用的木柴。此外，他也会撇开他在自己的小小帝国——学校里"称帝"时那种唯我独尊、统治一切的威仪，变得极其温文尔雅、讨好逢迎起来。他常常哄哄孩子，特别是家中最小的孩子，来博得母亲们的欢心，那情形就像从前曾宽宏大量地抚育羔羊的猛狮一样。他会坐在那里，把一个孩子放上膝头，两只脚像晃动摇篮那样，一连晃上几个钟头。

除了这些兼职工作之外，他还是这一带的音乐教师，常常因为教青年人唱赞美诗而收获许多明晃晃的先令 [1]。每逢礼拜天，当他站在教堂唱诗班面前自己的位置上，面对着一班精挑细选出来的歌手时，一定是大大地满足了他的虚荣心；此时此地，在他的内心深处，会觉得自己完全抢走了郊区牧师的风头。毫无疑问，他的歌声比唱诗班的任何人都要高出许多。直到现在，人们仍然能听到那所教堂里带有独特颤音的歌声，遇上某个寂静的礼拜日清晨，这种歌声能传出半英里以外，甚至会传到磨坊贮水池的对岸去。据说，这种歌声完全得到了伊卡博德·克雷恩擅用鼻音的真传。就这样，这位可敬的学究，用这种费尽心机、也就是人常说的"不择手段"的方式，打着各种暂时糊口的零工，生活还算过得不错，而且在所有不知脑力劳动之苦为何物的人看来，他用这种方式过着极其轻松的日子。

在该地区乡下女人圈子里，普遍有这位乡村教师是一个相当重要人物的通

---

[1] 美国早期的货币单位，1 先令 =24 美分。

一个棉布包，包着他在这个世上的所有财产。

识。她们认为他是一位有些闲散、举止高雅的名流，他的品味和造诣，要比粗鲁的乡下小伙子高明许多，当然了，论学识来说，他也仅比教区牧师稍逊一筹。因此，他一出现，往往会惹得乡下人家的茶桌旁发生一小阵儿忙乱，额外添上一盘蛋糕或者蜜饯，偶尔还会摆出一把银茶壶来炫耀一番。因此，我们这位才子，待在所有农家姑娘笑脸相迎的氛围里，甭提有多快活了。礼拜日宗教仪式的间隙，他以花式舞步般的方式穿梭在教堂庭院里的农村姑娘中间。一会儿给她们从缠绕在周围树上的野葡萄藤上摘几串葡萄，一会儿把所有墓碑上的墓志铭朗诵一遍来逗她们发笑，或者陪着这一整群少女，沿着毗邻教堂的磨坊池塘边散步。而此时，那些比他羞怯的乡下青年，忸怩地远远跟在后面，都不免妒忌他那出众的举止和言谈。

源于这种半流浪式的生活方式，他又有几分像"流动的报纸"，因为他总是把一大堆当地的闲谈，从这一家带到那一家，所以他的出现总可以受到令他本人颇为满意的欢迎。此外，那些女人还把他看成一个学识渊博的人物，因为他曾从头至尾读过好几本书，尤其精通科顿·马瑟的《新英格兰巫术史》[1]。顺便说一句，他是该书最坚定、最有力的笃信者。

说起他这个人，其实是一个既略显精明又简单盲信的古怪结合体。他对神鬼事物的嗜好，以及他领会神鬼事物的能力，都同样突出，而且自打他住到这个被符咒迷惑的地区以后，这两个方面的才能都增强了许多。无论鬼怪故事多么粗俗，多么怪异，他都会照单全收，完全相信。他往往喜欢在下午放学之后，走到呜咽着流过校舍附近的小溪旁边，四肢摊开地躺在茂盛的苜蓿草丛中，反复研读马瑟那些古老而恐怖的故事，直到夜幕四合，印刷文字在眼前变得模糊一片才肯作罢。然后他沿着沼泽、小溪和令人毛骨悚然的林地边沿儿，向他寄宿的那家农舍走去。在这个巫邪惑人的时刻，大自然的每一声响——山坡上北美夜莺的哀啼，预示山雨欲来的雨蛙噩兆般的蛙鸣，凶兆预言家长耳猫头鹰阴

---

[1] 科顿·马瑟（Cotton Mather，1663—1728），北美殖民时期新英格兰地区具有社会、政治影响力的清教牧师，坚信巫术的存在，并为引起 1692 年"猎巫"恐慌的"塞勒姆女巫审判"提供证据。他著述颇多，曾经写过《新英格兰宗教史》，因为书中包含大量巫术信息，所以本书作者在这里讽刺它为《新英格兰巫术史》。

把所有墓碑上的墓志铭朗诵一遍来逗她们发笑。

郁的枭叫，或者栖息在灌木丛中的鸟儿受惊吓后挪动的瑟瑟声——都会令他紧张不安的幻想能力躁动起来。此外，那些萤火虫，越到最黑的地方便愈发闪亮，不时有一只特别亮的在他前面的路上一闪而过，也会吓得他惊跳起来；如果碰巧有一只笨拙的大个甲虫，愣头愣脑地撞上他，这个可怜的家伙就会以为被巫婆的扫把打了一下，吓得简直快断了气。遇到这种时候，不管是为了消除恐惧念头，还是为了赶走妖魔鬼怪，他唯一的办法，就是唱上几首赞美诗。而此时，那些晚上常常坐在自家门口的睡谷里的善良居民，听到他那夹杂着鼻音的歌声，"以美妙的拖长的调子"[1]，从遥远的山坡上或沿着昏暗的小路飘来时，心里往往充满了恐惧。

　　他的另一种获得恐怖乐趣的方式，就是与那些健谈的荷兰老太婆一起度过漫长的冬夜。当那些荷兰老太婆坐在火炉旁边，一边纺线，一边把一串苹果放在壁炉里烤得"噼啪"作响时，他听着她们那些关于幽灵和妖怪的故事，以及那些关于鬼魂出没的田地、溪流、小桥和小屋的传说，尤其是关于那个无头骑兵，或者用她们有时称呼它的名字——那个"睡谷里骑马疾驰的黑森人"的传闻。同样，他也用康涅狄格州早期盛行的有关巫术、可怕的征兆、预示性的景象和来自空中的声音等奇闻怪谈博得她们的欢心，还会用一些对彗星和流星的胡乱猜测来吓得她们够呛，甚至还会告诉她们一个惊人的事实，说地球绝对是旋转的，而她们此生有一半的时间都是头朝下脚朝上的！

　　不过，假如这一切——他舒适地依偎在壁炉旁边，壁炉里"噼噼啪啪"的柴火照得满屋通红，任何鬼怪也不敢在这里露面——是一种乐趣的话，那么这也是他用稍晚步行回家时面临的种种恐惧这个高昂代价换取的。在雪夜那黯淡而惨白的光芒中，他的必经之路上该有多少可怕的妖形魅影啊！望着远处窗户漫射到荒野上那些颤动的光线，他的眼中充满了多少渴望啊！有多少次，正好挡住去路的一丛盖满白雪的灌木，仿佛一个身披白衣的幽灵一般，让他心惊胆战！有多少次，听到脚下自己踏着结了霜壳的雪面的声音，使他不寒而栗，畏缩不前；他不敢回头窥望，生怕猛然看到某个面目狰狞的鬼怪，正好飘到他的

---

[1] "以美妙的拖长的调子"，英文是"in linked sweetness long drawn out"，这句诗出自约翰·弥尔顿的诗《快活的人》，诗歌原文是"Of linked sweetness long drawn out"，此处略有改动。

那些关于鬼魂出没的田地、溪流、小桥和小屋的传说。

身后！又有多少次，一阵猛烈的狂风，哀号着横扫过树林，令他魂飞魄散，不由得生出这是那个"骑马疾驰的黑森人"又在夜里疾驰的恐怖念头！

然而，凡此种种，只不过是夜间的恐惧，是暗夜行路人头脑中的幻影。尽管伊卡博德一生中见过不少鬼怪，而且在他独自闲荡的时候，也曾不止一次被撒旦的种种化身围攻，但天一亮，一切鬼怪便会全部消失。尽管有这位魔王和他的种种伎俩，但如若不是他的人生道路，与一个比妖魔鬼怪和所有巫师加到一起都更加令人烦恼的生灵有交集的话，他原本可以快快活活地度过此生的。而这个生灵就是——一个女人。

在每星期一天晚上聚在一处，听他教唱赞美诗的众多音乐弟子中，有一位卡特里娜·凡·塔塞尔，是一个家底儿殷实的荷兰农民的独生女。她是一个年方十八的妙龄少女，丰满得如同一只北美鹌鹑；她那熟透了的娇滴滴的红脸蛋，就像他父亲种的桃子一般。她在这一带非常有名，不仅因为她很漂亮，还因为她有望继承一大笔家业；此外，她还有点儿爱卖弄风情，有关这一点，甚至从她穿的衣服上就能看出来，那是一种古代和现代混搭的式样，因为这种打扮最能

凡此种种，只不过是夜间的恐惧。

衬托出她的妩媚。她戴着各种黄澄澄的纯金首饰，这还是她的高曾祖母从赞丹 [1] 带过来的。她穿着一件诱惑人的旧时胸衣，外加一条撩拨人的短裙，以便露出那双这一带乡下最漂亮的脚和脚踝。

伊卡博德·克雷恩对异性总是怀着一片柔情和痴心，因此，毫不奇怪，这份如此美味的"佳肴"很快便博得了他的宠爱，尤其是在他前往她父亲的那幢大房子探望过她以后。老巴尔蒂斯·凡·塔塞尔是一个家业兴旺、知足常乐、心胸开阔的农民的完美化身。说实话，虽然他的目光或念头很少关注自己农庄界限以外的事情，但在农庄之内，样样东西都是舒适、喜庆和状态优良的。他对自己富裕的家境感到满意，但并不因此而骄傲；他可以夸耀的，是他的好收成，而不是他的豪华生活。他的城堡庄园坐落在哈德逊河沿岸的一块青翠、隐蔽而肥沃的角落，普通荷兰农民都喜欢在这种地方安家。一株大榆树的宽阔枝叶掩映着农庄，树根部有一汪用木桶圈起来的泉眼，里面汩汩涌出一泓最轻柔最甘甜的泉水，静静地闪着流光，穿过草地，注入附近一条在赤杨和矮柳丛中潺潺流淌的小溪。农场住宅旁边，有座巨大的谷仓，占地面积足可以建成一所教堂，看上去农场的物产和珍藏似乎正要从谷仓的每个窗口和每个缝隙喷发出来一般。谷仓里，从早到晚都回响着连枷忙个不停的打谷声。家燕和雨燕叽叽喳喳地掠过屋檐；一排排的鸽子在屋顶上晒着太阳，有的歪着头，一只眼睛望向空中仿佛在观测气象，有的把头藏在翅膀下面或埋在胸前，也有的情绪饱满地咕咕叫着向它们的夫人鞠躬。许多滚圆而笨拙的肥猪挤满了猪栏，在睡梦中满意地哼哼着；时不时地，不知从哪里跑出来一群小乳猪，似乎想要呼吸一下新鲜空气。近处的一个池塘里，一队庄严的白鹅，正护送着整个鸭子舰队缓缓前行。一大群的火鸡咯咯叫着穿过农庄的空地，这种行为激怒了那群珍珠鸡，后者像脾气暴躁的主妇一般，发出激怒的、不满的叫声。谷仓大门前面，一只英勇豪侠的公鸡高视阔步，状似一位丈夫、武士，又像一个花花公子，它拍打着光鲜的翅膀，满心得意而快活地啼鸣起来，时而用爪子刨开泥土，然后慷慨大度地喊来它那群永远处于饥饿状态的妻妾儿女，让它们享用自己发现的营养小吃。

---

[1] 赞丹（Saardam），即"Zaandam"，荷兰北部一所城市，距离荷兰首都阿姆斯特丹比较近。

  这位学究看到这些作为奢华越冬食品的丰厚储备，不由得馋涎欲滴。在他那贪吃的想象中，为自己描绘了这样一幅画面：每一只烤乳猪，肚子里都塞着一块布丁、嘴里含着一只苹果在四处跑动；那群鸽子全都整整齐齐地躺成一大片美味松软的肉饼，随后被安置在一张酥脆面包皮被单里；那几只鹅正在它们自己的汤汁里游泳；那些鸭子成双成对舒舒服服地躺在盘子里，仿佛彼此偎依的新婚夫妇，佐料是相当充裕的洋葱调味汁。从那些肥猪身上，他看出了未来光泽油亮的猪胁熏肉和油滋滋的美味火腿；他眼中的火鸡也不是火鸡，而是只只考究地串在一起，脖子塞在翅膀下面待烤的家伙，抑或把它们看作一大串美味可口的香肠；甚至连那只鲜亮的公鸡，也自动直挺挺地躺在一只配菜盘子里，鸡爪朝天，好像在乞求饶命，这是为它生前的豪侠精神所蔑视的行为。

  当狂喜的伊卡博德沉浸在这种种幻想之中，当他骨碌着一对大绿眼珠子，望着凡·塔塞尔这座富庶住宅周围那些肥沃的草场，丰饶的小麦田、黑麦田、荞麦田和玉米地，以及结满红润水果的果园之时，他心中开始渴望追求那位将来会继承这一切家产的姑娘。随着这个念头的出现，他的想象空间进一步扩展开来。他想象着如何轻易地把这些东西变成现款，怎样把钱投资在广阔无边的荒地，并在荒野中搭建木瓦豪宅。不仅如此，他繁忙的想象力已经替他实现了一切愿望，早已把鲜花般的卡特里娜赠予了自己，还生出了一大群儿女。她带着他们坐在载满家用杂物的马车顶上，瓶瓶罐罐在他们身下摇来摆去；他仿佛也瞧见自己骑在一匹步态悠闲的母马背上，后面还跟着一匹小马驹，一行人动身前往肯塔基州、田纳西州，或者天知道的什么地方去了。

等他走进那座房子，他的心就被彻彻底底地征服了。它是这一带最宽敞的农场住宅之一，有着高高的屋脊，但屋顶倾斜得很低，是按照第一批荷兰移民传下来的样式建造的。低垂而突出的屋檐，形成了房子前面的门廊，遇上恶劣的天气，还可以把门廊封闭起来。廊下挂着连枷、马具和各种农业用具，还有到附近河里捕鱼的网。沿着门廊两侧，摆着许多供夏天纳凉用的长凳；走廊的一端，有一架巨大的纺车，另一端有一只搅乳器——这些说明了这个重要的门廊能派上各种各样的用途。伊卡博德穿过门廊，溜达着走进门厅，这里构成整

幢住宅的中心，也是家里人经常聚集的场所。一张长条厨桌上放着几排闪亮的锡器，晃得他眼都花了。一个角落里放着一只大口袋，里面装满了待纺的羊毛，而另一个角落，堆着一些刚从织机上取下来的羊毛织品。一穗穗玉米，一串串苹果干儿、桃干儿，像华丽的花饰似的沿墙挂着，中间还夹杂着一些俗丽的红辣椒。一扇门半开着，使他有机会偷看里面那间最讲究的会客室。其中椅腿设计成动物脚爪形状的椅子和暗色桃花木桌子，像镜子一样光亮；壁炉的铁制柴架，以及它的同伴火铲和火钳，在半掩着它们的文竹叶子后面闪闪发光；壁炉架上装饰着一些假橘子和海螺壳，壁炉架上方挂着一串串各种颜色的鸟蛋，房间正中央还悬挂着一枚巨大的鸵鸟蛋；墙角的一只碗橱，故意敞开着，露出许多珍贵的古代银器和上好瓷器。

从伊卡博德第一眼看到庄园里那些惹人喜爱的地方开始，他的内心便再也无法平静下来。眼下他一门心思只想如何赢得凡·塔赛尔那位出类拔萃的女儿

的芳心。然而，在这项事业上，他所遇到的实际困难，都要比绝大多数中世纪游侠骑士遇到的难得多。那些骑士很少遇到巨人、巫士、喷火暴龙，以及诸如此类容易战胜的对手以外的东西，而对付上述敌手，他们只消打开一条穿过铜铁大门或坚硬墙壁的通道，深入禁锢着他们的心上人的城堡要塞即可。这一切对一位骑士来说，简直像一个人切开圣诞馅饼到达其中心那么容易；到了这一步，那位美人自然会以身相许了。然而，伊卡博德的情形正好相反，他得奋力攻入一位爱卖弄风情的乡下姑娘的心，而这颗心的周围布满了反复无常和任性乖张的迷宫，因此进入迷宫之后总会遇到新的困难、新的阻碍。除此之外，他还得迎战那一大帮有血有肉的可怕对手，也就是无数爱慕她的乡下青年，他们把守着通往她的内心的每一个入口，用提防和愤怒的眼光互相监视，可一旦遇到新的竞争者，他们随时都会同仇敌忾地冲出来迎敌。

这些人里，最难对付的就是一个体格魁梧、性情暴躁、喜欢喝酒喧嚣的浮荡青年，他名叫亚伯拉罕，或者按照荷兰人名的简写方式，称为布罗姆·凡·布伦特（Brom Van Brunt）。他是这十里八乡的著名人物，素以膂力过人和好勇斗狠闻名。他长得膀阔腰圆，肌肉强健，一头又短又黑的鬈发，一张粗鲁但不讨厌的脸，带着一种戏谑而骄横的神态。由于骨架巨大，肢体强健有力，他得了个"骨头布罗姆"的绰号，人人都知道他的这个绰号。他以精通马术的理论与技巧而闻名，骑在马背上时，如同鞑靼人一样敏捷灵巧。每次赛跑、斗鸡，他总能拿到第一名。在乡下生活中，一个力气特别大的人总是能获取威信的，因此，每逢遇到什么争执，他就会出面做仲裁人。他歪戴着帽子，用一种不容否认和申辩的神情和语调做出裁决。他随时准备打上一架，或者拿个人来取笑，这倒不是因为他生性恶毒，而是喜欢胡闹。尽管他专横粗暴，但实际上却颇有一股子爱开玩笑的快活劲儿。他有三四个意气相投的好朋友，他们都把他当作榜样，而他也总是带着他们在乡里闲荡，凡是方圆数英里之内的争斗或嬉戏场面，总是少不了他们的身影。天气冷的时候，他总是戴着一顶皮帽子，帽顶有根颇招摇的狐狸尾巴。每逢乡村聚会的场合，众人远远看到这个熟悉的帽顶装饰，在一群勇猛的骑手之间扫来拂去，他们总是站在一旁，等着他们像一阵风暴似的过去。有时候，半夜里也能听到他的一帮人大呼小叫着从农舍旁边猛冲过去的声音，那情形就像一队顿河哥萨克骑兵[1]一样。那些上了年纪的主妇，被从梦中惊醒以后，总要听上一会儿，直等这阵纷乱的马蹄声和嘈杂的吵嚷声过去以后，她们才抗议般地说："唉，又是骨头布罗姆和他那一伙人！"邻里乡亲们总是用一种掺杂着畏惧、钦佩和善意的眼光来看待他，每当附近出了撒野胡闹或乡间争斗等事情，他们总是摇着头，并担保这又是骨头布罗姆惹的祸。

这个粗野放荡的豪侠人物，早就选中了鲜花般的卡特里娜，把她当作粗鄙而笨拙地献殷勤的目标。尽管他那多情的求爱，有点像一头熊的温存崇拜与爱慕，可是根据私底下的传闻，她倒没有完全让他丧失希望。不过有一点是肯定的，他的追求就相当于让那些情敌退却的一种信号，因为他们都不想跟一头正处在发情期的雄狮过不去，以至于事情到了这种地步，就是每逢礼拜日的晚上，只要看见他的马拴在凡·塔塞尔家的栅栏上，这一准儿是马主人在里面献殷勤，或者用专业术语说，是在"求爱"，那么其他所有求爱者只好绝望地走开，把战场转移到别的地方。

这就是伊卡博德·克雷恩要对付的那位棘手情敌的大致情况。从各方面来权衡，恐怕就连比他更强壮的人也会退出竞争，比他更聪明的人也要感到绝望。不过，伊卡博德本质上是一个兼具柔韧性和坚忍性的快乐结合体，换句话说，就是无论他的外形还是他的精神，都像一根藤手杖——虽然变形，但很坚韧；虽然弯曲，但永不折断；虽然受到轻微的压力便会躬身，但压力一除——"砰"地一下！他又会挺得笔直，把头抬得跟原来一样高。

---

[1] 顿河哥萨克骑兵（Don Cossack），哥萨克是指生活在东欧大草原（今天的乌克兰、俄罗斯南部）的一个游牧社群，在历史上以骁勇善战和骑术精湛著称，"哥萨克"即突厥语"自由人"的意思，他们的群落多以地域来命名，"顿河哥萨克"指的是生活在顿河中下游一带的哥萨克人。

不过，要是公开跟他的情敌作战肯定是极端愚蠢的，因为布罗姆不是一个容得下别人妨碍他的恋爱的人，在这一点上，甚至比那位狂暴的情郎——阿喀琉斯[1]还要更胜一筹。因此，伊卡博德以一种隐秘而小心的暗示方式来献殷勤。在他的音乐教师身份的掩护下，他频繁到她家中去拜访。他之所以这样做，倒不是怕受到她的父母的胡乱干涉——这是恋爱道路上经常碰到的绊脚石。巴尔特·凡·塔塞尔是个容易溺爱孩子的人。他爱他的女儿，甚至胜过了爱他的烟斗，而且像一个通情达理的男人和一个出类拔萃的父亲那样，在任何事情上都让女儿按照自己的意愿行事。他那位能干的矮小妻子也是一样，光是料理家务和照看家禽就够她忙的了。因为，以她的审慎观察，鸭子与鹅都是些愚蠢的东西，必须有人照管；至于姑娘们呢，她们自己会照顾自己。因此，当这位勤勉的太太在屋子里忙来忙去，或者在门廊的一端熟练地操作纺车的时候，老实巴交的巴尔特（巴尔蒂斯的昵称）会坐在另一端，一边吸着傍晚的那斗烟，一边望着那个小小的木制武士（指的是风信标）的功绩：它站在谷仓尖顶顶端，双手各拿一把宝剑，正在与风做着最英勇的搏斗。与此同时，伊卡博德不是在那株大榆树下的泉眼旁边向那位女儿求爱，就是在朦胧的暮色中，与她一同散步，这种时候最适合这位求爱者展现他的口才了。

　　我得承认，我根本不懂如何才能追求和赢得女人们的心。对我来说，她们永远是既让人迷惑又叫人欣赏的尤物。有些女人似乎只有一个易受诱惑的弱点，或说是只有一扇易于接近的门；而另外一些女人似乎有上千条通途，可以用一千种不同的方法来虏获她们的芳心。如果赢得前者的心，真可谓技巧上的巨大胜利；但是想要长期占领后者的心，那就是有更伟大的将才的证明了，因为这样的男人，必须为保卫他的堡垒的每一扇门和每一扇窗户而作战。因此，一个赢得上千个普通女人的心的男人，固然值得称道；但只有那种完全控制了一个卖弄风情的女人的心的男人，才真正称得上英雄。毫无疑问，勇敢无畏的骨头布罗姆

---

　　[1] 阿喀琉斯（Achilles），又译"阿基里斯"，古希腊神话中的英雄，荷马史诗中的《伊利亚特》里的中心人物，人称"古希腊第一勇士"。这里说他是一位"狂暴的情郎"，指的是希腊军主帅阿伽门农夺走阿喀琉斯的女俘，也是他喜欢的美女布里塞伊斯后，阿喀琉斯不顾众人劝阻，愤而退出战争的事。

在朦胧的暮色中，与她一同散步。

不属于后一类男人，因为自打伊卡博德开始献殷勤的那一刻起，前者的兴趣就明显降低了——礼拜日的夜晚，人们再也看不到他的马被拴在塔塞尔家的栅栏上了。逐渐地，他便和睡谷的这位乡村教师结下了深仇大恨。

布罗姆的天性中有一定程度的鲁莽骑士精神，本应该愿意按照古代游侠骑士的模式公开宣战，用最简单、最明了的方式———一对一的决斗，来决定他俩追求这个女人的权利。不过，伊卡博德太了解这位对手的超人威力了，因而无论如何也不肯接受他的挑战。他曾无意中听到"骨头"的一句大话，说"要把这个乡村教师对折起来，塞到他自己校舍里的一个书架上面"，因此，他非常谨慎，绝不让"骨头"找到与自己决斗的机会。这种一味求和的方式，的确非常惹人恼火，它让布罗姆别无选择，只好利用自己性情中那些乡野诙谐的资源，用粗鄙的恶作剧来嘲弄他的情敌。就这样，伊卡博德成了"骨头"和他手下那帮粗鲁骑手变着花样迫害的对象。他们骚扰他那向来平静的领地。通过堵住烟囱的方法，将所有跟伊卡博德学唱歌的弟子熏出来；不顾校舍那难以对付的藤条结扣和抵住窗户的木桩，在夜里闯进去，把所有东西搞得乱七八糟，搞得这位可怜的乡村教师，开始以为这一带的妖魔鬼怪，全都到他的校舍里开会了呢。不过，更让人着恼的是，布罗姆总是利用一切机会，让伊卡博德在他的情人面前成为被愚弄的对象。布罗姆养了条恶棍一样的狗，还教会它用一种最可笑的方式哀嚎，并把它当作伊卡博德的对手介绍给自己的心上人，说它可以教她唱赞美诗。

这种情形持续了一段时间，对于两股竞争势力的对比，并没有发生任何实

质性的影响。在一个晴朗的秋日下午，伊卡博德忧心忡忡地坐在他那高高在上的宝座上，平日里，他都是从这里监管着他那小小的诗书王国里的所有动向的。他手中晃动着戒尺，那个代表着他的专制权的王杖；那根代表公正的桦树枝教鞭，则搁在他的宝座后面的三颗钉子上，它始终是那些为非作歹的学生的一个威胁。在他前面的书桌上，我们可以看到各种各样的"非法物品"和"违禁武器"，诸如啃了一半的苹果、玩具枪、陀螺、苍蝇笼和成批的单腿站立的纸折斗鸡，这都是从那些吊儿郎当的顽童身上搜来的。显而易见，刚才肯定实施过相当可怕的执法举动，因为此时他的学生都在忙着专心读书，或者一边警惕地盯着老师，一边用书本遮挡着偷偷地耳语；整个校舍处在一种嗡嗡声的相对静止状态之中。一个黑人的突然出现，打破了这种状态。他穿了一身粗麻布短衣和长裤，戴着一顶圆顶破帽子，就像墨丘利[1]的帽子一样。他骑在一匹马毛蓬乱、野蛮暴躁、多半未被驯服的小马背上，用一根绳子充当马缰来设法控制住它。蹄声嘚嘚，他来到校舍门口，给伊卡博德递上一份请帖，邀请他参加当天晚上在

---

[1]墨丘利（Mercury），罗马神话中众神的信使，同时也是商业、边界、旅者、骗子和小偷的保护神，通常戴一顶插有双翅的帽子。

凡·塔塞尔老爷家举行的一次狂欢会，或说是"妇女一起缝棉被"一类的聚会。他递上请帖的样子非常神气，并且尽力讲了一些文雅的话；一个黑人在担当这种微不足道的"重任"时，往往都要这样炫耀一下。完事儿之后，他匆匆跨过小溪，向远处山谷里飞驰而去，完全是一副任务重大、亟待完成的派头。

刚才还相对安静的教室，这会儿顿时就忙乱骚动起来。学生们都被他催促着匆匆读完了课文，即使出了一些小错也没有停下。那些机灵的学生，甚至漏掉了一半课文，也不会受罚；而那些磨磨蹭蹭的，间或后背便会挨上轻快的一鞭，迫使他们加快速度，或者有助于他们跳过一句难读的课文。书本被扔到了一旁，也没来得及收到书架上，墨水瓶翻了，长凳也倒了，孩子们就像一群小鬼儿似的冲出校舍，在草地上大叫大闹，都因早早解放而欢喜不已。

多情的伊卡博德则额外用去至少半个钟头来梳洗打扮，他把自己最好的、实际上也是唯一一套褪了色的黑衣服，刷了又擦，然后又对着挂在校舍里的一角破镜子整理他的头发。为了使自己能够像一个真正的骑士那样出现在情人面前，他还向眼下寄宿的那个农家的主人借了一匹马。后者是一个性情暴躁的荷兰老头，名叫汉斯·凡·里佩尔。就这样，伊卡博德英武地跨上马，像一个追求冒险的游侠骑士一样出发了。但是为了符合浪漫骑士故事的真正精神，我还应该把我们的主人公和他的骏马的仪表和装备描述一番。他胯下的这个牲口，是一匹衰弱得不再能耕田的老马，已经老得全无用处，只剩下劣性子还没消磨干净。它长得骨瘦如柴，皮毛蓬乱，脖子细得像只母羊，脑袋小得像个锤子；稀疏的马鬃和马尾上粘了许多刺球，缠结成了乱糟糟的一团；一只眼睛已经没了瞳孔，显得突出而诡异，但是另外那只眼里，则闪烁着纯种妖魔的凶光。尽管如此，它年轻力壮时一定颇有股子火气与猛劲，有关这一点，我们从它曾博得的名号——"火药"上就能判断出来。事实上，过去它曾是主人，也就是性情暴躁的凡·里佩尔特别中意的一匹马，后者也是一位烈性子的骑师，他很有可能给这个畜生灌输自己的一部分性情。因为，尽管它的外表看上去衰老萎靡，可潜藏在它体内的那股子妖邪之气，却比乡下的任何一匹小母马都要多。

对于这样一匹劣马来说，伊卡博德刚好是一位相匹配的人物。他用的是一副短马镫，因此骑上去以后，两只膝盖抬得几乎跟前鞍桥一样高；两个瘦削的

孩子们就像一群小鬼儿似的冲出校舍。

胳膊肘，则像蚱蜢腿一样支棱着。他将马鞭垂直地提在手中，像提着权杖一样。等到这匹马蹒跚地小跑起来，他的两个胳膊简直跟两只拍打着的翅膀一样。一顶小羊毛帽搭在他的鼻梁上，这都是因为他那个可以称作前额的东西，瘦削窄小得可怜。他那件黑上衣的下摆向后飘荡起来，几乎伸展到了马的尾部。伊卡博德和他的马踉踉跄跄地走出汉斯·凡·里佩尔家大门时，他们的仪表大致就是这个样子，这简直是光天化日之下难得一见的某种幽灵。

这一天，我前面已经说过，是一晴朗的秋日。天空澄澈而宁静，大自然披着她那华美的金黄色盛装，这总让我们联想起"丰收"的概念。树林已经罩上了庄重的棕黄色的外衣，其中一些比较纤弱的树种，早已被霜冻染成了灿烂的橘黄、紫红和猩红相间的颜色。一行行的野鸭，开始出现在高空之中；从山毛榉和山胡桃树丛中，传来松鼠的叫声；每隔一段时间，就会从附近收割后的田地里，传来北美鹑沉郁的哀鸣。

小鸟们正在享用它们告别白昼的欢宴。它们狂欢正酣，拍打着翅膀，叽叽喳喳地嬉戏着，从一个灌木丛飞到另一个灌木丛，从这棵树上飞到那棵树上，在周围这片丰富多彩的天地里任意遨游。老实的雄知更鸟，发出抱怨般的高声啼鸣，它是年少的冒险家们最喜欢的猎物；一群喊喊喳喳的乌鸦，像乌云一般飞上天空；还有那只金色翅膀的啄木鸟，顶着深红色的羽冠，戴着黑项圈，披着一身华丽的羽毛；一只雪松太平鸟，长着有红翅尖儿的翅膀和有黄尾梢的尾巴，头上戴着它那小小的圆顶羽冠；以及蓝松鸦，那个聒噪的花花公子，披着艳丽的淡蓝色外套，内着白衬衣，一边喋喋不休地尖声鸣叫，一边摇头摆尾地鞠着躬，装出一副和树林中的每一位"歌唱家"都有交情的样子。

伊卡博德在路上缓慢地颠簸着，他的目光始终注视着每一种预示着厨房里丰富食物的征兆的同时，也快乐地欣赏着喜人秋天的宝贵物产。他看到四面八方都是大量的苹果，有的挂在树上，多得把树枝都压弯了腰；有的已经采摘下来，放在篮子和圆桶里面，准备运到市场上售卖；还有许多堆得像小山似的，等待酿成苹果酒。再往前走，他看到了大片大片的玉米田，金黄色的玉米从苞米叶中探出头来，为未来的各种蛋糕和玉米糊提供了保障。玉米株的脚下，躺着许多黄澄澄的南瓜，正朝着太阳鼓着它们漂亮的圆肚子，预示了未来最丰盛的

他将马鞭垂直地提在手中，像提着权杖一样。

南瓜派的颇为可观的前景。再走一会儿，他经过了馥郁芬芳的荞麦田，嗅到了蜂房的气味；望着它们，某种温柔的期待悄悄爬上他的心头，他仿佛看到了美味的薄煎饼，上面涂着厚厚的黄油，还浇上一层蜂蜜和糖浆，而这些都是由卡特里娜·凡·塔塞尔那双带有小涡的纤柔小手亲自制作的。

如此这般，他一边用许多甜蜜的想象和众多"甘美的假想"喂饱他的大脑，一边沿着连绵小山的山坡走着，同时眺望着下方那条伟大的哈德逊河的几处最优美的景致。太阳滚动着它的巨轮，逐渐西沉。塔潘海那宽阔的水面平稳如镜，只是偶尔有东一片西一片的微波轻轻荡漾，把远山的蓝色倒影拉得更长了。天空飘浮着几片琥珀色的云朵，没有丝毫的风来推动它们。远处的地平线镶了一道漂亮的金边儿，逐渐变成了纯净的苹果绿，最后则换成了空中的深蓝色。一道斜阳逗留在几处河湾上方悬崖那树木茂盛的峰头，使深灰暗紫相间的岩石崖壁显得更加幽暗了。一艘单桅帆船正在远处徘徊，随着退潮缓慢下落，一面毫无用处的船帆吊在桅杆上面；当天空的倒影在平静的水面映出一片柔光时，看上去这艘船仿佛悬浮在半空一般。

黄昏时分，伊卡博德来到了凡·塔塞尔先生的那座城堡庄园，他发现，庄园里聚集了附近一带引以为豪的精英人物。那些上了年纪的农民，全都高高瘦瘦，脸瘦得皮包着骨头，他们都穿着家纺布料的上衣和长裤，蓝袜子，巨大的鞋，以及光亮的锡制搭扣。他们那些动作利落、满脸皱纹的矮小太太，都戴着褶皱密实的帽子，穿着长腰身的短袍，家纺料子的衬裙，手拿剪刀、针垫，衣服外面还搭着鲜艳的印花布口袋。体态丰满的姑娘们，打扮得几乎和她们的母亲一样老派，只有一顶草帽，一根漂亮的丝带，或者是一件白罩裙之类的东西，才稍微带点儿城市的改良风尚。小伙子都穿着方下摆的短上衣，上面有一排大得惊人的黄铜扣子，他们的头发普遍按照当时流行的式样梳成辫子，尤其是那些为此能够弄到一张鳗鱼皮的人；因为在这十里八乡，大家都认为鳗鱼皮是头发的一种有效的滋养品和补品。

不过，骨头布罗姆才是这种场合里的男主角，他来参加聚会时，骑的是他那匹叫"冒失鬼"的爱马。这个牲畜和它的主人一样，也是浑身充满了勇气和胡闹的精神，除了主人以外，谁也不能驾驭它。事实上，布罗姆是个出了名的宁肯骑野蛮的马的人，他喜欢那种会使各种花招，让骑手随时都有生命危险的牲口，因为他认为，一匹驯良的、容易驾驭的马，是配不上一个青年男子的精气神的。

我不得不暂且停一下，先把我们的男主角走进凡·塔塞尔的那幢大房子的华丽客厅的时，突然涌现在他狂喜的眼神之前那个令人陶醉的世界描述一番。我指的不是那群体态丰满的姑娘，也不是她们大肆卖弄的莺红燕绿，而是指秋季丰收的鼎盛时节，一张真正的荷兰乡村茶桌上大量的精美食品！首先，一些大浅盘里堆满了各种各样的蛋糕，品种繁多得简直无法计数，也只有经验丰富的荷兰主妇才知道它们都是什么了。有坚挺美观的油炸面圈，松软的油煎饼，酥脆的炸麻花；还有甜饼、松饼、姜饼、蜜饼，以及糕饼家族的所有成员。其次，有苹果派、桃子派和南瓜派，还有一片片的火腿和熏牛肉。此外，还有几盘美味的李子蜜饯、桃蜜饯、梨蜜饯和榅桲果蜜饯。更甭提那些烤鲱鱼和烧仔鸡，以及一碗碗的牛奶和奶油，杂七杂八地交错摆在一起。还有更多不胜枚举的东西，以及居中那把慈爱的茶壶，不停地往外喷着一团团蒸汽——老天保佑，多么奢华的排场啊！我原本应该停下来，花些时间将这场值得关注的盛宴详细描述一番，可是我太急于继续讲我的故事了。幸好伊卡博德·克雷恩倒不像他的这位传记作者那样匆匆忙忙，而是畅快地充分享用了这里的每一种美味。

他真是一个友善而感恩戴德的人物，随着他这副皮囊装满了美味珍馐，他的勇气也同等程度地膨胀起来，他的兴致更是越吃越高，这就像某些男人在饮酒以后的行止一样。他一边吃，一边不由自主地骨碌着大眼珠子四处扫视，一想到总有那么一天，自己很可能会成为所有这一切近乎难以想象的奢华与壮观场合的主人，就不由得暗自咪咪地笑出声来。紧接着，他又思忖着，如何尽快抛却那栋旧校舍，并当着汉斯·凡·里佩尔和其他每一个吝啬的资助人的面轻蔑地打榧子，如何把每一个胆敢称他为同道的巡游教师踢出门外！

老巴尔蒂斯·凡·塔塞尔在他的客人中间走来走去，一张脸因满足和高兴的神情而涨满，浑圆、惬意得有如秋分前后的满月。他好客的殷勤招待很简短，但也很传神，仅限于握一下手，拍一下肩膀，哈哈大笑一声，接着就是一句恳切的邀请："开吃吧，自己动手！"

此时，从交谊厅，或者说舞厅里传来了奏乐的声音，这是在招呼大家前去跳舞。乐师是一位花白头发的老黑人，半个多世纪以来，他始终在这一带巡回演奏。他的乐器和他本人一样衰老陈旧。绝大部分时间里，他的琴弓只磨蹭着两三根琴弦，每拉一下便晃一下头；头几乎弯到了地面，每逢一对新舞伴开始起舞时，他就会跺一下脚。

伊卡博德对于自己的舞技，也跟对他的歌唱才能一样自命不凡。他每部分肢体，以及每一丝肌肉，都不会闲着。要是瞧见他那松垮垮的骨架全体运转起来，"咯咯"作响地满屋子旋转，你准会认为是圣维塔斯[1]本人，也就是那位舞者的保护圣人，亲自在你面前跳舞呢。他成了全体黑人最艳羡的人物，因为本田庄以及附近人家老老少少的黑人，全都拥到这里来了。他们拥挤着站在每个门口和窗口，构成了一座座用光亮的黑脸堆成的金字塔；一个个滚动着他们的白眼球，嘴角咧到了耳朵根，露出了一排排白牙，乐呵呵地痴痴望着这位舞者。这怎能不叫这位顽童的鞭打者更加生龙活虎、快乐万分呢？何况他的舞伴正好是他的意中人，她正用优雅得体的微笑，来回应他所有多情而挑逗的眼神。而那位骨头布罗姆呢，因受到情爱与嫉妒的双重压迫和打击，他独自一人垂头丧气地坐在一个角落里。

舞会结束之后，伊卡博德就被一群年高望重的老人吸引了过去。他们正和老凡·塔赛尔坐在走廊的一端，一边吸着烟，一边闲扯着陈年往事，还畅谈起有关那场战争的冗长故事来。

这片地区，在我正在讲述的那个年代，是众多充满了历史掌故和伟大人物的十分幸运的地方之一。战争期间，英军和美军的战线曾蔓延到它附近，因此，过去它一直是盗匪横行的场所，并经常受到难民、牛仔以及各种边疆骑士的滋扰。战后过去的这段时间，刚好够每一个讲故事的人给他的掌故加上一点儿恰如其分的虚构，而且，也正好处在他的回忆开始变得模糊不清的时候，于是就把自己说成了每一项丰功伟绩中的主角。

这里可以听到多弗·马尔特林的故事，他是长着一副大蓝胡子的荷兰人。

---

[1] 圣维塔斯（St. Vitus），基督教圣人，也是男演员、喜剧演员、舞女和癫痫病患者的保护圣人。作者在这里用圣维塔斯来讽刺伊卡博德，因为相传圣维塔斯是患癫痫和舞蹈病去世的。

当初他躲在泥土防御工事后面，差一点儿用一门老式的、发射九磅重炮弹的铁炮击中一艘英国战舰，只可惜他那门炮在放到第六发时便炸坏了。还有一位老绅士，在这里应该隐去他的名讳，因为他是一位非常有钱的荷兰老爷，所以不便轻易提起他的名讳。在怀特普莱恩斯[1]战役中，他曾是一位出色的防卫长官，居然用一把窄剑挡开了一颗步枪子弹，以至于他真真切切感到子弹是"嗖"的一声绕过剑锋，击中剑柄后弹开的。为了证明此事，他随时准备展示这把剑柄略微歪曲的宝剑。其中还有几位也在战场上建立过同等伟大战功的人，没有一个不想争着让人相信——正是由于他本人的参战，才将战争推向了可喜的结局。

但是，与接下来讲述的那些鬼怪和幽灵的故事相比，所有这些掌故都显得无足轻重了。附近地区拥有丰富的这类传奇故事的储藏。那些乡土的传说和迷信，在这种相对隐蔽、居民长期相对固定不变的幽静场所，一向最为兴盛。不过，对于那些流动人群占据绝大多数的乡村来说，这些传说和迷信却被肆意践踏。除此以外，在我们的绝大多数乡下村庄里，鬼魂与恶灵的故事根本得不到鼓励。因为死去的人还来不及在坟里睡一觉、翻个身，他们那些仍旧活着的朋友就已经离开这一带，旅居到别的地方去了；所以等到他们晚上出来夜游时，也就没有什么可以拜访的熟人了。这大概就是除了我国[2]那些乡民长期相对固定不变的荷兰人聚居区之外，我们很少听到鬼怪故事的缘故吧。

然而，超自然的神怪故事在这一带非常流行的直接原因，无疑归因于它就坐落在睡谷附近。从睡谷这个鬼怪出没的地方吹出来的每一阵风，都带着传染力，它呼出的那种如梦似幻的空气，将附近的每个地区都感染了。当时在凡·塔塞尔家，刚好有几位睡谷居民在场，他们照例讲述了一些荒诞神奇的传说。其中很多恐怖的传说与附近那棵大树有关，也就是当年不幸的安德烈少校[3]的被俘地点，据说有人曾在那里看到了送葬队伍，还听到了悲恸的哭喊和哀号的声音。

---

[1] 怀特普莱恩斯（White Plains），又译"白原"，指位于纽约州的怀特普莱恩斯，该地区因早期覆盖着一片泛白的香脂冷杉，也因笼罩着湿地上空的浓重白雾而得名，1776年曾在这里发生了著名的怀特普莱恩斯战役，如今怀特普莱恩斯市是纽约州威斯特切斯特县的首府所在地。

[2] 指作者的国家，英国。

[3] 安德烈少校（Major André，1750—1780），北美独立战争时期英军少校，驻纽约英军将领亨利·克林顿爵士的副官，被控"间谍罪"在纽约州的塔潘地区被绞死。

有些人还提到了那个白衣女人，她在乌鸦岩那幽暗的峡谷里出没，在冬日暴风雪之夜来临之前，人们常常能听到她的尖叫声，她先前就是在那里的一场暴风雪中送的命。然而，这些传说故事中最主要的部分，还有赖于大家喜欢谈论的那个睡谷里的幽灵——无头骑兵。最近，人们几次听到他在乡野中巡逻的声音。据说，每天晚上，他都要把那匹马拴在教堂墓地的坟堆当中。

　　这座教堂，由于环境幽僻，似乎一直是冤鬼最爱出没的地方。教堂坐落在一座小山之上，周围长满了刺槐和高大的榆树。它那透过树林谨慎露出的粉刷成白色的体面墙壁，仿佛穿透幽暗阴影的基督徒纯洁的笑容一般。在其下方，一面斜度缓和的山坡，一直延伸到一片银光闪闪的水面，水边环绕着许多高大的树木，透过树间空隙，可以窥见哈德逊河两岸的青色山峰。只要看到长满青草的教堂墓地，看到阳光似乎正在这里安眠，你肯定会认为这里至少是死者可以得到安息的地方。教堂的一侧，是一道树木丛生的宽阔山谷，一条巨大的溪流，沿着谷中乱石和倒伏的树木的间隙咆哮奔流着。距离教堂不远处，也就是溪水最幽深部分的上方，原本有一座木桥。通往桥头的那条路，以及桥本身都

那个白衣女人，在乌鸦岩那幽暗的峡谷里出没。

被周围高大的树木遮蔽得严严实实，即使在大白天里，桥的周围也非常幽暗，要是在夜晚，就更加漆黑得可怕了。这里是那位无头骑兵喜欢出没的地方，也是人们最频繁遇到他的场所。其中一个故事讲述的是老布劳威尔，一个最不信神鬼异端的人，如何碰到了那个刚刚袭扰睡谷之后返回的无头骑兵，他如何鼓起勇气在后面追赶，以及他们如何匆匆跃过灌木丛与矮树林，跨过小山和沼泽，一直奔到桥头；就在此时，那个骑兵突然变成了一具骷髅，将老布劳威尔扔进了小溪，随后在一串雷鸣声中，跃过树梢，不见了。

这个故事立即被骨头布罗姆的冒险经历比下去了，他的那段奇遇比上述这段故事还要惊险三倍。布罗姆丝毫不把这位疾驰的黑森骑兵放在眼里，只当后者是一个声名狼藉的骑手。他一口咬定，说有一天晚上，他从临近的新新[1]地区返回时，被这个午夜骑兵给赶上了。于是，他提议与那位骑兵赛马，来赌一碗潘趣酒。他原本应该赢得这场比赛，因为在跑过睡谷的整个过程中，"冒失鬼"一直领先于那个恶鬼的马，可正当他们奔到教堂附近的这座桥上时，那个黑森骑兵退出了比赛，它化成一道火光，消失了。

所有这些故事，都是用人们在暗夜里交谈的那种令人昏昏欲睡的低沉语调讲述的，那些听故事人的脸，也只能偶尔被吸烟斗时不经意的火光照亮一下。这些故事深深地印在伊卡博德的脑海里，同时他也好心地用他那位非常可贵的作者——科顿·马瑟[2]的大段精华故事来回敬他们，还额外讲述了过去发生在他的故乡康涅狄格州的众多离奇事件，以及他在睡谷里走夜路看到的各种骇人景象。

此时，狂欢逐渐接近尾声。那些上了年纪的农民，都把他们的家眷聚拢过来，坐上了马车，辚辚的车声在谷底的路上和远处的小山上回荡了一段时间。一些姑娘跨上他们心爱情郎的马鞍后坐，她们那无忧无虑的笑声，夹杂着马蹄的"嘚嘚"声，在寂静的山林中回响，逐渐越来越微弱，直到消失不见了——而刚才喧闹嬉戏的场面，也全部归为寂静无声。只有伊卡博德留了下来，按照

---

[1] 新新（Sing Sing），美国奥西宁镇的曾用名，位于纽约州西南部，怀特普莱恩斯市北部的哈德逊河岸边。1813年组成村落时，定名"新新"，1901年更名"奥西宁"，美国"新新监狱"所在地。

[2] 见第18页注[1]。

乡下情人之间的习俗，跟那位女继承人说了几句私房话。此时他全然确信，认为自己已经迈上了成功的坦途。至于会谈的经过，我不敢乱讲，因为实际上我也不知道。不过，我恐怕，某件事情一定出了差错，因为他肯定待了很短时间就离开了，出来时还带着一种相当凄凉和沮丧的神情。唉，这些女人呀，这些女人！难道那个姑娘又在玩弄她的什么卖弄风情的花招吗？难道她先前对这位可怜乡村教师的所有纵容和鼓励，只是确保她征服他的情敌的手段吗？只有老天爷才知道这种事情，绝不是我！这种事情无须多讲，伊卡博德偷偷离开时的神情，更像是一个偷鸡贼，而不像一个偷得美人心的人。他丝毫没有像往常那样左顾右盼，志得意满地观察这个农家富裕的家境，而是径直地走向马厩，拳打脚踢狠狠地给了他那匹马几下子，用最粗鲁的方式将它从酣睡的地方拉起来，后者正梦见满山遍野的玉米、燕麦，以及遍及谷地的牧草、苜蓿。

　　这时正是巫魔肆虐的深夜，伊卡博德心情沉重、垂头丧气地踏上了回家的旅程。他沿着矗立在"逗留"镇上方那绵延的高山一侧，也就是他当天下午兴高采烈地经过的那条路前行。这个时段跟他本人一样沉郁，塔潘海伸展着它那昏暗朦胧的荒废水域，偶尔有一艘桅杆高耸的单桅帆船，静静地驶过水面，停泊在河岸下方。在午夜这死一般的沉寂中，他甚至都能听见哈德逊河对岸的狗吠声。不过，那声音含混不清，非常微弱，只能使他意识到自己与这位人类的

忠实朋友相隔得很远。间或，还会有一只意外惊醒的公鸡拖长声调的啼鸣声，从很远很远的地方，从远山中的某个农舍里传来——可是，传到他耳朵里时却缥缈得有如梦中的声音。他的近旁，没有任何生命的迹象，除了偶尔有蟋蟀的一声悲鸣，或者附近的沼泽中一只牛蛙蛙咕噜咕噜的喉音，似乎它睡得很不舒服，猛然在床上翻了个身。

他下午听到的那些妖魔鬼怪的故事，此时一下子全部涌入他的脑海。夜色越来越暗，星星似乎深深地沉入夜空中，流云有时会把它们遮得看不见。他从未感到像现在这样孤独、凄惨。与此同时，他正在一步步靠近众多鬼故事发生的那个地点。路中央伫立着一棵硕大无朋的鹅掌楸，像一个巨人似的超出附近的其他树木许多，构成了某种类似地标的东西。他的大树枝扭曲多瘤，奇形怪状，粗大得足可以充当普通树木的树干，扭曲着弯得几乎接近了地面，却又陡然升到空中。这棵树还跟可怜的安德烈的悲惨遭遇有所牵连，当初，他正是在这附近被俘的。因此，这株大树也以"安德烈少校之树"而远近闻名。普通百姓都以一种掺杂着尊敬和迷信的心态来看待它，这某种程度上出于对它那位不幸的同名人的厄运的同情，另外也是由于人们讲的与它有关的鬼怪的景象，以及悲恸哀歌的故事。

伊卡博德一靠近这株骇人的大树，就开始吹起了口哨。他感到有人在回应他的口哨，其实只不过是一阵疾风扫过枯树枝发出的尖啸声。等他再靠近一些，他又以为自己看到了树当中挂着什么白色的东西。他止住脚步，也停了口哨，可仔细一瞧，才发现那地方是被闪电灼伤了一层皮，露出了雪白的树干。突然，他听到了一声悲叹——吓得他牙齿不住地打战，用膝盖猛撞马鞍——其实这只不过是在风中摇动的两根巨大的树枝相互摩擦的声音。就这样，他安全地经过了这棵大树，可是，又有新的危险横在他的面前。

距离这棵大树两百码[1]的地方，有条小溪横穿过路面，注入一个沼泽遍布、林木繁茂的峡谷，也就是人称"威利泽"的地方。小溪上并排放着几根原木，算是一座桥。路的另一边，也就是溪水流入树林的地方，有一片橡树和栗树的

---

[1]1 码 ≈91.44 厘米。

安德烈少校之树

混合林，树上缠满了野葡萄藤，将那段路遮得有如洞穴一般阴森可怖。要想经过这座桥，可是一场最严峻的考验。那位不走运的安德烈正是在这同一个地点被俘获的，那几位身强力壮的民兵，就是埋伏在这些栗树和藤蔓的隐蔽处，出其不意地擒获他的。从那以后，它就被看作一条鬼魂出没的溪流，一个男学生如果不得不在黄昏后单独经过这里，他心里除了害怕还是害怕。

随着逐渐接近小溪，他的心开始"怦怦"地跳起来。不过他还是下定决心，接连踢了马肋十几下，企图飞快地冲过这座桥。可是，这匹倔强的老牲口，非但没有开始向前冲，反而横着跨了几步，侧着身子朝树篱奔过去。由于这一耽搁，伊卡博德心里更害怕了，于是猛地向反方向拉了一下缰绳，用反方向的那只脚拼命地踢起马肋来。然而，这一切都是白费力气。他那匹马的确动起来了，但却窜到路的另一面，冲进一片荆棘和赤杨丛生的密林中。这位乡村教师只好鞭子和脚踵并用，双管齐下地击打在老"火药"赢瘦的肋骨上，直打得它不停打着响鼻喷着鼻息，照直向前冲出去，但是，刚走到桥边就猛地停住了脚步，弄得这位骑师差一点从马头前方倒栽了出去。就在此时，桥附近某种涉水的沉重脚步声，一下子传入了伊卡博德那灵敏的耳朵。在树林的暗影中，在小溪的边沿，他看到一个巨大的、畸形的、高耸着的东西。它一动也不动，但似乎又像某种巨大的怪物一样，在暗影中集聚着力量，随时准备扑到这位旅者身上。

这位恐惧的学究吓得连头发都竖了起来，该怎么办呢？现在回头飞奔为时已晚，再说，难道他还有机会逃出妖魔鬼怪的魔掌吗？如果它真是妖怪，难道它不会御风飞行吗？因此，他振作精神，拿出了他的勇气，用结结巴巴的腔调询问道："你，你是谁？"他没有得到答复。于是，他又用一种更为紧张不安的语气，重新询问了一次，仍然没有答复。于是，他再度捶打起固执的"火药"的两肋，闭上眼睛，带着不自觉的狂热，迸发出一句赞美诗来。就在这时，那个骇人的黑影却自己行动起来，抢身向前，一下子跳到了路的中央。尽管夜色昏暗而阴沉，但眼下还是能够分辨这个不明物体的形状。它好似一个身形巨大的骑兵，正骑在一匹体格强健的黑马上面。它并没有表现出任何恶意干涉或者讨好的模样，他只是倨傲地站在路的一侧，沿着老"火药"的瞎眼那边慢慢地踱着步子。此时，老"火药"已经克服了受惊和固执的情绪。

　　伊卡博德一来对这位奇怪的半夜旅伴并无好感，二来又想起了骨头布罗姆跟那个骑马飞奔的黑森人的那段冒险经历，于是立刻催动了他的那匹马，打算把那东西甩在后面。可是，那个怪物也催动了它的马，与他并驾齐驱。伊卡博德于是勒住缰绳，让马缓步走着，想落在那东西的后面，不料它也同样放慢了脚步。他的心情开始低落起来，努力想重新唱起赞美诗，可他那干涩的舌头却粘在了上颚上面，一句也唱不出来。在这个纠缠不放的旅伴那忧悒、固执的沉默中，透着某种神秘而可怕的东西。这很快就颇为明了了——登上一个高坡的时候，这位旅伴的身形在天空的映衬下，显得格外鲜明：它高如巨人，裹着一件斗篷，伊卡博德惊恐万分地看出，它居然没有头！可是，让他更加恐怖的是，他看到那颗原本应该安放在肩膀上的头，却悬挂在前鞍桥上面。他恐怖到了极点，只好雨点似的在"火药"身上拳打脚踢起来，希望它突然向前蹿出，摆脱他的旅伴。可是，那个无头鬼也开始随着他全力腾跃起来。于是，他们不畏艰险，一起飞奔起来，每跳一步，总是蹬得山石乱飞，火星四射。因为急于逃命，伊卡博德尽力将他的又长又瘦的身体俯得超出了马头，而他那件单薄的外套，则迎风飞舞起来。

这时候，他们已经来到转向睡谷的岔路口。然而"火药"却像魔鬼附体一般，并没有继续沿着通往睡谷的路走下去，而是掉转马头，一头冲下了左侧的山坡。这条路通往一个树木荫蔽的多沙山谷，全长约有四分之一英里，中途会路过以鬼怪故事而闻名的那座桥，桥的另一面，是一座隆起的葱绿小山，那所粉刷成白色的教堂，刚好矗立在山顶上。

直到目前为止，在这场追逐中，那匹受惊的马使它那位不甚高明的骑师还明显处于领先地位，可是当他飞奔过山谷一半路程的时候，马鞍的肚带断了，他感到马鞍正在从他的身底下滑落。他抓住前鞍桥，努力想把它系紧，但没有成功，幸亏他及时抱住老"火药"的脖子，才救了自己一命。与此同时，马鞍落在地上，紧接着，他听到了追随者的马踩踏马鞍的声音。一瞬间，对汉斯·凡·里佩尔发脾气的恐惧之情闪过了心头——因为这是汉斯最好的一副马鞍。可他没时间为如此微不足道的恐惧而忧心，因为那个妖怪已经逼近了他的马后腰，何况（因为他是一位非常拙劣的骑手）他正大费周折地想在马背上坐稳呢——他一会儿滑到了左边，一会儿滑到了右边，一会儿又在马脊梁的正上方猛烈地颠簸摇晃，每次猛劲地颠簸一下，他都生怕自己给蹾成了两半。

此时，树林中的一块儿空地使他满怀期望地振作起来，因为教堂旁边的那

座桥就在附近。一颗银白色星星在溪中摇曳的倒影表明他没有弄错。他看到教堂的墙正在远处的树丛中隐隐地闪现。他记起了这就是跟骨头布罗姆赛马的那个鬼怪消失的地方。"只要我能奔到桥头，"伊卡博德暗自思忖，"我就安全了。"恰在此时，他听到那匹黑马喘息的声音就在身后，他甚至凭想象认为自己感到了它呼出的热气。老"火药"的肋骨又骤然挨了一脚，它一下子跃上了桥，伴随着桥面隆隆的回响声，终于奔到了对岸。此时，伊卡博德向后瞟了一眼，想看看那个追随者是不是没了踪影，因为依照规律，那东西应当化作一道火与硫磺[1]。可是偏偏在这个时候，他瞧见那个妖怪踏着马镫立起身子，正将它的头颅朝自己扔过来。伊卡博德试图避开这颗恐怖的"飞弹"，但已然来不及了。它击中了他的脑壳，发出"啪嚓"一声巨响，打得他一头栽倒在地上；与此同时，"火药"、黑马和骑马的妖怪就像一阵旋风似的，从他身旁席卷而去。

　　第二天早晨，人们发现这匹失去马鞍的老马，将缰绳踩在马蹄下面，正在它主人的院门口沉着地啃着青草。早餐的时候，伊卡博德没有露面；午餐的时间到了，但依然没有见到伊卡博德。孩子们聚集在校舍前面，懒洋洋地沿着小河散步，但这里也没有那位老师。直到此时，汉斯·凡·里佩尔才感到有些不安，开始为可怜的伊卡博德和自己的马鞍的命运担忧了。人们开始着手调查，经过

---

　　[1] 火与硫磺（fire and brimstone），是一句成语。在旧约圣经和新约圣经中，用来表示上帝愤怒的迹象，并且在圣经中，也指不忠者的宿命。这句成语有时也用于基督教布道中，用来形象地形容地域惩罚，以警醒教众。

细致彻底的调查之后，他们终于发现了他留下的痕迹。在通往教堂的一段路上，人们找到了那副被踏进了土里的马鞍。路上的马蹄印很深，显然是因为狂奔的缘故。他们循着蹄印，一直追踪到那座桥。在桥的另一端，也就是溪面较宽、溪水幽深昏暗的那段小溪的岸边，有人发现了不幸的伊卡博德的帽子，紧挨着它的，是一个摔得稀烂的南瓜。

人们在小溪里打捞了一番，但没有发现那位乡村教师的尸体。汉斯·凡·里佩尔，以他的遗产处理人的身份，检查了那个包着他的全部世间财产的布包。里面放着两件半衬衫，两条领巾，一两双精纺羊毛长袜，一条旧的灯芯绒紧身短裤，一把生了锈的剃刀，一本赞美诗的歌谱，许多页都折了页角，还有一只坏掉的定音管。至于校舍里的书本和家具，都属于公共财物，仅有科顿·马瑟的《巫术史》，一本《新英格兰历书》，以及一本解梦算命的书，算是他的私人物品。在最后那本书中，夹着一页大张书写纸，上面有几行胡乱涂改的未完结的句子，看来他是想写一首诗，来表达他对凡·塔塞尔家的那位女继承人的敬意。汉斯·凡·里佩尔毫不犹豫地把这些与法术有关的书和那首涂抹过的残诗付之一炬，从此以后，他就决心不再送他的孩子去上学了，因为他评论说，他从不认为类似的读书和写字会有什么好的结果。至于这位乡村教师的所有钱，包括他一两天之前才收到的这季度的薪水，在他失踪的时候，一定是随身携带着的。

在随后的那个礼拜天，这个神秘事件引起了许多猜测。一群群看热闹的人和爱说闲话的人，有的聚集在教堂墓地，有的簇拥在那座桥边，还有的围住发现了帽子和南瓜的地方。这件事让众人想起了布劳威尔的遭遇、"骨头"的冒险经历，以及一大堆诸如此类的故事。当时他们细致彻底地将这些故事全部考虑了一遍，又拿它们跟眼下这件事的征兆做了对比，然后都摇着头，一致得出结论，认为伊卡博德一定是被那个疾驰的黑森人夺去了性命。既然他是个光棍儿，又不欠任何人的债，所以也就没人再为他劳神了。那里的学校后来搬到了睡谷的另一处地方，由另外一位老师接替了他的位置。

以下也是真事儿。几年以后，有一位上了年岁的农民到纽约游历了一趟，上述这段惊险的鬼故事，就是经他口传出来的。他带回来一个消息，说伊卡博德·克雷恩仍然活着。当初他之所以要离开这个地区，部分因为他很怕那个妖怪，也怕再见到汉斯·凡·里佩尔，另外也因为那位未来的女继承人突然拒绝了他的求婚，令他倍感羞辱，因此他将住处更换到一处偏远的地区，继续教学的同时，也研习了法律。后来获得了律师执照，转而成了政客，积极参与竞选活动，还给报纸写文章，最后终于当上了"十镑法庭"[1]的法官。再说说骨头布罗姆，在他的情敌失踪之后不久，他就耀武扬威地与鲜花般的卡特里娜结了婚。每逢有人讲起了伊卡博德的故事，人们注意到他总是摆出一副了如指掌的表情，并总在人们提到那个南瓜时，放肆地大笑起来。这情形使一部分人不免怀疑：对于这件事情，他知道的远比他愿意讲出的多得多。

不管怎样，那些乡下老太婆才是这类事件的最佳评判人。她们至今仍然坚称，伊卡博德是让鬼怪给摄走了。而且，这十里八乡的人，在冬夜里围着火炉取暖时，往往最喜欢谈论这个故事。与以前相比，那座桥也成了人们更加迷信敬畏的对象；这大概也是最近几年那条路改了道，经由磨坊的水池旁边通往教堂的缘故。那座校舍因无人涉足，不久便朽烂坍塌了。据说这位不走运的教师的阴魂还常常在里面出没，在安静的夏日黄昏，一路溜达着回家的农家娃，往往会幻听到远处传来他的歌声，正单调地吟唱着一首忧伤凄凉的赞美诗，在睡谷那静谧而人迹罕至的荒野中回荡。

---

[1] 十镑法庭（Ten Pound Count），有文件的确记载了纽约早期的十镑法庭，但没有确凿的定义，只推测是"办理涉案金额少于十英镑的法庭"。

一群群看热闹的人和爱说闲话的人，有的聚集在教堂墓地，有的簇拥在那座桥边。

后　记

——在柯尼克博克尔先生的手稿中发现的一段文字

在古老城区曼哈图斯[1]举行的一次市政会议上，有人当着许多最德高望重、最杰出的公民的面讲述了上面那个故事，我几乎一字不差地将它复述了出来。讲故事的人是一位生性快活、衣衫破旧却有着绅士派头的老兄，穿着一身黑白细条相间的衣裳，长着一张忧伤而不失诙谐的脸。我强烈地怀疑他是穷人，因为他尽力想引起大家的兴趣。他的故事讲完时，博得了大量的笑声和嘉许的评论，尤其是在故事讲述过程中绝大部分时间都在打瞌睡的那两个市政议员。不过，在座的人里面有一位身材高大、眉毛突出、看上去冷冰冰的老绅士。整个过程中，他始终神色凝重甚至相当严厉，时而双臂交叉，向前倾着头，目光注视着地面，似乎心里正在思考着某个疑点。他就是你们那类小心谨慎的人，从不发笑，只有在理由充分——手里有凭有据的时候，才会露出笑模样。当在座其他人的笑声平息下来，场面恢复了安静以后，他一只胳膊搭在椅背上，一手叉腰，轻微却极度审慎地摇着头，皱着眉头问道：这个故事的寓意是什么？它要证明什么呢？

讲故事的那个人刚把酒杯端到唇边儿，打算在讲得口干舌燥后来点酒振奋一下，听到询问他踌躇片刻，以一种极其敬服的表情看着那个提问的人，然后缓缓地将酒杯放在桌面上，评论说，这个故事想要以最符合逻辑的方式证明——

---

[1] 曼哈图斯（Manhattoes），美国纽约市曼哈顿岛的旧称。

"生活是无形的，但生活中的益处与乐事是有形的——倘若我们在发掘它时把它仅当成是一场玩笑。"

"因此，他与那个幽灵骑兵的赛跑就可能只是骑术很糟糕的一场比赛。"

"由此，对于一个乡村教师来说，向一位荷兰女继承人求婚被拒绝，这无疑是他的身份得到提升的一步。"

经他这一番解释，那位谨慎的老绅士眉头锁得比之前还要紧上十倍，这种三段论式的推理让他极端困惑。然而，依我看来，那个穿着黑白细条衣服的人以略带扬扬自得的眼神瞧着他。最后，老绅士评论说：这一切都不错，可他还是认为这个故事有点儿离谱——对于其中的一两处，他还心存疑惑。

"说到相信，尊敬的先生，"那个讲故事的人回答说，"对于这件事情来说，我自己连一半都不信。"

迪德里克·柯尼克博克尔

瑞普·凡·温克尔

Rip Van Winkle

他发现那些上了年岁的市民，尤其是他们的妻子，知道大量口头传说的故事，
这些对于真实的历史很有价值。

[见075页]

有些饼干烘烤师傅竟然把他的肖像印在新年糕饼上。

[见076页]

一些最初移民的房屋。

[见077页]

周围十里八乡所有的善良主妇，都把群山看作是精确的晴雨表。

[见077页]

在训练忍耐和坚忍的美德方面，妻子私下里对丈夫的一场训斥，抵得过世上所有的布道。

[见080页]

村里那些好心的主妇在晚间闲聊中谈起这些事儿，全都把罪责归咎到凡·温克尔太太身上。

[见080页]

他教他们放风筝。

[见080页]

他可以坐在岸边一块潮湿的岩石上钓上一整天鱼。

[见080页]

他家的奶牛，不是遗失了，就是归入不再产奶的行列。

[见083页]

村里那些女人也在她们那些缺乏责任的丈夫不愿意干时，让他给自己做些零工。

[见083页]

下面这段文字出自已故迪德里克·柯尼克博克尔[1]先生的遗稿：

由沃登，撒克逊人的主神，

"星期三"演变而来，即"沃登节"，

真相，我要永远坚持下去，

直到我爬进坟墓的那一天。

——卡特赖特[2]

---

[1] 柯尼克博克尔（Knickerbocker），由于欧文在文中使用这个姓氏，后来这个英文单词演变成"纽约荷兰移民后代"的意思。

[2] 卡特赖特，即威廉·卡特赖特（William Cartwright，1611—1643），英国剧作家。这段文字选自他的剧作《普通人》（*The Ordinary*）第三幕第一场。星期三的英文 Wednesday，是由纪念沃登神（Woden）的沃登节演变而来的。

引　言

　　下面这个故事，是在已故迪德里克·柯尼克博克尔的文稿中发现的。他是纽约的一位老绅士，对于荷兰人在北美殖民、生活方式，以及最初荷兰移民后裔的历史非常好奇。不过他的历史研究并不是围绕着那些书本，而是围绕着众多人物开展的；因为书中与他感兴趣的话题有关的内容少得可怜，他发现反而是那些上了年岁的市民，尤其是他们的妻子，知道大量口头传说的故事，这些对于真实的历史很有价值。因此，每每遇到一户名副其实的荷兰家庭，关起门来舒适地窝在一棵枝繁叶茂的美国梧桐下自家屋顶低斜的农舍中的时候，他都当它是小小一卷合上的古黑体印刷文字，于是带着一个书呆子般的热情详细研究起它来。

　　所有这些研究成果，就是一部荷兰总督统治时期的北美殖民史，几年之前，他已经出版了这本书。谈到这本书的文学性，人们有各种各样的评价，说句实话，它丝毫不比这类书该有的文学性多上一分。这本书主要的优点是它审慎的精确性。它刚一面世的时候，人们的确对其精确性略有怀疑，不过后来人们全盘接受了它。如今，它作为一本无可非议的权威著作，被收入所有的历史类编中。

　　这本著作出版后不久，那位老绅士便过世了。既然他已经辞世很久了，如果我要说，他的时间本该更多地用在更加重要的工作上，那么，不会给他死后的名望带来太多的损害吧。不过他往往依照自己喜欢的方式骑马，尽管这种方式的确偶尔会踢起一些尘土落入旁边人的眼睛里，难免令某些朋友的兴致有所低落，而这些还是他自感最敬重最爱的人；但是他的这些错误和荒唐行为，如今被当作"令人遗憾而不是生气的事情"铭记在心，而且人们开始觉得，他从来不曾有意伤害或冒犯别人。不过，他死后的名望也许仍然是评论家喜欢鉴赏的东西，更是许多百姓珍视的东西，他们的好评相当值得拥有。尤其是某些饼干烘烤师傅，他们竟然把他的肖像印在新年糕饼上，以这种方式给了他流芳百世的机会，这几乎就等于印在滑铁卢纪念章上，或印在安妮女王时代的铜币上。

瑞普·凡·温克尔

但凡曾沿着哈德逊河航行的人，肯定都记得卡茨基尔山脉。它们是阿巴拉契亚山脉群的一支断脉，坐落在离哈德逊河西岸很远的地方，一直隆起绵延到一处辽阔的高原，向四周的乡野逞着它们的威仪。季节的每一转换，天气的每一变化，乃至一天之中的每一小时，这些山的色彩和形状都会发生某些神奇的转变。周围十里八乡所有的善良主妇，都把它们看作是精确的晴雨表。天气晴朗而稳定的时候，群山会身着青紫色的外衣，将它们粗犷的轮廓印在傍晚那澄澈的夜空；然而有些时候，该地区其他地形上空晴好无云，众山峰周围却汇聚了灰色水汽的帽兜。在落日的最后一缕余晖中，这些水汽帽兜会像荣耀的桂冠一样泛红光亮。

在这仙境般的群山脚下，航行者可能曾经远远望见淡淡的轻烟，正从掩映在树林中的一个小山村的木瓦屋顶袅袅升起，就在那里，高原的青紫色逐渐消融在近处风景那一片鲜绿色彩中。这是一个远古遗存下来的小村庄，早在北美殖民初期，大约在好人皮特·斯特伊弗桑特[1]（愿他安息！）执政初期，一些荷兰殖民地居民发现了这个地方。在那之后短短的几年时间里，这些最初移民的房屋便拔地而起，它们都是用从荷兰运来的小块黄砖砌成的，安装了格子窗，前门上方有三角门楣，屋顶上还装了预报天气的风信鸡。

多年以前，当这个国家还是英国的一个殖民地时，就在这个小村庄里，就在上述房屋（精确地说，已经是不可救药的腐朽和破败了）的一栋中，住着一

---

[1] 皮特·斯特伊弗桑特（Peter Stuyvesant，1612—1672），这里的"Peter"应该是"Pieter"，皮特·斯特伊弗桑特是荷兰西印度公司派驻北美"新荷兰"殖民地的最后一任总督，1647—1664年在任。

这些仙境般的群山。

个质朴而和善的家伙，名叫瑞普·凡·温克尔。他是凡·温克尔家族的后裔，他的先祖在皮特·斯特伊弗桑特执政的颇具骑士精神的时代，扮演了非常勇猛的角色，曾追随皮特·斯特伊弗桑特一同参加了围攻克里斯蒂娜要塞[1]的战斗。不过，瑞普·凡·温克尔丝毫也没有遗传先人的尚武性格。我在前面曾评论他是一个质朴而和善的人，非但如此，他还是一位宽宏大量的邻居，一位温顺惧内的丈夫。其实，就后一种情形来说，很可能归因为他驯服的本性。这种性情也为他赢得了非常普遍的声望，因为那些在家里受惯了泼妇管束的男人，到外面必然最善于奉承和调和事端。毫无疑问，他们的脾气在家内磨难的烈焰熔炉中，已近被煅烧得顺从而驯服；在训练忍耐和坚忍的美德方面，妻子私下里对丈夫的一场训斥，抵得过世上所有的布道。因此，从某种意义上来说，一个泼辣的妻子可以被看成是可以忍受的福祉；果真如此的话，瑞普·凡·温克尔则享受着三倍的恩泽。

可以肯定的是，他是村里所有好心主妇都非常喜欢的人。他照旧以和蔼可亲的性别特征，卷入到每一次家内争吵中去，从来没有表现欠佳的时候。只要那些好心的主妇在晚间闲聊中谈起这些事儿，全都把罪责归咎到凡·温克尔太太身上。村里的孩童也非常喜欢他，每当他走过来时，他们都会高兴得大喊大叫。他参与他们的活动，为他们制作玩具，教他们放风筝、玩弹球，还给他们讲一些有关鬼怪、巫术和印第安人的长篇故事。每当他避开争吵在村子里溜达的时候，一大群孩子就会围住他，有的紧紧抓住他衣襟的下摆，有的则爬到他的背上，拿他开着千奇百怪的玩笑，从来不会受到责骂；就连附近每家每户的狗，都不会冲他吠叫一声。

在瑞普的性格构成中，最大的缺陷就是不可遏制地厌恶各种各样的有利可图的劳动。这不可能是因为缺乏勤奋刻苦或坚定不移的精神，因为他可以坐在岸边一块潮湿的岩石上，用一根像鞑靼人的捕鲸枪一样又长又重的鱼竿钓上一整天的鱼，也没有怨言；即使鱼一次也没咬钩，他也不会气馁。他还会扛上一杆猎枪，接连扛上几个钟头，穿丛林，涉沼泽，翻高山，跨溪谷，就为猎到几只

---

[1] 克里斯蒂娜要塞（Fort Christina），瑞典人于1638年在北美建立的第一个殖民据点，1655年被荷兰殖民者夺取，此后瑞典退出了北美大陆的殖民争夺。

就连附近每家每户的狗，都不会冲他吠叫一声。

他被一大群孩子围住。

松鼠或野鸽子。即使再苦再累的活儿，他从来不会拒绝帮助邻居。在全村人忙着剥苞米皮那段欢快的时光里，或者全村修建石头围栏那段日子，他就成了最重要的人物。村里那些女人也习惯拿她们的事情来差遣他，在她们那些缺乏责任的丈夫不愿意干时，让他给自己做些零工。总而言之，除了自己家的事情以外，瑞普乐于参与任何人家的事务；可至于说到自己在家应承担的责任，以及把自家打理得井井有条方面，他就会感到十分厌烦。

事实上，他公开宣称：在自家的田里劳作毫无用处，那是全村最要命的一小块地，不论他怎么做，与它有关的任何事情，过去出了岔子，将来还会出岔子。他家的围栏，一段接一段地破成了碎片；他家的奶牛，不是遗失了，就是归入不再产奶的行列；他家田里的杂草，总是比别的任何一家都长得快；每当他要去干一些户外的活计时，雨总是无可避免地下了起来。如此一来，尽管祖上传下来一些产业，可在他的经营下，一英亩[1]接一英亩地缩小，直到除了仅有的一小块的种植玉米和马铃薯的土地，再没剩下什么了；然而就连这块土地，也是附近这一带生长条件最糟糕的农田。

他家的孩子，也都破衣烂衫、恣意妄为，就像野孩子一样。他的儿子瑞普，一个外表酷似他的顽童，不仅穿着父亲的旧衣服，还有望继承他的习性。人们常常看到，他像个小马驹似的，紧跟在他妈妈的身后，穿着一条他爸爸废弃的灯笼裤，大费周折地用一只手提着那条裤子，就像时髦女子在雨雪天气里提着她们的裙裾一般。

不过，瑞普·凡·温克尔是那些快乐的凡人中的一员，他们都有着傻傻的醉汉一般的性情，过着无忧无虑的生活，吃白面包或黑面包都可以，只看哪一样最不用他们劳心费力；他们宁肯守着一便士饿死，也不愿为了一英镑而工作。如果自己说了算的话，他早就该心满意足地混日子了；但是他的老婆不断地在他耳旁唠唠叨叨，说他游手好闲，说他不务正业，还说他这个家一定会毁在他的手中。早晨，中午，晚上，她一直无休止地唠叨；他说的每句话，做的每件事，都会招致新一波家庭训斥的洪流。对所有这些谴责与教训，瑞普只有一种回应

---

[1]1 英亩 ≈6 亩。

的方式，久而久之，已经发展成一种习惯。这种方式就是：耸着肩膀，摇着头，两眼看天，一声不吭。然而，这种方式总是激惹得他的老婆连珠炮似的发出新一轮的呵斥、咒骂；弄得他不得不全线撤兵，逃到外面——说句实话，这是一个怕老婆的丈夫的唯一退路了。

瑞普在家里的唯一追随者，就是他的那条名叫"狼"的狗，这畜生也跟它主人一样惧内。因为凡·温克尔太太把他们一人一狗视为一对游手好闲的东西，甚至会用一种狠毒的眼神看着"狼"，把它当成经常引导主人不走正路的罪魁祸首。可以肯定，它从各种角度来说都符合一条可敬的狗的精神和勇气，它跟林中穿行的任何一头野兽一样勇敢无畏——但是又有哪一种勇气经受得住一个女人永无休止、全方位攻击的训斥话语的惊吓呢？"狼"一回到家，立刻垂头丧气起来，它的尾巴不是耷拉在地上就是夹在两条后腿之间；它带着一种即将上绞架的神情鬼鬼祟祟地走动着，时常斜眼偷看着凡·温克尔太太，只要瞧见她挥舞扫帚柄或长柄勺的动向，便仓皇地尖吠着飞奔出门。

随着瑞普·凡·温克尔婚后的岁月一年年过去，他的日子也越来越难过。因为一种凶悍的脾气，从不会随着年龄的增长而变得柔和，唯有刻薄的语言，会随着不断使用而变成越来越尖锐的利器。长时期以来，每当从家中被驱逐出来，他总是经常出入一个贤者、哲人，以及村里其他名流终年聚会的场所，聊以自慰。他们经常在一个小客栈前面的长椅上"开会"，客栈的招牌是英王乔治三世陛下那红润面庞的头像。他们在一个个漫长得使人慵懒的夏日里，在这里的树荫下面一坐就是一整天，无精打采地议论着村里的家长里短，或者连续讲着令人昏昏欲睡的毫无意义的长故事。不过偶尔也会有这种情形出现，就是某位过路旅客的旧报纸偶然落入他们手中，他们便会就此发表一些深刻的见解；这些议论对于那些政治家说来，不论花多少钱，也是值得去听一听的。当乡村教师德里克·凡·比梅尔拉长声调读着报纸上的内容时，他们一个个的神情多么庄严啊！德里克是个衣冠肃整的矮个子学者，即使词典上再长的单词也吓不倒他。当他们在事发几个月之后仔细研讨这些国家大事时，他们的见解是多么贤明啊！

这个秘密政团的意见，完全掌控在尼古拉斯·弗德尔的手里，他既是村长，

瑞普·凡·温克尔总是经常出入一个贤者、哲人，以及村里其他名流终年聚会的场所，聊以自慰。

又是客栈的老板。他从早到晚坐在客栈门口，只有太阳晒到身上时，才把座位移动到一棵大树的树荫下面。因此，左邻右舍根据他的动作就能够知道是几点钟，跟日晷一样准确。实际上，大家难得听到他讲话，他只是不停地吸着烟斗。虽然如此，他的那些拥护者（因为凡是大人物都有拥护者）却完全懂得他，都知道怎样去揣摩他的意见。如果任何读到或谈到的内容令他不快，大家便会看见他剧烈地吸着烟斗，吐出短促、密集、愤怒的烟雾；反之，如果听到的内容使他高兴，他便会缓慢而平静地将烟吸进去，吐出一朵朵轻柔而满足的烟云；有时候，他会把烟斗从口中取出来，任凭那芬芳的烟雾沿着鼻子旁边袅袅上升，然后庄严地点点头，这表示他完全赞许。

即使在这样的据点里，不幸的瑞普最终还是被他那凶悍的老婆赶了出去。她会突然闯入宁静的会场，把与会所有的人通通臭骂一顿；即使连那位威严的要人——尼古拉斯·弗德尔本人，也免不了受到这位骇人泼妇的鲁莽言辞的责骂，她公然指责前者怂恿她丈夫养成了懒惰的习惯。

最终，可怜的瑞普几乎被逼得走投无路，唯一逃避田间劳作和老婆叫骂的办法，就是拿起猎枪，溜出家门，躲到树林里去。在树林里面，他有时会靠着树干坐下，取出背包里的东西和"狼"一起分享。他很同情"狼"，把它视为同样遭受迫害的患难朋友。"可怜的'狼'，"他会说，"你的女主人让你过着这样悲惨的日子。不过，你不用担心，我的老朋友，只要我还活着，你就不缺帮助你的人！"此时"狼"就会摇摇尾巴，充满渴望地望着它主人的脸；假如狗类也有同情心的话，那么我敢确信，它会全身心回报这位主人的情感的。

一个秋高气爽的日子里，瑞普在林中漫游时，不知不觉地爬上了卡茨基尔山脉其中一处最高的山峰。他刚刚完成了自己最喜欢的打松鼠的狩猎行动，枪声仍旧在幽谷之间久久地回荡。黄昏时分，他喘息未定，筋疲力尽，便在悬崖顶上一个野草丛生的碧绿土丘上躺了下来。透过一处林间空地，他可以俯瞰所有低处的乡野，以及连绵数英里的茂盛的林地。他还可以看到下方很远很远的地方，那条气势恢宏的哈德逊河沉默而又庄严地流淌着，平稳如镜的江心，这里倒映着一片紫色的云霞，那里点缀着一叶缓缓而行的小舟的白帆。这条河最终消失在苍翠的山麓之间。

如果任何事情令他不快，大家便会看见他剧烈地吸着烟斗，吐出短促、密集、愤怒的烟雾。

从另一面望下去，他看见一道幽深的峡谷，荒凉，孤寂，凌乱不堪，谷底填满了从悬崖上落下去的碎石残片，除了落日余晖的折射，鲜有光线能够照射到那里。有那么一会儿工夫，瑞普躺在草地上，对着这片景色陷入了沉思。暮色逐渐降临，群山开始将青色的长影子投在峡谷之间。看到这些，他知道等自己回到村里时天早就黑了；想到回家又要遭到凡·温克尔太太一顿恐怖的责骂，他不禁深深地叹了一口气。

正要下山的当儿，他听见远远有一个声音呼喊着："瑞普·凡·温克尔！瑞普·凡·温克尔！"他四下张望，一个人影也没有，只见一只乌鸦孤零零地飞过山头。他想一定是幻觉愚弄了自己，便重新转身准备下山，这时却又听见同样的声音在寂静的夜空中回荡："瑞普·凡·温克尔！瑞普·凡·温克尔！"与此同时，"狼"也拱起后背，低低地吠叫了一声，它躲到主人身后，惊恐地向下方山谷里望去。瑞普隐隐感到一丝恐惧逐渐漫上心头，他也不安地向那个方向望去，只见一个古怪的人，缓慢而吃力地攀上山岩，背上驮着一件沉重的东西，压得腰都弯了。在这偏僻、人迹罕至的地方，看到任何人都会让他感到惊讶的，不过，他还以为这是一位需要他帮忙的邻居，于是连忙下去帮来人背东西。

走得越近，看清那个陌生人的奇异外表，他就更加惊讶了。那是一个矮个的敦实老头，长着浓密的头发，花白的胡须。他的衣服是古代荷兰的样式——一件棉布无袖短上衣缚在腰间，下面穿了好几层裤子，最外面的那条十分宽大，两侧装饰着两排纽扣，膝头还打着褶。他肩上扛着一只似乎装满了酒的大桶，对瑞普做着手势，叫他过去帮忙扛一会儿。面对这位新相识的人，瑞普虽然有点害羞，并觉得可疑，他还是像往常那样，爽快地答应了他。就这样，他们便彼此交替地背着酒桶，沿着一条狭窄的溪谷向上攀爬。这分明是山洪过后留下的干涸河床。上山的时候，瑞普不时听到长时间滚滚的轰鸣声，就像远处的雷鸣一般。这声音仿佛来自巍峨的山岩之间的一道深深的沟壑，更确切地说是一条裂隙，他们脚下这条崎岖不平的小道正是通向那儿。他停了片刻，但猜想那不过是山顶常有的雷阵雨的闷雷声，便接着向前走去。穿过那道裂隙，他们进入了一片山间凹地，它的形状就像一个小小的圆形剧场，四周都是垂直的悬崖峭壁，靠近悬崖顶端的崖壁上，生长着许多树木，都向中间伸展着它们的枝叶，因此从下面只能看见一小片蓝天，以及一抹明亮的晚霞。一路上，瑞普和他的同伴始终在沉默中费力前行；尽管他实在搞不懂，把这样重的一桶酒扛上这座荒山的理由是什么，可是他不敢问，因为那个陌生人有些怪异，而且有点儿高深莫测，使他望而生畏，不敢亲近。

他们一走进类似圆形剧场的凹地，奇怪的景象就展现在眼前。在中间的一块平地上，有一群样貌古怪的人正在玩九柱戏[1]。他们都穿着离奇古怪的外国式样的衣服，有的穿着紧身短上衣，有的穿着马甲，腰上还佩带着长刀，其中大多数人的裤子都和那位领他进来的人的一样宽大。同时，他们的容貌也很奇特：其中有一个蓄着大胡子，宽脸膛，上面生着一双很小的猪一样的眼睛；另一个人的脸几乎全给一个鼻子占满了，头上戴着一顶圆锥形的白帽子，帽顶还装饰着一根小红公鸡的尾翎。他们全都蓄着胡须，只是胡须的颜色和形状各不相同。其中一个看样子是首领，是个矮胖结实的老绅士，有着一张饱经风霜的脸。他身上穿着一条镶着花边的紧身上衣，束着一条宽腰带，上面佩有一柄短剑；头戴一顶插着羽毛的高帽子，脚穿着一双红色长袜和一双高跟皮鞋，鞋上还装点着玫瑰花饰。这一群人使瑞普想起了挂在乡村牧师多米尼·凡·斯海克客厅里的一张佛兰芒人[2]古画上的人物，那幅画还是早在殖民时期，有人从荷兰带来的。

对瑞普来说，更加奇怪的是：尽管这群人明明是在消遣，可他们却一直维持着最庄严的表情，保持着最神秘的沉默；此外，这是他所见过的最沉闷的一次娱乐活动。只有球声不时打破眼前这死寂的场面，每当这些球滚动的时候，山中就会回荡着雷鸣般的隆隆声。

当瑞普和他的同伴走近时，他们突然停止了游戏，用呆滞的雕像般的眼神凝视着瑞普。看到面对着自己的一张张面孔都是那么怪异、粗鄙、死气沉沉，吓得他心都翻个儿了，两膝不住地打颤。此时，他的同伴把桶里的酒倒在几只

---

[1] 九柱戏（ninepins），古代欧洲的一种游戏，现代"保龄球"运动的前身，玩法是用滚动的球去击打立于球道另一端的九根木柱，击倒木柱多者胜出。

[2] 佛兰芒人（Flemish），指生活在古代佛兰德斯地区的人，古代佛兰德斯地区，包括今天比利时的东佛兰德省、西佛兰德省，法国的加来海峡省、北方省，以及荷兰的泽兰省。

一群样貌古怪的人正在玩九柱戏。

他们的容貌也很奇特。

大酒壶里，并且朝他做了个手势，叫他去侍奉他们饮酒。瑞普怀着恐惧、战栗的心情，照他的吩咐做了；那群人在极度的静默中将酒一饮而尽，然后又回去打球了。

逐渐地，瑞普恐惧不安的心情慢慢地平息了下来。他甚至还在没人盯着他的时候，斗胆偷偷地尝了一口酒，并觉得这酒很有些上等荷兰酒的味道。他天生就是个爱喝酒的人，因此隔了一会儿又冒险尝了一口。就这样，他越尝越有味，便一口接一口地不断喝着一只大酒壶里的酒，最后他的感官被麻醉了，头晕目眩，脑袋渐渐垂了下来，便沉沉地睡着了。

等他醒来以后，发现自己仍然躺在最初看到谷中那个老人的绿色土丘上面。他揉了揉眼睛——这是一个阳光明媚的早晨，小鸟在树丛中跳来跳去，喊喊喳喳，一只老鹰在高空迎着纯净的山风盘旋。"难道，"瑞普想到，"我在这里睡了一整夜？"于是，他想起了没睡之前发生的事情。那个扛着一桶酒的怪人——那个山间裂隙——那个崖壁之间荒凉的隐居场所——那群愁眉苦脸地玩九柱戏的人——那把大酒壶——"唉！那把酒壶！该死的酒壶！"瑞普想道："回去见到我的凡·温克尔太太，我该找个什么借口呢？"

他四下里张望，寻找他的猎枪，可是在先前放那支干干净净、上好了油的猎枪的地方，他只看到一杆旧火枪，枪管上包着一层铁锈，扳机已经脱落，枪托也让虫给蛀空了。此时他开始怀疑，昨晚在山上看到的那些神情庄重爱摆架子的人玩了一套鬼把戏，他们在酒里下了药，把他迷倒后抢走了他的猎枪。"狼"也不见了，不过它可能因为追一只松鼠或北美鹑而迷了路。他吹了几下口哨，喊着它的名字，但都没起作用；只听见口哨声和喊声的连续回音，却看不见任何狗的影子。

他决定再到昨晚他们玩九柱戏的地方去一趟，要是能遇到他们一伙里的人，就要求他归还自己的枪和狗。他起身要走时，发觉自己的关节僵硬，不如往日那样灵活了。"我真不适合在山上睡，"瑞普想道，"如果这次游荡害得我突发风湿病，卧床不起，那我整天跟凡·温克尔太太待在一起可够倒霉的了。"费了好大的力气，他才下到谷底。他找到了昨天黄昏他和他的同伴一同上山的那道溪谷，但令他惊讶的是，一条山溪正顺着山沟奔流而下，跃过一块块的岩石，山谷里充满了潺潺的流水声。不过，他还是设法沿着溪边向上攀爬，费劲地穿过浓密的赤杨、黄樟和金缕梅的树丛，有时还会被野葡萄藤绊倒或缠住；这些野葡萄藤把它们的蔓条和卷须从这树绕到那树，仿佛在他的去路上撒下一张网一般。

最后，他终于爬到了那条穿过峭壁到达圆形剧场般的凹地的裂隙那里，但是完全看不出那道裂隙的痕迹。眼前的山岩就像一道无法穿越的高墙，山顶上有一道急流，飞沫四溅地翻滚而下，跌入一个宽阔的深潭之中，周围树木的倒影，将潭水染成一片黝黑。到了这里，可怜的瑞普不得不停下脚步。他重新呼喊并打着口哨，寻找着他的狗，但是回应他的却是一群无所事事的乌鸦的聒噪声；它们在高高的天空中，绕着一面向阳的崖壁上悬垂的一株枯树盘旋着。它们处在远离危险的高度，似乎正在俯视和嘲笑这个可怜人的窘境。该怎么办呢？一上午就这样过去了，因为没有吃早饭，瑞普现在感到饿极了。虽然感到伤心，他还是放弃了寻找狗和枪的打算；尽管害怕去见他的老婆，可如果不那么做便会在山里饿死。他摇了摇头，扛起那支生锈的火枪，内心积满了烦恼不安的情绪，转过身，踏上了回家的路。

当接近村子时，他遇到了许多人，可他一个也不认识，这可让他有点吃惊，因为他本以为自己熟识这一带的每个人呢。他们衣服的式样，也和他往常见到的不同。他们都以同等惊讶的眼神盯着他看，每当看上他一眼，总免不了要去摸摸自己的下巴。他们一再做着这个手势，促使瑞普也不知不觉地做了同样的动作，这一摸不要紧，可让他大吃了一惊，他发觉自己的胡子长得足有一英尺[1]长了。

此时，他已经踏入了村子的边界。一群陌生的小孩子跟在他后面跑，朝他喊叫着，都指着他的花白胡子。他又发现，那些狗也没有一条是他的旧相识，他经过的时候，它们都对着他狂吠。就连村子本身也发生了变化，它变得更大了，人口也更多了。一排排的房屋，都是他以往不曾见过的，他常去的那些熟悉的地方也都不见了。门牌上写的都是陌生的名字——窗口里探出的全是陌生的面孔——一切都是这样陌生。这时，他起了疑心，他开始怀疑他和这周围的

---

[1] 1 英尺 ≈ 30.48 厘米。

他们都以同等惊讶的眼神盯着他看，每当看上他一眼，总免不了要去摸摸自己的下巴。

一群陌生的小孩子跟在他后面跑，朝他喊叫着，都指着他的花白胡子。

世界是不是都被施了魔法。毫无疑问，这就是他从小到大生活的村庄，就是他前一天才离开的村庄。那里是巍然耸立的卡茨基尔群山——远远流淌着的是银色的哈德逊河——每一座小山，每一道溪谷，都和往日完全一样——瑞普心里真是困惑极了——"昨天夜里那把大酒壶，"他想，"把我这可怜的脑子搞得混乱不堪！"

费了一些力气，他才找到通往他家的那条路，快到家时，他提心吊胆，悄悄地走过去，担心随时都会听到凡·温克尔太太的尖锐的叫骂声。他发现家里的房屋已经破败不堪——屋顶已经塌陷了，窗户都破成了碎片，大门也从铰链上脱落了下来。一条很像"狼"的饿得半死的狗，正在屋子附近躲躲闪闪地跑动。瑞普喊着它的名字，但是那个恶狗威胁地咆哮了两声，走开了。这真是一件残酷无情的事——"我的那条狗，"瑞普哀叹道，"已经把我给忘啦！"

他走进屋，说实话，凡·温克尔太太总是把屋子收拾得干净整齐。而如今屋子已经空了，冷冷清清，分明已经被弃用了。这种孤苦无依的感觉压倒了他所有的惧内心理——他大声呼喊他的老婆和孩子——他的声音在这荒凉的屋子里回荡了片刻，随即一切又归为沉寂。

随即，他匆忙地跑出屋子，赶往他常去的那个老地方——乡村客栈——但那家客栈也不见了。代替它的是一座东倒西歪的大木屋，开着几扇大大的窗户，其中一些窗子已经破了，塞着旧帽子和旧衬裙，大门上方漆着"乔纳森·杜立特尔联合旅馆"几个字。荫蔽着往昔那个安静的荷兰小客栈的大树，已经替换成了一根很高的光秃秃的杆子，杆子顶端有一个红色睡帽似的东西，杆子上还飘着一面旗子[1]，旗子上是一些横道和星星组合在一起的奇怪图案——一切都是这样奇怪，这样难以理解。他总算认出了那块招牌，他曾在它下面安安静静地抽过多少次烟啊！然而，甚至就连招牌上乔治国王的那张红脸，也异乎寻常地变了形，红色上衣换成了一件蓝黄两色的制服，手里拿的也不再是王杖，而是一把宝剑；那画像头上戴着一顶三角帽，底端用大楷字母漆着"华盛顿将军"的

---

[1] 作者在这里形容的是"自由之竿（Liberty Pole）"，是美国独立革命和法国大革命期间一种象征着"自由"和"解放"的标志，一般用作旗杆，竿顶那个类似红色睡帽的东西被称为"自由帽"，源于古罗马被释放的奴隶所戴的帽子的样式。

他发现家里的房屋已经破败不堪……

字样。

像往常那样，客栈门口聚着一群人，但是瑞普一个也不认识。甚至连这些人的性格似乎也变了，人群中弥漫着一种忙碌、慌乱、好争辩的气氛，而不是瑞普熟悉的那种心平气和而令人昏昏欲睡的宁静。他在人群中搜寻着那位贤明的尼古拉斯·弗德尔，就是那个宽脸膛、双下巴，衔着那支漂亮的长烟斗，用喷出的一团团的烟雾来代替闲谈的人；或者那位凡·比梅尔，就是像施舍一般给大伙儿读着旧报纸的那位乡村教师，可是一个也没找到。反而瞧见一个看上去脾气暴躁的瘦家伙，口袋里塞满了传单，正在那儿慷慨激昂地演说着什么公民权利——选举权——众议院议员——独立自主——邦克山战役 [1]——1776 年的英雄——还有许多其他的内容。这些话对于处于昏乱状态的凡·温克尔来说，完全是一通莫名其妙的胡言乱语。

瑞普一露面——他的长长的花白胡须，生锈的猎枪，古怪的衣服，后面还跟着一大群女人和孩子——很快就引起了那些客栈政客的注意。他们围住他，非常好奇地从头到脚打量着他。此时，那位演说家连忙走过来，把他拉到一旁，问他"准备投哪一方的票"。瑞普只是神情茫然、感觉迟钝地瞪着他。另一个身材矮小但同样忙碌的年轻人，拽着他的胳膊，踮起脚尖，在他耳边问道："你是联邦党，还是民主党？"对于这个问题，瑞普同样感到困惑。这时候，有一个看似精明的、自以为是的老绅士，戴着一顶尖尖的三角帽，用两肘将众人左右分开，从人群中挤过来，站到了凡·温克尔面前，一手叉腰，一手挂着手杖，他那锐利的眼神和尖尖的帽子仿佛都刺入了瑞普的灵魂里面。他用严厉的语气质问瑞普，"为什么你在选举期间扛着枪，还带领着一群'暴徒'，难道你打算在这村子里造反吗？""哎呀！各位先生，"瑞普有些惊慌失措地叫起来，"我是个可怜的闲人，是本地人，是国王的忠实臣民，愿上帝保佑我王！"

这时候，旁边看热闹的人一齐叫嚷起来："是个保皇党！保皇党！奸细！流亡者！把他轰出去！让他滚蛋！"那个戴着三角帽、自以为是的老绅士，费了好大力气才使众人恢复了秩序，他摆出一副比之前严厉十倍的表情，重新盘问

---

[1] 这里指美国独立战争的"波士顿之围"期间，发生在波士顿北部山地邦克山的一场战役，时间是 1775 年 6 月。

起这个来路不明的罪犯来：问他到这里来干什么，想找谁。这个可怜的人低声下气地保证自己没有恶意，他不过是到这儿来找那几个常常逗留在客栈门口的邻居罢了。

"那好——他们是谁？说出他们的名字。"

瑞普稍微想了想，然后问道："尼古拉斯·弗德尔去哪儿啦？"

众人沉默了一会儿，然后一个老人用尖细的声音回答道："尼古拉斯·弗德尔！哎呀，他已经死了十八年了！原本教堂墓地里他的坟墓前面，还竖着一块木碑，上面刻着他一生的事迹，可是现在连那块木碑也烂没了。"

"那，布罗姆·达切尔呢？"

"哦，他在战争开始时就从军了，有些人说，他在突袭斯托尼波因特[1]的时候阵亡了——还有些人说他在安东尼之鼻[2]山脚下的一场风暴中淹死了。究竟怎么样，我也不知道——他再也没回来。"

"那么，教师凡·比梅尔呢？"

"他也去参战了，成了一名伟大的民兵将领，如今在国会里当议员。"

瑞普听到他的故乡和老朋友的这些悲惨的变化，发觉自己一个人孤零零地留在这里，心都碎了。此外，他们回答的每一句话都令他困惑不解，因为他们提到的时间已经过去了那么久，而且讲的也都是他无法理解的事情：战争——国会——斯托尼波因特。他再也没有勇气打听其他朋友的事情了，只能绝望地喊道："难道这里没有人认识瑞普·凡·温克尔吗？"

"噢！你问瑞普·凡·温克尔呀！"有两三个人叫道，"哎哟，当然知道！那边那个人就是瑞普·凡·温克尔，就是靠着那棵树的人。"

瑞普向那边张望，看见一个和自己上山时极其相似的人；外表也是一样懒散，当然身上的衣服也同样破旧不堪。这个可怜家伙现在完全被搞糊涂了，甚

---

[1] 斯托尼波因特（Stony Point），又译"斯托尼角"，纽约州东南部一个小镇。这里所说的突袭斯托尼波因特指的是 1779 年 7 月安东尼·韦恩将军重新夺回位于该地的要塞的战役，韦恩将军也因这次惨烈的战役得了"疯子"的绰号。

[2] 安东尼之鼻（Antony's Nose），美国境内有几个名叫"安东尼之鼻"的山峰，这里应该指的是纽约州威斯特切斯特县哈德逊河畔的"安东尼之鼻"山，美国独立战争时期这里曾发生过血战。

至对自己的身份也产生了怀疑：不知道自己究竟是瑞普呢，还是变成了另外一个人。正在他困惑不解的时候，那个戴三角帽的人又问他是谁、叫什么名字。

"天知道，"他不知所措地叫道，"我已经不是我本人了——我成了另外一个人——那边的那个人才是我——不——那是顶替了我的另外一个人——昨天晚上我还是我本人，可是我在山上睡着了，他们把我的枪换了，于是一切都变了，连我自己也变了，现在我也不知道我叫什么名字，或者我到底是谁！"

这时，看热闹的人开始彼此交换着眼神，点点头，意味深长地眨眨眼，用手指轻轻敲着自己的额头。他们还纷纷交头接耳，准备把他的枪夺下来，免得这个老家伙闹出乱子来。一听到这种提议，那个戴三角帽的自以为是的人连忙退到了一旁。正在这个紧要关头，一个年轻貌美的女人从人群中挤过来，想看一看这个花白胡子的老人。她手里还抱着一个胖乎乎的孩子，那孩子一看见瑞普的模样，就哭了起来。"别哭，瑞普，"她叫道，"别哭，你这个小傻瓜；那个老头子不会伤害你的。"那个孩子的名字，那位母亲的神态，以及她说话的腔调，这一切唤醒了他脑海里的一大串回忆。"你叫什么名字，这位大嫂？"他问道。

"朱迪丝·加德尼尔。"

"你父亲叫什么名字？"

"唉，可怜的人，他名叫瑞普·凡·温克尔。可是，自从他带着猎枪出门，已经过去二十年了，从那以后再也没听到他的消息——他的狗独自回来了。不过他到底是自杀了，还是被印第安人捉走了，谁也不知道。那时候，我还只是个小姑娘呢。"

瑞普只剩下一个问题要问了，但问的时候声音不免有些颤抖：

"你母亲在哪儿呢？"

"哦，她也死了，不过是不久以前的事；她是跟一个新英格兰的兜售小贩发脾气，血管破裂而死的。"

这个消息至少还让他略微感到一丝安慰。这个老实人再也无法控制自己的感情，他一把抱住女儿和她的孩子。"我就是你爸爸！"他叫道，"曾经是年轻的瑞普·凡·温克尔——现在却成了老瑞普·凡·温克尔啦！——难道没有人认得可怜的瑞普·凡·温克尔吗？"

大家都吃惊地站在那里，直到一个老太婆从人群中颤颤巍巍地走了过来，用手遮住阳光，眯着眼睛对着他的脸瞅了一会儿，然后叫了起来："果然不错！他就是瑞普·凡·温克尔——是他本人！欢迎你再次回家，老邻居——唉，二十年这么长的时间，你到哪里去啦？"

　　瑞普的经历很快便讲完了，因为这整整二十年的时间，对他来说只相当于一个晚上。旁边的人听完这个故事，都盯着他看。其中有几个人彼此使着眼色，做着鬼脸。那个戴三角帽的自以为是的人，这时看到一场虚惊已经过去，便又回到当场，撇着嘴摇了摇头——这样一来，集会的所有人都跟着摇起头来。

　　这时候，大家瞧见老彼得·范德东克沿着大路慢慢走过来，便决定无论如何也要征求他的意见。他是一位跟他同名的历史学家的后裔，那位史学家曾经写过一本州最早的纪事。彼得是村里最年长的居民，非常精通附近一带的神奇事迹和传说故事。他立刻认出了瑞普，并用最令众人满意的方式证实了瑞普的故事。他向大家保证，这是一件真事儿，是他那位先辈历史学家传下来的一段掌故，说卡茨基尔山脉总是有奇怪的人出没。他还坚持声称，那个伟大的亨德里克·哈德逊，也就是第一个发现这条河流和这片土地的人，每隔二十年总要率领他那条"半月号"的水手，到这一带来进行某种类似"守夜"的活动；他被允许用这种方式，到他曾经建功立业的地方来故地重游，以保护神的身份来巡视以他命名的河流和那个伟大的城市。又说他的父亲有一次看到他们身穿古代荷兰的衣服，在一个山坳里玩九柱戏；而且他本人在一年夏天的一个午后，还曾听到他们滚球的声音，就像远处隆隆的雷声一样。

　　长话短说，这伙人分散开来，各自重新回到更重要的与选举有关的事情上去了。瑞普的女儿带他回家一起生活，她有一栋温暖舒适、陈设得体的房子，她的丈夫是个身材结实、性情愉悦的农民，瑞普还记得他就是当初常常爬到自己背上的一个顽童。至于说到瑞普的儿子，也就是上面说的靠着大树、长得酷似瑞普的那个人，他在田里给人家做雇工。不过他显然遗传了他父亲的性情，因为除了自己的事情以外，他什么事儿都肯干。

　　如今，瑞普恢复了往日的处事方式和生活习惯。他很快便找到了许多从前的老朋友，不过他们都随着时间的流逝老得厉害了；因此他更喜欢跟年轻一辈的

大家都吃惊地站在那里。

"果然不错！他就是瑞普·凡·温克尔——是他本人！"

人交朋友，于是很快便成了他们十分爱戴的人物。

他在家里无事可做，而且已经到了可以赋闲而不受责怪的幸福年岁，于是他再次坐到客栈门口的长椅上，大家拿他当村里一个德高望重的老人来尊重，把他看作一部活的"战前"旧时代的历史。过了一段时间，他才能进入到日常闲谈的正轨上来，或者说才开始充分了解在他睡着时所发生的新奇事儿了。这里怎样发生了革命战争——国家已经摆脱了古老的英国的枷锁——因此，如今他已经不再是乔治三世陛下的臣民，而是美利坚合众国的一个自由公民。事实上，瑞普不是个积极参与政治的人，所以合众国和帝国的变化对他没有太大的影响；这里只有一种专制，他在它的长期压迫下受尽了折磨，那就是——妇人的专制。所幸就连这种专制也结束了，他已经摆脱了婚姻的枷锁，可以随自己高兴，愿意什么时候出去就出去，愿意什么时候回来就回来，不用再为凡·温克尔太太的暴政担惊受怕了。不过，每逢有人提起她的名字，他总是摇摇头，耸耸肩，两眼看天。这种神态既可以看作是认命的表情，也可以看作为获得解脱而感到高兴。

他常常把自己的故事讲给每一个到杜立特尔先生的客栈里来的新客人。起初，人们都留意到，他每次讲这个故事时，都有一些不同的地方，这肯定是因为他醒过来时间太短的缘故。最后，这段故事定了型，内容跟我刚才讲的完全一样；附近的人，不论男人、女人和小孩，都能够把这个故事背出来。有些人总是毫无根据地怀疑这个故事的真实性，坚持认为瑞普发了疯，而这个故事就是他始终处于癫狂状态的一个证据。不过，那些上了年岁的荷兰居民，几乎全都深信有这回事。甚至直到今天，他们也从未听见过某个夏日午后卡茨基尔群山的一场雷暴声，因为他们总说那是亨德里克·哈德逊和他的水手在玩九柱戏。而邻近一带所有怕老婆的丈夫都有一个共同的愿望，那就是每当感到时间难以打发的时候，真希望能喝一口瑞普·凡·温克尔说的那只大酒壶里的让人安眠的酒。

瑞普·凡·温克尔的睡态。

他们用呆滞的雕像般的眼神凝视着瑞普，吓得他心都翻个了，两膝不住地打颤。

按　语

上面这个故事，大家可能觉得不可信的，它是柯尼克博克尔先生在德国的一则短小民间传说的启发下写成的，该民间传说与腓特烈·德罗特巴特皇帝以及基法于泽山有关。不过，柯尼克博克尔先生附在这个故事后面的补充说明，显示了这是一个完全真实的事情。他以一贯忠实的语气写道：

　　对于许多人来说，瑞普·凡·温克尔的故事似乎很难让人相信，然而我完全相信这个故事，因为我知道，我们附近地区老一代荷兰移民都曾深受神奇事件和奇异现象的影响。说句实话，我曾在哈德逊沿岸的村庄里听过许多更加奇怪的故事。所有这些故事都因得到了充分的证实而不容怀疑。我甚至还跟瑞普·凡·温克尔本人交谈过。上次跟他见面时，他已经是一位受人爱戴的长者，在叙述其他要点的时候，他的思路都非常清晰和连贯，因此我认为没有哪个谨慎负责的人能够拒绝接受这个合情合理的故事。除此之外，我还见到了关于这件事的证明书，是从一个乡村法官那里获取的，上面还有该法官亲笔签上的代替签名的十字形符号。因此，这个故事绝对真实可信。

迪德里克·柯尼克博克尔

我甚至还跟瑞普·凡·温克尔本人交谈过，上次跟他见面时，他已经是一位受人爱戴的长者。

后　记

以下文字是摘自柯尼克博克尔先生的一本备忘录中的旅行笔记：

卡茨堡山脉，或称卡茨基尔山脉，一直是个有着大量的寓言故事和神话传说的地区。印第安人认为它们是精灵的居所，众精灵影响着附近一带的天气，向这里的各种地形播撒阳光或者撒布乌云，还给他们送来好的或坏的狩猎季。这些精灵都由一个年老的女性精灵统治，据说她是众精灵的母亲。她住在卡茨基尔山脉的主峰上，掌管着白昼之门和黑夜之门，只等适合的时间将它们打开或者关闭。她将新的月亮悬挂在空中，然后将旧月亮分割成星辰。在干旱的季节，如果适当求得她的好感，她会用蛛丝和晨露纺出轻柔的夏日云朵，一片接一片地从山顶送出来，让它们飘浮在空中，有如一片片梳理过的棉花；直到太阳散发的热量将它们溶化，它们便会洒落轻柔的阵雨，使草木生长，果实丰收，让玉米一个小时便能长高一英寸[1]。可是，如果人们冒犯了她，她会孕育出黑如墨汁的乌云，并雄踞于乌云中间，就像一只大肚蜘蛛坐在它的蛛网上一样；而当这些乌云散开时，四周的谷地中便会有灾难降临。

根据印第安人的口头传说，从前有个类似神灵或精灵的东西，始终在卡茨基尔山脉的隐蔽场所活动，它有一个略带恶意的乐趣，就是以将各种各样的灾难和烦恼带给红肤色的人为乐。有时候，它会变作一头熊、一只黑豹或者一只鹿，引领着一位糊涂的猎手，穿莽林，越乱石，一直追到精

---

[1]1 英寸 =2.54 厘米。

印第安人认为它们是精灵的居所。

疲力竭；而后，它"嘚！嘚"地大叫两声裂开，留下身后那个猎手不是在一个突出的悬崖边惊骇不已，就是在一个猛烈的急流边吓得半死。

如今，人们已经发现了这位神灵的居所。它是山中最偏僻地方的一块巨石，或说是一个绝壁。由于蔓延在崖壁上的藤蔓上都开满了鲜花，绝壁周围也开满了各种各样的野花，因此人们称它为"花园岩"。绝壁脚下有一个小湖，是孤寂的麻鸦经常光顾的地方，水蛇也在湖面的睡莲叶子上晒着太阳。这是一个印第安人极其敬畏的地方，以致最勇猛的印第安人猎手也不敢在这里追踪猎物。不过，在很久以前，一个猎手迷路后误闯了花园岩，他看到这里的树上长着许许多多的葫芦，于是抓起其中一个葫芦，带着它离开了。但是，在匆匆离开时，他不小心把葫芦掉在了乱石中。突然，葫芦掉落的地方涌出一大股溪流，把那个猎手冲走了，他跌下了悬崖，摔得粉身碎骨。这条溪流一路向前，汇入了哈德逊河。直到今天，那条溪水还在流淌着，它就是与卡茨基尔山脉同名的卡茨基尔河。

他家的孩子，也都破衣烂衫、恣意妄为，就像野孩子一样。

[见083页]

他穿着一条他爸爸废弃的灯笼裤，还大费周折地用一只手提着那条裤子。

[见083页]

弄得他不得不全线撤兵，逃到外面——说句实话，这是一个怕老婆的丈夫的唯一退路了。

[见084页]

他们便彼此交替地背着酒桶，沿着一条狭窄的溪谷向上攀爬。

[见088页]

其中一个看样子是首领。

[见089页]

他们一直维持着最庄严的表情。

[见089页]

那群人在极度的静默中将酒一饮而尽。

[见092页]

他甚至还在没人盯着他的时候，斗胆偷偷地尝了一口酒，并发觉得这酒很有些上等荷兰酒的味道。

[见092页]

回应他的却是一群无所事事的乌鸦的聒噪声。

[见093]

那些狗也没有一条是他的旧相识，他经过的时候，它们都对着他狂吠。

[见093页]

门牌上写的都是陌生的名字——窗口里探出的全是陌生的面孔——一切都是这样陌生。

[见093页]

他们围住他，非常好奇地从头到脚打量着他。

[见098页]

瑞普的女儿和外孙。

[见100页]

瑞普的儿子：一个跟上山时的瑞普极为相似的人。

[见101页]

老彼得·范德东克是一位跟他同名的历史学家的后裔。

[见101页]

卡茨基尔山脉总是有奇怪的人出没。

[见101页]

他的父亲有一次看到他们身穿古代荷兰的衣服在玩九柱戏。

[见101页]

他很快便找到了许多从前的老朋友，不过他们都随着时间的流逝老得厉害了。

[见101页]

他更喜欢跟年轻一辈的人交朋友，很快便成了他们十分爱戴的人物。

[见104页]

甚至直到今天，他们也从未听见过某个夏日午后卡茨基尔群山的一场雷暴声。

[见104页]

卡茨堡山脉，或称卡茨基尔山脉，一直是个有着大量的寓言故事和神话传说的地区。

［见111页］

传说中的精灵山

[见111页]

这些精灵都由一个年老的女性精灵所统治，她将新的月亮悬挂在空中，然后将旧月亮分割成星辰。

[见111页]

如果人们冒犯了她，她会孕育出黑如墨汁的乌云，并雄踞于乌云中间，
就像一只大肚蜘蛛坐在它的蛛网上一样。

[见111页]